Eva Ibbotson

Ein Tanz für mich allein

Roman

Aus dem Englischen von Michaela Link

Kampa

Die englischsprachige Originalausgabe erschien 1985 unter dem Titel
A Company of Swans im Verlag Century Publishing, London.
Die deutsche Erstausgabe erschien 1997 unter dem Titel
Ein Hauch von Jasmin im Verlag Fischer Scherz, München.

Für den Blick hinter die Verlagskulissen:
www.kampaverlag.ch/newsletter

Hegibachstrasse 2, CH-8032 Zürich
info@kampaverlag.ch
www.kampaverlag.ch
GPSR-Kontakt: Schöffling & Co. Verlagsbuchhandlung GmbH,
Kaiserstraße 79, D-60329 Frankfurt am Main
info@schoeffling.de

Covergestaltung: Lara Flues, Kampa Verlag
Covermotiv: © Robert Patrick Puckett
Satz: Tristan Walkhoefer, Leipzig
Gesetzt aus der Stempel Garamond LT / 1. Auflage 2025
Druck und Bindung: GGP Media GmbH, Pößneck
Auch als E-Book erhältlich
ISBN 978 3 311 10157 4

1

Einen schöneren Ausblick als von dieser Brücke gab es in ganz England nicht, das wusste Harriet. Zu ihrer Rechten ragten die Türme der Kapelle des King's College empor, und makellose Rasenflächen erstreckten sich bis hinunter zum Flussufer; zu ihrer Linken leuchteten Blausterne und goldene Narzissen in prachtvoller Fülle zwischen den Bäumen des Campusgartens. Dennoch war ihr Gesicht nachdenklich, als sie sich über die steinerne Brüstung beugte, und ihre Füße nahmen – ein eher ungewöhnliches Benehmen für die Tochter eines Professors für klassische Philologie im Jahr 1912 – die fünfte Position ein.

Sie war ein mageres Mädchen mit braunen Haaren und braunen Augen und einem ernsten, sanftmütigen Charakter, der ihren wachen Geist und ihren ausgeprägten Lebenshunger jedoch nicht immer verbergen konnte. Mit ihrer dunkelblauen Pelerine, der Schottenmütze – zweckmäßiger Kleidung, die vor allem haltbar sein sollte – und ihrer Notenmappe, die sie im Augenblick neben sich an die Mauer gelehnt hatte, war sie für die anderen Passanten ein vertrauter Anblick: Professor Mortons kluge Tochter, Miss Mortons folgsame Nichte.

Wer in Cambridge aufwuchs, konnte sich wahrhaft glücklich schätzen. Harriet, die gerade Brot ins Wasser krümelte, um die blasiertesten Enten der Welt zu füttern, hatte sich das wieder und wieder vor Augen gehalten. Aber nicht die Städte bestimmen das Schicksal achtzehnjähriger Mädchen, sondern die Menschen – und während sie so auf den trägen, schlammigen Fluss hinunterschaute und an ihre Zukunft und ihr Zuhause dachte, stand in ihren Augen ein trostloser und verzagter Ausdruck.

Professor Morton hatte bereits die vierzig überschritten, als er anlässlich einer Vortragsreise in der Schweiz eine junge Engländerin kennenlernte, die als Gouvernante im Haushalt eines Schweizer Industriellen arbeitete.

Sophie Brent war ein hinreißendes Geschöpf mit großen braunen Augen, weichem Goldhaar und einem betörenden Kichern. Sie war eine Waise, so arm und schutzlos, wie nur eine Gouvernante es sein kann, und zutiefst beeindruckt von den Aufmerksamkeiten des ernsthaften, gestrengen Professors mit den festen Überzeugungen und der kultivierten Stimme.

Sie heirateten und kehrten in das hohe graue Haus in Cambridge zurück, wo Louisa, die ältere Schwester des Professors – eine hagere alte Jungfer mit stahlgrauem Haar –, ihrem Bruder den Haushalt führte. Nach außen hin fügsam, doch innerlich verdrossen hieß sie das törichte, nutzlose Mädchen, das ihren Bruder eingefangen hatte, willkommen.

In der Scroope Terrace Nr. 37 galt das Motto: »Spare in der Zeit, so hast du in der Not.« Louisa Morton zählte donnerstags die Fischmesser nach und samstags das Tafelsilber, und in ihrem Schlafzimmer bewahrte sie eine Schachtel mit der Aufschrift *Bindfäden, zum Verschnüren zu kurz* auf. Obwohl der Professor neben seinem Gehalt über ein beträchtliches privates Einkommen verfügte, hatte man gehört, wie seine Schwester der Köchin wegen der zügellosen Verschwendung von drei Viertelpennys für ein Büschelchen Petersilie die Leviten las. Einladungen bei den Mortons gehörten zu den gefürchtetsten Ereignissen im Universitätskalender.

In dieser kalten, düsteren Umgebung verlor die hübsche junge Sophie schon bald allen Mut und alle Lebensfreude, und auch die Leidenschaft des Professors für seine Frau schwand schnell dahin. Es war unübersehbar, dass sie ihm bei seiner Karriere nicht von Nutzen sein würde. Obwohl Louisa und er selbst sie mit Belehrungen überhäuften, schien sie außerstande zu sein, auch nur die elementarsten Regeln des akademischen Protokolls zu erlernen. Als er in seinem College bei der Neubesetzung des Rektorenstuhls übergangen wurde, gab er Sophie die Schuld daran, und Louisa, die die Zügel im Haus nie wirklich aus der Hand gegeben hatte, zog diese jetzt um so fester an.

In dieses Haus wurde Harriet geboren, die während ihrer ersten beiden Lebensjahre ein glückliches, sonniges Baby war. Dann zog sich Sophie Morton, deren ganze Liebe dem Kind gegolten hatte, eine Erkältung zu, die sich in eine Lungenentzündung verwandelte, und starb. Zwei Wochen später entließ Louisa das Bauernmädchen, das sich bislang um Harriet gekümmert hatte.

Innerhalb weniger Monate wurde aus dem pummeligen, rosigen Baby ein in sich gekehrtes, mageres und beinahe stummes kleines Mädchen. Allzu früh brachte Harriet sich selbst das Lesen bei und verschwand für lange Stunden mit einem Buch auf dem Dachboden. Wenn sie überhaupt etwas sagte, galt es ihrem unsichtbaren Spielgefährten – einem Zwillingsbruder, wieselflink und stark – oder den kleinen Geschöpfen, mit denen sie sich in diesem lieblosen Haus angefreundet hatte: den Spatzen, die sich auf ihrem Fenstersims niederließen; einem Eichhörnchen, das sie auf dem glatt geharkten kleinen Kiesplatz, dem Garten der Mortons, vom Baum gelockt hatte.

Dennoch wäre es falsch zu behaupten, dass Harriet vernachlässigt wurde. Wenn es Louisa auch unmöglich war, dieses Kind zu lieben, so war sie doch fest entschlossen, ihre Pflicht zu tun. Harriet erhielt Musikstunden und – auf Empfehlung des Arztes der Familie, den ihre Blässe und Magerkeit beunruhigten – sogar Ballettunterricht. Sie bekam regelmäßig frische Luft und Bewegung und wurde mit jeder bärbeißigen ältlichen Dienstmagd, die Louisas Regime ertrug, auf lange Spaziergänge geschickt. Obwohl ihr Vater im Laufe der Jahre immer barscher und selbstgerechter wurde, war er doch in der Lage, ihren scharfen Verstand zu bemerken, und so brachte er ihr persönlich Latein und Griechisch bei.

Zu gegebener Zeit schickte man sie dann auf eine exzellente Mädchenschule, welche die Damen des Teekränzchens, die Louisa Mortons Leben beherrschten, überaus empfehlenswert fanden.

Kein Kind liebte die Schule je so sehr wie Harriet. Alles dort gefiel ihr, weil sie es mit anderen teilen konnte, weil es eine Welt voller Wärme und Freundlichkeit war.

Dann kam eine neue Direktorin, die in dem verwundbaren, dunkeläugigen Kind eine potenzielle Gelehrte witterte und es persönlich in Englisch und Geschichte unterwies: Unterrichtsstunden, an die Harriet sich bis an ihr Lebensende erinnern würde. Nach zwei Trimestern bat die Direktorin Professor Morton zu sich, um Harriets Universitätslaufbahn mit ihm zu besprechen. Am Ende dieser Unterhaltung kochten beide Parteien vor Zorn. Für den Professor war vollkommen unverständlich, wie jemand auch nur eine Woche in Cambridge leben konnte, ohne seine Ansichten über »Frauen an der Universität« zu kennen. Und da er sich außerstande sah, seine Tochter weiter dieser emporgekommenen Suffragette anzuvertrauen, nahm er Harriet von der Schule.

Das war nun ein Jahr her, und Harriet konnte noch immer nicht an dem vertrauten roten Backsteinbau vorbeigehen, ohne einen Kloß in der Kehle zu spüren.

Jetzt warf sie ihre letzte Brotkruste ins Wasser, die nur knapp den Kopf des Propstes von St. Anne verfehlte. Dieser war plötzlich mit seiner blonden Frau und seinen hübschen Töchtern in einem Kahn, den er flussabwärts stakte, unter der Brücke aufgetaucht. Wenn die Brotkrume ihn getroffen hätte, wäre das ein besonderes Desaster gewesen, denn der Propst war der wissenschaftliche Widersacher ihres Vaters, und mit der Frau des Propstes stand es sogar noch schlimmer: Man hatte sie vor dem Haus von Freunden gesehen, wo sie in einer wartenden Kutsche schamlos in die Lektüre eines Buches vertieft war, das von einem Schmutzfinken namens Sigmund Freud stammte.

»Armes Kind!«, sagte der Propst, als sie außer Hörweite waren.

»Ja, wahrhaftig«, pflichtete seine Frau ihm grimmig bei, nachdem sie noch einen Blick auf die verlorene kleine Gestalt auf der Brücke geworfen hatte. »Ich werde nie begreifen, wie ein so bezauberndes, empfindsames Kind in diesen Haushalt bigotter Pedanten hineingeboren werden konnte. Es war ein Verbrechen, sie von der Schule zu nehmen. Wahrscheinlich finden sie dieses Leben jetzt passender für die Kleine – Blumen arrangieren in einem Haus, in dem es keine Blumen gibt, und den Hund ausführen, obwohl sie gar keinen Hund haben.«

»Man munkelt, es gebe da einen jungen Mann«, murmelte der Propst.

Und der Propst hatte recht: Es *gab* einen jungen Mann. Sein Name war Edward Finch-Dutton, er war Fellow am selben College wie der Professor, St. Philip, und obwohl sein Fach die Zoologie war – eine neue, mit Skepsis betrachtete Disziplin –, hatten die Mortons ihm gestattet, ihr Haus zu besuchen. Denn die Entscheidung, Harriet zu Hause zu halten, hatte zu einer gewissen »Missstimmung« geführt. Selbst der Rektor des Trinity College, der bei den Mortons gleich nach Gott kam, hatte den Professor nach der Sonntagspredigt beiseitegenommen, um seiner Verwunderung Ausdruck zu verleihen.

»Schließlich haben Sie selbst sie zu einer richtigen kleinen Gelehrten gemacht«, sagte er.

»Wenn ich Harriet in den klassischen Sprachen unterwiesen habe, so geschah dies, damit sie sich mir zu Hause nützlich machen konnte, und nicht, damit sie sich zu einer unweiblichen Range und einer Schande ihres Geschlechts entwickelte«, hatte der Professor erwidert.

Aber ein Stachel war geblieben, und als dann Mrs Belper, Louisas Busenfreundin, eines Tages bemerkte, die beste Lösung für Harriet läge vielleicht in einer frühen Heirat, hatten die Mortons Edward Finch-Dutton auserwählt.

Eben diesen hervorragenden jungen Mann mit seinem langen, ernsten Gesicht sah Harriet jetzt, als sie ins Wasser hinunterblickte, vor sich, und wie immer erfüllte sein Bild sie mit Furcht.

»Bitte, lieber Gott, mach, dass ich nicht nachgebe«, betete sie mit in den Nacken gelegtem Kopf. »Lass mich Edward nicht heiraten, nur um von zu Hause wegzukommen. Bitte, hilf mir, lieber Gott! Bitte, zeig mir einen anderen Weg.«

Eine Kirchuhr schlug vier, und dann noch eine … und plötzlich lächelte sie. Das ernste kleine Gesicht war wie verwandelt, als sie nach ihrer Mappe griff. Wunderbarerweise hatten ihre Tanzlektionen überlebt; diese überaus kostbaren Stunden waren ihr geblieben.

Zehn Minuten später betrat sie das große, schäbige Gebäude in der St. Williams Street, das die Sonja-Lavarre-Tanzakademie beherbergte.

Sofort tauchte sie in eine andere Welt ein. Sie hätte in St. Petersburg in der kaiserlichen Ballettschule sein können, wo Madame Lavarre – damals noch Sonja Zugorski – acht Jahre ihrer Kindheit verbracht hatte.

An den holzvertäfelten Wänden, im Treppenhaus, überall hingen Gemälde und Fotos von weltberühmten Tänzern. Denn es waren nicht die vornehmen Tänze der Ballsäle, die Madame – nach einer kurzen Ehe mit einem früh verstorbenen französischen Professor in Cambridge gestrandet – lehrte, sondern die mühsame und von eiserner Disziplin geprägte Kunst des Balletts.

Außer Harriet gab es nur noch drei weitere Schülerinnen in der Fortgeschrittenenklasse, und heute war Harriet die Letzte, die den Umkleideraum in der oberen Etage betrat. Zuerst waren die anderen Mädchen reserviert und unfreundlich gewesen, da sie Harriet wegen ihres snobistischen Hintergrunds – ihr Vater war Professor – unannehmbar fanden. Die hübsche Phyllis mit ihren blonden Locken war die Tochter eines Krämers; sie nahm neben ihren Ballettstunden auch Schauspielunterricht und hatte bereits in Pantomimen getanzt. Mabel, gewissenhaft, fleißig und doch unabänderlich fett, war die Tochter eines Eisenbahnangestellten. Die Mutter der rothaarigen Lily arbeitete im Schwarzen Eber. Harriet mit ihrem »piekfeinen« Akzent waren sie anfangs mit Spott und Hohn begegnet.

Aber jetzt, als einzige Überlebende einer neunjährigen Ausbildung unter der Knute von Madame, waren alle vier gute Freundinnen.

»Sie hat jemanden bei sich«, sagte Phyllis, während sie

sich die Schuhe zuband. »Einen Ausländer. Russe, glaub ich. Komischer Vogel!«

Harriet zog sich hastig um. Dann traten die Mädchen in den Übungssaal, knicksten vor Madame, die wie stets sehr beeindruckend war in ihrem schwarzen Plisseekleid und dem Chiffonschal, den sie sich um ihr orange gefärbtes Haar geschlungen hatte, und nahmen ihre Plätze an der Barre ein.

»Das ist Monsieur Dubrow«, verkündete Madame. »Er wird sich den Unterricht ansehen.«

Sie gab mit ihrem gefürchteten Rohrstock der eingeschüchterten Pianistin einen Stoß, und sogleich erklangen die ersten Töne eines Satzes von Delibes. Die Mädchen strafften sich, hoben die Köpfe …

»*Demi-plié* … *Grand plié* … *tendu devant* … hoch mit euch … *dégagé* … *demi-plié* in der vierten … Schlussstellung.«

Die unbarmherzige, monotone Arbeit begann, und Harriet, die alles vergaß außer der Notwendigkeit, ihre Füße perfekt zu setzen und ihren Rücken bis an seine Grenzen zu dehnen, merkte nicht einmal, dass sie, während sie tanzte, ausnahmsweise vollkommen glücklich war.

Neben der zierlichen und ehrfurchtgebietenden Gestalt von Madame stand Dubrow, dessen wilder grauer Lockenkranz eine unübersehbare, rosa schimmernde Glatze umringte. Mit wachsamen Augen verfolgte er das Geschehen; schon nach drei Minuten hatte er gesehen, was er sehen wollte.

»Ihr arbeitet jetzt allein weiter«, befahl Madame nach einer Weile und führte ihren alten Freund nach unten. Kurz darauf hatten sie es sich in ihrem überladenen Wohnzimmer bequem gemacht und rührten Himbeermarmelade in ihre Teetassen.

»Ja, du hattest ganz recht«, sagte Dubrow. »Es ist die kleine Dunkelhaarige, die ich haben will. Eine intelligente Tänzerin, und Gott weiß, wie selten man jemanden findet, der seinen Körper auf intelligente Weise einzusetzen versteht.« Aber es war mehr als das, überlegte er. Jede einzelne Note der Musik schien sich buchstäblich auf dem verzückten und so ausdrucksvollen Gesicht des Mädchens widergespiegelt zu haben. »Ihre Technik ist natürlich immer noch –«

»Ich habe dir doch gesagt, du kannst sie nicht haben«, unterbrach ihn Madame. »Also verschwende nicht meine Zeit. Ihr Vater ist Professor für Altphilologie; ihre Tante rümpft die Nase, wenn sie herkommt, als stänke das Haus zum Himmel. Harriet durfte nicht einmal an einer Wohltätigkeitsvorstellung für die Polizeiwaisen teilnehmen.« Sie schob eine Balkan-Sobranie in einen schwarzen Zigarettenhalter und lehnte sich in ihrem Stuhl zurück. »Das Kind war so enttäuscht, dass ich meinen Stolz heruntergeschluckt und ihre Tante besucht habe, um ein gutes Wort für sie einzulegen. *Mon Dieu*, dieses Haus – es war wie ein Grab! Es hat eine ganze Stunde gedauert, bis sie mir schließlich ein Glas Wasser und ein Biskuit anbot. Nein, meine arme Harriet musst du dir ein für alle Mal aus dem Kopf schlagen.«

»Aber das Reisen gehört doch heutzutage bestimmt zur Erziehung eines jeden jungen Mädchens?«, murmelte Dubrow.

»Diese Leute scheinen sich nicht übermäßig um Harriets Erziehung zu sorgen«, bemerkte Madame trocken. »Sie soll einen jungen Mann heiraten, der tote Tiere zerschneidet, heißt es. Aber ich muss sagen, ich selbst würde auch zögern, meine Tochter, wenn ich eine hätte, mit deinem verrufenen Corps de ballet den Amazonas hinaufziehen zu lassen und sie den Wutanfällen der Simonowa auszusetzen. Was willst du, Sascha, die Idee ist verrückt!«

»Nein, das ist sie nicht.« Die blauen Augen nahmen einen verträumten Ausdruck an. Er strich sich mit seiner dicklichen, aber wunderbar manikürten Hand über die Stirn und seufzte. Geboren als Kind reicher Grundbesitzer, die über zweitausend Seelen irgendwo an der Oberwolga herrschten, hätte Dubrow durchaus das zufriedene Leben seiner Ahnen führen können. Stattdessen besuchte er im Alter von fünfzehn Jahren seine Großmutter in St. Petersburg, und als sich dort im Marijnski-Theater die saphirfarbenen Vorhänge zur Premiere von Tschaikowskys *Dornröschen* öffneten, war sein Schicksal besiegelt. Während der letzten zwanzig Jahre hatte Dubrow – zuerst in seiner Heimat, später in ganz Europa – der Kunst gedient, die er so sehr bewunderte.

Dass dieser romantische kleine Mann sich für einen der legendärsten Namen auf dem Globus begeisterte, war unvermeidlich. Tausend Meilen von der Mündung des Amazonas stromaufwärts, inmitten des undurchdringlichen Regenwaldes, hatte der Reichtum der »Gummibarone« eine Stadt aus dem Boden gestampft, von der man nur träumen konnte. Eine Stadt mit weitläufigen Plätzen und Rokokovillen, imposanten Springbrunnen und mosaikbelegten Gehsteigen … eine Stadt mit elektrischem Licht, Straßenbahnen und Kaufhäusern, deren Kleider es mit denen von Paris und New York durchaus aufnehmen konnten. Und die Krönung dieser Stadt, die man Manaus nannte, war ihr Opernhaus: das Teatro Amazonas, angeblich das luxuriöseste und schönste Theater der Welt.

In dieses Theater wollte Dubrow mit seiner Balletttruppe und deren Leiterin, einer erfahrenen Ballerina, die zu lieben er das Missgeschick hatte. Deshalb hatte er sich auch an seine alte Freundin Sonja Lavarre gewandt: Er war auf der Suche nach jungen Tänzerinnen für das Corps de ballet.

»Manaus«, murmelte Madame. »Caruso hat da gesungen, nicht wahr?«

»Ja. Und Sarah Bernhardt hat ebenfalls dort auf der Bühne gestanden ... Was könnte also passender sein als ein Auftritt der Balletttruppe Dubrow!«

»Hmm. Die Bezahlung muss sehr gut sein, wenn die Simonowa zugestimmt hat.« Aber ihr Gesicht strafte ihre Worte Lügen. Sie hatte in Russland mit der Simonowa gearbeitet und kannte sie als unvergleichliche Künstlerin.

Er zuckte mit den Schultern. »In diesen paar hundert Meilen am Amazonas gibt es mehr Geld als in ganz Europa zusammengenommen. Die Gummibäume haben jeden, dem es gelungen ist, da unten ein Stück Land zu kaufen, ungeheuer reich gemacht: Spanier, Portugiesen, Franzosen, Deutsche. Auch Engländer. Es heißt, der reichste Mann von allen da drüben sei ein Engländer.«

»Warum kommst du dann zu mir, um dir deine Tänzerinnen zu suchen? Warum stehen nicht alle jungen Mädchen Schlange, um mit dir zu fahren?«

Dubrow seufzte in seine Teetasse. »Die besten Tänzerinnen sind alle bei Diaghilew. Den Rest hat die Pawlowa.« Er sah sie unter seinen Nikolausaugenbrauen von der Seite an. »Und einigen gefällt natürlich der Gedanke an die Insekten nicht und an die Krankheiten und so weiter«, gab er zu. Dann kehrte er mit einer wegwerfenden Handbewegung zu seinem eigentlichen Thema zurück. »Ich könnte wohl die Blonde mit den Locken nehmen, aber solche Mädchen bekomme ich auch von einer Agentur. Es ist die kleine Brünette, die ich haben will. Lass mich selbst mit ihr sprechen; vielleicht kann ich sie umstimmen.«

»Wie stur du doch bist, mein armer Sascha! Aber es wäre sicher für alle Mädchen interessant, von deinen Plänen zu erfahren. Ich werde den Unterricht etwas früher beenden, dann kann Harriet zusammen mit den anderen hören, was du zu sagen hast. Es ist immer sehr aufschlussreich, Harriet beim Zuhören zu beobachten.«

Also machte die Fortgeschrittenenklasse früher Schluss als gewöhnlich, und die Mädchen kamen herunter. Phyllis hatte ihr Haarband abgenommen, damit ihre Locken ihr Gesicht umspielten, aber Harriet kam, wie sie war, und als sie sich auf einen Hocker sinken ließ, nickte Dubrow, denn sie hatte jene Gabe, die kein Lehrer lehren konnte und die doch nur jahrelanges Lernen mit sich brachte: diese harmonischen Bewegungen der Glieder und des Kopfes, die man »Linie« nennt. Und eigensinnigerweise, unvernünftigerweise – denn sie würde nur eines von zwanzig oder mehr Mädchen sein – wollte er sie haben.

»Wir werden in Liverpool an Bord gehen«, sagte er an alle Mädchen gewandt, obwohl er in Wirklichkeit nur mit einer sprach. »Das Schiff, mit dem wir reisen, ist sehr luxuriös, ein richtiges Hotel, mit dem wir westwärts über den Atlantik dampfen werden. Aber erst in Brasilien, im Hafen von Belem, beginnt unser eigentliches Abenteuer. Denn das Schiff wird in die Mündung des größten Flusses der Welt einlaufen – des Amazonas –, und tausend Meilen weit werden wir diesem Wasserlauf folgen, der so gewaltig ist, dass sie ihn den *Rio Mare* nennen ... den Meeresstrom.«

Er sprach weiter, und während er sprach, schloss Harriet die Augen – und sah ...

Sie sah ein weißes Schiff, das schweigend durch ein Labyrinth von Wasserwegen dampfte. Am Bug des Schiffes, das durch diese verzauberte Welt glitt, sah Harriet eine Frau mit rabenschwarzem Haar, versonnen und wunderschön: La Simonowa, das strahlendste Juwel des Marijnski-Theaters, und neben ihr, männlich und stark wie ein Löwe, der *premier danseur* Maximow … Sie sah, gleich einem Keil fliegender Wildgänse, zu beiden Seiten die weiß gekleideten Tänzerinnen, die der Simonowa als Schneeflocken und Schwäne und Sylphiden dienen würden …

»Wir werden *Schwanensee* geben, *La Fille mal gardée* und den *Nussknacker*«, sagte Dubrow. »Außerdem *Giselle* …« Er hielt kurz inne, um sich mit der Hand über die Stirn zu fahren, und Harriet sah die heimwehkranken Europäer vor sich, die berühmten »Gummibarone«, die in ihren Opernumhängen aus ihren Palästen am Fluss kamen, begleitet von ihren kostbar gekleideten Frauen, sah sie in Booten aus den Nebenflüssen herbeiströmen, in Kutschen, in Sänften, die durch den Dschungel getragen wurden, sah, wie sie sich dem hell erleuchteten Opernhaus näherten …

Dubrow warf einen schnellen Blick auf Harriet. Sie hört sogar mit ihren Wimpern zu, dachte er – und sprach weiter über den Lebensstil des Publikums, vor dem sie tanzen würden, dieses Flair von Tausendundeiner Nacht, das es umgab. »Dort unten lebt eine Frau, die ihre Kutschpferde mit Champagner waschen lässt«, erzählte er, »und ein Mann, der seine Hemden zur Reinigung nach London schickt.« An dieser Stelle musste Madame lächeln, denn wie erwartet erschien ein kleines Stirnrunzeln zwischen Harriets Augenbrauen. Harriet hielt es nicht für nötig, Kutschpferde in Champagner zu baden oder Wäsche in eine fünftausend Meilen entfernte Reinigung zu schicken.

Dubrow näherte sich nun dem Ende seines Vortrags. Flüchtig, ja beinahe abfällig kam er schließlich auf den

Triumph zu sprechen, auf die zahllosen Vorhänge, die sie nach ihren Auftritten bekommen würden, und mit einer letzten, schwungvollen Gebärde brachte er die Truppe – überhäuft mit Juwelen und Silber, mit Ozelot- und Jaguarfellen – wieder heim nach England, wo sie betäubender Applaus und ein so gut wie sicheres Engagement an der Alhambra am Leicester Square erwarteten.

»Ihr könnt jetzt gehen«, sagte Madame, nachdem sie sich bei Dubrow bedankt hatte. Und als die Mädchen aus dem Zimmer schlüpften, hörte man Phyllis sagen: »Nicht im Traum würde ich dahin gehen! Ihr vielleicht? Nicht bei dem ganzen Gekribbel und Gekrabbel, das sie da haben!«

»Und bei den Einheimischen, die einen vielleicht auffressen«, fügte Lily hinzu.

Aber als Harriet sich anschickte, ihren Freundinnen zu folgen, versperrte Madame ihr den Weg. »Du bleibst, Harriet«, befahl sie. Und als Harriet sich umdrehte und mit respektvoll gefalteten Händen neben der Tür stehen blieb, fuhr sie fort: »Monsieur Dubrow ist hierhergekommen, um Tänzerinnen für die Tournee, die er euch gerade beschrieben hat, auszusuchen. Er hat dich bei der Arbeit gesehen und wäre bereit, dir einen Vertrag anzubieten.«

»Ihr Mangel an Erfahrung ist natürlich von Nachteil«, wandte Dubrow schnell ein. »Ihre Gage wäre daher auch geringer als die einer voll ausgebildeten Tänzerin.«

Es war dieses Feilschen, dieser Beweis dafür, dass sie nicht einfach träumte, der nun eine ungewöhnliche Veränderung bei Harriet bewirkte.

»Sie bieten mir ein *Engagement* an?«, sagte sie langsam. »Sie würden *mich* nehmen?«

»Es besteht überhaupt kein Grund, so überrascht zu sein«, fuhr Madame sie an. »Jede Schülerin meiner Fortgeschrittenenklasse hat einen professionellen Standard erreicht, der vollkommen genügt für das Corps de ballet einer Truppe, die auf Südamerikatournee geht.«

»Man wird mir nicht gestatten, mit Ihnen zu gehen«, sagte Harriet mit ihrer sanften, sorgsam modulierten Stimme zu Dubrow. »Es ist völlig aussichtslos, es auch nur zu versuchen; und ich bin erst achtzehn, wenn ich also wegliefe, würde man mich verfolgen und zurückbringen, und das würde Sie nur in Schwierigkeiten bringen. Aber ich werde nie vergessen, dass Sie mich haben wollten. Nie, solange ich lebe, werde ich das vergessen.«

Und dann trat dieses prüde erzogene Mädchen mit ihrem steifen akademischen Hintergrund vor, nahm Dubrows Hand und küsste sie.

Anschließend knickste sie kurz vor Madame und hätte das Zimmer verlassen, aber Dubrow hielt sie am Arm fest und sagte: »Warten Sie! Nehmen Sie das … Vielleicht geschieht ja doch noch ein Wunder.« Und als sie die Karte mit seiner Adresse entgegennahm, fügte er hinzu: »Sie können mich bis zum 25. April dort oder am Century Theatre erreichen. Wenn Sie bis dahin kommen, werde ich Sie nehmen.«

»Vielen Dank«, sagte Harriet, knickste noch einmal und war verschwunden.

Vor den Erstsemesterstudenten, die ihn im Zoologielabor von Cambridge umringten, sezierte Edward Finch-Dutton das efferente Nervensystem eines großen, leicht eingesalzenen Nordseehais. Eifrig verfolgten die jungen Männer seine Bewegungen und kritzelten sich Notizen in ihre Hefte. Edward beherrschte seine Knorpelfische so sicher, dass er es sich erlauben konnte, während seines Vortrags seinen eigenen Gedanken nachzuhängen. Und seine

Gedanken galten an diesem Tag, an dem er in ihrem Haus speisen würde, einzig und allein Harriet.

Edward hatte ursprünglich beabsichtigt, noch für eine beträchtliche Zeit unverheiratet zu bleiben. Nachdem er seine Assistentenstelle am College erhalten hatte, war es offensichtlich das Vernünftigste, noch zu warten, denn er stimmte mit dem Rektor von St. Philip überein, dass acht oder zehn Jahre Zölibat kein zu hoher Preis für die Sicherheit einer akademischen Laufbahn waren.

Und doch beabsichtigte er, Harriet schon deutlich früher zum Altar zu führen. Natürlich würde er sie nur selten sehen. Die Regeln von St. Philip punkto Frauen im College waren besonders streng, aber es würde schön sein zu wissen, dass sie irgendwo in einem passenden Haus am Stadtrand auf ihn wartete. Ihre ruhige und sanfte Gegenwart, die intelligente Art, wie sie zuhörte, würden äußerst wohltuend sein für einen Mann, der sich das hehre Ziel gesetzt hatte, eine endgültige Klassifizierung der *Aphaniptera* zuwege zu bringen. In fünf oder acht Jahren, nachdem er zumindest ein Dutzend Schriften veröffentlicht und seine wissenschaftliche Laufbahn begründet hatte, würde er ihr erlauben, ein Baby zu bekommen. Nicht nur, weil Frauen ohne kleine Babys nie zu wissen schienen, was sie mit sich anfangen sollten, sondern auch, weil er selbst als Abkömmling einer alten und vornehmen Familie gern einen Erben hätte.

Der beste Zeitpunkt für seinen Antrag – und ihre offizielle Verlobung – war seiner Meinung nach der Maiball von St. Philip. Er hatte eine angemessene Summe Geldes für einen Ring beiseitegelegt und würde nach der Verlobung mindestens zwei Jahre lang vor weiteren Störungen seines Arbeitsfriedens sicher sein, bevor es notwendig wurde, Vorbereitungen für die Hochzeit zu treffen. Der

Gedanke an einen Walzer mit Harriet zauberte ein leises Lächeln auf sein langes Gelehrtengesicht.

Zum ersten Mal hatte er sie in der Kapelle des King's College gesehen, bei Bachs h-Moll-Messe, und ihre Ruhe und Andacht hatten ihn entzückt – entzückt hatte ihn aber auch, wie er zugeben musste, ihr zartes Profil und die Art, wie eines ihrer spitzen Öhrchen zwischen den Strähnen ihres offenen Haares hervorlugte. Natürlich war es auch sehr erfreulich, dass sie die Tochter von Professor Morton war – es wäre scheinheilig gewesen, das zu leugnen –, aber das Wissen, dass seine Gefühle in erster Linie uneigennützig waren, verschaffte ihm eine anhaltende und verständliche Befriedigung.

Um fünf Uhr war die Seminarübung beendet, und die Studenten zerstreuten sich; Edward räumte noch schnell das Laboratorium auf, stieg aufs Fahrrad und fuhr zu seiner bescheidenen Unterkunft auf dem Campus. Aber noch bevor er sich rasierte und die Smokingjacke anzog, schickte er einen der Collegediener in die Kantine und ließ sich vorsichtshalber eine Schweinefleischpastete bringen. Edward hatte bisher noch nicht bei den Mortons zu Abend gegessen, aber er hatte zweimal den Lunch dort eingenommen und wusste, dass man auf alles gefasst sein musste.

Es sollte ein ganz besonderes Abendessen werden – das erste Mal, dass Edward bei ihnen dinierte, und die erste Gelegenheit für Marchmont (den neuen Lektor für klassische Philologie) und seine junge Frau, dem Professor in der entspannten Zwanglosigkeit seines Hauses zu begegnen.

Also gab Louisa sich Mühe. Im Kamin im Speisezimmer lagen hinter dem eisernen Kamingitter mindestens ein halbes Dutzend Kohlen, die richtiggehend brannten und, gemessen an den Maßstäben des Hauses, ein loderndes Feuer darstellten.

Als Louisa in die Küche herunterkam, herrschte dort eine ähnlich festliche Ausgelassenheit. Der alltäglichen Suppe aus Rüben und Schinkenknochen hatte die Köchin gehackte Karotten hinzugefügt, wodurch die Brühe eine hübsche gelbliche Farbe erhielt. Ein kalter Kabeljau wartete in seinem Sud auf eine *Sauce tartare,* und die Hammelkeule brutzelte schon in der Röhre.

»Soweit scheint ja alles in Ordnung zu sein«, sagte Louisa an die Köchin gewandt. »Wie sieht es mit dem Nachtisch aus?«

Die Köchin zeigte mit dem Kopf auf ein großes Tablett, auf dem ein gerade erst aus seiner Form gestürzter Kaffeepudding noch immer leise vor sich hin zitterte.

»Ich werde ihn mit kandierten Kirschen verzieren«, bemerkte die Köchin weiter.

»Ich muss schon sagen, das scheint mir doch ein wenig übertrieben«, erwiderte Louisa. Stirnrunzelnd dachte sie nach. Immerhin handelte es sich um eine offizielle Abendeinladung. »Na schön – aber halbieren Sie die Kirschen vorher.«

Nachdem sie so ihrer Pflicht Genüge getan hatte, ging sie wieder nach oben und kam gerade rechtzeitig, um ihre Nichte bei der Rückkehr von der Tanzstunde abzufangen.

Es fiel Harriet immer schwer, den freundlichen, interessanten Straßen den Rücken zu kehren und das düstere Haus zu betreten, in dem es im Allgemeinen um einige Grad kühler zu sein schien als draußen. Heute, da Dubrows Worte ihr noch immer in den Ohren klangen, stand sie noch unglücklicher in der Diele als sonst und hing ihren unerfüllbaren Träumen nach – ein Anblick, der ihre Tante mit gerechtem Zorn erfüllte.

»Um Gottes willen, Harriet, trödle nicht! Hast du vergessen, dass wir heute Abend Gäste haben? Ich möchte dich um Punkt sieben umgezogen im Salon sehen.«

»Ja, Tante Louisa.«

»Du wirst das rosafarbene *Crêpe-de-Chine*-Kleid tragen. Und du kannst dir das Haar aufstecken.«

In ihrem Mansardenzimmer wusch Harriet sich langsam, streifte dann das abscheuliche Kleid über, das ihre Tante im Januarschlussverkauf für sie erstanden hatte, und widmete sich schließlich dem mühsamen Unterfangen, ihr langes, weiches Haar aufzustecken. Sie hätte alles für einen ruhigen Abend gegeben, an dem sie noch einmal durchleben konnte, was geschehen war … Alles, um nicht Edward gegenübertreten zu müssen mit seinem selbstherrlichen und besitzergreifenden Gehabe und jener unterschwelligen Freundlichkeit, die es ihr unmöglich machte, ihn so zu verabscheuen, wie sie es gern getan hätte.

Zwei Stunden später war die Dinnerparty in vollem Gange, obwohl das vielleicht nicht der Ausdruck gewesen wäre, den die hübsche Mrs Marchmont gewählt hätte, während sie mit einem Anflug von Ungläubigkeit ihre Suppe löffelte. Man hatte sie bezüglich der Abendeinladungen der Mortons gewarnt, aber man hatte sie nicht eindringlich genug gewarnt.

Am Kopfende des Tisches erläuterte der Professor Mr Marchmont die Ungerechtigkeit des jüngsten Beschlusses des Universitätssenats bezüglich der Notenvergabe beim Abschlussexamen. Edward unterhielt sich tapfer mit Tante Louisa darüber, »wie schrecklich teuer doch alles war«, während im Kamin die Handvoll glimmender Kohlen langsam schwarz wurde und schließlich erlosch.

»Nun, Harriet, und wie ist es dir heute ergangen?«, fragte der Professor, der sich an diesem Abend zum ersten Mal an seine Tochter wandte.

»Sehr gut, vielen Dank, Vater. Ich hatte heute meine Tanzstunde.«

»Ah, ja.« Der Professor hätte sich nun, nachdem er seiner Pflicht Genüge getan hatte, wieder an seinen Nachbarn gewandt, aber Harriet, die für gewöhnlich so schweigsam war, sprach weiter.

»Madame Lavarre hatte einen Gast. Einen Russen. Er wird mit einer Balletttruppe den Amazonas hinauf nach Manaus reisen. Um dort aufzutreten.«

»Ein überaus interessanter Teil der Welt, wie man hört«, sagte Edward. »Mit einer ganz außergewöhnlichen Flora und Fauna.«

Harriet sah ihn dankbar an. Und in einem Anfall von Tollkühnheit, der ihr selbst unverständlich war, fuhr sie fort: »Er hat mir ein Engagement angeboten ... als Tänzerin ... für die Dauer der Tournee.«

Ihre Bemerkung löste bei den Anwesenden eine wenn auch unterschiedliche, so doch durchweg heftige Reaktion aus. Ihr Vater legte, während sein Gesicht mit den scharfen Zügen rot anlief, seine Gabel beiseite, Louisa öffnete den Mund und starrte ihre Nichte sprachlos an, während Edwards Hemdbrust – Konsequenz der Tatsache, dass er jäh den Atem angehalten hatte – ein vernehmliches und plötzliches »Plop« hören ließ.

»Er hat *dir* ein Engagement angeboten?«, wiederholte der Professor langsam. »Dir? *Meiner* Tochter!« Er sah Harriet ungläubig an. »Noch nie in meinem ganzen

Leben ist mir eine derartige Unverschämtheit untergekommen!«

»Aber nein!« Harriet, die sich der Nutzlosigkeit ihres Vorhabens sehr wohl bewusst war, konnte dennoch der Versuchung nicht widerstehen, es zumindest zu versuchen. »Es ist eine Ehre. Eine große Ehre. Auserwählt zu werden – für gut genug gehalten zu werden, professionellen Maßstäben zu genügen. Und außerdem geht es um eine gute Sache – Menschen Kunst zu bringen, die danach hungern. Das ist etwas objektiv *Gutes*, wie bei Marc Aurel.«

»Wie kannst du es wagen, Harriet? Wie kannst du es wagen, mir zu widersprechen!« Die Tatsache, dass seine Tochter den großen römischen Stoiker ins Feld führte, den der Professor als sein Eigentum betrachtete, hatte die Flammen seines Zorns auf gefährliche Weise weiter angefacht. Er funkelte Louisa an; sie hätte strenger mit dem Mädchen sein sollen, hätte sie schon vor Jahren von dieser unziemlichen Akademie entfernen müssen.

»Bitte, Vater. Bitte, lass mich gehen!« Harriet, die man sonst mit einem einzigen Blick zum Schweigen bringen konnte, schien plötzlich den Verstand verloren zu haben. »Du hast mich nicht weiter zur Schule gehen lassen, du hast mir nicht erlaubt, mit den Fergusons nach Frankreich zu fahren, weil sie Agnostiker sind ... Nun, das habe ich verstanden – ja wirklich, das habe ich. Aber dies ... sie haben eine Ballettmeisterin dabei, das Ganze ist durch und durch respektabel, und ich würde im Herbst wieder zurück sein.« Sie hatte ihren Teller weggeschoben und hielt sich an der Tischkante fest. »Bitte Vater, ich *flehe* dich an, lass mich gehen.«

Eine Szene! Eine Szene bei Tisch! Überwältigt von dieser schlimmsten aller Katastrophen, senkte Louisa den Kopf tief über ihren Teller.

»Du wirst das Thema auf der Stelle fallen lassen, Harriet«, blaffte der Professor. »Du bringst unsere Gäste in Verlegenheit.«

»Nein. Ich werde das Thema nicht fallen lassen.« Harriet war sehr bleich geworden, aber ihre Stimme war ruhig. »Du hast das Tanzen immer für frivol und töricht gehalten, aber das ist es nicht – es ist die wunderbarste Sache auf der Welt. Wenn man tanzt, kann man Dinge sagen, die man auf keine andere Art und Weise ausdrücken könnte. Seit Anbeginn der Zeit haben Menschen zum Ruhme Gottes getanzt. David hat vor der Bundeslade getanzt … Und diese Reise … Dieses Abenteuer …« Sie wandte sich flehentlich an Edward. »*Sie* müssen doch wissen, was für ein wunderbares Erlebnis es sein würde?«

»*O nein,* Harriet! Nein, der Amazonas ist ein überaus unpassender Ort für eine Frau. Das wäre er für *jedermann*! Es gibt dort Fische, die in die Körperöffnungen der Menschen eindringen, wenn sie im Meer baden, und …«

Ein leises Stöhnen von Louisa brachte ihn zur Besinnung. Körperöffnungen waren bei Tisch erwähnt worden, und das in Anwesenheit von Damen! Körperöffnungen und eine Szene am selben Abend! Und während der arme Edward dunkelrot anlief und Mrs Marchmont ein nervöses Kichern unterdrückte, erhob sich der Professor und sah seiner Tochter ins Gesicht.

»Du wirst jetzt den Tisch verlassen, Harriet, und sofort auf dein Zimmer gehen.« Und als sie sich nicht augenblicklich erhob, fuhr er fort: »Ich denke, du hast mich verstanden!«

»Ja.« Aber sie rührte sich immer noch nicht, sondern sah ihren Vater nur weiter an, und einen wahnwitzigen Augenblick lang hatte er den Eindruck, dass *sie* mit *ihm* Mitleid hatte.

Dann nickte sie kurz, als sei irgendein Geschäft nun zum Abschluss gekommen, und erhob sich mit der mühelosen Anmut, die sie jener verdammenswerten Tanzakademie zu verdanken hatte, ging zur Tür und war verschwunden.

2

Der Besuch auf Schloss Stavely, der drei Wochen nach jener unglücklichen Abendeinladung stattfand, war für die Damen von Louisas Teekränzchen der Höhepunkt des Jahres. Sie ließen es sich angelegen sein, Harriet wieder und wieder darauf hinzuweisen, dass diese sich glücklich schätzen könne, mitgenommen zu werden. Wie ein Schwarm schwarzer Vögel aus der griechischen Tragödie hatten diese Damen über Harriets junges Leben geherrscht. Es waren etwa dreißig Frauen, die sich ursprünglich in der Villa Hermione Belpers versammelt hatten, um gegen die Vereinigung der Ehefrauen von Universitätsangehörigen zu protestieren – die Vereinigung hatte Geld für das Fitzwilliam-Museum gesammelt, damit ein bestimmtes Gemälde erworben werden konnte: das einer Dame, die nicht nur hüllenlos war, sondern eindeutig splitternackt.

Es waren eben jene Damen des Teekränzchens, die für Louisa beschlossen, wie Harriet sich zu kleiden hatte, welche Familien sie besuchen und wohin sie ohne Anstandsdame gehen durfte; sie waren es, die – wie eine Armee von Geheimagenten über die Stadt verstreut – Louisa hinterbrachten, wenn ihre Nichte in der Öffentlichkeit ihre Handschuhe ausgezogen hatte oder dabei beobachtet worden war, wie sie sich viel zu freundlich mit einem Ladenjüngling unterhalten hatte.

In den Augen jener Damen konnte Harriet doppelt glücklich sein, da auch Edward Finch-Dutton nach

Stavely Hall mitkam. Zu dem Entschluss, dass auch ein Mann mit von der Partie sein sollte, hatten Mrs Belper und Tante Louisa sich nach Stunden durchgerungen. Doch es wurde ihnen klar, dass Edwards Anwesenheit Vorteile mit sich brachte. Seine Mutter hatte den alten General Brandon (den Besitzer Stavelys) zu dessen Lebzeiten gekannt, und wenn diese Tatsache von vornherein erwähnt wurde, konnte dies die Aussicht wesentlich erhöhen, von seiner Schwiegertochter, die in Abwesenheit ihres Mannes das Sagen in Stavely hatte, persönlich empfangen zu werden. Sowohl Mrs Belper wie auch Louisa waren leidenschaftliche Besucherinnen stattlicher Herrenhäuser und hegten fortwährend die Hoffnung, dass es bei einer bloßen Besichtigung irgendwann einmal zu einer wirklichen Begegnung und einem Gespräch mit einem Marquis oder einer Viscountess kam. Von Isobel Brandon, einer Enkelin des Grafen von Lexbury, hieß es, sie sei eine rothaarige Schönheit von unglaublicher Eleganz.

Demgegenüber waren die offensichtlichen Gefahren zu bedenken, dass die »jungen Leute« sich gehen ließen. Stavely sollte einer der prächtigsten und romantischsten Herrensitze in East Anglia sein, und der Gedanke, Edward und Harriet könnten hinter irgendwelchen undurchdringlichen Hecken oder irgendeinem reich geschnitzten Wandschirm verschwinden, war zu schrecklich, um ihn überhaupt in Betracht zu ziehen.

»Aber das werden wir doch verhindern können, Louisa«, sagte Mrs Belper entschieden und setzte sich für Edwards Mitkommen ein. »Schließlich sind wir dreißig. Ich werde mit den Mädchen reden.«

Also redete Mrs Belper mit ihnen – allerdings nicht mit der 87-jährigen Mrs Transom, der Witwe des emeritierten Architekturprofessors, von der man wenig erwarten konnte, aber mit Millicent Braithwaite, die eigenhändig drei betrunkene Studenten von einer mit Zacken versehenen Mauer heruntergeholt hatte, die sie übersteigen wollten, um ins College zurückzugelangen.

So war denn auch Edward eingeladen worden, der nun, nachdem er vernünftigerweise beschlossen hatte, das Angenehme mit dem Nützlichen zu verbinden, neben Harriet stand, ausgerüstet mit seinem Schmetterlingsnetz und einer Umhängetasche aus Kaki, die sein Tötungsglas, seinen Sammelbehälter und seine Dosen enthielt.

Der Omnibus fuhr vor; Decken, Sonnenschirme und Picknickkörbe wurden verladen, und die Reise ging los. Harriet hatte eigentlich nicht mitkommen wollen; sie konnte sich kaum etwas weniger Vergnügliches vorstellen, als in Begleitung der Damen vom Teekränzchen durch ein großes Haus zu trotten. Edwards Anwesenheit war noch eine zusätzliche Qual für sie, denn sie hatte stets das Schreckensbild vor Augen, dass sie eines Tages so weit gebracht würde, seinen Heiratsantrag anzunehmen. Wenn sie Edward heiratete, könnte sie einen Garten haben, in dem auch wirklich Blumen wuchsen; auch einen Hund und einen Goldfischteich. Sie könnte in der Sonne sitzen und lesen und ihre Freundinnen einladen. Doch an diesem Punkt hörte sie auf, ihre Gedanken weiterwandern zu lassen, denn irgendwo in dem vorgestellten Garten stand ein Kinderwagen mit einem glucksenden Säugling – *ihrem* zarten, warmen Baby.

Aber es war nicht ihr Kind allein. Wie schon so oft, dankte Harriet im Stillen dem melancholischen, überspannten Dienstmädchen Maisie, das ihr, als sie sechs Jahre alt war, ausführlich und ohne Umschweife erzählt hatte, wie Menschen Babys machten. Manche Nacht hatte Harriet wach gelegen und versucht, die komplizierten Unannehmlichkeiten zu verstehen, die Maisie ihr beschrieben hatte. Jetzt war sie froh über die rohe Aufklärung. Wie leicht hätte sie sonst, wenn sie von Dantes hehrer Leidenschaft für Beatrice las, die Liebe für einen herrlichen Höhenflug des menschlichen Geistes gehalten. Das war sie natürlich *auch*, aber nicht nur das. Während sie Edward jetzt vorsichtig ihren Arm entzog – es war heiß geworden in dem vollen Bus –, wusste sie, dass eine Heirat mit ihm kein Ausweg für sie war.

Aber welche andere Wahl hatte sie? Ihr Vater war am Tag nach der Abendeinladung persönlich zu Madame Lavarre gegangen, um ihren Tanzstunden ein- und für allemal ein Ende zu bereiten. Jetzt war ihr nichts mehr geblieben – gar nichts.

Ich darf nur nicht verzweifeln, dachte Harriet, und als der Bus schließlich zwischen den steinernen Löwen auf den Torpfosten hindurchfuhr und sie sich über Stavelys berühmte doppelte Buchenallee dem Haus näherten, entsprang Harriets leises »Oh!« keineswegs einer vorsätzlichen Willensanstrengung. Sie hatte Pracht erwartet, Protzerei und Pomp, fand stattdessen nur reine und ehrfurchtgebietende Schönheit.

Das Haus war lang gestreckt und niedrig, gebaut aus warmen, rosigen Backsteinen: ein Ort zum Leben, für Musik und Feste, ein Haus, wie geschaffen, um eine Schar prächtiger Kinder großzuziehen.

Aber wenn Harriets erster Eindruck von Stavely der überwältigender Schönheit war, so stach ihr doch gleich darauf die Vernachlässigung ins Auge, die überall sichtbar wurde. Direkt am Haus, wo alles von einer sorgfältigen Pflege des Gartens abhing, war deutlich zu erkennen, dass etwas nicht stimmte. Unkraut wucherte auf den Kieswegen, und die Eibenhecken waren schon lange nicht geschnitten worden. Das Haus war in einen verwunschenen Schlaf versunken; die Anmut der grünen Kletterpflanzen, die sich über ein Gartentor geschoben hatten, und die frischen jungen Blätter einer unbeschnittenen Rose, die ihre Ranken über ein Fenster wachsen ließ, verschleierten nur den Verfall des Anwesens.

»War das Haus bei Ihren früheren Besuchen auch schon in diesem Zustand, Edward?«, erkundigte sich Harriet. »So verwildert und vernachlässigt?«

»Nein, ich glaube nicht. Aber bedenken Sie, dass ich damals noch sehr klein war, und nach dem Tod des alten Besitzers, Colonel Brandons, sind wir nie wieder hergekommen. Sein Sohn – der gegenwärtige Besitzer – war sehr unfreundlich zu Mama.«

Am Haupteingang stand ein düsteres, altes Individuum mit Mumiengesicht und leberfleckenübersäter Glatze, das sich als Mr Grunthorpe vorstellte. Er war der Butler der Familie, und nachdem er die Damen in einen großen holzvertäfelten Raum geführt hatte, spulte er sofort sein Programm ab.

»Der Raum, in dem wir uns jetzt befinden, ist als Große Halle bekannt. Bitte beachten Sie besonders das Kaminsims, über dem der Schild mit dem Wappen der Brandons und der Verneys hängt. Das Wappen geht zurück auf das Jahr 1633, in dem Henrietta Verney durch Heirat mit der Familie Brandon verbunden wurde«, dröhnte die Stimme des offenkundig desinteressierten Mr Grunthorpe.

Harriet beachtete die Besonderheiten, auf die sie hingewiesen wurde … ohne dabei jedoch den Staub zu übersehen, der überall lag. Sie gingen einen Flur hinunter und kamen in den Salon – ein wunderschönes Zimmer voller Hepplewhite-Möbel –, aber auch hier herrschte dieselbe

Vernachlässigung. Anschließend strömte die kleine Gesellschaft in die Bibliothek.

Ach, die armen Bücher, dachte Harriet, während sie ihr Taschentuch verstohlen über die staubigen, in Kalbsleder gebundenen Bände auf einem offenen Regal gleiten ließ. Wie arm ich auch wäre, überlegte sie, die Bücher würde ich immer abstauben. Und wieder einmal fragte sie sich, was diesem wunderbaren Haus fehlte.

Als Nächstes stiegen sie die große Treppe hinauf. Hier waren die privaten Räume der Familie, an denen der mumiengesichtige Mr Grunthorpe sie nun vorbei in die Lange Galerie im obersten Stock führte.

Harriet war ein wenig hinter den anderen zurück geblieben, und so kam es, dass sie allein war, als plötzlich eine Tür aufgerissen wurde und sie eine hohe, herrische Frauenstimme rufen hörte: »Nein! Das glaube ich nicht! So furchtbar *kann* es einfach nicht sein!«

Unwillkürlich blieb Harriet stehen. Durch die geöffnete Tür sah sie ein mit blauer Seide drapiertes Himmelbett. Die Decken waren zerwühlt, und vor dem Bett stand eine Frau in weißem Negligé, der ein Schwall dunkelroter Haare über den Rücken wallte.

»Nicht einmal mein idiotischer Ehemann könnte so weit gegangen sein«, fuhr sie fort. »Sie wollen mir Angst einjagen.«

Ein Dienstmädchen hielt sich im hinteren Teil des Zimmers auf, um Kleider zurechtzulegen, aber die Person, mit der die Frau sprach, blieb unsichtbar – ein Mann, dessen leise Antwort Harriet nicht verstehen konnte.

»Oh!« Der verzückte Ausruf kam von Louisa, die zurückgekehrt war, um ihre saumselige Nichte zu ermahnen. Ihr langes Gesicht verklärte sich; ihr Mund stand vor Ehrfurcht ein klein wenig offen.

Hier hatten sie ohne Zweifel die Herrin des Hauses vor sich, Isobel Brandon, in deren Adern etwas vom blauesten Blut Englands floß. Doch während Harriet eine schöne und herrische Frau sah, die durch irgendeine Kalamität an den Rand der Fassungslosigkeit getrieben wurde, sah Tante Louisa nur die Tochter des Earl of Lexbury, deren Hochzeit in St. Margaret in Westminster vor etwa zehn Jahren so spektakulär gewesen war, dass nur eine Doppelseite im *Tatler* ihr hatte gerecht werden können.

Aber jetzt hatte Mrs Brandon sie gesehen.

»Um Himmels willen, Alistair, mach die Tür zu! Man kann hier nirgendwo hingehen, solange diese blöden Weiber durchs Haus stampfen. Außerdem habe ich sowieso alle Unterlagen weggeschickt ...«

Die Tür wurde geschlossen. Harriet und ihre Tante gesellten sich wieder zu den anderen, und gemeinsam betraten sie die Lange Galerie.

An den Wänden, links und rechts der Tür, hingen die Familienporträts der Brandons. Nur zwei der faden, durch dicke Firnisschichten zu absoluter Einförmigkeit verurteilten Gemälde erregten Harriets Aufmerksamkeit: das eines Mannes, der dem alten General ähnlich sah und den das Modellsitzen so offenkundig gelangweilt hatte, dass es ans Komische grenzte; und dasjenige von Henrietta Verney, die die Brandons mit ihrem illustren Haus verbunden hatte – ein lebhaftes, intelligentes Gesicht, das den Jahrhunderten trotzte.

»Gibt es kein Porträt des augenblicklichen Besitzers?«, erkundigte sich Mrs Belper.

»Nein, Ma'am. Der gegenwärtige Besitzer hält sich häufig im Ausland auf und hat noch nicht für sein Porträt gesessen.«

Und es ist auch nicht wahrscheinlich, dass er das jemals

tun wird, dachte Mr Grunthorpe mit düsterer Befriedigung.

Zehn Minuten später war die Führung zu Ende, und die Damen standen wieder in der Eingangshalle. Und hier sollte Mr Grunthorpe sein Waterloo erleben. Tante Louisa, die Sekretärin des Teekränzchens, ging auf ihn zu und bedankte sich im Namen ihrer Freundinnen dafür, dass er sie herumgeführt hatte. Mr Grunthorpe, der seine gierige Hand schon erwartungsvoll ausgestreckt hatte, murmelte, es sei ihm ein Vergnügen gewesen. Er starrte noch immer fassungslos auf seine leere Hand, als Louisa den anderen Damen bereits durch die Vordertür gefolgt war.

Draußen stand nun die Wahl eines passenden Picknickplatzes zur Debatte. Dies war keine ganz leichte Aufgabe, aber schließlich ließ man sich an einer geschützten Stelle im Garten nieder, die Picknickkörbe wurden aus dem Ausflugsomnibus geholt, Decken ausgebreitet, Schirmchen aufgestellt, und die Damen nahmen Platz.

Edward war anfangs ganz zufrieden gewesen, neben Harriet sitzen und das exzellente Mahl genießen zu dürfen. Obwohl sie für ihre Verhältnisse ungewöhnlich still war, gefiel sie ihm doch sehr in dem blauen Rock und der weißen Bluse. Besonders mochte er die Art, wie sie ihr Haar trug: Es war mit einem Samtband zurückgehalten und fiel offen auf ihre Schultern. Doch nach einer Weile wurde er rastlos; immerhin war er Entomologe und nicht nur zum Vergnügen hier.

»Kommen Sie, Harriet«, sagte er schließlich. »Ich möchte das Lehrmaterial des Laboratoriums aufstocken. Würden Sie so freundlich sein, mir zu helfen?«

Sie nickte und erhob sich, und gemeinsam begaben sie sich in die Richtung, in der auch der Krocketrasen lag. Fast eine halbe Stunde lang lief Edward, blind für alles andere, in gebückter Haltung durchs Gras und ließ das schwere Schmetterlingsnetz unablässig über den Boden schnellen.

Als sie sich schließlich langsam der Terrasse näherten, erspähte Edward plötzlich auf einem blühenden Schneeball einen großen goldenen Zitronenfalter. Mit einem Mal war er wie verwandelt; er nahm die Stufen mit beinahe tänzerischer Anmut. Das hier war ein ganz neuer Edward: ein leichtfüßiger, entomologischer Ariel. Er zauderte kurz, nahm sein Opfer ins Visier – und schlug mit einem prachtvollen Schwung seines Netzes jäh zu!

»Ich habe ihn!«, verkündete er triumphierend, und als Harriet näher kam, hatte er bereits den Thorax des flatternden Geschöpfes, das er zwischen Daumen und Zeigefinger hielt, zusammengedrückt.

Eine saubere und gekonnte Bewegung: ein augenblicklicher und humaner Tod. Aber dabei entstand ein Geräusch, das Harriet nicht erwartet hatte – ein kleines, aber unüberhörbares »Knack« –, und nun teilte sie Edward mit, dass er sie einen Augenblick entschuldigen müsse, und ließ ihn stehen.

Gedankenverloren schlenderte Harriet umher und fand sich bald in einem kleinen, von einem Bach durchflossenen Wäldchen wieder. An den Ufern wuchsen mehr Schlüsselblumen, als sie je gesehen hatte. Schließlich kam sie in einen Obstgarten. Die mit Flechten bewachsenen alten Birnbäume standen in Blüte, die Apfelbäume hatten erst rosa Knospenspitzen. Was für ein himmlischer Ort!, dachte Harriet, denn hier hatte die Vernachlässigung von Stavely die Schönheit noch vergrößert. Voller Entzücken folgte sie einem breiten Pfad, der vom Hauptweg abgezweigt sein musste, und stand plötzlich vor einem Schild mit der Aufschrift: *Zur Paradise Farm.*

Sie scheute sich weiterzugehen, obgleich die Vorstellung eines Paradieses ihr gefiel. Doch sie wollte nicht unbefugt eindringen und kehrte daher lieber um. Als sie kurz darauf in einer ganz mit Efeu bewachsenen Mauer eine Tür sah, betrat sie einen dahinterliegenden Garten, in dem ein alter Gärtner sich zwischen zerbrochenen Frühbeeten zu schaffen machte. Er erwiderte ihren Gruß so mürrisch, dass Harriet den Garten sofort wieder verließ. Der Weg führte sie jetzt an einem von Unkraut überwucherten Tennisplatz vorbei, hinter dem sie ein seltsam unregelmäßig geformtes Gebilde aus Eibenhecken erblickte.

Ja, natürlich. Ein Labyrinth ... Sie hatte schon einmal von einem Labyrinth auf Stavely gehört. Es galt als genauso fesselnd und ausgeklügelt wie das in Hampton Court. Die Damen hatten im Bus darüber gescherzt, und Mrs Brandon hatte ihnen in ihrem Brief ausdrücklich verboten, es zu betreten.

»Harriet, Harriet, wo bist du?«

Tante Louisas dünne, verdrießliche Stimme aus der Ferne ließ Harriet hastig einen Schritt nach vorn machen, und ohne zu zögern betrat sie den Irrgarten.

Es war sehr still zwischen den Eibenhecken, die sich über ihrem Kopf beinahe zu einem Dach schlossen; auf den moosbewachsenen Pfaden machten ihre Füße nicht das leiseste Geräusch. Sie schlenderte weiter, wählte mal diesen Weg, mal jenen, bis sie sich ganz unvermittelt nach einer scharfen Biegung auf einem kreisförmigen Rasenstück wiederfand, das den Kern, das Herz des Labyrinths bildete.

»Oh!«, rief Harriet überrascht.

Denn auf einer Steinbank neben der modrigen Statue eines Fauns hockte eine Gestalt, die so klein und so in sich versunken war, dass es sich um den Geist des Labyrinths persönlich gehandelt haben könnte. Dann blickte die Gestalt, die genauso verblüfft war wie Harriet selbst, auf, und sie sah einen kleinen Jungen mit rotem Haar und einem bleichen, ziemlich verhärmten Gesichtchen, das beinahe zur Gänze von einer großen Brille verdeckt wurde. Ein Kind von etwa sieben Jahren, das mit viel zu kleinen Händen versuchte, ein großes schwarzes Buch zu verbergen.

»Es tut mir so leid«, sagte Harriet mit ihrer leisen, sanften Stimme. »Es war nicht meine Absicht, dich zu stören. Ich nehme an, du wolltest allein sein.«

»Hm, ja, das stimmt«, sagte der Junge, der das Buch nun an sich presste. Er sah sich das Mädchen, das vor ihm stand, genau an. Sie war eine Erwachsene, und Erwachsene konnten Ärger bedeuten; aber als er ihr endlich ins Gesicht schaute, lächelte sie – eine unheimlich freundliche, spitzbübische Art von Lächeln war es –, und er wusste, dass er keine Angst zu haben brauchte, dass sie ihn nicht verraten würde. »Aber es macht mir nichts aus, solange Sie es niemandem erzählen. Ich darf dieses Buch nämlich eigentlich nicht lesen, wissen Sie. Es ist verboten.«

»Ich verspreche dir, niemandem etwas zu verraten«, sagte Harriet. Dann ging sie auf ihn zu und setzte sich neben ihn auf die Bank. »Als ich noch klein war, habe ich auch andauernd Bücher gelesen, die ich nicht lesen sollte. Ich habe immer einen Baumwollfaden von der Türklinke zu meinem Zeh gespannt. Wenn dann jemand hereinkam, zuckte mein Zeh, und ich hatte Zeit, das Buch unterm Kissen zu verstecken, bevor meine Tante es sehen konnte.«

»Wirklich?« Der Junge war sehr beeindruckt und nahm für einen Augenblick die Brille ab, um Harriet anzusehen. Seine Augen waren überraschend schön: groß und grau mit einem goldenen Rand rings um die Iris. »Ich heiße

Henry«, stellte er sich nun vor. »Henry St. John Verney Brandon.«

»Und ich bin Harriet Jane Morton«, sagte Harriet, der ohne sonderliche Überraschung klar wurde, dass sie Stavelys Erben vor sich hatte. Daraufhin schüttelten sie einander feierlich die Hände, denn sie waren beide sehr höfliche Menschen.

Nachdem sie so der Form Genüge getan hatten, legte der Junge Harriet vorsichtig sein Buch auf den Schoß und schlug die Titelseite auf.

»Möchtest du es gern sehen?«, fragte er.

Einen Augenblick lang war sie sprachlos. Es war ein zu großer Zufall, geradezu unheimlich, hier an diesem traumhaften Ort.

»Stimmt etwas nicht, Harriet?« Henry blickte ängstlich zu ihr auf, denn ihr war ein leiser Schrei entfahren, und sie hatte sich eine Hand auf den Mund gelegt.

»Nein … Es ist schon gut.« Sie zwang sich, ruhig und vernünftig zu antworten. Sie wusste nicht, was für ein Buch sie hier in der Abgeschiedenheit des Labyrinths bei Henry erwartet hatte – vielleicht eine ausführliche Erklärung der sogenannten »Tatsachen des Lebens«. Stattdessen las sie jetzt:

ABENTEUER AMAZONAS
Bericht über eine Reise mit Rute und Gewehr
entlang der Flüsse Orinoco, Negro und Amazonas
von
Colonel Frederick Bush,
Träger des Verdienstordens und des Kriegskreuzes

»Es ist nur so merkwürdig, Henry. Weißt du, ich habe pausenlos an diese Länder gedacht. Seit einer Woche habe ich mich mit nichts anderem mehr beschäftigt. Und dann finde ich dich hier …« Sie schüttelte den Kopf. »Es ist ein wunderschönes Buch«, sagte sie. »Einfach wunderschön.«

»Ja, nicht wahr, das ist es doch?«

Büchernarren unter sich, blickten sie voller Zufriedenheit auf die dicken Seiten mit den Sepiazeichnungen, und Harriet ließ sich von Henry in dessen Gelobtes Land führen.

»Das ist eine Anakonda – sie war sechs Meter lang, bevor Colonel Bush sie tötete –, und hier ist ein Kanu voller Einheimischer: freundliche Leute, keine von denen, die einen mit lauter Pfeilen spicken. Da im Hintergrund sieht man furchtbar gefährliche Stromschnellen; der Colonel musste sein Boot aus dem Wasser ziehen, um sie zu überwinden, und es über den Hügel da tragen …«

Viele der Fotos waren ziemlich verschwommen, denn der unerschrockene Colonel hatte seine Kodak unter unvorstellbar schlechten Bedingungen benutzt, aber für Harriet und Henry war jedes einzelne Bild von fesselndem Interesse.

Harriet war genauso verzaubert wie der kleine Junge. »Gibt es in dem Buch auch ein Bild von Manaus, Henry?«

»O ja.« Voller Freude darüber, dass er ihr einen Gefallen tun konnte, blätterte er die Seiten vorsichtig um. »Siehst du, hier ist es! Manaus wird auch die goldene Stadt genannt. Weißt du, warum das so ist?«

»Ich glaube, es liegt daran, dass alle Menschen dort so reich sind«, antwortete Harriet bedächtig.

Sie sah sich das Bild genau an – eine elegante Kathedrale, eine Treppenflucht, ein Park mit Palmen. In der Ferne waren, wenn auch verschwommen, noch weitere Gebäude zu sehen. War diese kaum erkennbare Schraffur auf einem der Häuser ein Baugerüst? Das Buch stammte aus dem Jahr 1890 – ungefähr zu dieser Zeit hatte der Bau der Oper begonnen ...

»Ich verstehe nicht, Henry, warum du dieses Buch nicht lesen sollst«, meinte Harriet, nachdem sie alle Bilder betrachtet hatten. »Es ist doch sicher eine sehr geeignete Lektüre für einen kleinen Jungen? Ein Buch über Abenteuer?«

Es entstand eine kurze Pause, während der Henry gründlich nachdachte. Offensichtlich unterzog er sie nun einem letzten Test.

»Ich soll es nicht haben, weil es ›dem Jungen‹ gehörte.« In seiner Stimme lag eine seltsame Ehrfurcht, als er zu ihr aufblickte, um festzustellen, welche Wirkung seine Worte hatten. »Da ist ein Geheimnis, weißt du. Niemand darf von ihm sprechen, und wenn ich jemanden nach ihm frage, wird Mama böse. Ich habe mir das Buch von der alten Nannie im Gärtnerhaus geholt, als sie schlief. Es war sein absolutes Lieblingsbuch, und er hat es ihr dagelassen, als er wegging.«

»Dann hat er also hier gewohnt?«

»O ja. Aber dann hat er etwas Böses getan, glaube ich, und sie haben ihn weggeschickt. Das war vor meiner Geburt – ungefähr zu der Zeit, als Großpapa starb. Er hat das Buch zu seinem neunten Geburtstag bekommen, das weiß ich von Nannie. Manchmal, wenn sie ihre Medizin genommen hat, erzählt sie mir nämlich von ihm.«

»Ihre Medizin?«

Henry nickte. »Sie heißt Gordon's Gin und ist in einer großen Flasche neben ihrem Bett; wenn sie etwas davon genommen hat, erzählt sie mir von ihm. Sie nennt ihn einfach nur ›den Jungen‹, so als gäbe es keine anderen Jungen auf der Welt. Er war sehr wild und sehr tapfer. Er ist auf die Eiche neben dem Pförtnerhaus geklettert und hat sich von dort auf die Brüstung geschwungen – und er hatte einen großen schwarzen Hund, der ihm überallhin folgte, und als er wegging, hat der Hund aufgehört zu fressen und ist gestorben.« Die Augen des Kindes leuchteten verklärt. »Er hatte auch eine Armbrust, und er konnte meilenweit schießen, und er brauchte keine Brille, und er hatte keine Angst im Dunkeln. Zumindest glaube ich, dass er keine Angst hatte – Nannie wusste es nicht genau.«

»Ich nehme an, er war schon älter als du, Henry«, sagte Harriet freundlich. »Wenn du erst einmal in seinem Alter bist, dann wirst du sicher genauso sein wie er.«

»Nein.« Henry schüttelte resigniert den Kopf. »Die Köchin sagt, ich sei so schlau wie eine Wagenladung Affen, aber er war schlau *und* tapfer. Er konnte jedes Pferd reiten.« Er seufzte. »Ich kann überhaupt nicht reiten. Ich bin sogar von Porridge gefallen, und das ist nur ein Shetlandpony; die Gurte sind mir weggerutscht. Er hat sich ein Baumhaus in der Wellingtonia gebaut; ungefähr dreißig Meter hoch – man kann dort oben immer noch ein paar von den Brettern sehen –, und er hat sich ein Einbaumkanu gebaut, so wie das von Colonel Bush, hat es zum Fluss gezogen und ist damit bis nach Appleby Meadows gekommen, bevor es sank.«

Harriet blätterte die schweren Seiten zurück, um einen Blick auf das Vorsatzblatt zu werfen. *5. Juli 1891*, las sie … Wenn der Junge damals neun Jahre alt war, musste er jetzt auf die dreißig zugehen, aber sie sagte nichts, denn sie begriff, wie wichtig es für Henry war, dass dieses magische Geschöpf außerhalb der Regeln der Zeit existierte.

»Grunthorpe kannte ihn. Das ist unser Butler. Aber er mochte ihn nicht; er sagt, er sei ein Wechselbalg gewesen.«

»Ein *Wechselbalg*? Warum, Henry?«

Das Kind seufzte. »Weil er mit Tieren sprechen konnte.

So was gehe nicht mit rechten Dingen zu, sagt Grunthorpe.«

Eine Weile saßen sie in kameradschaftlichem Schweigen nebeneinander. Dann meldete Henry sich schüchtern wieder zu Wort. »Manchmal denke ich, dass er eines Tages wieder zurückkommt. Der Junge, meine ich. Und dann wird alles wieder gut.«

»Ist es denn jetzt nicht gut?«

»Nein. Papa hat uns nämlich verlassen, und Mama wird dauernd wütend, und die Dienstboten laufen weg, und wir müssen ›Teedamen‹ ins Haus lassen, die sich alle Zimmer ansehen.«

»Ja, ich verstehe. Das ist nicht besonders angenehm.«

»Aber es ist doch nicht meine Schuld, oder?«, sagte Henry, und sein Gesicht war plötzlich wieder ängstlich und verhärmt.

»Wieso sollte es denn deine Schuld sein, Henry!«, erwiderte sie erregt. »Was bringt dich nur auf diesen Gedanken?«

Bisher waren sie allein gewesen, aber jetzt vernahm man die Stimmen der beunruhigten »Teedamen«, die nach Harriet riefen und dabei immer näher kamen. Harriet, die sich plötzlich ihrer begrenzten Zeit bewusst wurde, sagte: »Henry, es mag dir vielleicht ziemlich unglaublich erscheinen, aber erst vor einer Woche habe ich eine Stellung angeboten bekommen. Ich sollte mit zum Amazonas, als Tänzerin. Nach Manaus. Genau dorthin.« Sie zeigte auf das Buch, das jetzt wieder bei einem Bild von der goldenen Stadt aufgeschlagen war. »Aber leider lassen sie mich nicht gehen.«

Henry drehte sich zu ihr um, und auf seinem Gesicht lag ein Ausdruck der Verwirrung.

»Aber Harriet«, sagte er, wobei er ihren Namen mit

professorenhafter Klarheit und einem gewissen Vorwurf aussprach. »Du bist doch erwachsen, oder? Kannst du denn nicht tun, was du willst?«

Voller Vertrauen schaute er sie mit seinen klugen grauen Augen an, während er auf ihren Erwachsenenstatus pochte. Und plötzlich überkam sie ein Gefühl von Stolz und unglaublicher Kraft. So stark war dieses Gefühl, dass sie aufsprang und mit einer Stimme, die ganz anders klang als die, mit der sie bisher gesprochen hatte, verkündete: »Ja. Du hast vollkommen recht, Henry. Ich *bin* erwachsen.«

Die Veränderung, die plötzlich mit ihr vorgegangen war, lenkte Henry kurzfristig von seinem Anliegen ab. Auf einmal sah sie so hübsch aus, dass er sich fragte, ob es ihm nicht vielleicht möglich wäre – wenn er einen plötzlichen Wachstumsschub einlegte –, sie zu heiraten. Aber drängender noch als seine Hochzeitspläne war die Bitte, die er vorbringen wollte, und so rutschte er von der Bank hinunter, trat zu ihr und hob seine kleine Hand, um sanft an ihrem Ärmel zu zupfen.

»Harriet, ich glaube, er ist dort. Der Junge … Am Amazonas. Ich bin *sicher,* dass er dort ist. Nannie sagt, er hätte immerzu davon gesprochen. Würdest du ihn für mich suchen und ihm sagen, dass er bitte zurückkommen soll? Würdest du das tun, Harriet? *Bitte?*«

Und Harriet sagte jetzt nichts von alledem, was ihr durch den Kopf ging. Sie sagte nicht: »Henry, das Amazonasbecken erstreckt sich über eine Million Quadratmeilen – wie soll ich jemanden finden, dessen Namen ich nicht einmal kenne? Und wenn ich ihn fände, dann wäre er wahrscheinlich ein selbstherrlicher Mann mit einem eigenen Imperium und einem großen Schnurrbart, der nicht im Traum daran dächte, auch nur mit mir zu sprechen.«

Sie sagte nichts von alledem; sie sagte nur: »Ich werde es

versuchen, Henry. Ich verspreche dir, dass ich, wenn ich dorthin komme, es wirklich und wahrhaftig versuchen werde.«

Inzwischen hatten die Damen, die das Grundstück nach Harriet absuchten, eine schreckliche Nachricht bekommen. Dem mürrischen Gärtner hatten sie die Information entlockt, dass Harriet mit einem jungen Mann im Labyrinth steckte. »Der junge Mr Henry«, hatte der Gärtner zugegeben.

Das war eine Katastrophe! Nach all ihrer Fürsorge und ihrer sorgfältigen Beaufsichtigung war das abscheuliche Mädchen ihnen entwischt!

»Millicent! Eugenia! Geht und lenkt Edward ab«, befahl Hermione Belper. »Wir wollen keinen Streit. Wir anderen werden sie da rausholen. Komm, Louisa!«

Und geschlossen stürzten sich die Damen in das Labyrinth.

3

Was Marc Aurel begonnen hatte, indem er Harriet veranlasste, die Bedeutung des Wortes »gut« zu hinterfragen, brachte Henry mit seinem Vertrauen und seinem Optimismus zu Ende. Sie war fest entschlossen zu entfliehen, und ihre Flucht sollte keine halbe Sache werden. Während sie über verschiedene Mittel und Wege nachsann, fiel ihr ein Mädchen namens Betsy Fairfield ein, das für kurze Zeit mit ihr zusammen in Cambridge zur Schule gegangen war, jetzt aber in London lebte.

Betsy war hübsch und ein wenig dumm und ungemein gutmütig. Harriet hatte einige Aufsätze für sie geschrieben und ihr ihre Mitschriften aus dem Unterricht geliehen, und zwischen den beiden Mädchen hatte sich eine echte Freundschaft entwickelt. Jetzt nahm Betsy, die einige Monate älter war als Harriet, am gesellschaftlichen Leben teil; sie besuchte Bälle und sollte demnächst bei Hof vorgestellt werden. Ihre Mutter war eine umgängliche, freundliche Dame, die immer sehr nett zu Harriet gewesen war.

Am Nachmittag nach ihrem Besuch auf Schloss Stavely hängte Harriet – als sie sich für kurze Zeit allein im Haus befand – das Ding, das Tante Louisa immer noch als »den Apparat« bezeichnete, von der dunkelbraun tapezierten Wand im Flur ab, verlangte Betsys Telefonnummer und wurde schließlich mit ihrer Freundin verbunden.

»Betsy, hier ist Harriet.«

»Harriet? Wie nett!« Vollkommen ehrlicher, wenn auch

oberflächlicher Enthusiasmus sprach aus Betsys fröhlichen Quieksern. »Wie geht es dir?«

»Mir geht es bestens. Hör zu, Betsy, ich möchte, dass du mir einen ganz großen Gefallen tust. Würdest du das?«

»Aber ja doch, natürlich. Lieber Himmel, ich werde niemals die Aufsätze in Geschichte vergessen, die du für mich geschrieben hast. Ich habe für beide einen Einser bekommen – die einzigen in meinem ganzen Leben!«

»Also, dann hör mir zu. Ich möchte, dass du deine Mutter dazu bewegst, einen Brief an meine Tante Louisa zu schreiben, in dem sie mich zu euch einlädt. Ich möchte, dass sie ihn sofort schreibt, und ich möchte, dass sie mich für drei Wochen einlädt. Meinst du, das würde sie tun?«

»*Natürlich* würde sie das tun! Kommst du denn wirklich? Das wäre einfach wunderbar! Du könntest mir bei meinem Hofknicks helfen; du konntest ja schon immer so gut tanzen ...«

Es dauerte eine ganze Weile, bevor Harriet den Wortschwall ihrer Freundin unterbrechen konnte, um zu sagen: »Und Betsy, wenn deine Mutter den Brief geschrieben hat, könntest du mich dann selbst anrufen, um die Einzelheiten zu besprechen? Würdest du bitte nach mir persönlich fragen? Tätest du mir den Gefallen? Ich verspreche dir, dass ich euch nicht stören werde.«

»Meine Güte, du störst uns doch nicht. Mutter hat dich wirklich gern; sie hat oft gesagt ...« Aber an dieser Stelle erinnerte sich Betsy daran, was ihre Mutter über Professor Mortons Behandlung seiner Tochter gesagt hatte, und das Gespräch kam zum Erliegen.

Betsy hielt Wort, und ihre Mutter schrieb Louisa einen charmanten Brief, in dem sie Harriets Anwesenheit in London erbat. Die Tatsache, dass Mrs Fairfields Onkel ein Viscount war, trug erheblich dazu bei, die Sache zu entscheiden; das und der Umstand, dass Harriet seit dem Abend jener unglückseligen Dinnergesellschaft nicht mehr sie selbst gewesen war. Betsy rief am Tag, nachdem der Brief gekommen war, an, und nachdem sie miteinander gesprochen hatten, informierte Harriet ihre Tante Louisa darüber, dass die Fairfields sie am Donnerstagmorgen mit dem 10:37-Uhr-Zug aus Cambridge erwarteten. Sie packte ihren Koffer, und ihre Tante, die darüber nachgesonnen hatte, dass sie drei Wochen lang Harriets Essen sparen würde, schlug dem Professor sogar vor, dass er seiner Tochter etwas Taschengeld geben könnte, damit sie nicht so gänzlich von ihrer Freundin abhängig wäre – und er willigte ein. So kam es, dass Harriet am Donnerstagmorgen auf dem Bahnhof von Cambridge in einen Waggon »nur für Damen« verfrachtet und der Fürsorge des *Kondukteurs* anempfohlen wurde.

Dass niemand sie in London abholte, war nicht weiter verwunderlich, da sie Betsy gesagt hatte, dass sie erst am nächsten Tag ankommen würde. Harriet gab ihre Fahrkarte an der Sperre ab und warf zwei Briefe ein, die sie vorher in der Ungestörtheit ihres Schlafzimmers geschrieben hatte. Ein Brief war an ihre Tante gerichtet und vermeldete ihre ordnungsgemäße Ankunft bei den Fairfields; der andere war an die Fairfields adressiert und voller Entschuldigungen und Ausdrücke des Bedauerns. Die Cousine ihres Vaters in Harrogate sei ernstlich erkrankt, und sie würden nun alle unverzüglich nach Norden fahren … Sie hoffe so sehr, ihren Besuch später nachholen zu können, aber im Augenblick, wie sie sicher verständen, könne ihre Tante sie nicht entbehren … Sie werde diesen Brief auf der Durchreise in London aufgeben und verbleibe mit freundlichen Grüßen ihre enttäuschte, aber ihnen herzlich zugetane Harriet.

Als das erledigt war, stellte sie sich tapfer in die Schlange der Leute, die auf eine Droschke warteten, und gab dem Kutscher, als die Reihe endlich an sie kam, als Ziel die Adresse des Century Theatre in Bloomsbury an.

Sie hatten siebzehn Schwäne, was eine ungerade Zahl und eine Schande war, aber die Mutter eines Mädchens, das Dubrow von einer anderen Ballettakademie geholt hatte, war zur Bibliothek gegangen, um im Konversationslexikon unter *Amazonas* nachzuschlagen – und damit war die Sache erledigt gewesen.

Jetzt, in dem schmutzigen, zugigen und baufälligen Theater in Bloomsbury, das er für die letzten drei Wochen vor dem Aufbruch der Balletttruppe gemietet hatte, sah Dubrow zu, wie sein Ballettmeister mit dem Corps den zweiten Akt von *Schwanensee* einstudierte. Er war alles andere als zufrieden. Denn die Choreographie von *Schwanensee* verlangt von den Schwänen nicht Individualität oder Selbstausdruck, sondern eine unerbittliche und vollkommene Verschmelzung miteinander. Wichtiger als alles andere war, dass diese dem Untergang geweihten gefiederten Geschöpfe sich bewegten, als seien sie eins. Eine Stunde später – erschöpft, hungrig und in Schweiß gebadet – übten sie noch immer das unmenschlich schwierige Muster am Ende des zweiten Aktes, wo die Schwäne die Bühne in diagonalen Linien überkreuzen und sich in drei Gruppen spalten: ungleiche Gruppen, da die Zahl siebzehn sich bekanntlich schlecht durch drei teilen lässt.

An dieser Stelle kam einer der Bühnenarbeiter zu Dubrow und sagte: »Draußen ist eine junge Dame, die mit Ihnen sprechen möchte. Behauptet, Sie hätten gesagt, sie könne kommen.«

»Oh?« Dubrow war verwirrt. »Na gut, dann bringen Sie sie herein.«

Der Mann verschwand und kam mit einem jungen Mädchen in dunkelblauer Pelerine und Schottenmütze, das einen kleinen Koffer bei sich hatte, zurück.

»Ich bin Harriet Morton«, sagte sie mit ihrer leisen, unüberhörbar gebildeten Stimme. »Aus Cambridge. Sie haben mich bei Madame Lavarre gesehen. Sie sagten …« Ihre Stimme verlor sich. Sie hatte einen Fehler gemacht; natürlich wollte er sie nicht haben.

»Ja.« Dubrow hatte sie mittlerweile erkannt und legte ihr lächelnd eine Hand auf den Arm. »Grischa«, rief er. »Komm mal her!«

Die Schwäne kamen augenblicklich zur Ruhe, die Musik hielt inne, und Grischa, der die Unterbrechung mit einem Stirnrunzeln quittierte, trat zu Dubrow.

»Das ist Harriet Morton«, sagte der Impresario. »Dein achtzehnter Schwan.«

Der Ballettmeister starrte sie an. Was sollte er jetzt noch mit diesem englischen Kind anfangen, kurz vor dem Probenende?

»Ich habe gerade alles für siebzehn arrangiert«, meinte er säuerlich.

»Nun, dann arrangierst du es eben noch mal um«, antwortete Dubrow.

Grischa musterte sie mit seinen kohlschwarzen Augen. Die Größe war zwar richtig – sie würde zu den kleineren Mädchen passen –, und sie sah bei Weitem nicht so dumm aus wie einige der anderen. Aber trotzdem …

»Welche Version des *Sees* haben Sie denn schon getanzt?«, erkundigte er sich vorsichtig. »Ich spreche von *Schwanensee*. Die Petipa-Iwanow-Version? Oder die Sermontow?« Und als sie immer noch nichts sagte, fragte er weiter: »Doch nicht etwa diese Abscheulichkeit, die Orlowski in Krakau auf die Bühne gebracht hat?«

Harriet schluckte. »Ich habe in keiner der genannten Choreographien getanzt, Monsieur.«

»In *keiner*?« Der Ballettmeister runzelte die Stirn. »Sie machen wohl einen Witz?«

Sie schüttelte den Kopf und warf Dubrow einen flehentlichen Blick zu. Aber der Impresario, der sich bestens zu amüsieren schien, schaute zur Decke.

Harriet hob den Kopf, und mit einer Stimme, der sie nur mit äußerster Mühe Festigkeit geben konnte, sagte sie: »Ich habe noch nie zuvor auf irgendeiner Bühne getanzt.«

Grischa gab einen erstickten Laut von sich. »Unmöglich«, stieß er hervor. »Das ist unmöglich! In fünf Tagen reisen wir ab.«

Sie machte weder den Versuch, ihn anzuflehen, noch wollte sie sich auf einen Streit einlassen, aber er sah, wie sich ihre weißen Zähne auf ihre Unterlippe senkten, um ihr Zittern zu verbergen, und dann bückte sie sich, um ihren Koffer zu nehmen.

Grischa fluchte lautstark und auf russisch vor sich hin. »Sie haben Ihre Spitzenschuhe dabei?«

»Ja.«

»Dann ziehen Sie sie an. Und zwar schnell!«

»Im Programmheft werden Sie als Natascha Alexandrowna erscheinen«, sagte Dubrow zu Harriet, als sie in seinem Büro ihm gegenüber Platz nahm. Sie trug noch immer ihr Übungskleid und hatte sich einen Schal um die Schultern gelegt. »Englische Namen sind für Tänzerinnen unmöglich.«

»Natascha! Oh …« Sie beugte sich vor, ihre Augen leuchteten, und auf ihrem Gesicht war noch deutlich die

Erinnerung an diese erschreckende, mörderische, furchtbare und wunderbare Stunde zu lesen, die sie gerade auf der Bühne zugebracht hatte.

»Sie werden jeden Morgen um zehn zum Training kommen. Den Rest der Zeit werden Sie daran arbeiten, die Rollen des Corps de ballet einzustudieren. Dazu haben Sie fünf Tage und natürlich die Reise. Es ist unmöglich. Aber Sie werden es schaffen.«

»Ja.«

Er blickte auf, um noch einmal in ihr Gesicht zu sehen, das seit Grischas Befehl, ihre Tanzschuhe anzuziehen, auf so ungewöhnliche Weise von innen leuchtete. Das Unmögliche zuwege zu bringen – das schien ihr größter Wunsch zu sein.

»Die Tournee ist verlängert worden. Wir werden auch noch nach Lima und Caracas gehen, sodass wir den ganzen Sommer über fort sind.« Und als sie nickte, fügte er hinzu: »Haben Sie eine Unterkunft in London?«

Sie errötete. »Nein, eigentlich nicht. Ich habe mich gefragt, ob ich nicht vielleicht in der Garderobe schlafen könnte, bis wir an Bord gehen?«

»Unmöglich.« Er seufzte. »Ich werde mit einem der Mädchen sprechen – vielleicht können Marie-Claude oder Kirstin Sie noch irgendwie unterbringen. Haben Sie Geld?«

»Ein wenig.«

»Gut.« Er legte die Spitzen seiner dicklichen Finger zusammen und fuhr dann nachdenklich fort: »Nun, falls irgendjemand zu mir kommen und mich fragen sollte, ob ich ein Mädchen namens Natascha Alexandrowna in meinem Corps de ballet beschäftige, dann muss ich natürlich Ja sagen. Aber wenn man mich fragt, ob ich ein Mädchen namens Harriet Morton eingestellt habe, dann liegt die

Sache anders. Von so einem Mädchen weiß ich selbstverständlich nichts!«

»Oh … Vielen Dank!« Sie hielt inne. »Es ist nämlich so, dass mein Vater … mir nicht direkt die Erlaubnis gegeben hat.«

»Ja«, sagte Dubrow langsam. »Das habe ich mir schon gedacht. Vielleicht sollten Sie mir erzählen, wie …«

Später, als er Grischa im Korridor begegnete, sagte er: »Nun, wie macht sich mein kleiner Schützling?«

Grischa zuckte mit den Schultern. *»Elle est sérieuse.«*

Ernsthaft. Nicht humorlos, nicht wichtigtuerisch oder eingebildet, sondern ernsthaft – sie widmete sich ihrer Arbeit mit der ganzen Kraft ihres Wesens und ihrer Persönlichkeit.

Dubrow nickte und ging weiter.

Die Solotänzer logierten im Gegensatz zu den übrigen Mitgliedern der Truppe, die in Pensionen oder Wohnheimen untergebracht waren, bis zu ihrer Abfahrt im Queen's Hotel in Bloomsbury, einem zugigen Haus mit schmutzigen Spitzenvorhängen und scheußlichem Essen, aber vom Theater aus bequem zu erreichen und geführt von freundlichen Leuten, die an die Extravaganzen ihrer ausländischen Gäste gewöhnt waren.

In diesem Hotel sowie in allen anderen, in denen die Tänzer gewohnt hatten, grenzte Dubrows Zimmer an das der Ballerina, Galina Simonowa. Da die Ansichten der Simonowa über die »Leidenschaft als Helfer des Tanzes« wohlbekannt waren, durfte man daraus schließen, dass Dubrow sich einiger Vergünstigungen erfreute, die unter dem Oberbegriff »eheliche Rechte« bekannt waren, und so war es tatsächlich. Die Bedingungen, unter denen Dubrow seine Rechte gewährt wurden, waren jedoch überaus ungewiss – abhängig vom Zustand des Rückens der Simonowa, abhängig auch von ihrer Achillessehne und ihren Kritiken.

Am Abend von Harriets erstem Tag beim Theater lag die Simonowa bei Dubrows Eintreten auf dem Sofa – ein sehr schlechtes Zeichen – und starrte mit schwarzen, gequälten Augen ihr linkes Knie an.

»Es geht wieder los, Saschka; ich spüre es! Dimitri hat mich massiert, aber es hat keinen Sinn – es geht wieder los. Wir müssen die Tournee absagen!«

Er trat ans Sofa, um sich neben sie zu setzen, und tastete ihr Knie ab, das ihm um einiges vertrauter war als sein eigenes. »Lass mich sehen.«

Ihr Knie, ihre Rückenwirbel, der Schleimbeutel an ihrer Achillessehne … Das alles kannte er, wie Männer ihre Kinder kannten, und jetzt, während seine kurzen plumpen Finger sich sanft über das Gelenk bewegten, fragte er sich zum tausendsten Mal, warum das Schicksal ihn untrennbar mit dieser temperamentvollen, herrischen Frau verbunden hatte.

Eines Abends, als er mit Freunden – Ballettomanen wie er selbst – in seiner Loge im Marijnski-Theater in St. Petersburg saß, hatte er sie aus dem Corps herausgepickt. »Die da«, hatte er gesagt und auf die Reihe der Wassergeister in der *Undine* gezeigt, und er hatte recht behalten. Sie wurde eine Koryphäe, eine Solistin …

In jenen Tagen war es für ihn nicht schwer, ihre Gunst zu genießen; er war jung und reich und konnte ihr auf eine Art und Weise, die Frauen schon immer unwiderstehlich gefunden haben, ihr eigenes Bild präsentieren. Er kaufte ihr eine Wohnung am Fontanka-Kanal, und sie war ihm mehr oder weniger treu, denn sie war besessen vom Tanz – besessen von ihrer Karriere. Und weil gerade dies der Grund dafür war, dass er sie so sehr liebte – diese verrückte Leidenschaft für die Kunst, der auch er sich verschrieben hatte –, fand er sich mit allem ab, wurde Manager, Masseur, Choreograph, Krankenschwester …

Ihr Aufstieg beim Marijnski-Ballett schien unaufhaltsam zu sein. Aber ein Jahr später warf sie nach einem törichten, unnötigen Streit mit dem Direktorium alles hin; sie hatte sich geweigert, in *Auroras Hochzeit* das Kostüm zu tragen, das man für sie entworfen hatte, und war stattdessen in einem Kostüm ihrer Wahl auf der Bühne erschienen. Sie wurde mit einer Geldstrafe belegt und aufgefordert, das gewünschte Kostüm zu tragen. Sie weigerte sich. Niemand glaubte, dass im Ernst etwas passieren würde, denn das hierarchische, bürokratische Theater erlebte solche Szenen jeden Tag – aber die Simonowa zwang den Direktor mit kindischem Eigensinn zu einer Konfrontation, und als ihre Niederlage endgültig feststand, trat sie zurück und ging ins Ausland. Und so kam es, dass auch Dubrow sein Heimatland verließ, seinen Besitz in Russland verkaufte und eine Balletttruppe gründete, in der sie tanzen konnte.

Seit acht Jahren lebten sie nun im Exil, und es war ein hartes Brot – sie mussten immer neue Theater finden, immer wieder eine neue Truppe zusammenstellen und Solisten von anderen Ballettkorps für ihre Sache gewinnen. In letzter Zeit hatten sie außerdem die Konkurrenz jüngerer Tänzerinnen zu fürchten. Die Simonowa gab sechsunddreißig Jahre zu, aber sie war fast vierzig und sah auch keinen Tag jünger aus: eine harte Frau mit schweren Lidern und tiefen Furchen zwischen den diktatorisch geschwungenen Brauen.

»Wir hätten diese Tournee niemals in Erwägung ziehen dürfen«, sagte sie jetzt. »Es ist Wahnsinn.«

Wieder diese Angst. Es war natürlich Angst und sonst nichts, was die Schmerzen in ihrem Knie verursachte … Angst zu versagen, Angst vor dem Alter … Und vor der neuen polnischen Tänzerin Mascha Repin, die vor drei Tagen zu ihnen gestoßen war und die ebenfalls die Rolle der Giselle in ihrem Repertoire hatte …

»Hast du bekanntgemacht, dass dies meine Abschiedsvorstellung sein wird?«, wollte sie wissen. »Endgültig die Letzte? Hast du das auf die Plakate schreiben lassen? Wir werden das alles schon bald aufgeben, nicht wahr, Saschka, und nach Cremorra gehen? Bald …«

»Ja, *duscha*, ja.«

»Es wird so friedlich sein«, murmelte sie und krümmte ihren Rücken, damit er besser an die schmerzende Stelle herankam.

Vor drei Jahren, als sie von einer Norditalientournee zurückkehrten, war der Zug, der sie den Alpen entgegentrug, plötzlich stehen geblieben. Der Tag war herrlich, die Luft, als sie das Fenster herunterkurbelten, wie Wein, und aus den Blumenkästen der kleinen Häuser ergossen sich Petunien. Im Tal schimmerte ein blauer See.

All das hätte keine besondere Rolle gespielt, wenn da nicht auf einer Wiese neben einem funkelnden Bächlein eines der Spielzeughäuser mit einem Schild *Zu verkaufen* gelockt hätte.

Diese älteste aller Phantasien, aus einem vorbeifahrenden Zug das Haus seiner Träume zu finden, schlug die Simonowa augenblicklich in ihren Bann. Sie ergriff zwei Hutschachteln und ihren Kleiderkoffer, überschüttete ihre Garderobiere mit einer Flut von Anweisungen und zog Dubrow auf den Bahnsteig hinaus.

Zwei Tage später gehörte das kleine Haus in Cremorra ihm.

Es kam jedoch nicht allzu oft vor, dass die Simonowa sich des kleinen Holzhauses entsann, das sich zurzeit in der Obhut einer freundlichen Bäuerin befand.

In letzter Zeit rückte Cremorra allerdings näher, und Dubrow, dem der Gedanke, sich dauerhaft auf dem Land niederzulassen, schrecklich war, suchte jetzt krampfhaft nach irgendetwas, womit er sie ablenken konnte.

»Ich habe heute ein neues Mädchen eingestellt«, sagte er. »Die, von der ich dir in Cambridge erzählt habe. Sonjas Schülerin. Sie ist von zu Hause weggelaufen, um mit uns zu kommen, also werde ich sicher bald verhaftet, weil ich eine Minderjährige aus ihrem Elternhaus weggelockt habe.«

»Ist sie gut?«

Da war sie wieder, diese Furcht ... Aber hinter der schrecklichen Angst, überflügelt zu werden, steckte noch etwas anderes – die Neugier, die Hingabe an die Sache selbst: den Tanz und seine Zukunft.

»Wie könnte sie gut sein? Sie ist eine Amateurin.«

»Aber Sonja hat sie ausgebildet, sagst du?« Die beiden Frauen waren in gewisser Weise Freundinnen gewesen, sie und Sonja, die ein paar Jahre älter war und schon zum Ballettkorps gehörte, als die Simonowa der Truppe beitrat.

»Ja, aber mit drei Stunden pro Woche. Oh, du weißt ja, wie die Briten es mit der Kunst halten – alles vornehmes Getue und Snobismus. Es ist ein Jammer, denn wenn sie wollten, könnten sie aus ihren Mädchen wunderbare Tänzerinnen machen. Wer weiß, eines Tages vielleicht ...«

»Warum wolltest du sie dann haben?«

Dubrow, der sich gerade über jenen besonderen Vorzug, den er bei Harriet gespürt hatte, auslassen wollte – völlige Hingabe und Versunkenheit –, änderte seine Meinung. Die Simonowa hatte mit einer routinemäßigen Beschäftigung begonnen, die ihm nur allzu vertraut war – eine dicke Schicht Cold Cream aufs Gesicht, eine Bandage ums Knie, die Wachsstopfen in die Ohren, um die Verkehrsgeräusche fernzuhalten – und in etwa drei Minuten dazu führte, dass er einen keuschen Kuss auf die Stirn bekam und entlassen wurde.

»Sie hat Ohren wie Natascha«, sagte er.

Die Ballerina fuhr herum. »Wie *Natascha*? In *Krieg und Frieden*? Aber Tolstoi beschreibt ihre Ohren doch gar nicht.«

Dubrow zuckte mit den Schultern. »Ich brauche Tolstoi nicht, um zu wissen, wie ihre Ohren ausgesehen haben.«

Es funktionierte. Die Eifersucht auf ihrem Gesicht war vollkommen spontan und hatte nichts mit ihrem Beruf zu tun. »Du bist ein Idiot.« Sie legte die Ohrstopfen zurück in die Schublade und wischte sich mit einem Gazetuch die Creme vom Gesicht.

»*Tschort!*«, sagte sie. »Ich bin müde. Lass uns zu Bett gehen.«

Harriet hatte sich immer sehnlichst gewünscht, arbeiten zu dürfen. Jetzt ging ihr Wunsch hundertfach in Erfüllung. Es gab beständig irgendein Unglück, wenn dieser gerade erst aus dem Ei geschlüpfte Schwan, diese vor Kurzem erst vom Himmel gefallene Schneeflocke über die Bühne flatterte; aber obwohl Harriet Fehler machte, machte sie keinen einzigen davon zweimal.

Die Mädchen waren ohne Ausnahme sehr hilfsbereit. Sie hatten selbst gerade erst gelernt, in harmonischem Einklang zu arbeiten, aber sie zählten für sie, schoben sie, zogen sie und holten sie aus unwirtlichen Winkeln der Bühne zurück. Selbst Olga Narukow – ein Hitzkopf aus dem Grenzgebiet Afghanistans, die sich nicht scheute, eine Tänzerin, die ihr missfiel, mit einem kräftigen Tritt zu Fall zu bringen – behielt bei Harriet die Geduld, denn diese Mischung aus Mut und Bescheidenheit, die die Neue auszeichnete, war seltsam entwaffnend.

»Folg dem Mädchen an der Spitze!«, schrie Grischa Harriet an, wenn ihre Musikalität sie in die Irre zu führen drohte. *»Folg einfach dem Mädchen an der Spitze!«*

Das Mädchen an der Spitze war, wenn das Korps nach der Größe arrangiert wurde, die Französin Marie-Claude, und niemand wäre der Gefolgschaft würdiger gewesen als sie.

Die Erschaffung braunäugiger Blondinen galt schon seit Langem als einer der wirklich guten Einfälle des lieben Gotts. Marie-Claudes Augen waren groß und samten, ihre vollen Lippen von üppigem Schwung, und zu diesen großzügigen Gaben kam noch hüftlanges, goldenes, gelocktes Haar.

Marie-Claude war ihrem Verlobten, einem jungen Koch, der in einem Hotel in Montpellier arbeitete, durch und durch treu, und wenn sie sich auch gelegentlich (sofern der Preis stimmte) bereit fand, im Trocadero aus einer Muschel zu steigen oder in einem Nachtklub nur mit ihrem Haar bekleidet auf einer Schaukel zu sitzen, so tat sie dies doch ausnahmslos, um Geld für das Restaurant zu verdienen, das sie und Vincent, sobald sie genug gespart hatten, in den Hügeln über Nizza eröffnen wollten.

Marie-Claude und die Schwedin Kirstin waren es auch, die in dem winzigen Zimmer, das sie sich in einem Wohnheim teilten, ein Plätzchen für Harriet fanden. Das Zimmer war bereits zum Bersten voll mit ihren beiden Betten, deren eines tagsüber unter das andere geschoben wurde, aber die gutmütige Heimleiterin legte für Harriet noch eine Matratze auf den Fußboden. Das Durcheinander war unbeschreiblich, aber Harriet – gewöhnt an die Einsamkeit und die eisige Hygiene ihres Zimmers im väterlichen Haus – schwebte im siebten Himmel.

Von ihren beiden Mitbewohnerinnen erfuhr Harriet auch eine ganze Menge über die Truppe. Zum Beispiel, dass die Russinnen für den Sommer von ihren Tanzakademien in Kiew und Odessa beurlaubt worden waren und im Herbst in ihre Heimat zurückkehren würden. Oder dass die Simonowa Maximow, den ersten Solotänzer, nicht ausstehen konnte, weil er sie einmal beim großen Pas de deux am Ende von *Dornröschen* fallen gelassen hatte. Und dass Mascha Repin, die brillante junge Polin, angeblich ein Wachsmodell der Simonowa besaß, das sie mit Nadeln spickte, damit sie ihr endlich die Rolle der Giselle abtrat ...

Keines der beiden Mädchen war ehrgeizig. Vom »Tanz« verlangten sie nur, dass er ihnen ein Auskommen bot, und das sagenumwobene Manaus hätte ebenso gut Newcastle oder Turin sein können. Für sie war es einfach ein Ort, an dem sie arbeiten und Geld verdienen konnten.

»Obwohl da drüben viel mehr Geld zu verdienen ist als anderswo«, stellte die praktisch veranlagte Marie-Claude fest. »Vincents Cousin arbeitet bei einem wichtigen Mann in Rio als Koch, und er schickt wahre Unsummen nach Hause, nach Montpellier.«

Kirstin war durch ihren Vater zum Tanz gekommen – einen Ballettmeister, der in Skandinavien und London arbeitete –, Marie-Claude durch ihre halbenglische Mutter, eine Operntänzerin, die in einer Freilichtproduktion der *Aida* zwischen zwei Kamelen die Hüften kreisen ließ, als ein junger Bauer aus dem Languedoc beschloss, sie von der Bühne wegzuholen und zu heiraten. Obwohl die beiden Mädchen nur zwei Jahre älter waren als Harriet, benahmen sie sich der jungen Engländerin gegenüber wie zwei weltgewandte, erfahrene Tanten.

»Ich stelle es mir unglaublich vor, so schön zu sein«, sagte Harriet jetzt, überwältigt von dem Anblick Marie-Claudes in ihrem Hemdchen, das sie für die Nacht angezogen hatte.

»Das ist es keineswegs«, sagte die Französin abschätzig. »Bis ich Vincent kennenlernte, fand ich es ausgesprochen lästig. Seit ich sechs Jahre alt war, musste ich mich immer mit einer Hutnadel bewaffnen. Aber jetzt, da ich Vincent habe, ist alles –« Sie unterbrach sich, um voller Entsetzen das voluminöse Flanellnachthemd zu betrachten, das Harriet sich über den Kopf zog. »'arriette, was um Himmels willen ist denn das?«, fragte sie; ihr sonst so hervorragendes Englisch hatte unter dem Schock beträchtlich gelitten.

»Das ist alles, was ich habe«, meinte Harriet kläglich. »Meine Tante Louisa hat es ausgesucht.«

Marie-Claude dachte nach. »Vielleicht – wenn du den obersten Knopf aufmachst … und die Ärmel ein wenig hochziehst, *comme ça*?«

»Aber ich gehe doch nur ins Bett.«

Kirstin, die sich ihre schlanken Füße mit Brennspiritus einrieb, schob ihr glattes, helles Haar zurück und tauschte einen Blick mit Marie-Claude.

»Nur?«, fragte Marie-Claude für sie beide.

Aber noch lange, nachdem ihre Freundinnen eingeschlafen waren, saß Harriet, die den obersten Knopf ihres Nachthemds gehorsam geöffnet hatte, auf ihrer Matratze und ließ den Tag Revue passieren. Sie war entkommen, aber noch nicht in Sicherheit; ein Klopfen an der Tür konnte einen Polizisten bedeuten, neuerliche Gefangenschaft und das Elend eines Lebens, das sie jetzt, da sie die Freiheit gekostet hatte, nicht länger würde ertragen können. Während sie ihren Gedanken nachhing, bewegten sich ihre Finger gleichzeitig unwillkürlich, um die Schritte des Schneeflockenwalzers nachzutanzen, den sie bei der letzten Probe durchgenommen hatten, wobei sie instinktiv die seltsame Kurzschrift benutzte – eine Art Taubstummensprache –, wie sie Tänzer verwenden … Und als sie im Morgengrauen erwachte, stand sie unverzüglich auf, um in dem verlassenen Speisesaal der Pension inmitten von aufgestapelten Stühlen ihr Training zu beginnen.

Sie trainierte im Bus Nummer 15 auf dem Weg zum Theater, wo sie die Schritte mit den Zehenspitzen unter ihrem Sitzplatz andeutete; sie trainierte in der Teestube, in die die anderen sie verschleppt hatten, und hielt sich an der Tischkante fest, bis ihr Kuchen kam. Sie tanzte mit ihren zerschundenen, blutenden Füßen, mit ihren Fingern, in ihrem Kopf … Und am dritten Tag sah Dubrow, wie sie die eisernen Stufen zum Ankleideraum rückwärts hinaufging, um ihren schmerzenden Wadenmuskeln Erleichterung zu verschaffen. Er lächelte glücklich; das gefiel ihm, es gefiel ihm sogar sehr.

Es gab unendlich viel zu lernen für Harriet: wie man Make-up auflegt, wie man bei der Probe zwischen sich und den anderen den Platz ausspart, den später die Kostüme einnehmen … wie man die Ballettschuhe, die die Mädchen genauso oft in den Händen wie an den Füßen zu haben schienen, einölt und stopft und knetet und weich klopft.

Aber es war das Training, das Harriet zur Tänzerin machte. Das Training, jene nie enden wollende tägliche Tortur, die die Tänzer an jedem Morgen ihres Lebens über sich ergehen lassen. Training in eiskalten Proberäumen, in

Foyers, an Bord von Ozeandampfern, die sie übers Meer tragen. Training mit scheußlichen Erkältungen, Training, nachdem ihre Liebsten sie sitzen gelassen hatten, und an Tagen, an denen eine Frau alles darum gäbe, verschont zu werden ... Training für die Primaballerina assoluta ebenso wie für das jüngste Mitglied des Korps.

Im Training sah Harriet, was es Lubotzki, den alternden Charaktertänzer, kostete, seine Muskeln geschmeidig zu machen – aber sie sah auch die unglaubliche Autorität, die ihm noch immer eigen war. Im Training erlebte sie Maximow – den Liebling des dritten Rangs – schwitzend, erschöpft, von Schmerz gezeichnet, nachdem er sich einen Muskel gezerrt hatte. Sie sah die Anmut und die ätherische Eleganz, die von der kleinen Olga Narukow ausgingen, demselben Mädchen, das zehn Minuten zuvor einen Jungen aus dem Korps so gekniffen hatte, dass er blutete.

Und während Harriet die anderen beobachtete, gab es eine ganze Anzahl von Leuten, die ihrerseits sie beobachteten. Denn selbst im Training gibt es solche, die die Noten tanzen, und solche, die die Musik tanzen, und wenn Dubrow sich nach seinem letzten Schwan erkundigte, erwiderte Grischa mit wachsendem Nachdruck: »Ein Jammer, ja, ganz eindeutig ein Jammer.«

Erst zwei Tage vor ihrer Abfahrt bekam Harriet die Primaballerina der Truppe zu sehen, denn die Simonowa hatte bis dahin für sich allein trainiert, in Pimlico, bei einem alten russischen Emigranten. Sie kam an einem regengrauen Morgen zu ihrer ersten Probe mit dem Korps und huschte in einem schon arg mitgenommenen Trainingstutu, unter dem sie durchlöcherte purpurfarbene Beinwärmer trug, die Treppe hinauf. Ihre linke Wange war nach den Bemühungen ihres Zahnarztes stark angeschwollen, ihr Teint fahl; um den Hals hatte sie sich einen dicken Schal geschlungen. Ihre schwarzen Augen unter dem Mittelscheitel, der das Markenzeichen der Ballerina ist, die Tränensäcke, ihr hoher Nasenrücken und die schmalen Lippen gaben ihr das Aussehen eines unpässlichen Raubvogels.

Für Harriet war all das ohne Belang. »Sie ist eine wahre *artiste*«, hatte Madame Lavarre gesagt, und Harriets Augen leuchteten vor Ehrfurcht.

Die Simonowa musterte die versammelten Mädchen, und ihr Blick fiel auf Harriet. »Wer ist das?«, verlangte sie mit ihrer rauen, beunruhigenden Stimme zu wissen.

Dubrow, der keine Zweifel hatte, dass sie genau wusste, wer das Mädchen war, stellte ihr Harriet vor, die sofort in einen tiefen Knicks versank. Einen Augenblick lang sahen sie einander an – die müde, herrische Frau und das ehrfurchtsvolle Mädchen, das sie glühend verehrte. Dann bemerkte die Simonowa auf russisch und zum Erstaunen aller, die der Sprache mächtig waren: »Ihre Ohren sind nicht im Geringsten ungewöhnlich.«

Schließlich trat sie an den Flügel, nahm ihren Schal ab, reichte ihr Medaillon, das den heiligen Demetrius darstellte, der Pianistin – und sah Grischa mit hochgezogenen Augenbrauen an.

»Erster Akt, *Giselle*«, bestätigte er. »Vom Auftritt der Jagdgesellschaft …«

Man war selbstverständlich davon ausgegangen, dass die Simonowa ihre Schritte lediglich andeuten würde. Dies war eine Routineprobe, in der sie dem Korps ihre Positionen zeigen sollte, damit die anderen Tänzer sich darauf einstellen konnten; die eigentliche Probe mit Maximow würde später stattfinden.

Aber es kam anders. An jenem nieselgrauen Morgen in

einem zugigen, baufälligen Londoner Theater tanzte die Simonowa. Sie tanzte wirklich, sie gab alles.

Und zum ersten Mal herrschte im Theater echte Aufregung; und Dubrow – dem allein klar war, warum sie das tat – wusste plötzlich nicht nur wieder, dass er diese alternde, schwierige Frau liebte, sondern auch, *warum* …

Am Donnerstag gegen Mitternacht waren endlich die letzten Requisiten zusammengepackt und auf Karren gestapelt, die sie zur Euston Station bringen würden. Am Morgen darauf folgten die verschlafenen Mädchen den Solotänzern in den Zug, und am späten Nachmittag ging Harriet mit unvergesslicher Erregung die Gangway der RMS Cardinal mit ihrem schlanken dunklen Schornstein und den schneeweißen Decks hinauf.

Ein Mann mit einem Megaphon forderte nach einer Weile alle Besucher auf, das Schiff zu verlassen, und dann kündigte ein schrilles Tuten aus dem Schornstein die unmittelbar bevorstehende Abfahrt an.

Erst als sie den immer breiter werdenden Streifen grauen, schmutzigen Wassers zwischen sich und der Küste sah, wurde Harriet klar, dass sie es geschafft hatte. Sie war in Sicherheit.

4

Eine sanfte Brise rauschte in den Palmen vor dem Justizpalast; ein Schwarm Sittiche, der sich auf dem Reiterdenkmal von Pedro II. niedergelassen hatte, flog mit lautem Flügelschlag zum Fluss hinunter – über der Goldenen Stadt brach der Tag an. Die Glocken der Kathedrale riefen zur Messe; die erste Straßenbahn verließ klirrend das Depot. Dienstmädchen mit bunten Halstüchern erschienen vor den großen Häusern auf der Avenida Eduardo Ribero, um sich auf den Weg zum Fischmarkt zu machen. Eine Prozession kleiner Waisenkinder in schwarzen Anzügen überquerte einen gepflasterten Platz. Ein Geschäft nach dem anderen öffnete seine Fensterläden, um exotische Waren aus Europa zu Wucherpreisen zu präsentieren: Hüte und Juwelen, Delikatessen und Backwerk …

Am Hafen begannen Arbeiter damit, die schwarzen Gummiballen zu verladen, die auf der Kaimauer aufgestapelt waren. Die kurzlebige Brise wehte eine sanfte orientalische Musik durch die Takelage luxuriöser Jachten, die sich um den Landesteg drängten; von den geflickten, bunt bemalten Hütten der Einheimischen am äußersten Rand des Hafens kam der Duft von heißem Bratöl und Kaffee. Ein Beamter schloss die schmiedeeisernen Tore des gelben Zollhauses auf, und auf der RMS Cardinal, nach fünfwöchiger Reise von Liverpool aus endlich am Ziel, schrubbten die Matrosen die ohnehin schon makellos weißen Decks.

Aber obwohl dieser Tag begann wie alle anderen, war es keineswegs ein gewöhnlicher Tag. Heute Abend würde das Opernhaus, das wie eine wohlwollende Witwe über Manaus präsidierte, im Lichterglanz erstrahlen. Heute Abend würden Kutschen und Automobile über den sinnesbetörenden Mosaikplatz vor dem Theater fahren und prachtvoll gekleidete Frauen in Begleitung ordengeschmückter Männer vor der hell erleuchteten rosaweißen Fassade absetzen. Heute Abend würde es Empfänge und Abendeinladungen geben; jedes Café würde zum Bersten voll sein, jedes Hotelzimmer war schon seit Monaten reserviert. Denn heute Abend begann die Dubrow-Balletttruppe mit *Schwanensee* ihre Tournee, und die heimwehkranken Europäer und die kulturhungrigen Brasilianer würden mondhelle Lichtungen erleben, Tschaikowskys unsterbliche Musik und natürlich Galina Simonowas gefeierte Interpretation der Odette.

In der mit Ecktürmchen und Stuck verzierten Villa, die sie »Die Zuflucht« getauft hatte, betrachtete die junge Mrs Bennett das blaue Seidengewand, das sie auf dem Bett ausgebreitet hatte, und die dazu passenden Schuhe. Das Blau passte gut zu ihren Augen, aber sollte sie die Perlen tragen oder die Saphire? An und für sich wären natürlich die Saphire das Naheliegendste gewesen, aber Mrs Lehmanns Saphire waren so viel größer und schöner, und die Loge der Lehmanns lag direkt neben ihrer. »Ich denke, ich werde die Perlen tragen, Concepcion«, sagte sie zu ihrer Kammerzofe, einer *cabacla* – halb Einheimische, halb Portugiesin – mit gefühlvollen Augen. Und ihr Ehemann Jock, der gekommen war, um sie zum Abschied zu küssen, lächelte erleichtert, denn zumindest heute würde er bei seiner Heimkehr nicht mit ansehen müssen, wie sie über Peters Foto Tränen vergoss oder mit rot geränderten Augen einen in seiner kindlichen Handschrift vollgekritzelten Briefbogen anstarrte. Natürlich hatte der Junge Heimweh, natürlich war sieben ziemlich jung, um so weit fortgeschickt zu werden. Aber welche Alternativen gab es? Ein britischer Junge musste eine ordentliche Schule besuchen – und außerdem konnte man in diesem Klima ohnehin kein Kind großziehen.

Aber sei es, wie es sei, heute zumindest war Lilian beschäftigt. Er persönlich machte sich nichts aus Ballett, aber als er in seine Kutsche stieg und sich zu seinem Büro am Hafen fahren ließ, war Jock Bennett der Dubrow-Balletttruppe von ganzem Herzen dankbar.

Im Unterschied zu Jock Bennett war der einen Meter achtzig große und mit einem dichten Bart gesegnete Graf Sternow ein leidenschaftlicher Ballettomane. Seit dem Morgengrauen streifte er in einem Zustand der Euphorie durch sein langes niedriges Haus – einen originalgetreuen Nachbau der Datscha seiner Eltern an der Wolga.

»Ich werde niemals ihre erste *Giselle* vergessen – niemals«, sagte er zur Gräfin. »Das war im Jahr, bevor sie Russland verließ.«

»Es war doch die Aufführung, nach der Dalguruky im hinteren Teil der Loge in flagranti mit der Gouvernante erwischt wurde, weißt du noch?«

Die Gräfin war noch immer im Morgenmantel. Sie kleidete sich selten vor dem Nachmittag an; die Hitze setzte ihr sehr zu, und ihre Nervenkrisen waren berühmt, aber heute war sie glücklich. Heute würde es so sein, wie es oft in St. Petersburg gewesen war; man würde in einem hell erleuchteten Theater über die Finessen eines besonders gelungenen Sprungs diskutieren … Und am folgenden Tag fand die Party für die Mitwirkenden statt, auf Follina, diesem phantastischen Palazzo am Fluss, wo sich alles einfinden würde, was Rang und Namen hatte. Und natürlich die Mädchen, dachte der Graf glücklich – junge, hübsche Russinnen …

Auch in Colonel de Silvas Gedanken standen die Mädchen an erster Stelle. Der Polizeipräfekt schaute auf die Uhr in seinem Büro, um festzustellen, ob es schon Zeit war, nach Hause zu fahren und sich umzuziehen. Seine dürre, herrische Frau konnte ihn zwar davon abhalten, mit ihnen zu reden, konnte ihn davon abhalten, ihnen Blumen zu schicken, sie konnte mit ihrer Hand seinen Arm umklammern, sobald der Vorhang fiel, und ihn zu seiner Kutsche zerren; aber sie konnte ihn nicht daran hindern, sie zu *sehen* – ihre Beine, ihre Schenkel, ihre Hälse –, dachte der dankbare Colonel, während er das Todesurteil für einen Banditen, der sich als entfernter Verwandter entpuppt hatte, annullierte. Die Oper war zwar besser für Busen und Hüften, aber im Ballett *sah* man mehr.

Bis zum Nachmittag hatte sich eine wahre Armada kleiner Boote der Stadt genähert. Vom anderen Ufer des Rio Negro, etwa zehn Meilen entfernt, kamen Doktor Zugheimer und seine Frau, die aufrecht und in Abendkleidung im Bug der Louisa saßen. Den bebrillten Herrn Doktor, einen überaus patriarchalischen Arbeitgeber, der seine *seringueiros* in Uniformen gesteckt hatte, dürstete es zwar mehr nach *Lohengrin* oder *Parsifal*, aber niemand ließ sich eine Eröffnungsvorstellung im Teatro Amazonas entgehen, und die blauen Augen seiner dicklichen Gattin leuchteten vor Erregung. Oper, Ballett oder Posse … was für eine Rolle spielte das schon? Heute Abend würde es reichlich Tratsch geben, Gelächter und Geselligkeit.

Eine von der Amazonischen Holzgesellschaft in Boa Vista gecharterte Barkasse spie zwanzig ihrer Angestellten aus, die sich, ihre Abendkleidung unterm Arm, auf den Weg in die Stadt machten. Das Missionsschiff, das den Schlesischen Brüdern in Santa Maria gehörte, brachte Pater Josef und Pater Anselm herbei, die in dem Bewusstsein, dass alle Kunst zum Ruhme Gottes war, sich überaus bequeme Sitze im Parkett hatten reservieren lassen.

Mittlerweile füllten sich auch die Cafés. Eine Gruppe von Schullehrerinnen eines exklusiven Mädchenpensionats in Santarém hatte sich, vor die Wahl gestellt, entweder auf der Straße oder in Madame Anitas Bordell zu übernachten, vernünftigerweise für Letzteres entschieden. Der Kapitän der Oriana geleitete zwei stattliche und nicht mehr ganz junge Prinzessinnen aus dem Baltikum (die sich von Lissabon aus auf einer Weltreise befanden) die Gangway hinunter und verfrachtete sie in den Wagen, den der Bürgermeister ihnen geschickt hatte.

Und jetzt gingen überall die Lichter an, und die Menschen strömten zum Theater. Die Reihen füllten sich; dicht an dicht saßen sie, die Damen mit ihren Juwelen, die Herren mit ihren Orden. Die stämmigen Prinzessinnen aus dem Baltikum betraten die mit einem Baldachin verhangene Loge, die für den Präsidenten reserviert war, und winkten dem gemeinen Volk huldvoll zu. Im Orchestergraben machten sich die Musiker bereit.

Aber die Vorstellung konnte noch nicht beginnen; dessen waren sich alle Bürger von Manaus bewusst. Denn die Loge neben der des Präsidenten war noch immer nicht besetzt – die Loge Mr Verneys, des Vorsitzenden der Fördergemeinschaft Opernhaus. Solange Rom Verney, der Eigentümer von Follina, nicht erschien, würde der Vorhang unten bleiben – mit diesem Wissen machte sich das Publikum auf weiteres Warten gefasst.

Verney wachte am Morgen der Gala früh auf, so wie immer; er streckte sich auf dem großen Jarana-Holzbett aus und schob dann die Wolke des weißen Moskitonetzes beiseite, um an die Verandatür zu treten und in seinen Garten hinauszuschauen.

Einen ähnlichen Garten gab es in ganz Amazonien nicht. Nur der wohlhabendste aller Gummibarone hatte die Hartnäckigkeit und die unermüdliche Arbeit aufgebracht, seine Träume mit Orchideen und Hibiskus Wirklichkeit werden zu lassen, mit einer Allee aus Jakarandas, die sich bis zum fernen Fluss erstreckte, mit den weißen Blütensternen des Clerodendrons.

Vor dem Vogelhaus, das ihm seine einheimischen Bediensteten zu seinem leichten Missfallen erbaut hatten, als er einmal längere Zeit auf Reisen gewesen war, hatte Manuelo bereits mit dem Fegen der Wege begonnen. Zwei weitere Angestellte arbeiteten in der Nähe des Teichs mit seinen goldenen Teichrosen und schabten – gegen Moskitolarven – Derriswurzeln ins Wasser. Die alte Iquita, Manuelos Stiefmutter, trug ihren rüschenbesetzten Petticoat, eine Hinterlassenschaft einer Opernsängerin, deren Gunst ihr Sohn eine Weile genossen hatte. Die Alte stocherte mit ihrem gegabelten Stock in einem Blumenbeet herum, um ihrer selbst gewählten Aufgabe, den Garten frei von Schlangen zu halten, nachzukommen. Aus dem Fleckchen Wald hinterm Haus, das Rom Verney unberührt gelassen hatte, weil seine Bediensteten sich dort ihr Dorf errichtet hatten, kam der leise, körperlose Klang von Gesang: Dame Nellie Melba, die das »Glockenlied« aus *Lakmé* sang. Wie viele Schallplatten er ihnen auch kaufen mochte, diese war und blieb ihre Lieblingsplatte.

Er duschte, zog Hemd und Hose aus Kaki an und ging nach unten – ein überaus unenglisch wirkender Engländer, geschmeidig und dunkelhäutig, mit schwarzem und (obwohl er die dreißig noch nicht erreicht hatte) auf exotische Weise mit Silber durchschossenem Haar. Schon auf der Terrasse lauerte ihm das erste der vielen Tiere auf, denen er Gastfreundschaft in seinem Heim gewährte: Ein Nasenbär mit einem großen, buschigen Schwanz sprang von einem Stuhl und verlangte, gestreichelt zu werden.

Verney ging auch die nächste Treppe hinunter, zwischen Büschen im Sonnenlicht leuchtender Gardenien hindurch, und näherte sich schließlich dem Obstgarten, wo er Mangos, Bananen und Avocados anbaute, um seine Arbeiter mit Nahrungsmitteln zu versorgen. Ihm entging nichts – ein Büschel Pilze, das gestern noch nicht da gewesen war, ein feiner Riß im Stamm einer Ananas, eine Ameisenprozession, die danach trachtete, in seinen Kaffeepflanzen eine Kolonie zu gründen –, jede Kleinigkeit wurde verzeichnet und schweigend beurteilt. Und der kleine Nasenbär trottete hinter ihm her, denn diese morgendliche Inspektion des Grundstücks fiel seiner Meinung nach eindeutig in seinen Aufgabenbereich.

Als Verney zu der Brücke über einen der vielen *igarapés* kam, die durch sein Land flossen, ließ sich ein betagter blau-gelber Ara von einem Akazienzweig auf seine Schulter fallen und keifte den Nasenbären eifersüchtig an. Mittlerweile befanden sie sich ganz in der Nähe des Flusses, wo Verney seine Boote hatte: den Schoner Amethyst, mit dem er Gäste von und nach Manaus beförderte; die Daisy May, ein umgebautes Kanonenboot, das er fast bis auf die Hülle ausgeräumt hatte, damit er darin die Stücke seiner botanischen Sammlung transportieren konnte; und daneben das erste Boot, das er je besessen hatte, die kleine Firefly, windschnittig und unzerstörbar.

Mit der Firefly hatte er an einem Morgen wie diesem Follina entdeckt.

Eines Tages, während seines zweiten Jahres am Amazonas, hatte er sich seinen Weg durch die verschlungenen Nebenflüsse des Rio Negro gebahnt, als er zwischen zwei schwimmenden Inseln den verborgenen Eingang zu einem weiteren Flussarm fand. Diesem munteren, klaren Fluss folgte er vielleicht eine Meile weit, wie bezaubert von den übers Wasser schwirrenden Eisvögeln und den Fischottern, die um sein Boot herumtollten. Schließlich hielt er auf eine Sandbank zu und machte an einem Zimtbaum fest, der über und über mit üppigen goldenen Blüten bedeckt war.

Zuerst hatte er nur das Gefühl, dass der Dschungel hier weniger dunkel war, weniger drückend als anderswo.

Dann hatte er bei einem gemächlichen Spaziergang über einen Streifen Sand eine verfallene Anlegestelle entdeckt und, während er mit wachsender Erregung weiterging, eine Lichtung gefunden, auf die die Sonne so mild herabschien, als sei es ein Stückchen England – und auf der Lichtung, halb verfallen, aber mit noch immer stehenden Mauern, ein Haus. Nur dass es eigentlich gar kein Haus war, sondern ein kleiner, italienisch anmutender, rosa getünchter *palazzo* mit einer säulenbestandenen Terrasse, die sich um das ganze Haus herumzog; die Überreste von skulptierten Säulen und Steinstatuen lagen noch immer dort, wo sie zu Boden gestürzt waren.

Verney hatte beinahe ein Jahr gebraucht, um jemanden aufzuspüren, der einen Verkauf genehmigen konnte, aber schließlich und endlich fand er die Nachfahren von Antonio Rinaldi, der – Träumer oder Wahnsinniger – zu Beginn des vergangenen Jahrhunderts nach Brasilien gekommen war, in Ouro Preto Gold fand und dann nach Norden zum Amazonas zog, um – sechstausend Meilen von Italien entfernt – den *palazzo* seines Geburtsdorfes nachzubauen: Follina.

Bevor er überhaupt nach Brasilien gekommen war, hatte Verney bei dem großen Cervantes über die Neue Welt nachgelesen und erfahren, was sie für jene ersten Siedler, die aus Europa hierherkamen, bedeutete. »Die Zuflucht aller armen Teufel Spaniens. Asyl der Bankrotten, Refugium für Mörder, das Gelobte Land für Damen von zweifelhaftem Lebenswandel ... Ein Köder und eine Desillusionierung für viele – und ein unvergleichliches Labsal für wenige.«

Verney war einer der wenigen gewesen. Nachdem er zornig und mit wundem Herzen aus seiner Heimat geflohen war, hatte er tatsächlich in diesem Land ein »unvergleichliches Labsal« gefunden. Sein Erfolg hatte selbst seine Kinderträume in den Schatten gestellt. Ihn sorgten weder die Hitze noch die Gefahren, weder Krankheiten noch die Feindseligkeit jener, deren Politik er sich widersetzte. Der Dschungel, den andere fürchteten oder verabscheuten, hatte ihn reich beschenkt. Aber jetzt, als er an den mit Kletterpflanzen überwucherten Hütten vorbeikam, in denen seine Generatoren und die Eismaschine untergebracht waren, hob er eine Hand, um die schwere gelbe Schote eines Kakaobaums herunterzuziehen – und in Sekundenschnelle löste sich seine Umgebung auf, und er war wieder im Obstgarten von Stavely. Es war Ende Oktober, und er griff nach einem der letzten Äpfel, die an den kahlen Zweigen hingen.

Wenn sie kamen, diese Bilder von England, ließ man ihnen am besten freien Lauf, dann war die Sache bald ausgestanden – dieser plötzliche Anfall von Sehnsucht, nicht nach den Sitten und Gebräuchen Englands, sondern nach der beinahe körperlich greifbaren Schönheit des Landes ...

Dann spürte er wieder die Hitze auf seinem Rücken,

nahm das Sirren der Zikaden wahr und den Nasenbären, der ihn aus einer Gruppe von Korbweiden erwartungsvoll ansah.

»Ja, du hast ganz recht; es ist Zeit fürs Frühstück«, sagte Rom, kehrte dem Fluss den Rücken und ging zurück zum Haus.

Man hatte ihn auf den Namen Romain Paul Verney Brandon getauft, aber der französisierte Taufname war für die Einheimischen zu viel gewesen. Daher hatte man ihn immer nur als Rom gekannt – und während der ersten neunzehn Jahre seines Lebens waren die Wälder und Felder von Stavely sein Erbe und seine Freude gewesen.

Er war der Sohn von General Brandon aus des Generals später zweiter Ehe mit der wunderschönen ausländischen Sängerin Toussia Kandinsky: eine überaus unnötige Ehe, wie die feine Gesellschaft damals meinte, nachdem sie doch für den General – der schon deutlich fortgeschrittenen Alters war – eine schickliche Witwerschaft vorgesehen hatte. Schließlich war er nicht allein – er hatte einen fünfjährigen Sohn, den kleinen Henry Alexander, ein vernünftiges Kind, das einen hervorragenden Erben für Stavely abgeben würde.

Aber der General tat ihnen den Gefallen nicht.

Achtzehn Monate nach dem Tod seiner Frau besuchte er eine Blumenausstellung in London und gestattete hinterher einer musikliebenden Bekanntschaft, ihn mit in ein Konzert zu nehmen, nämlich in den Liederabend einer halb französischen, halb russischen Sängerin. Der General machte sich nicht übermäßig viel aus den Liedern, dafür aber umso mehr aus der Frau, die sie vortrug. Für sie entwickelte er eine romantische Leidenschaft, die erst mit ihrem Tod endete.

Toussia Kandinsky war schon in den Dreißigern – eine reife, warmherzige Frau mit traurigen dunklen Augen, einem ungewöhnlich schönen Mund und einer Besonderheit, die ihrem Gesicht eine überaus ungewöhnliche Note gab: einer Haarpracht, die schon seit ihrem zwanzigsten Lebensjahr schneeweiß war.

Sie heirateten, und er brachte sie nach Stavely, wo die feine Gesellschaft sich alle Mühe gab mit dieser Frau, die nicht jagte, sondern sich stattdessen lieber zärtlich und auf Französisch mit den Pferden unterhielt, einer Frau, die das Musikzimmer für Musik benutzte und die Galerie mit Bildern dieser verrückten, unmoralischen Impressionisten vollhängte.

Gerüchte über die neue Mrs Brandon gab es selbstverständlich in Hülle und Fülle, aber selbst der bösartigste ihrer Kritiker musste zugeben, dass sie ungewöhnlich gut zu ihrem Stiefsohn war. Sie verbrachte viele Stunden mit dem kleinen Henry Alexander, las ihm vor, spielte mit ihm, nahm ihn überallhin mit und feierte seinen siebten Geburtstag mit einer Party, von der man noch nach Jahren sprach. Und als im folgenden Jahr ihr eigener Sohn zur Welt kam, verdoppelten sie und der General ihre Fürsorge um Stavelys Erben noch.

Rom selbst war es, der den Schaden anrichtete, der an der Seele des armen Henry nagte. Ein Quecksilberkind mit dunkler Haut, hohen Wangenknochen und den bebenden Nasenflügeln, die auf Genie oder Temperament hinweisen (und im Allgemeinen auf beides), hatte er außerdem das dichte tintenschwarze Haar geerbt, das seine Mutter in ihrer Kindheit besessen hatte, sowie ihren leidenschaftlichen Mund. Hätten da nicht die großen grauen Augen des Generals aus dem ausdrucksstarken, fremdländischen Gesicht des Jungen geleuchtet, wäre die feine Gesellschaft geneigt gewesen, gewisse Fragen zu stellen.

Aber nicht nur Roms Aussehen war dramatisch. Das Kind, das zur Teezeit von seinem Kindermädchen ins Wohnzimmer gebracht wurde, umarmte seine Eltern und sprach seine Gefühle aus. »Ich liebe dich so sehr wie die Sonne und den Mond und die Sterne«, sagte der dreijährige Rom zu seiner Mutter, und Henry, ein anständiger, wohlerzogener britischer Junge, konnte nur tatenlos zusehen und die Schande erdulden.

Wieder und wieder offenbarte Henrys verachteter Halbbruder seine »Fremdartigkeit«. Rom plapperte auf Französisch genauso mühelos wie auf Englisch; er bat darum, Geige spielen zu dürfen, und obwohl Henry wusste, dass die Forstwirtschaft etwas durchaus Respektables war und dass er sich der botanischen Exkursionen seines Vaters nicht zu schämen brauchte, war der Anblick Roms, der den Gärtnern dabei half, Blumen zu pflanzen, beinahe mehr, als er ertragen konnte.

Und immer dann, wenn Henry sich gerade damit tröstete, dass er diesen fremdländischen Halbbruder, der keine Ahnung zu haben schien, wie man sich benahm, zutiefst verachtete, gerade dann brachte Rom es fertig, ihn mit einem aufsehenerregenden Akt der Tapferkeit zu verwirren; er kletterte furchtlos in die Spitze eines Baumes, der so schmächtig war, dass er sich selbst unter Roms geringem Gewicht bog und schwankte, als würde er im nächsten Augenblick brechen. Es war Rom, nicht Henry (obwohl er ebenfalls zugegen war), der in den Fluss beim Mühlrad sprang, um ein kleines Mädchen aus dem Dorf zu retten, das zu nahe am Ufer des Wassers gespielt hatte. Es war Rom, der den schwarzen Hund fand, fauchend und wild vor Schmerzen, mit seinem Bein in einer Falle,

Rom, der die Tollwut und weiß der Himmel was noch riskierte, um ihn zu befreien – und schon bald musste Henry, der pflichtschuldigst seine Jagdhundwelpen ausführte, zu seinem Verdruss überall von Roms Wunderhund hören, von dessen Intelligenz und dessen Treue. Es war Rom – nicht Henry, der älteste Sohn, der Erbe –, der in einer stürmischen Oktobernacht Brandgeruch wahrnahm und den weißen Araberhengst, Henrys Pferd, das sich wegen des Feuers zu Tode erschrocken aufbäumte, in Sicherheit brachte.

Kein Wunder, dass Henry seinen jüngeren Bruder hasste, aber nichts und niemand konnte dagegen etwas ausrichten. Mrs Brandons Bemühungen, ihren Stiefsohn mit Aufmerksamkeiten zu überschütten, grenzten beinahe ans Lächerliche; der General verriet niemals auch nur mit einem Flackern seiner klugen grauen Augen, dass sein Herz seinem jüngeren Sohn gehörte. Rom selbst blickte am Anfang zu Henry auf und sehnte sich nach seiner Freundschaft. Es war alles sinnlos. Die Eifersucht, die Henry das Leben verbitterte, war von der Art, wie man sie in Mythen und Legenden findet, und sie wurde mit jedem Jahr stärker.

Dann, Rom war fast elf Jahre alt, stellte das Schicksal sich auf Henrys Seite. Mrs Brandon wurde krank, die Ärzte diagnostizierten Leukämie, und ein halbes Jahr später war sie tot.

Jetzt konnte Henry endlich etwas von seinem Hass zum Ausdruck bringen. Der General, außerstande, das Leben auf Stavely ohne seine Frau zu ertragen, brach zu einer ausgedehnten botanischen Himalaja-Expedition auf, und Henry, der Erbe, begann Befehle zu erteilen, die befolgt wurden. Roms Hund wurde das Haus verboten; seine unpassenden Freunde – Kinder aus dem Dorf, deren Spiele er angeführt hatte – bekamen ebenfalls Hausverbot. Die meisten Diener waren dem jüngeren Kind treu ergeben, und Nannie, die damals bereits außer Dienst gestellt war und in einem separaten Häuschen lebte, hatte es nie vermocht, ihre Liebe zu dem »kleinen Fremden« zu verhehlen; aber es gab auch andere – vor allem den ersten Lakaien, Grunthorpe, den Rom im Waffenzimmer dabei erwischt hatte, wie er Patronenschachteln stahl, um sie in der Stadt zu verkaufen –, die nur allzu gern bereit waren, sich bei dem Erben einzuschmeicheln.

Henrys Triumph war jedoch nur von kurzer Dauer. Der General kehrte zurück, Rom wurde wieder an seinen rechtmäßigen Platz gesetzt und folgte seinem Bruder kurz darauf nach Eton, wo er vor Henrys Gemeinheiten sicher war.

Dann, es war das Jahr, in dem Rom achtzehn wurde, zogen Isobel Hope und ihre verwitwete Mutter ins Nachbardorf.

Isobel war aristokratischer Herkunft, aber verarmt, und noch bevor sie Henry kennenlernte, hatte dieses hübsche Mädchen bereits beschlossen, dass Stavelys Erbe einen passenden Ehemann für sie abgeben würde.

Zum ersten Mal begegnete sie Henry auf einem Ball in einem der Nachbarhäuser, aber neben ihm an der großen Treppe stand, entspannt und sorglos, sein jüngerer Bruder … und damit hatte sich die Sache.

Die Liebe, die zwischen Rom und Isobel entflammte, war ungestüm, leidenschaftlich und allumfassend. Sie trafen sich zu Ausritten im Morgengrauen, einem Zeitpunkt, zu dem es leicht möglich war, sich allen Bemühungen etwaiger Anstandsdamen zu entziehen, und sie kamen mittags zusammen, um Tennis zu spielen, durch den Garten zu schlendern oder einander durchs Labyrinth zu jagen.

Wer sie zusammen sah, dem verschlug es angesichts ihres Glücks beinahe den Atem; keiner, der sie in diesem Sommer zusammen erlebte, konnte sie je ganz vergessen: dieses schlanke Mädchen mit der dunkelroten Haarfülle und den tiefblauen Augen; diesen so ungeheuer anmutigen, brillanten Jungen.

Als Rom neunzehn Jahre alt war, gaben er und Isobel ihre Verlobung bekannt. Daraufhin ließ der General die beiden zu sich kommen und unterrichtete sie von dem Testament, das er machen wollte. Er konnte über Stavely nach eigenem Ermessen verfügen, aber es kam natürlich nicht infrage, seinen ältesten Sohn zu übergehen. Henry würde Stavely bekommen, seine Blumen- und Obstgärten, den Park ... Rom wollte der General die beiden außerhalb liegenden Güter hinterlassen – Millpond und The Grebe –, die Nordpflanzung und Paradise Farm.

Rom war überglücklich, denn ihn erfüllte eine tiefe, schöpferische Leidenschaft für das Land, und Isobel, die es zwar noch immer nach Stavely selbst verlangte, war es zufrieden, denn Paradise war ein vollkommenes klassizistisches Haus, mit Portiken und Säulengängen. Erbaut hatte es eine frühere, wohlhabende Mrs Brandon, die mit ihrer Schwiegertochter auf nicht allzu gutem Fuß gestanden hatte. Wenn der arme Henry nicht gerade eine außergewöhnliche Frau heiratete – was nicht wahrscheinlich war –, würde Isobel, wie sie wohl wusste, »Paradise« schon bald zum gesellschaftlichen Zentrum des Familienbesitzes machen können.

Drei Monate später starb der General an den Folgen eines Herzanfalls. Als die Beerdigung vorbei war, suchten sie nach dem Testament, das er hatte machen wollen, aber es war nirgends zu finden. Seltsamerweise war der Anwalt, den er hinzugezogen hatte, nach Übersee verschwunden, und sein Mitarbeiter wusste nichts von einem Dokument jüngeren Datums. Auf diese Weise wurde nun das alte Testament für gültig erklärt – das Testament aus der Zeit vor Roms Geburt, das den gesamten, ungeteilten Besitz Henry vermachte.

Warum unternahm Rom nichts, um sich zu retten, fragten die Leute später. Warum bestand er nicht auf einer Untersuchung oder übte Druck auf seinen Bruder aus, um ihn zu einer gerechten Teilung zu bewegen?

Es war natürlich Stolz, der wilde Stolz der Begabten und Starken, die von niemandem etwas annehmen wollen. Aber es war noch etwas anderes, etwas, das Henry mit verwirrtem Zorn zur Kenntnis nahm – eine Art begeisterter Freude, eine prickelnde Erregung angesichts der Tatsache, dass er nun vollkommen mittellos dastand. Irgendwo anders neu anzufangen, es mit der ganzen Welt aufzunehmen, selbst sein Glück zu schmieden und für sich und Isobel einen Platz zu finden, den er nicht den Privilegien seiner Geburt verdankte, das war eine Herausforderung, auf die Roms leidenschaftliche Seele mit Begeisterung reagierte.

»Wir werden irgendwo in der Neuen Welt von vorne anfangen. Ich werde dir ein Haus bauen, das fünfzehn Mal so groß ist wie Stavely, du wirst schon sehen!«

»O Rom – doch nicht an diesem entsetzlichen Amazonas, von dem du dauernd redest?«

»Nein. Man kann dort zwar ein Vermögen machen, aber das Klima wäre schrecklich für dich. In Nordamerika – Kalifornien vielleicht. Oder Kanada – wo immer du mit mir hingehen möchtest!«

Er streckte ihr die Arme entgegen, denn er zweifelte an ihr genauso wenig wie an seiner eigenen rechten Hand, aber sie schüttelte den Kopf. Isobel hatte Angst – und sie wollte Stavely.

So kam es, dass Isobel Erfolg hatte, wo Henry gescheitert war; ihr gelang es, Rom zu zerbrechen. Einen Monat nach dem Tod des Generals löste sie die Verlobung. An diesem Abend fand Rom sie mit Henry in der Orangerie und wusste, was sie tun würde.

Am nächsten Tag war er fort, und niemand auf Stavely hörte je wieder von ihm.

Als Rom nun den Hof hinterm Haus überquerte, den Nasenbären im Schlepptau, stellte sich ihm Lorenzo, sein Butler und allgemeines Faktotum, in den Weg. Der Mann strahlte vor Freude und hatte auch eine Schar Hausdiener um sich versammelt, die ihre Vorbereitungen zu der für den nächsten Tag geplanten Party zu Ehren der Balletttruppe stehen und liegen gelassen hatten, um an der Freude ihres Herrn teilzuhaben.

»Sie ist angekommen, *Coronel*!«, sagte Lorenzo mit theatralischer Geste. »Rodrigo hat aus São Gabriel angerufen, und Furo ist mit dem Lastwagen losgefahren, um sie abzuholen.«

Rom brauchte nicht zu fragen, *was* gekommen war. Eine holprige Straße, die nur in der trockenen Jahreszeit befahrbar war, verband Follina mit Manaus, wo er sein Hauptbüro und sein Lagerhaus hatte. Ein weiterer, viel kürzerer Pfad führte in das kleine Dorf São Gabriel am Rio Negro, wo er einen schwimmenden Anleger eingerichtet hatte, ferner Lagerhäuser und einen Schuppen, in dem der Latex im Rauch eines Feuers getrocknet wurde; dort und nicht an seinem privaten Landesteg wurden die Waren für Follina ausgeladen.

Rom konnte ein Dutzend neuer Unternehmungen aus dem Boden stampfen, konnte große Pianos aus Deutschland importieren oder Autos aus Amerika, Teppiche aus

Isfahan – aber nichts versetzte seine Männer in so große Aufregung wie die Ankunft des Wäschekorbs mit den von Truscott and Musgrove in Piccadilly frisch gereinigten Hemden.

Es war keineswegs seine Absicht gewesen, die Geschichten von lächerlichem und extravagantem Benehmen der Gummibarone um eine weitere zu bereichern. Für Mrs Lehmann, die ihre Kutschpferde mit Champagner wusch, oder den jungen Wetherby, der einen Jaguar mit einem Diamanthalsband auf der Straße spazieren führte, hatte Rom nur tiefste Verachtung übrig. Und doch hatte er unwissentlich eine Legende geschaffen, die alles andere in den Schatten stellte. In Rio und Liverpool, in Paris und Madrid, überall sprach man von seiner Wäsche, die den langen Weg vom Amazonas nach England machte, um in Londons exklusivster Reinigung gewaschen zu werden.

Rom führte Follina ausschließlich mit einheimischem Personal. Er hatte festgestellt, dass man ihm beinahe alles beibringen konnte; und ganz bestimmt wuschen und bügelten die Einheimischen vollkommen zu seiner Zufriedenheit. Der Umstand, dass er seine schmutzigen Hemden zur Reinigung nach London schickte, ging auf ein Versprechen zurück, das er einer großzügigen, schönen Frau gemacht hatte, und die Erinnerung an sie war es, die sein Gesicht jetzt weicher werden ließ.

Wäre Madeleine de la Tour nicht gewesen, hätte Roms mitternächtliche Flucht aus Stavely vielleicht ein anderes Ende genommen. Als er ohne einen Penny in London ankam, halb verrückt vor Zorn und Schmerz, war er in das Haus des einzigen Verwandten gegangen, den seine Mutter in England besaß: Jacques de la Tour, ein entfernter Cousin, der ein erfolgreicher Geschäftsmann war und ihm vielleicht Arbeit verschaffen konnte.

Jacques befand sich damals gerade auf einer ausgedehnten Reise durch den Fernen Osten, aber seine Frau Madeleine nahm Rom auf. Sie nahm ihn in jeder Hinsicht auf: in ihr Haus, in ihr Herz und – mit wunderbarer Feinfühligkeit und Intelligenz – in ihr Bett. Sie linderte den furchtbaren Schmerz, den Isobel ihm zugefügt hatte; sie zivilisierte ihn, und die Dankbarkeit, die er dafür empfand, war nie verblasst. Am Ende, als sie seinen Drang spürte, endlich zu seinem Abenteuer aufzubrechen, bestand sie darauf, ihm das Geld für die Überfahrt nach Brasilien zu leihen.

»Werde mir bloß kein Wilder, Romain«, hatte sie gesagt, als sie auf dem Bahnhof von Euston stand, um sich von ihm zu verabschieden. »Sei vor allem vorsichtig mit deinen Hemden – sie müssen genau richtig gestärkt sein. Dass du sie mir ja nicht einfach auf irgendwelche Steine hauen lässt, versprochen?«

»Versprochen.«

Dann fuhr der Zug ab; sie vergoss auf der Toilette ein paar Tränen und ging dann in eine Gartenausstellung, denn sie war genauso tapfer wie gütig und wusste, dass eine englische Dame kein Theater machte.

Rom zahlte das Geld, das sie ihm geliehen hatte, nie zurück. Er wartete zwei Jahre und fuhr dann nach Minas Gerais, jener seltsamen, mineralienreichen Region Brasiliens, die für ihre kunstvollen, mit Schätzen angefüllten Kirchen berühmt ist. Dort suchte er einen von der Arbeit gebeugten Handwerker auf, der kostbare Steine in den Juwelenschmuck prächtiger Madonnenstatuen einarbeitete. Und wenige Monate später lieferte ein Bote am Grosvenor Place ein Päckchen ab, das, als Madeleine es öffnete, eine um eine Reinigungsquittung von Truscott und Musgrove geschlungene Halskette enthielt. Ein Diamantcollier, in dem jeder einzelne Stein in einem raffiniert gearbeiteten

Heiligenschein aus Platin ruhte; ihr kluger Ehemann legte ihr – nach einem leisen Ausruf des Erstaunens – die Kette ohne allzu viele Fragen um den schönen Hals.

Und in einem der makellosen Frackhemden aus dem weitgereisten Wäschekorb betrat Rom nun seine Loge im Teatro Amazonas zum ersten Akt von Tschaikowskys *Schwanensee*.

»Ich muss mich übergeben«, sagte Harriet.

»Du kannst dich nicht noch einmal übergeben, 'arriette«, rief Marie-Claude verzweifelt und wandte sich von dem langen Spiegel ab, vor dem die Mädchen in ihren Tutus saßen, sich die Arme weißten, falsche Augenbrauen anklebten und sich die Lippen in Form von Amorbögen schminkten.

»Ich kann –«, stieß Harriet hervor und floh.

Der erste Akt war schon aufgerufen worden, aber im ersten Akt traten die Schwäne nicht auf, und den Mädchen blieb noch eine halbe Stunde Zeit, ihre Toilette zu beenden. Es war eine halbe Stunde, von der Harriet nicht glaubte, dass sie sie überleben würde.

»Ich muss schon sagen, Harriet, diese Angst ist exzessiv«, meinte Kirstin. »Was würde dein römischer Kaiser dazu sagen?«

Aber ausnahmsweise richtete der Gedanke an den großen Marc Aurel bei Harriet nichts aus. Der berühmte Stoiker hatte gewiss die meisten Fährnisse eines Menschenlebens erlitten, aber es war unwahrscheinlich, dass er im Debüt als verzauberter Schwan vor tausend Zuschauern dabei war.

Wenn Dubrows jüngster Schwan vor Nervosität beinahe umkam, so war auch seine Ballerina assoluta kaum in einem Zustand besonderer Ruhe.

»Warum hast du es nicht auf die Plakate setzen lassen, dass dies meine Abschiedsvorstellung ist?«, schrie sie Dubrow an. »Ich habe dich darum gebeten – und du hast es versprochen. So etwas Einfaches –, und du schaffst es nicht!«

Sie trug bereits ihr glitzerndes weißes Tutu. Ihr hageres Gesicht unter der funkelnden kleinen Krone war angsterfüllt und verzweifelt, das Gesicht einer alten Frau.

»Ich werde es nach der Vorstellung bekannt geben, *duscha*.«

Er gab sich nicht die Mühe, ihr zu sagen, sie solle sich entspannen, sich beruhigen. Gegen ihre schreckliche Angst konnte man nichts ausrichten; sie ging jedes Mal auf die Bühne, als gelte es den Tod. Er konnte nicht mehr tun, als einfach da sein, beten, dass die hundert Anweisungen, die er seinen Leuten gegeben hatte, ausgeführt wurden, und sie toben lassen.

Schließlich hörte sie auf, durchs Zimmer zu laufen, kam zu ihm herüber und legte ihre fieberheißen Arme um ihn. »Aber das ist unsere letzte Tournee, nicht wahr, Saschka? Bald ist es für immer vorbei? Bald gehen wir nach Cremorra und züchten –«

Aber in diesem Augenblick kam – zu Dubrows Erleichterung, der nicht in der Verfassung war, den Anbau von Gemüse zu diskutieren – ihr letzter Aufruf.

Für die Simonowa, eine hervorragende und erfahrene Tänzerin, endete die Angst in dem Augenblick, da sie die Bühne betrat. Leider ließ sich dasselbe für Harriet nicht sagen.

Rom war kein Ballettomane. Von seiner Mutter hatte er eine gewisse Leidenschaft für die menschliche Stimme geerbt, und während er alle anderen Ehrenämter, die

die Leute ihm aufzudrängen versuchten, abgelehnt hatte, hatte er sich doch bereit erklärt, den Vorsitz der Gönnergemeinschaft des Opernhauses zu übernehmen. Rom fiel die Aufgabe zu, widerwilligen Primadonnen aus Europa zu schmeicheln oder das Unterhaltungsprogramm für die Ensembles zu arrangieren. Einmal hatte er auch sechs Schauspieler aus einer spanischen Theatertruppe, nachdem sie an Gelbfieber erkrankt waren, nach Follina gebracht, um sie dort pflegen zu lassen. Aber sein Herz gehörte der Oper, und als der Vorhang sich jetzt vor Prinz Siegfrieds Geburtstagsfeier hob, ließen die Nöte dieses jungen Mannes – Maximow in silbernen Strumpfhosen und strammem Hosenbeutel – ihn relativ kalt.

Der erste Akt ist eine Art Prolog. Die Eltern des Prinzen bitten ihn zu heiraten, aber er ist eher abgeneigt. Hübsche Mädchen kommen auf die Bühne, um mit ihm zu tanzen, und er stützt ihre Arabesken mit dem resignierten Gesichtsausdruck eines gewissenhaften Fleischträgers, der eine Rinderhälfte stemmt. Seine Mutter überreicht ihm eine Armbrust ... Man hört die unheimlichen Töne des Schwanenmotivs, und der Prinz beschließt, zur Jagd zu gehen. Der Vorhang senkt sich.

Der zweite Akt ist anders. Eine Lichtung im Mondschein ... romantische Bäume ... ein See ... und dann gleitet die Simonowa auf die Bühne – flattert mit den Armen, immer noch damit beschäftigt, das Wasser abzuschütteln. Eine wunderbare Tänzerin – Rom hatte bei einem Besuch in Paris von ihr gehört, und sie verdiente ihr Lob. Der Prinz tritt auf, sieht sie ... und ist bestrickt. Sie erzählt ihm in absurder, aber effektiver Mimik, dass sie eine verzauberte Prinzessin sei, für alle Zeit in die Gestalt eines Schwans gebannt, es sei denn, ein Prinz würde sie wahrhaft lieben. *Ich* werde dich lieben, signalisiert ihr Maximow; ich verspreche es … Gemeinsam gehen sie ab …

Und zu den gedämpften »Ahs« und »Ohs« aus dem Publikum treten jetzt die Schwäne auf. In seiner Loge beugt sich der Polizeipräfekt de Silva eifrig vor, nur um sogleich von der eisernen Hand seiner Frau zurückgerissen zu werden. Der Bürgermeister, wie eine kleine schwarze Rosine zwischen die eher brotlaibhaften Gestalten der baltischen Prinzessinnen gezwängt, lächelt glücklich.

Rom griff nach seinem Opernglas, einem Präzisionsgerät der Firma Zeiss, und richtete es auf die Bühne.

Als junger Mann hatte Rom nie daran gezweifelt, dass er Isobel treu bleiben würde. Das ganze seltsame Konzept einer christlichen Ehe mit ihren Schwüren, ihrer unvernünftigen Erwartung, dass ein Mann und eine Frau gegenseitig alles im anderen finden könnten, was das menschliche Herz begehrt, hatte in seiner feurigen und romantischen Seele sofort Widerhall gefunden. Nach Isobels Verrat wischte er diese Gedanken beiseite – und die Freundlichkeit von Madeleine de la Tour war für ihn eine Brücke zu einer anderen und ebenso alten Tradition gewesen: eine Tradition, die die Frau als eine heitere und erheiternde Quelle der Freude betrachtete. Seit er an den Amazonas gekommen war, hatte Rom von den Frauen nicht mehr verlangt, als dass sie schön waren, bereitwillig – und die Regeln kannten. Und eine perfekte Besetzung für diese Rolle waren die Mädchen vom Theater, die für ein kurzes Gastspiel nach Brasilien kamen und ihre Erfahrung mitbrachten, ihr Flair und ihr Talent für dieses Spiel mit Namen Tändelei.

Daher ließ Rom nun, wenn auch mit beträchtlich geringerer Aufregung als in früheren Zeiten, sein Opernglas über die Reihe der Schwäne gleiten.

In jedem Tanzensemble gibt es eine Schönheit, und da – die vierte von links, eine Tänzerin, die ihrer Aufgabe mit absoluter Präzision nachkam –, da war sie. Eine Blondine, die in einer Truppe russischer Mädchen eine gewisse Überraschung darstellte, mit großen, samtenen Augen, einem wunderschönen Mund und perfekt geformten Gliedern. Aber während Rom ihr nun an den anderen Schwänen vorbei folgte – nette Mädchen, die sich in vollkommener Harmonie miteinander bewegten und wirklich bezaubernde *emboîtés* vollführten –, geschah etwas ganz Seltsames. Sein äußerst kostspieliges Opernglas schien plötzlich ein Eigenleben zu entwickeln und bewegte sich wieder und wieder von dem hübschen Geschöpf, das er verfolgte, nach links, um sich auf das ernsthafte, vollkommen gewöhnliche Gesicht des Mädchens daneben zu heften: einer Brünetten mit grauen Augen, der dritten von links.

Aber warum nur? Sie tanzte mit Anmut und Musikalität, aber das war gewiss nicht der Grund, der ihn zu ihr hinzog. Eher schon schien eine Art extremer Emotion von ihr auszugehen, die in ihm den instinktiven Wunsch weckte, sie zu beschützen und auf sie achtzugeben.

Die Schwäne waren im Hintergrund der Bühne zur Ruhe gekommen und stützten, dem Publikum zugewandt, ihre Köpfe auf die Arme. Der Kopf des ernsthaften Mädchens mit den braunen Haaren war sehr anmutig geneigt, aber Rom bemerkte durch sein Opernglas ein schwaches, aber unverkennbares Zittern des Kinns. Diese Tänzerin hatte Angst, große Angst, und mit unerwartetem Scharfblick sah er plötzlich, was sie sah – den unendlichen, gähnenden Abgrund des Zuschauerraums mit seinen verschwommenen Reihen potenzieller Scharfrichter.

Ihr Debüt also? Unwahrscheinlich – russische Balletttänzerinnen standen schon früh auf der Bühne … und doch hatte er das Gefühl, dass es so sein musste. Er versuchte, sich vorzustellen, wie sie plötzlich in einer dunklen, in tiefem Schnee gelegenen Wohnung in St. Petersburg einen Ruf ans Theater bekam oder wie sie ihrer Familie in einem Holzhaus in Kiew Lebewohl sagte; aber keines der Bilder wollte so recht passen, und genauso wenig half ihm ein Blick auf das Programmheft. Sie konnte vielleicht Tatjana Wolkowski sein oder Lydia Pigorski oder Natascha Alexandrowna – vielleicht aber auch nicht.

Die dümmlichen Jäger traten auf und drohten, die Schwäne zu erlegen, und zu seiner beträchtlichen Erleichterung sah Rom nun die Simonowa auf die Bühne zurückkehren, die sich schützend vor die Schwäne stellte und die Jäger mit weit ausholenden Bewegungen ihrer Arme verscheuchte. Der dritte Schwan von links mit seinen ängstlichen Augen hatte schon genug Schwierigkeiten, auch ohne Jäger erschossen zu werden.

Obwohl er während des nun folgenden Walzers pflichtschuldigst weiterhin die Blondine beobachtete, musste Rom doch feststellen, dass er viel häufiger als beabsichtigt zu dem Mädchen neben ihr zurückkehrte und seine Fortschritte begutachtete, wie ein guter Hirte vielleicht ein leicht verwundetes Lämmchen betrachten mochte. Die Kleine hielt sich tapfer; er konnte spüren, wie ihr Selbstvertrauen wuchs. Und sie hatte, wollte ihm nun scheinen, einen wirklich hübschen Hals.

Aber jetzt leerte sich die Bühne, die getragenen, süßen Klänge der Solovioline erhoben sich aus dem Orchestergraben – und dann begann der große Pas de deux der Liebe und der Treueschwüre, der für viele Menschen gleichbedeutend mit *Schwanensee* ist.

Zu donnerndem Applaus ging das Adagio zu Ende, und

die Schwäne kehrten zurück. Rom schien, dass sein kleiner, brünetter Schwan sich schon deutlich besser fühlte, und er wäre nun eigentlich wieder frei gewesen, »die Schönheit« zu verfolgen, hätte er in diesem Augenblick nicht eine neue und ernst zu nehmende Gefahr entdeckt, die die Kleine bedrohte. Eine Feder ihres Diadems hatte sich gelöst und zitterte nun, obwohl ihr unterer Teil noch immer festklemmte, beunruhigend über einem der grauen Augen des Mädchens.

Rom war bestürzt über diese Ungerechtigkeit. Sie hatte gerade begonnen, ihre Angst zu besiegen; sie tanzte wunderbar – und jetzt dies! Während er sie mit dem Glas verfolgte und zusah, wie sie über die Bühne hüpfte und kreiste, bemerkte er, wie mannhaft sie sich bemühte, das Unglück abzuwenden. Wieder und wieder trat ihre Unterlippe ein wenig vor, und sie versuchte die freche Feder wegzupusten, aber ohne Erfolg.

Die Musik gewann an Tempo; der böse Zauberer Rotbart machte sich bemerkbar, und Siegfried wirbelte auf der Suche nach seiner Königin zwischen den Schwänen hindurch … Er fand sie, und jetzt brach die Morgendämmerung an, sie tanzten ihr Lebewohl, während die Schwäne, die Arme über der Brust gekreuzt, traurig daneben standen.

Es kann jetzt nicht mehr lange dauern, dachte Rom, als könne er sie mit seinen Gedanken erreichen. Halte durch. Aber während sie so dastand, besiegelte ein Luftstrom von den an ihr vorbeitanzenden Solisten das erwartete Malheur; die Feder löste sich, flatterte ein Stück nach oben, senkte sich dann wieder … und ließ sich auf ihrer kleinen, ernsten Nase nieder.

Woraufhin sie, verständlicherweise, niesen musste.

Rom mochte sich zwar den Luxus gestatten, seine Loge während der Vorstellung für sich allein zu genießen, da er das Gewisper und Geplapper verabscheute, das so oft mit Theaterbesuchen einherging; aber in der Pause kam er seinen gesellschaftlichen Verpflichtungen nach und bildete schon bald, nachdem er sich seinen Weg zum Erfrischungsstand gebahnt hatte, das Zentrum einer Schar von Freunden – und das Ziel der Blicke lorgnonbewehrter Damen, die sich an dem Klatsch über seine Affären ergötzten. Mrs Lehmann, dauerhaft gekränkt, seit er klargestellt hatte, dass es ihrer drallen, unausstehlichen Tochter nicht bestimmt war, die Herrin von Follina zu werden, kam dennoch auf ihn zu, um ihm zu seiner Entscheidung, die Dubrow-Truppe nach Manaus zu bringen, zu gratulieren. Die Curtis-Zwillinge, die sich zum ersten Mal die Haare hochgesteckt hatten, wagten sich ein wenig näher an den exotischen Mister Verney heran – in den sie, seitdem er ihnen auf der Konsulatsparty eine Limonade geholt hatte, offiziell verliebt waren –, bis sie von ihrer gestrengen Mama aus seinem Dunstkreis entfernt wurden.

»Man sollte doch denken, ihr wärt gescheiter, als einem Mann schöne Augen zu machen, der um ein Haar einen Landsmann umgebracht hätte!«

»Er hat Mr Carruthers nicht *umgebracht*«, wandte Mary ein. »Er hat ihn bloß in den Fluss geworfen.«

»Mr Carruthers hat seine Bediensteten schrecklich misshandelt«, sagte Alice. »Er hat sie an Ameisenhaufen gebunden und –«

»Das reicht jetzt«, zischte Mrs Curtis und zerrte ihre Töchter von der Gruppe um Verney weg. Zweifellos würden sie am folgenden Tag alle zu der Party auf Follina gehen und damit den Sabbat schänden. Eine rechte Orgie würde das werden, mit allen möglichen Exzessen. Sie selbst würde nicht einmal im Traum daran denken, einen Fuß in dieses Haus zu setzen, selbst wenn Verney sich eines Tages dazu herablassen sollte, sie einzuladen! Alle Welt wusste Bescheid über seine Moral: Opernsängerinnen und Schauspielerinnen! Schon jetzt hatte er sich wahrscheinlich ein Mädchen aus der Truppe ausgesucht, das, wenn die anderen aufbrachen, zurück bleiben würde, um sich am nächsten Morgen mit Ringen unter den Augen und Taschen voller Juwelen auf der Amethyst wiederzufinden. Widerlich war das – absolut widerlich!

»Was halten Sie von der kleinen Blonden … Sie wissen schon, wen ich meine. Die Vierte vom Ende?«, fragte de Silva, der sich sehr beeilen musste, denn seine Frau konnte jeden Augenblick aus der Damengarderobe zurückkehren.

»Reizend«, erwiderte Rom und lächelte seinem Freund zu. »Obwohl ich glaube, wir sollten mit unserem Urteil bis morgen warten.«

»Ja«, seufzte de Silva.

Nun kam die junge Mrs Bennett in ihrem eleganten blauen Seidenkleid an ihnen vorbei und lächelte Mr Verney schüchtern zu. Er war natürlich viel zu vornehm und zu wichtig, um mit ihr zu sprechen; Jock war lediglich ein Buchhalter in der Holzexportfirma, die Verney leitete. Aber zu ihrer Überraschung verbeugte Verney sich nicht nur vor ihr, sondern sprach sie sogar an, denn er erinnerte sich an den schüchternen kleinen Jungen mit den blonden Locken, der seine Mutter immer auf Schritt und Tritt begleitet hatte.

»Ich habe mich gefragt, ob Sie und Ihr Mann vielleicht Lust hätten, zu der Party zu kommen, die ich morgen auf Follina gebe? Es wird sicher ziemlich lebhaft werden, aber Sie wären mir überaus willkommen.«

»Oh!« Ihre Augen leuchteten vor Freude auf. »Vielen, vielen Dank! Ich werde es gleich meinem Mann sagen.«

Eine Party auf Follina – eine Einladung, für die die Lehmanns und die Roderiguez und diese spießige Mrs Curtis ihr Augenlicht gegeben hätten! Sie eilte davon, und für ein paar Stunden fand das kleine Gespenst, das sie im Wachen wie im Schlafen verfolgte, Ruhe.

Aber noch während Verney entspannt und mit seinem Champagnerglas in der Hand dastand, ereilte ihn schon Nemesis, die ausgleichende Gerechtigkeit. Der Bürgermeister trat zu ihm und setzte ihn davon in Kenntnis, dass die baltischen Prinzessinnen den Wunsch geäußert hatten, ihm vorgestellt zu werden.

»Ah, eine Vorladung!« Rom stellte sein Glas ab, aber bevor er dem Bürgermeister folgte, drehte er sich noch einmal um und fragte den Polizeipräfekten beiläufig: »Ist irgendjemandem das kleine Mädchen im Korps aufgefallen, das geniest hat? Die Dritte von links beim ersten Auftritt?«

De Silva schüttelte den Kopf, und auch die Männer, die neben ihm standen, wussten nichts auf Verneys Frage zu antworten.

»Seltsam«, meinte Rom.

Sehr seltsam, dachte er, während er dem Bürgermeister zur Präsidentenloge folgte. Denn ihm schien, dass dieses kleine Niesen das eigentliche Hauptereignis im zweiten Akt gewesen war.

Der dritte Akt ist vollkommen schwanenlos. Prinz Siegfrieds Eltern geben einen großen Ball, zu dem die Prinzessinnen vieler Länder eingeladen werden – in der Hoffnung, dass eine von ihnen dem Prinzen gefallen könnte. Die Hoffnung ist vergeblich. Sie tanzen für ihn, aber der Prinz will keine von ihnen haben. Dann bringt der böse Rotbart seine Tochter herein, die er so verzaubert hat, dass sie nun Odette ähnelt. Geblendet von ihrem ungeheuren Können (den zweiunddreißig *fouettés*!) und in dem Glauben, sie sei Odette, verspricht ihr der Prinz, sie zu heiraten, und in diesem Augenblick – einem überaus einprägsamen Augenblick – erscheint die »echte« Odette an einem Fenster, eine verzweifelte Gestalt, die heftig mit den Flügeln schlägt, um dem Prinzen zu zeigen, dass man sie verraten hat.

Im letzten Akt tauchen dann auch die Schwäne wieder auf, und zwar auf eine sehr wirkungsvolle Weise aus einem Bett aus Nebel. Zumindest tun sie das, wenn das Trockeneis funktioniert, aber das Trockeneis am Amazonas hat einen Hang zur Launenhaftigkeit. Daher erhoben sich einige Schwäne aus dem Nebel; anderen, vor allem dem Schwan, der geniest hatte, schien es bestimmt zu sein, auf Dauer darin stecken zu bleiben. Aber als die Bühne schließlich wieder frei war und ihr ernstes Gesicht und ihre anmutigen Arme auftauchten, schien es Rom, als hätte sich ihre Stimmung beträchtlich gehoben. Der kleine Flaum zwischen ihren Augen war verschwunden, und von ihren übrigen Federn schien keine Gefahr zu drohen. Mit beträchtlicher Erleichterung senkte er sein Opernglas und machte sich bereit, die Simonowa ihren Abschieds-Pas de deux tanzen zu sehen. Endlich senkte sich, begleitet von Beifallsstürmen, der Vorhang. Die Simonowa wurde wieder und wieder herausgerufen.

»Ein Triumph, *ma chère*«, sagte Dubrow, der sie mit einem Umhang in den Kulissen erwartete.

»Nicht schlecht, wie?«, pflichtete sie ihm bei. »Fünfzehn Vorhänge! Ich habe mir überlegt, Saschka – lass uns meinen Rücktritt erst am Ende der Tournee bekannt geben, was meinst du? Im Augenblick wäre es sicher eine ziemliche Enttäuschung für die Leute.«

Schwäne bekommen keine Vorhänge. Harriet, die wieder im Ankleideraum saß, lächelte und sagte verwundert: »Ich lebe noch, ich lebe tatsächlich noch!« Und dann fügte sie hinzu: »Glaubt ihr, irgendjemand hat mich niesen gehört?«

»Niemand hat dich niesen gehört«, sagte Marie-Claude, die viel wusste, aber doch nicht alles. »Und jetzt beeil dich bitte, denn morgen findet eine ganz wunderbare Party statt, und ich möchte vorher noch etwas schlafen.«

5

In den zehn Tagen nach Harriets Abfahrt gingen Tante Louisa und der Professor ihren gewohnten Beschäftigungen nach, ohne sich im Geringsten um sie zu sorgen. Man nahm natürlich an, dass Harriet eine schöne Zeit bei Mrs Fairfield verlebte und die richtigen Leute kennenlernte.

Dieser friedliche Zustand fand am letzten Tag des April ein jähes Ende, als Tante Louisa einen besorgten und überaus freundlichen Brief von Mrs Fairfield erhielt. Ihr und Betsy hätte es so leidgetan, schrieb sie, dass Harriet ihren Besuch hatte aufschieben müssen, aber wenn die Cousine des Professors sich mittlerweile erholt haben und sie aus Harrogate zurückgekehrt sein sollten, würde es ihr eine große Freude sein, wenn Harriet zu Betsys Ball nach London kommen könnte. Der Ball war eine ganz kleine Sache, nichts Großartiges, aber Betsy würde sich so freuen, ihre Freundin wiederzusehen …

Tante Louisa las den Brief, der mit der Nachmittagspost gekommen war, und wurde dabei weder hysterisch noch fiel sie in Ohnmacht. Sie zwang sich mit meisterlicher Selbstbeherrschung zur Ruhe, ging aber an den Apparat und rief im Pförtnerhaus von St. Philip an, um den Portier zu bitten, sich auf die Suche nach Professor Morton zu machen und ihn nach Hause zu schicken – etwas, das sie noch nie zuvor getan hatte. Anschließend telefonierte sie mit ihrer Freundin Mrs Hermione Belper.

Der Professor, der in äußerst übellauniger Stimmung

ankam, denn man hatte ihn mitten aus seiner – wie er glaubte – brillantesten Vorlesung gerissen, musste zu Hause feststellen, dass Louisas eisige Hand von der Präsidentin des Teekränzchens gewärmt wurde, während andere Damen Riechsalz, Tee und Mitleid bereithielten, obwohl es ihnen nicht ganz gelang, einen gewissen unterschwelligen Triumph zu verhehlen.

»Was ist geschehen, Louisa?«, fragte er mit strenger Miene – und die Damen reagierten auf seine Männlichkeit, indem sie sich in eine Ecke zurückzogen.

Louisa hielt ihm Mrs Fairfields Schreiben hin, und der Professor erbleichte. »Ich verstehe das nicht. Könnte Harriet uns wissentlich getäuscht haben – oder wurde sie entführt?«

»Sie hat uns wissentlich getäuscht, Bernard! Ich habe mithilfe des ›Apparats‹ mit Mrs Fairfield gesprochen. Der Brief mit dem ganzen Gefasel über Harrogate wurde eindeutig von Harriet geschrieben. Betsy kennt ihre Handschrift genau.«

»Hast du die Polizei informiert?«

»Nein, Bernard, bitte keine Polizei. Der Skandal … Es muss doch irgendeine Möglichkeit geben, die Sache zu vertuschen. Wir müssen nachdenken. Es könnte auch sein, dass jemand sie gezwungen hat, den Brief zu schreiben, aber irgendwie habe ich das Gefühl, dass dies nicht der Fall war – sie war in letzter Zeit so seltsam. Oh, Bernard, ich weiß es! Ich bin sicher, ich weiß es!« Louisa setzte sich plötzlich auf, und das Riechsalz fiel klappernd zu Boden. »Sie ist mit dieser Balletttruppe weggelaufen! Dieser abscheuliche Russe, der bei Madame Lavarre war …«

»Dann müssen wir Madame Lavarre auf der Stelle einen Besuch abstatten«, sagte der Professor. »Sie wird wissen, wo sich dieser russische Schurke aufhält.«

»Wenn es nicht schon zu spät ist!«

»Und Sie, meine Damen«, sagte der Professor streng und zeigte mit dem Finger auf die Mitglieder des Teekränzchens, »vergessen bitte nicht, dass diese Sache mit keiner Silbe erwähnt werden darf. Nirgends. Mit keiner Silbe!«

»Natürlich nicht, Professor«, erwiderte Mrs Belper begütigend. »Sie können sich auf uns verlassen.« Und so herkulisch waren die Bemühungen der Damen, sich in Zurückhaltung zu üben, dass es ganze vierundzwanzig Stunden dauerte, bis der Milchmann, dem Louisa in zwanzig Jahren kein Trinkgeld gegeben hatte, in der glücklichen Lage war, den Mann, der den Zeitungskiosk führte, darüber zu informieren, dass die Tochter des verknöcherten Professor Morton von zu Hause weggelaufen war, um sich in einem »anrüchigen Haus« in Buenos Aires als Bauchtänzerin zu verdingen – und recht geschähe es dem alten Hagestolz!

Madame Lavarre lächelte, als Professor und Miss Morton angekündigt wurden, das glückliche, entspannte Lächeln eines gut gefütterten Pumas. Sie hatte einen Brief von Dubrow erhalten und wusste, dass die Mortons zu spät kamen.

»Nein, ich weiß nichts über Harriet, fürchte ich«, sagte sie. »Seit Sie beschlossen haben, dass sie meinen Unterricht nicht mehr besuchen darf, habe ich sie nicht mehr gesehen.«

»Wir haben Grund zu der Annahme, dass sie vielleicht versucht hat, sich der Balletttruppe dieses Russen, der vor einiger Zeit bei Ihnen war, anzuschließen – ich meine diesen Mann, der zum Amazonas wollte. Sie werden bitte so freundlich sein, mir seinen Namen zu nennen.«

»Aber gewiss doch.« Madame lächelte und blies dem

Professor eine Wolke Zigarettenrauch ins Gesicht. »Er heißt Dubrow. Sascha Dubrow.«

»Seine Adresse, bitte«, stieß der Professor hervor. »Sie werden mir augenblicklich seine Adresse geben!«

»Aber gewiss doch: Michailowskaja 33 in St. Petersburg …«

»Seine Adresse in London will ich haben, Madame. Treiben Sie keine Spielchen mit mir!«

»Ich bedaure, Professor, die ist mir nicht bekannt.«

»Die Frau lügt!«, kreischte Tante Louisa – woraufhin Madame ihren Diener rief und die Mortons an die frische Luft gesetzt wurden.

Als sie wieder zu Hause waren, erschien kurz darauf die unerschrockene Hermione Belper mit einer Zeitung.

»Da!«, sagte sie triumphierend. »Ich wusste doch, dass ich etwas über eine Balletttruppe gelesen habe, die den Amazonas hinauffährt. Sie sind im Century Theatre in Bloomsbury.«

Der Professor riss ihr die Zeitung aus der Hand.

»Wir müssen auf der Stelle nach London aufbrechen«, verkündete er. »Wenn wir uns beeilen, erreichen wir noch den 5:54-Uhr-Zug.«

»Aber Bernard, das könnte eine Nacht im Hotel bedeuten. Die Unkosten!«, rief Louisa.

»Zum Teufel mit den Unkosten!«, sagte der Professor. »Wenn diese Eskapade dem Rektor zu Ohren kommen sollte, und das so kurz vor den Senatswahlen …«

»Oder Edward«, ergänzte Louisa schwach. »Wenn Edward davon erführe …«

Und eine Stunde später saßen die Mortons im Zug.

Theaterportiers sind im Allgemeinen nicht gerade für ihre überschäumende Herzlichkeit bekannt oder für ihre Begeisterung, mit der sie unbefugte Besucher empfangen, aber selbst unter diesen wohlbekannten Misanthropen stach der »alte Bill« im Century wegen seiner herausragend schlechten Meinung von der menschlichen Spezies noch hervor.

»Was woll'n Sie?«, waren die Worte, mit denen er die Mortons begrüßte, als er seinen ergrauten Schopf aus dem Fenster seines kleinen Kabuffs herausstreckte.

»Wir sind hier, um mit Mister Dubrow zu sprechen«, verkündete der Professor. »Die Sache ist von äußerster Dringlichkeit.«

»Tja, der ist nicht da. So spät am Abend ist überhaupt niemand mehr da.«

Es schien wenig wahrscheinlich, dass er log; die Mortons waren zuvor um das Gebäude herumgegangen, und im Century Theatre war es still und dunkel gewesen.

»Wir sind hier, um Nachforschungen über ein Mädchen anzustellen, das möglicherweise der Truppe beigetreten ist«, begann Louisa. »Als Tänzerin.«

»Klappe!«

Bill sprach mit seinem Hund, aber ohne besondere Erbitterung, denn die Tatsache, dass Griff noch grässlicher bellte als gewöhnlich und sogar seine gelben Zähne bleckte, bestätigte nur Bills eigene Ansicht – dass nämlich, was die Menschen im Allgemeinen betraf, dieses aufgeblasene Paar hier ganz unten rangierte.

»Sie ist Engländerin«, beharrte Louisa. »In einer solchen Truppe kann es unmöglich viele englische Mädchen geben.«

»Überhaupt keine«, erwiderte Bill lakonisch. »Alles Russinnen. Haben alle russische Namen. Müssen sie haben. Keiner duldet englische Namen, nicht beim Ballett.«

»Aber es muss doch ein Mädchen dabei gewesen sein,

das englisch sprach? Sie müssen doch gehört haben, wie die Mädchen sich unterhielten?«

»Ich?«, fragte Bill. »Warum sollte *ich* sie reden hören? Ich habe keine Zeit, rumzustehen und zu tratschen. Ich muss nämlich arbeiten, jawohl.«

Der Professor beschloss, sich dem Unvermeidlichen zu beugen, und tastete in seiner Tasche nach einer halben Krone, die er anschließend vor den Pförtner hinlegte. »Hat sich nicht vielleicht wenigstens eines der Mädchen mit Ihnen unterhalten? Vielleicht, um guten Morgen zu sagen?«

Bill schob die Münze langsam hin und her, steckte sie aber noch nicht in die Tasche. Ein Trinkgeld konnte Verpflichtungen bedeuten …

»Jawohl«, sagte er. »Wenn ich so darüber nachdenke, da war eine – ein richtiges Prachtweib. Große Kuhaugen, blondes Haar, und Kurven hatte die …« Mit absichtlich übertriebenen Gesten zeichnete er die ergötzliche Figur Marie-Claudes nach.

Louisa schauderte. »Das ist *nicht* das Mädchen, nach dem wir suchen.«

»Also sehen Sie mal, mein Herr, ich bin der Vater des Mädchens, und das hier ist ihre Tante. Wenn Sie irgendetwas über sie wissen und diese Tatsache vor uns verbergen, werde ich nicht im Mindesten zögern, Sie bei der Polizei anzuzeigen.«

Bill kratzte sich an der Stirn. Dann ließ er die halbe Krone bedächtig in seine Tasche gleiten. Er bezweifelte, dass der alte Knicker viel ausrichten konnte, aber es war nie gut, sich mit der Polizei anzulegen.

»Das Mädchen, nach dem wir suchen, ist nichts Besonderes«, sagte Louisa entschlossen. »Mit glattem braunen Haar und braunen Augen. Nichts *Besonderes.*«

»Ja, so ein braunhaariges Mädchen war auch dabei. Mageres, kleines Ding. Aber sie war durchaus etwas Besonderes.« Bill erinnerte sich gut an sie – hatte es von Anfang an getan. Sie hatte Griff einen großen Hammelknochen mitgebracht, den ganzen Weg von ihrer Pension bis zum Theater, und sie hatte stets freundlich mit dem Hund geredet. Sie war auch diejenige, die am letzten Abend da geblieben war, um den Bühnenarbeitern beim Packen zu helfen. »Sie war sogar etwas ganz Besonderes«, sagte er, und plötzlich erfüllte ihn ein unerklärlicher Zorn auf diese beiden vor ihm. »Hatte das süßeste Lächeln, das man je gesehen hat.«

»Wo ist sie, Mann? Schnell! Wo ist die Truppe untergebracht?«

Nun breitete sich ein Ausdruck ungenierter Freude auf Bills Gesicht aus. »Auf dem Atlantik, Sir«, sagte er. »Sie sind schon fast eine Woche unterwegs«, setzte er noch hinzu … und schloss seine Luke.

»Es muss doch irgendetwas geben, das wir tun können«, sagte Louisa, »ohne an die große Glocke zu hängen, dass sie verschwunden ist.«

Die Mortons hatten nicht besonders gut geschlafen und saßen jetzt beim Frühstück in ihrem Speisezimmer.

Der Professor antwortete nicht. Solange noch die Möglichkeit bestanden hatte, dass Harriet sich in Gefahr befand, hatte Sorge seinen Zorn gemildert. Jetzt fiel es ihm schwer zu sprechen, so maßlos war seine Wut.

»Du glaubst doch nicht … ich meine, wenn sie so absolut versessen darauf ist, Tänzerin zu werden, sollte man sich da nicht vielleicht … einfach von ihr lossagen?«, fragte Louisa.

Der Professor legte seine Serviette weg. »Willst du damit andeuten, dass ich meiner Tochter erlauben soll, meine

Wünsche vorsätzlich zu missachten? Willst du mich zum Gespött der Universität machen? Harriet ist minderjährig; sie wird nach Hause gebracht und bestraft werden.«

»Ja, mein Lieber. Natürlich. Du hast ja so recht. Aber wie?«

Es entstand eine Pause, dann ließ der Professor plötzlich ein Knurren der Erleuchtung hören.

»Edward!«, rief er. »Edward muss jetzt beweisen, dass er wirklich Charakter hat.«

»Du meinst ...«

»Ich meine«, sagte der Professor, »dass er Harriet aufspüren und zurückbringen muss. Er ist jung. Ich selbst«, log er, »hätte in seinem Alter eine solche Gelegenheit willkommen geheißen.«

»Aber Bernard, das wäre doch sicher sehr ungehörig. Wenn er mit Harriet zurückkehren würde, müssten alle Leute denken ... Der Klatsch wäre unerträglich. Und Harriet wäre ruiniert.«

»Sie ist jetzt schon ruiniert«, wütete der Professor. »In meinen Augen hat sie sich mit dieser Entgleisung selbst unmöglich gemacht. Aber es müsste uns trotzdem gelingen, uns irgendetwas auszudenken.«

»Mrs Fairfield wäre bereit zu sagen, dass Harriet die ganze Zeit bei ihnen in London gewesen ist – da bin ich mir sicher; sie hat etwas Derartiges am Apparat angedeutet. Wenn wir also das Schiff abfangen könnten und sie nach Cambridge brächten, würden die Leute lediglich denken, wir hätten sie von ihrer Freundin abgeholt«, sagte Louisa in barmherziger Unkenntnis der Gerüchte, die schon jetzt in der Stadt die Runde machten.

»Und Edward brauchte nur zu sagen, er sei auf einer entomologischen Expedition«, ergänzte der Professor. »Diese Naturwissenschaftler haben nicht die geringsten

Bedenken, Monate an sinnlose Feldstudien zu verschwenden. Aber wir dürfen keinen Augenblick verlieren. Edward muss sofort aufbrechen.«

»Dann lass uns gleich zu ihm gehen«, sagte Louisa.

Das Semester war vorbei, aber Edward war trotzdem im Unterrichtslabor, um Lichtbilder zu sortieren, die ihm als Anschauungsmaterial dienten. Ein einziger Blick auf die Mortons, die mit starren Mienen auf ihn zukamen, ließ alle Farbe aus seinem Gesicht weichen.

»Harriet!«, rief er. »Ist sie krank? Hatte sie einen Unfall?«

Der Professor sah sich im Labor um, um sicherzugehen, dass sonst niemand zugegen war, bevor er antwortete: »Das wäre vielleicht besser gewesen.«

Fünf Minuten später war Edward ein gebrochener Mann. Harriet hatte diese Ungeheuerlichkeit begangen! Harriet, die er verehrt hatte, die er von allen Mädchen seiner Bekanntschaft erwählt hatte wegen ihrer Sanftmut und ihrer Fügsamkeit. Niedergeschlagen sah Edward Jahre sorgfältiger Planung zunichtewerden. Der Antrag auf dem Maiball; ein Besuch bei seiner Mutter, um ihr Harriet vorzustellen … das kleine Haus in Madingley oder Grantchester. »Kein anständiger Mann kann jetzt noch daran denken, sie zur Frau zu nehmen.«

»Nein, Edward«, protestierte Louisa. »Es ist vielleicht noch nicht zu spät. Sie war halsstarrig und töricht, aber möglicherweise können Sie sie noch retten. Vielleicht nicht, um ihr zu verzeihen – darum bitten wir Sie gar nicht –, sondern um sie in die Sicherheit des elterlichen Hauses zurückzuführen. Wir denken«, fuhr sie fort und kam damit langsam wieder auf die Erde, »dass wir die Sache so vertuschen können, dass niemand von ihrer Flucht zu erfahren braucht.«

Edward schwieg immer noch und schüttelte traurig seinen langen Kopf.

»Wie?«, fragte er schließlich. »Wie könnte man das vertuschen?«

Der Professor musterte ihn mit einem stählernen Blick. »Wir wollen, dass Sie ihr nachreisen, Edward. Um sie zurückzuholen. Wenn Sie das tun, lässt sich ein Skandal vermeiden.« Er erklärte dem jüngeren Mann das Arrangement mit den Fairfields, und Edward starrte ihn sprachlos an.

»Sie wollen, dass *ich* nach Manaus fahre? Aber das ist unmöglich! Vollkommen unmöglich. Das kann wirklich niemand von mir verlangen.«

»Wir erwarten ja gar nicht, dass Sie sie noch heiraten wollen, Edward«, sagte Louisa und legte ihre knochige Hand auf seinen Arm. »Nicht einmal, dass Sie ihr verzeihen. Nur, dass Sie sie vor den Konsequenzen ihrer Torheit bewahren … und ihre Familie retten.«

»Dass Sie sich als ein ganzer Mann erweisen«, fügte der Professor noch hinzu.

»Nein.« Edward war unerbittlich. Aber andererseits gingen ihm nun Bilder von Harriet durch den Kopf: die Art, wie sie gelacht hatte, als dieses kleine Kind in Windeln über den geheiligten Rasen der Fellows im King's College getippelt war; die Art, wie sie hinter der Kirche von St Benet einen Zweig von weißem Flieder herabgezogen hatte, um die Regentropfen über ihr Gesicht laufen zu lassen. Und jetzt litt sie vielleicht gerade unter irgendeinem Dschungelfieber … oder war völlig auf sich allein gestellt. »Edward«, würde sie sagen, wenn sie ihn sah. »O Edward, du bist gekommen.«

»Und außerdem«, sagte er, »habe ich meine Arbeit.«

Aber das war ein Fehler. An die Stelle der Bilder von

Harriet traten nun andere, verlockendere, aufregendere Bilder, die für einen Mann, der von Beruf Entomologe war, einen ungeheuren Reiz besaßen: der brasilianische Nashornkäfer, der Morpho-Schmetterling ... ganz zu schweigen von dem vollkommen jungfräulichen Territorium des Amazonasflohs ...

»Ich würde ganz bestimmt keinen Urlaub bekommen«, sagte Edward.

Das jedoch war nicht unbedingt die Wahrheit. Er hatte im Sommersemester nur zwei Praktika; die konnte Henderson für ihn übernehmen, und außerdem war der Leiter seiner Abteilung ein großer Anhänger praktischer Forschungsarbeit.

Die Bilder überschlugen sich. Der Goliathkäfer, fünfzehn Zentimeter vom Mund bis zum Sternum ... der »88«-Schmetterling, eine prächtige, geflügelte Hieroglyphe, für deren Besitz private Sammler alles geben würden ... Harriet lag auf einem Kissen, das Haar fiel ihr offen auf die Schultern; ihr schlaffer Körper in seinen Armen, als er sie über die Planke eines Schiffs trug, um sie in Sicherheit zu bringen ... und *Peripatus* – ah, *Peripatus*! Edwards blaue Augen wurden weich bei dem Gedanken an dieses scheinbar unbedeutende Geschöpf, halb Wurm, halb Insekt, dieses älteste noch lebende Fossil der Welt ...

Auf unerträgliche Weise hin- und hergerissen, unternahm Edward noch einen letzten Versuch. Er wandte sich wieder an den Professor. »Und da wäre noch der Fahrpreis«, sagte Edward. »Den kann ich mir unmöglich leisten.«

Eine Grimasse, ein Zucken der dünnen Lippen, eine Art Krampf – dann sah der Professor Edward direkt in die Augen und sagte: »*Ich* werde die Überfahrt bezahlen.«

6

Ich sehe aus wie eine Bohnenstange«, sagte Harriet ein wenig traurig, als sie in den schmutzigen Spiegel des Zimmers blickte, das sie sich mit ihren Freundinnen im Hotel Metropole teilte.

Marie-Claude und Kirstin machten nicht den Versuch, es zu leugnen.

»Ich würde gern wissen, was für eine Art Frau sie eigentlich ist, deine Tante Louisa«, meinte Marie-Claude. »Wie kann jemand bloß in ein Geschäft gehen und so ein Kleid kaufen?«

Es war am Tag nach der Premiere von *Schwanensee*, und die Mädchen bereiteten sich auf die Party auf Follina vor.

Marie-Claude selbst trug ein dreiviertellanges weißes Kleid, dazu Satinschuhe und einen Kranz Rosenknospen in ihrem lockeren, gewellten Goldhaar.

»Ich werde im Hintergrund bleiben und mich an meinem Glas festhalten; niemand wird mich bemerken«, sagte Harriet.

»Du wirst nichts dergleichen tun, 'arriette«, sagte Marie-Claude. »Dieser Mann ist nicht nur Engländer, sondern außerdem sehr wichtig …«

»Ein *Engländer*?« Der Vorsitzende der Opernhaus-Gönner? »Meine Güte!« Harriet war verblüfft. »Ich hätte eigentlich eher einen freundlichen alten Brasilianer mit Bierbauch und riesigem, gewachstem Schnurrbart erwartet.«

»Ob er einen Schnurrbart hat oder nicht, kann ich nicht

sagen«, erwiderte Marie-Claude. »Aber Mr Verney gilt allgemein als ausgesprochen intelligent, und da du die Tochter eines Professors bist –«

»Mr Verney?«, fragte Harriet, und etwas in ihrer Stimme ließ die beiden anderen Mädchen aufblicken. »So heißt er? Bist du da *sicher*?«

»Natürlich bin ich sicher«, antwortete Marie-Claude, entgeistert über die Weltfremdheit ihrer Freundin. Harriet war seit ihrer Abreise aus England allen damit auf die Nerven gegangen, dass sie sich pausenlos nach den Namen von Blumen, Vögeln, ja sogar Insekten erkundigte, die ihnen in den Weg kamen, und dann hatte sie sich nicht einmal die Mühe gemacht, den Namen des einflussreichsten Mannes in Manaus in Erfahrung zu bringen!

Aber Harriet war ganz in ihre eigenen Gedanken vertieft; die Haarbürste lag vergessen in ihrer rechten Hand.

»Ich bin Henry St. John Verney Brandon«, hatte Henry zu ihr gesagt. Und da war noch ein anderes Bild … Der unangenehme Mr Grunthorpe, der vor dem Van-Dyck-Porträt von Henrietta Verney, die dem Haus Brandon ihre Schönheit und ihr Vermögen gebracht hatte, seine langweiligen Erklärungen herunterleierte. Es ist natürlich absurd, dachte sie, ein reiner Zufall. Doch plötzlich stellte sie fest, dass sie sich auf den vor ihr liegenden Abend freute.

Obwohl sie wusste, dass ihr Gastgeber reich war, überraschte sie der Anblick der Amethyst, die im Nachmittagssonnenschein im Hafen lag, um das Ensemble nach Follina zu bringen – weniger wegen der Größe des Schoners als wegen seiner Schönheit. Sie war außerdem verblüfft, dass noch ein zweites Boot dort vor Anker lag und darauf wartete, nicht nur die Mitglieder des Orchesters, sondern auch das technische Personal, das so häufig vergessen wurde, an Bord zu nehmen.

»Sehr nett«, meinte die Simonowa herablassend, als sie in wehendem orangefarbenen Chiffon über die Planke ging; die freundliche Aufmerksamkeit von Verneys Personal quittierte sie, ohne mit der Wimper zu zucken, als Selbstverständlichkeit. Sie ging unter Deck, und die anderen Solotänzer sowie die meisten Mitglieder des Korps folgten ihr, um es sich in den luxuriösen Kabinen, in denen Obstschalen, Pralinenkästen und Zeitschriften bereitlagen, gemütlich zu machen.

»Du bleibst natürlich an Deck und wirst deine Toilette fürchterlich durcheinanderbringen?«, erkundigte sich Marie-Claude, und Harriet, die ihre Freundin angrinste, musste zugeben, dass sie genau das vorhatte. Also beugte sie sich über die Reling und beobachtete die immer neuen Muster der Inseln, die auf dem glatten, mit Blättern übersäten Wasser trieben, bis das Schiff den dunklen Rio Negro hinter sich ließ und in dessen Nebenfluss Maura hineinglitt.

»Oh«, rief sie. »Wie *licht* der Fluss hier ist!« Und der Matrose, der mit einer aufgeschossenen Leine neben ihr stand, nickte und lächelte, denn wenn er auch ihre Worte nicht verstand, so fiel es ihm nicht schwer, ihren Tonfall richtig zu deuten.

Nun wurden die Segel eingeholt. Unter Dampf legte die Amethyst an – und Harriet sah mit angehaltenem Atem, was Rom an dem Tag, an dem er Follina zum ersten Mal erblickte, nur vor seinem inneren Auge hatte sehen können: ein niedriges, hellrosa getünchtes Haus mit Säulengang am Ende einer Allee blau blühender Bäume – und einen Garten, der die Besucher mit seinen Düften und seiner friedlichen Stille willkommen hieß.

»Das Haus hat Stil«, gab Marie-Claude zu, als sie in makellosem Zustand und hinreißend wie immer nach oben kam. »Aber ich hoffe, man erwartet nicht von uns, dass wir bis dorthin laufen.« Man erwartete es tatsächlich nicht. Drei Autos und eine ganze Anzahl von Kutschen warteten darauf, sie die halbe Meile bis zum Vordereingang zu fahren. Maximow, Dubrow und die Simonowa nahmen im ersten Wagen Platz; Kaufmann, der cholerische Dirigent des Orchesters, stieg in den zweiten, und die anderen folgten ihnen.

»Ich gehe zu Fuß«, sagte Harriet.

»Bei dieser Hitze?« Selbst die sonst so friedfertige Kirstin war schockiert.

»Möchtest du völlig aufgelöst und verschwitzt dort ankommen?«, tadelte Marie-Claude ihre Freundin.

»Bitte ... Ich muss«, sagte Harriet, und die Mädchen zuckten mit den Achseln, stiegen in eine der Kutschen und ließen Harriet stehen.

Rom musterte seine Gäste mit einem erfahrenen Auge und war zufrieden. Die Simonowa, die sich auf einem Sofa auf der Terrasse niedergelassen hatte, war von einer Schar Verehrer umlagert; die Tänzerinnen und die Musiker schlenderten glücklich zwischen den Tischen hin und her und bedienten sich mit geeistem Fruchtsaft oder Champagner. Neben der Statue der Aphrodite, unten an der Treppe, ergötzte Marie-Claude eine Reihe entzückter Gentlemen mit einer Schilderung des Restaurants, das sie mit Vincent in den Hügeln über Nizza zu eröffnen gedachte.

Während dieser Stunde vor Sonnenuntergang waren das Haus und die Terrasse eins. Die flotten Klänge des Wiener Trios, das im Salon untergebracht war, wurden durch die Balkontüren nach draußen getragen; der Jasmin und die Glyzinien, die sich an den Mauern emporrankten, drangen mit ihren schweren, duftenden Zweigen beinahe bis ins Innere des Hauses vor. In dem Augenblick, da die Dunkelheit sich auf Follina herabsenkte, würde Rom seine Gäste zu einem Diner bitten, das es mit jedem Staatsbankett aufnehmen konnte, was Raffinesse und formvollendete Bedienung betraf. Aber in der Zeit vor dem Essen sollten seine Besucher tun und lassen, wonach ihnen der Sinn stand, um Follina seinen Zauber ausüben zu lassen. Verney griff, wenn überhaupt, dann nur mit leichtester Hand ein – indem er die schüchterne Mrs Bennett dem glamourösen Maximow vorstellte oder indem er den misanthropischen Dirigenten Kaufmann in die Bibliothek führte, um ihm seine Sammlung von Opernpartituren zu zeigen.

Niemand hätte ahnen können, dass Rom, während er sich zwischen seinen Gästen bewegte, eine schwere Enttäuschung niederkämpfte. Er war absolut sicher gewesen, dass er den Schwan, der am Ende des zweiten Aktes so durchdringend geniest hatte, erkennen würde; es schien ihm, als sei das ernste kleine Gesicht mit den ängstlichen braunen Augen absolut unverwechselbar, aber er hatte sich geirrt. Eine beiläufige Frage an Dubrow, als die Mädchen angekommen waren, förderte die Information zutage, dass alle Mitglieder des Korps mitgekommen waren. »Keines der Mädchen würde sich eine solche Ehre entgehen lassen«, hatte Dubrow ihm versichert und noch hinzugefügt, dass er persönlich nachgezählt hatte, als die Tänzerinnen an Bord der Amethyst gegangen seien. Daher musste sie bei den Russinnen sein mit ihren dunklen, heimwehkranken Gesichtern, denn sie war weder mit Marie-Claude zusammen noch mit der hellblonden Schwedin, die zurzeit mit augenscheinlicher Gleichgültigkeit die Komplimente des Bürgermeisters entgegennahm. Nun, die Mädchen sahen ohne Schminke gewiss anders aus, überlegte er und tat die Angelegenheit mit einem Achselzucken ab. Schließlich blieb er vor dem Sofa der Simonowa stehen, um sich dem Kreis ihrer Bewunderer zuzugesellen.

Aber nun löste Marie-Claude sich von den verzückten Gentlemen, die sie umlagerten, und sagte etwas zu Dubrow, der sich seinerseits an seinen Gastgeber wandte.

»Marie-Claude macht sich ein wenig Sorgen um unser neuestes Mitglied des Korps. Anscheinend hat das Mädchen beschlossen, vom Anleger aus zu Fuß zu gehen, aber das ist schon eine ganze Weile her, und bis jetzt ist sie nicht hier angekommen.«

»Sie ist Engländerin«, erklärte Marie-Claude. »Und es ist unmöglich, sie im Haus zu halten. Sie wissen, wie das ist: die frische Luft *et tout ça*.«

»Engländerin!«, sagte Rom überrascht. »Sie haben eine englische Tänzerin in Ihrer Truppe?«

Dubrow nickte. »Sie ist erst kurz vor unserer Abreise zu uns gestoßen, und das ohne jegliche Bühnenerfahrung; sie hat sich bisher sehr gut gehalten. Die Vorstellung gestern Abend war ihr Debüt.«

»Machen Sie sich keine Sorgen«, sagte Rom nun. »Ich bin sicher, dass alles in bester Ordnung ist. Aber ich werde ihr jemanden entgegenschicken.«

Das jedoch tat er nicht. Nachdem er Lorenzo und seinen Mitarbeitern eine kurze Anweisung gegeben hatte, schlüpfte er leise aus dem Haus und lief die Treppe hinunter.

Sie war nicht in der Hauptallee und auch nicht auf einer der Terrassen, nicht in der Baumschule, nicht am Teich …

Er setzte seine Suche fort, eher verwirrt als besorgt. Da hörte er plötzlich die Stimme des großen Caruso aus dem kleinen Wäldchen der Eingeborenen.

»Wie eiskalt ist dies Händchen … Händchen … Händchen ...«, sang der unvergleichliche Tenor, denn die Platte – die allererste, die er seinen einheimischen Bediensteten mitgebracht hatte – hatte einen Sprung und wurde wegen ihres angeschlagenen Zustands nur noch selten gespielt. Sie mussten also einen Besucher haben, und zwar einen, dem sie eine besondere Ehre erweisen wollten. Mit einem Eifer, der ihn selbst überraschte, bahnte Rom sich seinen Weg durch die Bäume.

Die letzten Strahlen der Nachmittagssonne hüllten das Dorf ein, und eine kleine Schar von Menschen hatte sich um den Grammophontrichter versammelt, die Frauen mit ihren Kindern und die wenigen Männer, die zu alt waren, um auf der Plantage arbeiten oder im Haus helfen zu können. Rom, der die Früchte auf den bunten Tellern und die bauchigen Flaschen mit Kassiasaft auf dem niedrigen Hocker bemerkte, wusste, dass sie einen geschätzten Gast willkommen hießen.

Nur wer war dieser Gast? Und wo steckte er? Zuerst konnte er nichts Ungewöhnliches sehen. Dann, während sein Blick suchend über die lauschenden Gesichter glitt, entdeckte er ein Mädchen, das er vorher für eins der Mädchen des Stammes gehalten hatte, denn sie trug ein Kleid, wie die Missionare es ihren Konvertiten aufzwangen, und sie hielt ein Baby im Arm – Manuelos drei Tage altes Baby, das bei Morgengrauen Pater Antonio zur Taufe gebracht werden sollte.

Dann sahen sie ihn; jemand nahm die Nadel von der Platte ab, und als sie auf ihn zukamen, um ihn eifrig plaudernd willkommen zu heißen, hob sie den Kopf und sah ihm direkt in die Augen ... und auf ihrem Gesicht zeigte sich ein Ausdruck von jäher Überraschung, ja beinahe von Wiedererkennen, als sei er jemand, den sie aus einem anderen Leben kannte.

»Sie sind sicher der letzte Schwan der Truppe?«, fragte er, als er auf sie zutrat. »Ich bin Romain Verney, Ihr Gastgeber.«

»Ja«, erwiderte sie und stand auf. »Ich bin Harriet Morton.« Ihre Stimme war tief, kultiviert. Die alte Iquita nahm ihr das Baby ab, und sie lächelte, und die Meinung, die er sich über sie gebildet hatte, über ihren Ernst und ihre Bedachtsamkeit, war plötzlich wie weggewischt. Dieses Lächeln hatte nichts Sehnsüchtiges oder Zaghaftes. Es kam langsam, erfasste am Ende jedoch ihr ganzes Gesicht. Sie verabschiedeten sich von den Einheimischen, und er geleitete sie zum Haus.

»Die Leute waren ja so nett zu mir«, sagte sie. Sie war noch nicht wieder ganz in die wirkliche Welt zurückgekehrt, nach ihrer Stunde im Garten und der jähen Erkenntnis, die sie getroffen hatte, als er aus dem Schatten der Bäume getreten war: Dies war Henrys »geheimer Junge«. »Sehen Sie nur, was sie mir geschenkt haben!« Sie nahm eine kleine Schnitzerei aus ihrer Tasche und hielt sie ihm hin.

»Sie machen gern Geschenke.« Aber Rom war überrascht, denn die Schnitzerei stammte von dem alten José, ihrem besten Handwerker; es war ein hübscher kleiner Gegenstand. »Wie haben Sie sich mit ihnen verständigt?«, fragte er neugierig.

»Ich glaube, wenn man wirklich will, kann man die Menschen immer verstehen, meinen Sie nicht auch? Und diejenigen, die in der Mission aufgewachsen sind, können etwas Latein.«

»Ach ja, Latein«, murmelte er. »Gehört das zu den gewöhnlichen Fertigkeiten einer Balletttänzerin?«

»Mein Vater hat es mir beigebracht«, sagte sie kurz, und ein Schatten überzog ihr Gesicht. Aber im nächsten Augenblick war sie schon wieder wie verzaubert: »Oh, dieser Baum! Diese *Farbe*, und dass die Blüten einfach direkt aus dem Stamm herauswachsen!«

»Ja, das ist eine *Aspidosperma silenium* – und bestäubt wird sie von Opossums, ob Sie's glauben oder nicht!«

Das gefiel ihr, und sie zog die Nase kraus. »Wie schön, dass Sie die Namen wissen. Ich habe immer wieder gefragt, aber niemand konnte mir Antwort geben.«

»Ist es wichtig für Sie, die Namen der Dinge zu kennen?«

»Ja. Ich habe das Gefühl … unhöflich zu sein, wenn ich sie nicht kenne. Als hätte ich sie irgendwie verraten. Finden Sie das sehr dumm?«

»Nein. Ich verstehe Sie. Aber es ist höllisch schwierig, die Dinge hier draußen bei ihren Namen zu nennen. Es gibt buchstäblich Hunderte verschiedener Baumarten, und nur eine Handvoll ist bisher klassifiziert worden. Ganz am Anfang fühlte ich mich hier wie ein Kind in einem Süßigkeitenladen. Ich wusste nicht, wo ich anfangen sollte.« Dann beschrieb er ihr kurz seine Entdeckung Follinas, und ihre Augen weiteten sich vor Staunen.

Sie waren am Rand des Parks angekommen, wo ein großes Tongefäß stand, in dem eine wunderbare Orchidee wuchs – zart und doch üppig und mit einem überwältigenden Duft.

»Das ist die Königinnenorchidee. Die *caracara*, wie die Einheimischen sie nennen. Einige Leute finden sie ein wenig zu protzig.«

»O nein, nicht vor diesen dunklen Büschen; sie bilden einen wunderbaren Hintergrund für die Blume.« Harriet ließ ihre Finger sanft über die Blütenblätter gleiten. Er hatte noch nie eine Europäerin kennengelernt, die auf die Dinge, die hier wuchsen, derart körperlich reagierte.

»Und da drüben, in dem Teich? Diese blauen Pflanzen? Das sind doch keine Wasserhyazinthen, oder? Die wachsen doch nicht in stehenden Gewässern.«

»Nein – das ist eine Art Lobelie. Eine unglaubliche Farbe, nicht wahr? Die Wassergärten bereiten mir ständig Kopfschmerzen; man muss das Wasser die ganze Zeit über in Bewegung halten, sonst breiten sich Moskitolarven aus, und dann ist hier der Teufel los. Ich habe eine Art Wasserfall anlegen lassen ...«

Er erklärte ihr vieles und führte sie hierhin und dorthin. Sie war vollkommen verzaubert, und alle beide hatten sie die Zeit vergessen.

»Ich dachte, hier wäre alles dunkel«, sagte sie verwundert. »Ein dunkler Wald und endlose Reihen Kautschukbäume.«

»Es gibt auch Kautschukbäume hier – Tausende davon, und die meisten wachsen wild. Ich habe auch Plantagen angelegt, aber dieser Garten hier ist mein Steckenpferd.« Und da sie offensichtlich darauf wartete, dass er fortfuhr, sagte er: »Ich komme mir vor wie ein närrischer Kreuzfahrer, der gegen die Amazonas-Krankheit zu Felde zieht – die Krankheit ganz Südamerikas, wenn man so will. Ich nenne es die Eldorado-Krankheit.«

Mit aufmerksamem Blick drehte sie sich zu ihm um. »Der Glaube, dass es ein Gelobtes Land gibt?«

»Ja. Teilweise. Alle Leute hier unten suchen irgendetwas ... Die Einheimischen, die portugiesischen Siedler, die Leute, die später kamen. Sie suchen Gold oder Kaffee oder die grünen Steine, die die Frauen Amazoniens ihren Geliebten gaben ... Sie suchen nach Kassiawäldern – und jetzt nach Kautschuk. Sie suchen, und sie finden, denn dieses Land ist so unermesslich reich. Aber dann kommt irgendjemand daher, der nicht damit zufrieden ist, einfach nur zu suchen. Irgendjemand, der Kaffee oder Hartholz *anbaut,* der systematisch nach Gold gräbt, statt die Nuggets einfach vom Boden aufzulesen. Und dann gehen die Sucher bankrott, die Dörfer verfallen, und die Menschen hungern. Mit dem Kautschuk wird es genauso gehen, Sie werden sehen. Ich habe mich nicht auf eine einzige Sache spezialisiert; ich betreibe eine Goldmine in Serra Deloso, ich exportiere Bauxit und Mangan, ich habe einen Holzhandel aufgezogen. Mir kann nichts passieren, aber wenn der Preis des Gummis wirklich fällt – und es ist bereits so weit, da sie den Kautschuk jetzt aus dem Osten hierherbringen –, dann weiß Gott allein, wie viele meiner Freunde ich werde retten können. Nicht genug jedenfalls.«

»Das ist immer so gewesen, nicht wahr?«, sagte sie leise. »Die Geschichte ist voll davon. Solon, der versuchte, Krösus zu warnen … Ruh dich nicht auf deinen Reichtümern aus, sagte er, aber niemand hat auf ihn gehört. Die Menschen hören einfach nicht zu.«

Du schon, hätte Rom am liebsten gesagt. Du hörst zu, wie ich es noch nie bei jemandem erlebt habe.

Als sie an einem Bambusgebüsch vorbeikamen, hörten sie ein Rascheln, und Rom blieb stehen und stieß einen leisen Pfiff aus. Das Rascheln hörte auf, begann von Neuem … Eine neugierig forschende Schnauze tauchte auf, ein Paar leuchtender Augen … und dann der glänzende haselnussfarbene Körper des Nasenbären mitsamt dem gestreiften Schwanz. Er kam zu ihnen herüber und rieb sich an Roms Beinen.

»Wie zahm er ist!«

»Die meisten Geschöpfe lassen sich zähmen, wenn man sich nur Zeit nimmt«, sagte er und schickte das kleine Tier mit einem Klaps auf sein Hinterteil weg. »Ich habe ihn gefunden, als er erst ein paar Tage alt war. Kommen Sie.

Wenn Sie Tiere mögen, zeige ich Ihnen noch etwas, und dann müssen wir wirklich zurück.«

Sie kamen zu der *igarapé,* und er führte sie auf die Brücke, die das kleine Flüsschen überquerte.

»Ich habe Ihnen ja gesagt, wie wichtig es ist, das Wasser in Bewegung zu halten. Nun, hier ist eine der Methoden, die ich dazu benutze.« Er beugte sich vor und ließ seine Hand ins Wasser klatschen. »Agatha!«, rief er. »Komm her. Ich habe dir Besuch mitgebracht!«

Harriet blickte hinunter aufs Wasser. Zuerst konnte sie nichts erkennen. Dann tauchte ganz langsam unter einem Büschel Rohr eine scheckige graue Masse mit weißen Schnurrbarthaaren auf, eine Schnauze ... Dann hob sich ein Kopf über das Wasser, und Harriet blickte in ein Paar runder, feuchter und unaussprechlich seelenvoller Augen.

»Oh, was ist das? Was *ist* das?« Harriet, die niemals jemanden berührte, aus Furcht, dass man sie zurückweisen könnte, hatte den Fremden am Arm gefasst. »So etwas habe ich noch nie gesehen. Das ist doch kein Seehund, oder?«

»Es ist ein Lamantin«, erwiderte Verney leise. »Eine Art Seekuh. Die Matrosen meinen, auf dieses Geschöpf gingen die Geschichten über die Meerjungfrauen zurück. Haben Sie je ein menschlicheres Gesicht gesehen? Menschlicher als das der meisten Menschen, denke ich immer.«

Harriet konnte den Blick von dem vertrauensvollen Tier nicht abwenden, das sie nun ungerührt anschaute. Ein paar Wasserhyazinthen baumelten ihm wie ein bunter Blumenstrauß aus dem Maul. »Einigen Stämmen sind sie heilig«, fuhr Rom fort, »und jeder, der auf meinem Land versucht, sie zu fangen, bekommt es mit mir zu tun. Sie halten die Kanäle sauber, indem sie das Unkraut fressen, das im Wasser wächst. Aber Agathas Ehemann ist ein ganz anderes Kaliber – ein abscheulich unterwürfiges Geschöpf, das immer nur auf Geschenke bedacht ist. Ja, ich bezweifle, dass er überhaupt herauskommt, da ich ihm keine Kekse mitgebracht habe. Nein … Warten Sie, ich habe ihm unrecht getan. Da ist er!«

Das Tier, das nun an die Oberfläche kam, unterschied sich tatsächlich enorm von dem sanften, zahm wirkenden Geschöpf, das ihnen noch immer liebevoll aus dem Wasser entgegenschaute. Die Augen des Lamantinmännchens machten einen unverkennbar gierigen Eindruck; das kurze Schnauben, mit dem er sie begrüßte, hatte etwas eindeutig Verdrießliches, und der runde Kopf, der Agatha ein so wunderbar freundliches Aussehen schenkte, war in seinem Fall mit großen dunklen Leberflecken übersät.

Wie Rom beabsichtigt hatte, musste Harriet lachen. »Ich verstehe, was Sie meinen.«

Erbost über den Mangel an Freigebigkeit, stieß das Lamantinmännchen seine Frau ein paar Mal an, schnaubte mürrisch … und versank.

»Hat er einen Namen?«, erkundigte sich Harriet.

»Ich nenne ihn Grunthorpe«, sagte Rom – und führte sie endlich zum Haus.

Jetzt habe ich den Beweis, dachte Harriet, die mit den anderen Mädchen des Korps an der mit Damast und erlesenem Silberbesteck gedeckten Tafel saß. Er ist wirklich Henrys Junge, und das heißt, ich muss mit ihm sprechen, auch wenn ich nicht weiß, warum er Stavely verlassen hat oder was für ein Skandal oder Kummer in seiner Vergangenheit verborgen liegen mag. Ich muss ihm sagen, wie schlimm die Dinge dort stehen, und ich muss ihm Henrys Bitte vortragen, auch wenn er mein Benehmen anmaßend findet. Schließlich habe ich es Henry versprochen.

Sie schaute zu dem Tisch hinüber, an dem Verney saß. Irgendeine Bemerkung von ihm ließ die Simonowa lachend den Kopf in den Nacken werfen, und Harriet empfand jähes Mitleid mit dem rothaarigen Kind, das sich mit solchem Vertrauen an sie gewandt hatte. »Wenn du ihn findest, Harriet, bitte ihn zurückzukommen«, hatte Henry gesagt, aber dieser Mann würde nie nach England zurückkehren. Sie hatte noch nie jemanden gesehen, der so sehr irgendwo hingehörte wie Verney nach Follina.

Nur wann? Dachte Harriet. *Wann* spreche ich mit ihm? Nach dem heutigen Abend werde ich ihn nicht wiedersehen. Verney würde vielleicht weitere Vorstellungen in der Oper besuchen, aber er würde sich kaum die Mühe machen, ein bescheidenes Mitglied des Ballettkorps aufzusuchen.

Das Ergebnis ihrer Überlegungen war unausweichlich. Wenn sie sich für das Kind, das sich auf so unerklärliche Weise seinen Weg in ihr Herz gebahnt hatte, einsetzen wollte, gab es nur eine einzige Möglichkeit: Sie musste Verney allein sprechen. Und es gab auch nur einen einzigen Zeitpunkt dafür: den heutigen Abend.

Als Gastgeber machte Verney einen sehr entspannten Eindruck, ja, er wirkte beinahe gleichgültig, aber die Zutaten, die seine berühmten Partys ausmachten – das Essen, der Wein, die Lichter, die Musik –, waren bis ins letzte Detail geplant. Nach der Formalität des Diners entließ er seine Gäste in die mit Blumen gefüllte Zimmerflucht längs der Terrasse und ersetzte das Wiener Trio, das bis dahin gespielt hatte, durch eine Gruppe brasilianischer Musiker, da er genau wusste, dass alle Gäste schon bald dem synkopischen Rhythmus der Los Olvideros erliegen würden. Und kurze Zeit später tanzte Maximow mit der jungen Mrs Bennett, Harry Parker mit dem markanten Gesicht schlug alle anderen Bewerber um die Hand Marie-Claudes in die Flucht, und die Simonowa persönlich führte den hingerissenen Grafen auf den Tanzboden.

Aber ein Mann, der genau weiß, wann er seine Gäste willkommen heißt, wann er ihnen das Essen servieren lässt und wann er sie unterhält, weiß auch, wann er sie nach Hause schicken muss. Um Mitternacht kamen seine Diener mit Bechern voll dampfendem Kaffee, und mit einer eleganten Geste wurden die Vorhänge zur Seite gezogen – um eine leuchtende Allee aus Licht zu enthüllen, das den Lampions entsprang, die zwischen den Palisanderbäumen hingen. Und am Ende dieser Allee lag die Amethyst, die hell erleuchtet darauf wartete, die Gäste nach Hause bringen zu dürfen.

»Das war ein gelungener Abend, Lorenzo«, meinte Rom. »Sie können morgen früh aufräumen. Ich gehe jetzt zu Bett.«

Aber er verweilte noch für eine kurze Zeit und genoss das stille Haus; kostete den Augenblick des Wohlbehagens aus, den selbst die gastfreundlichsten Menschen kennen, wenn ihre Gäste gegangen sind.

Er wollte gerade die Treppe hinaufgehen, als er eine Bewegung in der Tür wahrnahm, die zum angrenzenden Raum führte. Er drehte sich um – und ein Mädchen trat ins Licht.

»O Gott!«, sagte Rom kaum hörbar. »Sie!« Und Furchen der Müdigkeit zeichneten sich plötzlich auf seinem Gesicht ab.

»Mr Verney, es tut mir leid, dass ich Ihnen zur Last falle, aber könnte ich bitte einen Moment mit Ihnen sprechen?«

Er hatte den Blick abgewandt und sah die Furcht in ihren Augen nicht und auch nicht, wie sie ihre Finger verschränkte, damit sie nicht zitterten.

Das Mädchen war also wie all die anderen auch ... Dieses Mädchen, das im Garten etwas so ganz anderes zu versprechen schien. Die älteste List, der schalste Trick von allen! Zurück zu bleiben, weil man etwas »vergessen« hatte, weil man das Boot »verpasst« hatte.

Er hätte beinahe laut aufgelacht bei dem Gedanken, wie sorgfältig er es vermieden hatte, noch einmal mit Harriet zu sprechen, nachdem sie aus dem Garten hereingekommen waren, fest entschlossen, nur ja nicht ihren Argwohn zu wecken. Und doch hatte er sie unbemerkt beobachtet; hatte gesehen, wie sie Mrs Bennett aus der Reserve gelockt hatte, indem sie sich leise nach dem Kind erkundigte, das man von ihr getrennt hatte. Später hatte Dubrow ihm ein wenig von ihrer Geschichte erzählt. War es denn eine Überraschung, dass ein Mädchen, das aus einem guten Zuhause mit einem akademischen Hintergrund weggelaufen war, sich als das erwies, was sie anscheinend war?

»Natürlich«, sagte er, während er seine Enttäuschung niederkämpfte, seinen Wunsch, sie zu demütigen, indem er sich auf dem Absatz umdrehte und sie stehen ließ. »Wenn Sie es wünschen, werden wir ... reden.«

Er zog an der Klingelschnur, und Lorenzo tauchte, schläfrig und überrascht, wieder auf. »Bringen Sie Miss Morton hinauf in die blaue Suite und schicken Sie jemanden zu ihr, der dafür sorgt, dass sie alles hat, was sie benötigt«, sagte er in hastigem Portugiesisch. Und an Harriet gewandt, die seine Worte nicht verstanden hatte, fügte er hinzu: »Ich werde in einer halben Stunde bei Ihnen sein.«

Sie war sehr müde, und diese ganze Angelegenheit verwirrte sie – dies und ihre mangelnde Vertrautheit mit den Sitten des Landes, sagte Harriet sich. In Cambridge hatte sie einmal zusammen mit ihrer Tante Louisa einen Wohltätigkeitslunch in einem sehr großen Haus besucht, und nach dem Essen hatte die Gastgeberin alle Damen nach oben gescheucht, in ein sehr kaltes Badezimmer. Harriet hatte nicht das geringste Bedürfnis, irgendetwas von dem zu tun, wonach es die anderen Damen verlangte, aber das hatte ihr nicht geholfen. Man ging dorthin, weil »man« das eben tat.

Am Amazonas – wo man tatsächlich unangenehm ins Schwitzen geriet – war es daher vielleicht Sitte, den Leuten, mit denen man sich unterhalten wollte, nicht nur die Gelegenheit zu geben, sich die Hände zu waschen und das Haar in Ordnung zu bringen … nein, man bot ihnen überdies die Möglichkeit … ein Bad zu nehmen.

Zuerst hatte sie gehofft, dass das Zimmer, in das man sie führte, kein Badezimmer sein möge; es war so groß und enthielt Dinge, von denen sie nie gedacht hätte, dass man sie in einem Badezimmer finden könnte: eine Alabastervase voller Lilien, eine Marmorstatue auf einem Sockel, einen dicken weißen Teppich. Ganz zu schweigen von den Spiegeln … so viele Spiegel in vergoldeten Rahmen.

Aber die Badewanne, eingefasst in Mahagoni und von ungeheuren Ausmaßen, war unverkennbar … eine Badewanne. Und obendrein stand nicht nur *eine* Dienerin daneben, sondern gleich zwei – eine stellte die Temperatur des Wassers, das aus den großen Messinghähnen strömte, richtig ein, die andere goß rosenfarbene Kristalle aus einem geschliffenen Glaskrug in den Schaum –, und beide hielten in regelmäßigen Abständen inne, um ermutigend in ihre Richtung zu lächeln. Denn Lorenzo hatte schnell herausgefunden, dass die jüngste Neuerwerbung seines Herrn eben jenes Mädchen war, das mit Andrelhinos gelähmtem Jungen gespielt und den alten José zum Lachen gebracht hatte, bis er beinahe umgefallen wäre, indem sie ihm die Tänze zeigte, die sie – auf den Zehen – im Teatro Amazonas vollführte. Also hatte er nicht wie gewohnt die in Rio ausgebildete Kammerzofe hinaufgeschickt, die sich normalerweise um die Damen in der blauen Suite kümmerte. Stattdessen hatte er seine Frau und seine Nichte aus ihren Hängematten gescheucht und ihnen befohlen, dem jungen Mädchen aufzuwarten.

Und das taten sie wahrhaftig! Lorenzo mochte ein weltgewandter Caboclo sein, der Portugiesisch und Englisch sprach und früher einmal in einem Hotel gearbeitet hatte, aber als es darum ging, sich eine Frau zu nehmen, hatte er sich bei den Xanti umgesehen, bei diesem sanften Volksstamm, der bekannt war für seine Kenntnisse der Pflanzenkunde und für das Vergnügen, mit dem er die täglichen Rituale des Lebens anging.

Nun also nickte Maliki, lächelte und lockte, bis ihr Nasenschmuck leise klimperte, und ihre einladenden Gesten wurden von ihrer Nichte aufgenommen und wiederholt. Es wartete auf sie, dieses wunderschöne Ding, diese Badewanne – sie konnte sich nähern!

»Nein«, sagte Harriet laut. »Ich *will* kein Bad nehmen!«

Die beiden Frauen verstanden zwar nicht ihre Worte, wohl aber ihren Tonfall. Ein verletzter, ein verzweifelter Ausdruck huschte über die beiden Gesichter. Die Tante wandte sich der Nichte zu; sie unterhielten sich mit leisen, erregten Stimmen ... kamen zu einer Schlussfolgerung ... fassten sich wieder. Maliki eilte zu den Wasserhähnen, drehte das heiße Wasser ab und das kalte voll auf. Rauni schraubte den Deckel auf den Glaskrug und holte eilig einen anderen Krug herbei, kippte dann eine Handvoll grüner Kristalle aus und hielt sie Harriet unter die Nase.

»Ja«, sagte Harriet. »Sehr schön. Es riecht wunderbar. Aber ich …«

Die Veränderung in ihrer Stimme, die offensichtliche Freude, die sie an dem Duft »Waldfarn« fand, bewirkten eine Veränderung bei den beiden Frauen. Sie lächelten, sie waren unendlich erleichtert. Und bevor Harriet sich für einen weiteren Vorstoß wappnen konnte, kam Maliki auf sie zu und zog ihr das lose, sackartige Kleid über den Kopf, während Rauni – die sich liebevoll über ihre Füße beugte – ihr Socken und Schuhe abstreifte.

Ich nehme an, ich sollte um mich treten und schreien, dachte Harriet. Aber sie war sehr müde, und die beiden Frauen, die sich – das übliche Ritual – auf die Brust geschlagen und ihr ihre Namen genannt hatten, waren sehr freundlich. Und es konnte doch unmöglich sein, dass der Mann, der im Garten so nett zu ihr gewesen war, etwas Böses im Schilde führte?

Das Wasser war herrlich – kühl, weich – und reichte ihr bis ans Kinn. Im Haus ihres Vaters hatte man es als ungehörig betrachtet, sich auch nur auf derselben Etage aufzuhalten wie jemand, der sein wöchentliches Bad nahm, aber die beiden Dienerinnen machten keine Anstalten, den Raum zu verlassen. Im Gegenteil, diese köstliche Erfahrung sollte sie eindeutig mit ihnen teilen. Maliki griff nach einem Schwamm und schrubbte ihr den Rücken. Rauni lief hin und her und bot ihr eine ganze Anzahl strahlend bunter Seifenstücke zur Auswahl; dann beugte sie sich vor, um die Sohlen von Harriets Füßen mit Bimsstein zu massieren …

Und schließlich raffte Maliki Harriets am Boden liegende Kleider zusammen und trug sie vorsichtig zu der Tür, die auf den Flur hinausführte.

»Nein!« Harriet setzte sich ruckartig auf. »Nein! Nicht meine Kleider. *Lass sie hier!*«

Aber diesmal gerieten die Frauen nicht in Panik. Sie wussten jetzt, wie man sie besänftigen konnte, wie man die Dinge wieder ins rechte Lot brachte. Natürlich würden sie sie nicht ohne Kleidung zurücklassen, bedeuteten sie ihr mit Gesten und zeichneten beruhigende Gewänder in die Luft. Wie konnte sie nur auf so eine Idee kommen?

Und die Frauen hielten Wort! Maliki, die Harriets braunes Kleid weggebracht hatte, kehrte beinahe augenblicklich zurück, und gemeinsam hielten Tante und Nichte mit verzeihlichem Stolz in die Höhe, was Harriet tragen sollte.

Alles in Verneys Haus war vom Feinsten, und das galt auch für dieses Negligé – ein Gewand aus cremefarbener venezianischer Spitze mit bestickten Ärmeln, weichen Rüschen am Hals und am Saum und einer Reihe winziger satinbezogener Knöpfe.

Was jetzt? Überlegte Harriet zehn Minuten später, als sie abgetrocknet, gepudert und parfümiert vor dem größten der Spiegel stand und ein Mädchen anschaute, das sie nicht wiedererkannte. Ihre Augen waren groß, aber Angst und Müdigkeit waren ihnen deutlich anzusehen; Maliki hatte ihr das Haar nach vorn gebürstet, sodass es nun in feuchten Strähnen über der cremefarbenen Spitze lag und ihre Brüste bedeckte.

»O Marie-Claude, ich war ja so dumm«, sagte Harriet, unglücklich und sehr verängstigt und voller Heimweh – nicht nach dem Heim, das sie nie gehabt hatte, sondern nach der Gesellschaft ihrer neuen Freundinnen.

Aber jetzt gab es kein Zurück mehr. Sie trat näher an

den Spiegel und öffnete mit Fingern, deren Zittern sie kaum zu unterdrücken vermochte, den obersten Knopf des Negligés an ihrem Hals.

»Ich bin bereit«, sagte Harriet.

Wenn sie immer noch gehofft hatte, dass sie vielleicht einem Irrtum erlegen war, wurde diese Hoffnung augenblicklich zunichtegemacht, als ihre hocherfreuten Gefährtinnen sie durch die Doppeltüren drängten und sie hinter ihr verschlossen. Das Zimmer, das mit blauem Damast bespannt und mit üppigen Teppichen ausgestattet war, wurde von dem größten Bett beherrscht, das Harriet je gesehen hatte – ein Himmelbett, dessen weiße Moskitonetze sich locker bauschten. Und auf dem Bett lag eine bestickte Tagesdecke mit eindeutig zurückgeschlagenen Ecken. Nun erhob sich auch ihr Gastgeber Rom Verney aus einem Sessel am Fenster. Über seinem Smokinghemd trug er einen Morgenrock aus schwarzer Seide, der in der Taille von einer lockeren Seidenkordel zusammengehalten wurde. Seltsamerweise war es nicht seine Bekleidung, die das Zittern, das sie nun befiel, beinahe unbeherrschbar machte. Es war die Verachtung, der harte Blick in den grauen Augen. War es ein Streich, den das Lampenlicht ihr spielte, oder hasste er sie plötzlich?

»Ich hoffe, Sie haben Ihr Bad genossen?« Die Stimme war kalt, voll eisigem Hohn.

»Ja, vielen Dank.«

Sie schaffte es noch, ein paar Schritte vorwärts zu machen, um den Bettpfosten zu erreichen, den sie nun mit einer Hand umklammerte.

»Ich möchte keine … Ausflüchte machen«, stieß sie hervor. »Ich weiß, dass Unwissenheit keine Entschuldigung ist … und dass man trotzdem bestraft wird.« Und da sie selbst in den Fängen größter Angst nicht unhöflich sein wollte, fügte sie hinzu: »Ich meine, ich weiß, dass Dummheit Konsequenzen hat ... und dass man nicht versuchen darf, ihnen zu entrinnen.«

Er kam auf sie zu und bemerkte ihr Zittern, und eine Hoffnung von geradezu absurder Intensität wallte in ihm auf.

»Ich fürchte, ich kann Ihnen nicht ganz folgen«, sagte er, aber der Hohn war aus seiner Stimme verschwunden, und sie brachte es fertig zu sagen:

»Ich meine, man muss sich nur die alten Griechen ansehen, um zu begreifen ... dass Unwissenheit keinen Schutz vor Strafe darstellt. Ödipus wusste nicht, dass Jokaste seine Mutter war, als er sie heiratete, und doch war die Strafe schrecklich – ihm wurden die Augen ausgestochen. Nicht, dass dies genauso schlimm wäre, denke ich ...« Sie machte eine kleine verzweifelte Geste in Richtung auf das Bett und das ihr bevorstehende Schicksal.

»Sprechen Sie weiter.« Er war noch näher an sie herangetreten, aber der Augenblick ihres Untergangs war anscheinend noch nicht gekommen, und sie holte tief Luft, bevor sie fortfuhr:

»Ich meine nur ... dass ich nicht versuchen will ... mich vor den Konsequenzen meines Tuns zu drücken. Wenn das, was ich getan habe ... zurück zu bleiben, um mit Ihnen zu reden ... und Marie-Claude zu erzählen, dass ich das andere Boot nehmen würde ... zu glauben, ich könnte mit Manuelos Frau zurückfahren, wenn sie das Baby zur Taufe bringt ...« Sie brach ab und versuchte es noch einmal. »Nur denke ich, Sie werden bestimmt sehr enttäuscht sein, *denn ich weiß nicht, was genau ich eigentlich tun muss.*« Ihre Stimme wurde gefährlich schrill. Sie weinte fast, und die Tränen zitterten schon in ihren Wimpern, als sie verzweifelt fortfuhr: »Ich meine nur, dass es bei uns zu Hause nie eine Gelegenheit gegeben hat … ruiniert und geschändet zu werden … und so weiter. *Und ich weiß nicht, wie ich mich benehmen soll.*« Sie konnte jetzt nicht länger an sich halten, und die Tränen strömten ihr über die Wangen. »Ich wusste ja nicht einmal, dass man, wenn man zu Bett geht, den obersten Knopf seines Nachthemds öffnen muss«, schluchzte Harriet, »nicht, bis Marie-Claude es mir erklärt hat.«

Rom unternahm keinen Versuch, sie zu trösten. Stattdessen wandte er sich abrupt von ihr ab und trat, erfüllt von einer wilden und überschäumenden Freude, ans Fenster. Sie ist anständig, dachte er frohlockend. Ich hatte recht mit meinem ersten Eindruck. Sie ist unschuldig und tugendhaft und *anständig*! Dann ging er auf sie zu, nahm sein Taschentuch heraus und wischte ihr ganz sanft die Tränen vom Gesicht. Anschließend glitten seine Finger langsam herab, strichen über ihren Hals, bis sie ihr Ziel erreichten: die Knöpfe ihres Negligés.

Und in diesem Augenblick, als Schändung und Untergang unmittelbar bevorstanden … unausweichlich waren … da schmolz Harriets Entsetzen wie Schnee in der Sonne, und sie wusste mit absoluter Sicherheit, dass hier kein Verderben möglich war; dass, was immer dieser Mann wünschte, sie ebenfalls wünschen würde und auf immer wünschen würde – und mit einem kleinen Seufzer trat sie näher an ihn heran und hob ihm ihr Gesicht entgegen mit absolutem Vertrauen.

Was es Rom sehr schwer machte zu tun, was er sich vorgenommen hatte – schwerer, als er für möglich gehalten hätte. Aber er bezwang sich, lächelte auf sie herab und strich ihr das zerzauste Haar aus dem Gesicht. Dann schloss er sorgfältig und bedächtig den kleinen runden

Knopf ganz oben an ihrem Negligé und küsste sie einmal kurz auf die Nasenspitze.

»So, Kindchen«, sagte er und nahm ihre Hand, »jetzt werde ich Sie nach Hause schicken. Morgen komme ich nach Manaus, und wir werden miteinander reden, aber jetzt müssen Sie gehen.«

»Muss ich?«

»Ja. Sofort.« Seine Stimme klang plötzlich rau: »Nicht der leiseste Verdacht eines Skandals soll auf Sie fallen, solange ich lebe.«

7

Der Brief, den Stavelys junger Verwalter an dem Tag, an dem die Damen von Louisas Teekränzchen das Haus besichtigten, in Isobel Brandons Zimmer gebracht hatte, war von Hathersage und Climpton gekommen, den Londoner Buchhaltern, die sich schon seit vielen Jahren um die finanziellen Angelegenheiten der Brandons kümmerten. Zu dem Schreiben gehörte auch ein detaillierter Bericht, dessen Ergebnisse eindeutig waren. Als Konsequenz der Extravaganzen und Spekulationen des augenblicklichen Eigentümers war der Besitz nun solchermaßen belastet, dass der Ruin unabwendbar war. Wenn Bankrott und Schande vermieden werden sollten, musste Stavely verkauft werden, und das auf der Stelle.

Dieser Brief, der Isobel jenen Ausruf entlockte, den Harriet mit angehört hatte, war nur eine Kopie des Originals, das Henry Brandon an seinem Toulouser Wohnsitz erreichte. Dorthin hatte er sich zurückgezogen, um seinen Gläubigern aus dem Weg zu gehen. Und nach Lektüre des Schreibens zog er sich, konventionell bis zum letzten Atemzug, in sein Schlafzimmer zurück, nahm den Armeerevolver seines Vaters aus der Schublade und jagte sich eine Kugel durch den Kopf.

So kam es, dass Isobel Brandon, seit zehn Tagen Witwe, vor dem Spiegel ihrer Suite im Hotel Astor in London saß und sich ihre üppigen roten Zöpfe aufsteckte. Schwarz stand ihr gut, dem Himmel sei es gedankt, denn sie würde mindestens ein Jahr lang Trauer tragen müssen. Die Samtjacke, die sie in einem der wenigen Geschäfte gekauft hatte, in dem man ihr noch Kredit gewährte, brachte das Weiß ihres Teints vorteilhaft zur Geltung. Sie gehörte zu jenen vom Schicksal begünstigten Rothaarigen, die sich nicht mit Sommersprossen herumplagen mussten.

Aber der Anblick ihres Spiegelbilds war auch der einzige Lichtblick in der freudlosen Einöde, zu der sich ihr Leben entwickelt hatte, denn es kam ihr nicht in den Sinn, bei dem kleinen bebrillten Kind Trost zu suchen, das sich in einem Sessel zusammengerollt hatte und seine Nase wie immer in ein Buch steckte. Henry mit seinem blassen, angespannten Gesichtchen, seinen unmännlichen Ängsten war ganz gewiss nicht die Art Sohn, die sie sich erhofft hatte – und plötzlich erzürnte sie seine Konzentration, seine Unfähigkeit, zu sehen, was sie durchmachte, und sie sagte: »Also wirklich, Henry, du scheinst überhaupt nicht zu begreifen, was auf dem Spiel steht. Es ist *dein* Erbe, das ich zu retten versuche. Willst du vielleicht, dass wir irgendwo in einer elenden kleinen Hütte enden?«

Mit einer gewaltigen Willensanstrengung stieg Henry aus den tiefsten Tiefen des Meeres empor und verließ den tapferen Kapitän Nemo, der gerade ein schreckliches Ungeheuer mit borstenbewehrten Kiefern entdeckt hatte, um über ihre Frage nachzudenken.

»Ja«, sagte er. »Das würde mir gefallen. Mit einem Dach aus Palmenblättern. Die *ubussu*-Palme ist am besten; sie hält die Hütte kühl, wenn es draußen heiß ist, und sie lässt überhaupt keinen Regen durch. Ich würde jeden Tag losmarschieren und Tiere schießen, damit wir zu essen haben. Und ich würde im Fluss fischen. Ich würde für dich sorgen«, sagte Henry zu seiner Mutter.

»O Gott!«

Das Gesicht des Kindes wurde lang vor Enttäuschung.

Er hatte wieder einmal alles falsch verstanden; seine Mutter glaubte nicht, dass er für sie sorgen könnte.

Eine Weile wartete er noch ab und überlegte, ob dies der rechte Augenblick sei, um seine Mutter zu fragen, was »elend« bedeutete, aber das Gesicht seiner Mutter hatte wieder diesen verschlossenen Ausdruck angenommen, und mit einem kleinen Seufzer tauchte Henry erneut in sein Buch ein und gesellte sich wieder zu seinen Kameraden auf dem Grund des Ozeans.

Warum musste ihr Sohn, dieser unansehnliche kleine Junge, auch die großen grauen Augen des Generals erben, dachte Isobel – Augen, die ihrem Mann verwehrt geblieben waren, die aber Roms lebhaftes, dunkles Gesicht auf so seltsame Weise erhellt hatten. An dieser Stelle jedoch schrak sie wie immer vor der Erinnerung an den quecksilbrigen, brillanten Jungen, den sie so idiotisch geliebt hatte, zurück. Es war zehn Jahre her, seit irgendjemand von Rom gehört hatte, und er konnte ebenso gut tot sein.

War es denn ein solches Verbrechen gewesen, eine vernünftige Ehe einzugehen, fragte sich Isobel, während sie Nadeln in die brandroten Locken ihres Haares steckte. Stavely haben zu wollen? Land war dauerhafter als Leidenschaft, das wusste jeder. Henry war ihr damals als eine kluge Wahl erschienen. Gütiger Gott, hatte sie denn dafür, dass der Verstand das Herz überstimmte, mit solchem Elend zahlen müssen, nur um am Ende doch arm zu sein?

Wer hätte auch vorhersehen können, dass diese so überaus vernünftige Ehe sich als ein solcher Albtraum entpuppen würde? Dass sie, die Rom kaum hatte aus den Augen lassen können, die Liebkosungen seines Halbbruders unerträglich finden würde? Und wer hätte vorhersehen können, dass Henry angesichts ihres Abscheus vor die Hunde gehen würde, und das so gründlich und auf ebenso wenig originelle Weise, wie er zuvor den Landedelmann gespielt hatte? Noch bevor sie ihn endgültig aus ihrem Schlafzimmer ausgesperrt hatte, hatte er begonnen zu spielen, zu trinken, und danach …

Sie hob die Hand, um nach der Maniküre zu klingeln, die sich für gewöhnlich um ihre Fingernägel kümmerte, ließ sie dann aber wieder sinken, als ihr der abschätzige Blick einfiel, mit dem der Empfangschef sie gemustert hatte, als ihm aufgefallen war, dass sie ohne ihr Mädchen oder eine Gouvernante für den Jungen angekommen war. Er wusste genauso gut wie alle anderen in London, dass es mit den Brandons bergab ging.

O Gott, es war unmöglich, unerträglich! Es konnte nicht angehen, dass sie so in der Falle saß! Und wie in einem jener furchtbaren, immer wiederkehrenden Träume, denen man gerade entronnen zu sein glaubt, nur um feststellen zu müssen, dass sie wieder von vorn beginnen, erinnerte sie sich an das Gespräch, das sie am vergangenen Tag mit dem alten Mr Hathersage in dessen altmodischem Büro geführt hatte.

»Ich fürchte, es lässt sich absolut nichts mehr machen, Mrs Brandon. Sie müssen doch wissen, dass, wenn es irgendeinen anderen Weg gäbe, meine Buchhalter ihn gefunden hätten. Aber die Zahlen sprechen eine klare Sprache. Sie müssen verkaufen, Mrs Brandon; sie müssen nehmen, was Sie bekommen können, und zwar schnell.«

Sie beendete ihre Nagelpflege und stand auf. »Wir gehen einkaufen, Henry«, sagte sie. »Komm her, damit ich dich bereit machen kann.«

»Könnte ich nicht hier bleiben und lesen?«

»Nein, das kannst du nicht. Wir gehen hinterher noch zum Zahnarzt.«

Henry nickte. Einkaufen *und* zum Zahnarzt. Eine düstere Aussicht, aber er hatte gelernt, sich mit solchen Dingen abzufinden, und stand geduldig da, während Isobel mit ungeübten Händen an seiner Norfolkjacke zupfte und ihm die Mütze über den Kopf stülpte. Was für eine Frechheit von diesem Kindermädchen, einfach ohne Vorwarnung auf und davon zu gehen, nur weil sie ein paar Wochen lang keinen Lohn bekommen hatte!

Es war schwer für Henry gewesen, sich von der Nautilus zu trennen und von Kapitän Nemo, aber jetzt trottete er gehorsam neben seiner Mutter her und studierte mit gelehrtenhafter Aufmerksamkeit die Plakate auf den Reklametafeln, die Männer, die auf der Straße eine Grube aushoben, die anderen Passanten.

»Warum macht man eigentlich ›*kleine* Leberpillen‹?«, wollte Henry wissen. »Wenn man stattdessen gleich *große* machen würde, würden die Lebern der Leute dann nicht schneller wieder in Ordnung kommen?« Und: »Wenn diese Männer immer tiefer und tiefer und tiefer graben und in Australien herauskommen würden, stünden sie dann richtig herum oder auf dem Kopf?«

»O Henry, sei doch endlich still!« Sie gingen gerade bei Fortnum's vorbei, wo ein exquisites tintendunkles Chenillekleid im Schaufenster ausgestellt war, das ihr gut zu Gesicht gestanden hätte, aber das letzte Mal, als sie versuchte, in diesem Laden etwas auf Kredit zu kaufen, hatte es eine überaus unerfreuliche Szene gegeben.

Henry unternahm eine heroische Anstrengung und versagte es sich zu fragen, woher die rote Farbe in der Glaskuppel der Drogerie kam, und er versagte sich auch den Vorschlag, einem Bettler, der an Krücken ging und eine ganze Reihe von Medaillen an der Brust trug, einen Penny zu geben. Aber als zwei Männer direkt vor ihm über den Bürgersteig liefen, um einen großen Weidenkorb in ein

Geschäft zu tragen, konnte er es einfach nicht lassen, seine Mutter am Ärmel zu zupfen.

»Sieh mal!«, sagte er. »Da steht mein Name auf dem Korb – einer von meinen Namen. Er wird genauso geschrieben.«

Isobel blickte auf, folgte dem Zeigefinger ihres Sohnes und sah auf dem Korb, der mit schweren Lederriemen zusammengehalten wurde, die Buchstaben *R. P. Verney.*

»Stimmt etwas nicht?«, erkundigte sich Henry ängstlich. Er hatte gehofft, ausnahmsweise einmal die Aufmerksamkeit seiner Mutter zu wecken, aber doch nicht in solchem Maße. Sie blieb wie angewurzelt auf dem Bürgersteig stehen und fuhr sich mit der Hand an die Kehle.

R. P. V. B. Romain Paul Verney Brandon. Wie oft hatte sie diese Initialen gesehen! Und wenn Rom versucht hatte, Stavely zu vergessen – sie zu vergessen und die Brandons –, was wäre da wahrscheinlicher gewesen, als dass er seinen letzten Namen einfach wegließ – zu unbekümmert und vielleicht auch zu arrogant, um eine grundlegendere Veränderung vorzunehmen?

»Warte hier«, sagte sie zu Henry. »Ich bin nicht lange weg. Rühr dich nicht von der Stelle und sprich mit *niemandem.*«

»Ja«, sagte Henry.

Es gab nichts, wovor er hätte Angst haben müssen, sagte Henry sich tapfer, als seine Mutter die Tür zu dem Laden aufdrückte. Es war eine Reinigung mit Namen Truscott and Musgrave, und die Schaufenster waren verhüllt, sodass man nicht hineinsehen konnte.

Im Inneren des Ladens erkundigte sich Isobel ganz unverbindlich nach den Kosten für die Reinigung der Damasttischtücher in Stavely, und sie erhielt von einem grauhaarigen und ernsten Mr Truscott eine höfliche und taktvolle Antwort, zu der sie sich einige Notizen machte. Als sie ihre Handschuhe wieder anzog, sagte sie beinahe beiläufig: »Ihre Männer haben gerade eben einen Korb hereingetragen, und mir schien, dass ich den Namen kenne. Verney war einer der Familiennamen meines Ehemannes, und er hatte einen entfernten Vetter namens Paul.«

»Das könnte durchaus sein, Mrs Brandon. Ich habe Mr Verney persönlich nie kennengelernt, aber wir kümmern uns jetzt seit acht Jahren um seine Wäsche.«

»Dann lebt er also in London?«

»London? Ach, du liebe Güte, nein! Ganz und gar nicht. Er lebt in Brasilien. In Manaus, tausend Meilen stromaufwärts am Amazonas.«

»Am Amazonas!« Isobels Herz begann zu hämmern; die ganze Tragweite dessen, was sie gerade gehört hatte, war zu ungeheuerlich. »Aber er kann seine Wäsche doch unmöglich vom Amazonas hierher zur Reinigung schicken!«

»Nun, aber genau das tut er, Madam. Wunderschöne Wäsche, ganz hervorragende Qualität. Alle drei Wochen, wenn der Liniendampfer in Manaus anlegt, bringen seine Diener einen Korb aufs Schiff. In Liverpool wird er dann auf den Zug verladen, und wir holen ihn mit der Kutsche in Euston ab und bringen die saubere Wäsche wieder dorthin. O ja, es ist ein ziemliches Ereignis, wenn Mr Verneys Wäschekorb kommt!«

»Aber das muss doch ein Vermögen kosten!«

»Nun, nicht direkt ein Vermögen, aber sicher eine ganz hübsche Summe. Ich stelle mir jedoch vor, dass Mr Verney sich darüber keine Gedanken macht. All die Herren da draußen leben wie Fürsten, und er ist einer der reichsten, heißt es. Es ist der Kautschuk, wissen Sie.«

Er stürzte sich in eine Beschreibung des Kautschukhandels, der Isobel geistesabwesend lauschte, während ihre Gedanken sich überschlugen.

»Und Mrs Verney – schickt sie ihre Wäsche ebenfalls nach Hause?«

»Ich habe nicht gehört, dass es eine Mrs Verney gäbe, Madam. Zumindest bekommen wir ihre Wäsche nicht. Allerdings sind wir ja auch im Ganzen eher ein Reinigungsdienst für Herren.«

Isobel bedankte sich und versprach, sich wegen des Stavely-Damasts wieder an ihn zu wenden. Natürlich würden einige Nachforschungen angestellt werden müssen, aber das sollte nicht weiter schwierig sein; Bertie Freeman arbeitete im Konsulat in Rio, und ein Kabel an ihn müsste eigentlich die notwendigen Fakten bringen. Aber wenn es wirklich Rom war, dann hatten all ihre Sorgen jetzt ein Ende. Wenn Rom noch lebte und reich war, würde er Stavely retten – sie hatte niemals jemanden erlebt, der mehr an einem Stück Land hing –, und er würde auch sie retten! Selbst wenn es doch irgendwo eine langweilige Ehefrau geben sollte, würde diese nicht in der Lage sein, das zu verhindern.

Henry stand gehorsam, wo sie ihn zurückgelassen hatte, und als er sie aus dem Laden treten sah, leuchtete sein Gesicht auf eine Weise auf, die ihr trotz ihrer Gedankenverlorenheit nicht entging. Henry hatte durchaus etwas, das einen zu ihm hinziehen konnte – etwas Sehnsüchtiges. Die Misere eines solchen vaterlosen kleinen Jungen würde einem Mann mit Roms Beschützerinstinkten möglicherweise zu Herzen gehen.

»Würde es dir gefallen, eine Reise zu machen, Henry?«, fragte sie jetzt. »Eine lange Reise?«

Und Henry sagte: »Ja.«

8

Vielen Dank.« Harriet bedankte sich freundlich bei dem Kellner, der ihr im Hotel Metropole das Frühstück servierte. Niemand hatte sie am Vorabend bei ihrer Rückkehr ins Hotel gesehen; sowohl Kirstin als auch Marie-Claude hatten fest geschlafen – ihr Abenteuer war also unbemerkt geblieben. Und Mr Verney hatte versprochen, sie heute aufzusuchen. Sie durfte sich nicht zu fest darauf verlassen ... aber er hatte es gesagt.

»In zwei Wochen«, meinte Marie-Claude jetzt mit gesenkter Stimme, denn der Rest der Truppe saß ganz in ihrer Nähe an anderen Tischen, »werde ich im Sportklub aus einer Torte hüpfen! Für 750 Milreis in bar.« Und als Kirstin und Harriet sie mit hochgezogenen Augenbrauen ansahen, fügte sie hinzu: »Mr Parker hat mich darum gebeten. Das wird in den Herrenklubs häufig gemacht, vor allem bei Essen aus besonderem Anlass. Diesmal ist es ein Diner für den Minister für Amazonien, der aus Rio kommt, um Gespräche über die Organisation des Verkehrs auf dem Fluss oder etwas in der Art zu führen. Die Torte wird zum Nachtisch in den Saal gerollt und – hoppla!«

Harriet war zutiefst beeindruckt. »Du springst aus einer richtigen Torte, Marie-Claude?«

»Nein, du Dummerchen! Die Torte ist ein riesiges Holzding – meist rosa und mit Kerzen verziert.«

»Ob Vincent das gefallen wird?«, überlegte Kirstin laut.

»Aber gerade für ihn tue ich es doch«, entgegnete Marie-

Claude hitzig. Dennoch nahm ihr herzförmiges Gesicht für einen Augenblick einen nachdenklichen Ausdruck an, denn es stimmte schon, dass sie Vincent nie genau erklärt hatte, mit welchen Mitteln sie ihre gemeinsamen Ersparnisse vergrößerte. »Ihr werdet es doch niemandem erzählen?«, bat sie ihre Freundinnen. »Das Diner beginnt sehr spät, wenn bei uns bereits der Vorhang gefallen ist. Keiner aus dem Theater braucht davon zu erfahren.«

»Natürlich verraten wir nichts«, sagte Harriet.

»Was wirst du anziehen?«, erkundigte sich Kirstin nun.

»Nicht sehr viel«, gab Marie-Claude zu. »In dieser Hinsicht war Mr Parker sehr bestimmt. Aber ich habe ja immer noch mein Haar, das einiges verhüllt, und einen besonderen Strumpfhalter mit einer großen Rosette, in der ich meine Hutnadel verstecken kann. Nicht, dass ich sie brauchen würde. Da könnt ihr unbesorgt sein. Die ganze Angelegenheit ist rein künstlerischer Natur – eine Art *tableau vivant* –, und außerdem ist der Minister ja schon ziemlich alt.« Sie hielt inne und richtete ihre ungeheuer großen Augen auf Harriet. »Ein kleines Problem gibt es allerdings doch. Ich muss mich heute Morgen um halb zwölf mit Mr Parker treffen, um alles vorzubereiten.«

»Da haben wir doch eine Kostümprobe für den *Nussknacker*«, wandte Harriet ein.

»Genau. Darum musst du, Harriet, für mich eine Maus spielen«, sagte Marie-Claude.

»Oh, Marie-Claude, das kann ich nicht«, protestierte Harriet entsetzt. »Ich war noch nie eine Maus; ich kenne weder die Schritte noch wüsste ich sonst, was ich tun muss!«

»Es gibt keine Schritte«, sagte Marie-Claude verächtlich. »Man hüpft über die Bühne, läuft hin und her und beißt den Spielzeugsoldaten ins Bein.«

»Ich helfe dir, Harriet«, erbot sich Kirstin. Da sie ein wenig größer war als die anderen, war sie dazu verurteilt, ein Soldat zu sein, der mit seinem Holzschwert auf die angreifenden Nagetiere einschlug. »Außerdem wird die Probe das reinste Chaos sein; schon lange vor dem Mittagessen sind alle Tänzer die reinsten Nervenbündel.«

Und sie hatte die Wahrheit gesagt. Der *Nussknacker* war das einzige Ballett, in dem die Simonowa nicht auftrat, aber dass sie die Rolle der Zuckerfee an Mascha Repin abgetreten hatte, hieß noch lange nicht, dass sie das Feld räumte. Sie würde die Proben überwachen, sie würde ihre Erfahrung in den Dienst des jüngeren Mädchens stellen; sie würde *helfen.*

»*Bitte,* Harriet«, flehte Marie-Claude und legte Harriet eine Hand auf den Arm. »Ich würde mich ja an Olga wenden, aber sie hat sich heute Nacht übergeben, und die anderen russischen Mädchen sind so furchtbar pedantisch.«

Einer solchen Bitte konnte man sich natürlich nicht entziehen. Harriet mochte es zwar hassen, Monsieur Dubrow zu hintergehen, sie mochte sich vor den Konsequenzen ihres Tuns fürchten, aber es stand außer Frage, dass sie sich nicht weigern konnte, ihrer Freundin aus der Klemme zu helfen. So kam es, dass sie zwei Stunden später von Kopf bis Fuß in imitierten Pelz eingehüllt (und das bei deutlich über 30 Grad), das Gesicht verborgen unter einer Maske, als aufsässige und wirklich ziemlich unerfreuliche Maus die Bühne betrat.

Rom kam mit der kleinen Firefly in die Stadt und ging, nachdem er an seinem eigenen Steg festgemacht hatte, die Kaimauer entlang. Ein schneller Kontrollgang durch seine Lagerhäuser, und kaum eine Stunde später verließ er das Büro, überquerte die schmale Hafenstraße und stieg eine steile Treppenflucht hinauf, um durch eine blaue Tür in einer hohen Mauer die von Bougainvilleen überwucherte Casa Branca zu betreten.

Das Haus war klitzeklein – ein Spielzeughaus hoch über dem Gedränge der anderen Häuser über dem Fluss; ein weißes Kästchen mit blauen Läden und einer taschentuchgroßen Terrasse, auf der ein Feigenbaum stand. Eine ungewöhnliche Unterkunft für einen Gummibaron, aber es war das erste Heim, das Rom besessen hatte, und er hatte es behalten, da er es sehr nützlich fand, wenn er einmal eine Nacht in der Stadt verbringen musste. Carmen kümmerte sich um das Haus; Pedro fungierte als Chauffeur des Cadillacs, den er in einer der Garagen in der Nachbarschaft untergebracht hatte. Normalerweise kam keine Frau über die Schwelle der Casa Branca, aber er hatte beschlossen, dass er genau hier unter dem Feigenbaum in dem kleinen Hof mit Blick auf den Hafen Harriet bewirten wollte.

Er ging nach oben, um zu duschen, und eine Viertelstunde später schloss er einen der Nebeneingänge des Teatro Amazonas auf.

Dubrow, der die Probe auf der Bühne beobachtete, drehte sich um und erhob sich halb, als Rom sich auf den Stuhl neben ihm setzte.

»Sie hätten uns mitteilen sollen, dass wir Sie erwarten dürfen«, meinte er und fuhr sich mit der Hand durch das zerzauste Haar. »Die Simonowa hätte Sie sicher gern persönlich willkommen geheißen.«

»Ich bin hier, um Harriet zum Mittagessen auszuführen«, sagte Rom. »Wann, denken Sie, macht die Truppe Pause?«

»Es kann jetzt nicht mehr lange dauern.« Mr Verney interessierte sich also für Harriet. Schmeichelhaft, sehr schmeichelhaft. »Es wird ihr sicher guttun, ein wenig herauszukommen«, sagte der Impresario. »Sie arbeitet sehr hart.«

»Sie scheint wirklich mit großem Aplomb zu tanzen. Unter diesen Pelzen muss es ziemlich heiß sein.«

Dubrow lächelte nachsichtig. Mr Verney war ein Mann von beträchtlicher Intelligenz, aber kein Ballettkenner. »Harriet tanzt im Augenblick nicht. Später werden Sie sie sehen; sie ist eine Schneeflocke.«

»Wirklich? Ich hätte schwören können, dass sie die Maus da auf der rechten Seite ist, die gerade hinter dem Weihnachtsbaum hervorkommt. Die mit dem angeknabberten Ohr.«

Dubrow schüttelte entschieden den Kopf. »Das ist Marie-Claude. Es ist ein Verbrechen, so ein Mädchen in eine Maske zu stecken, aber was will man machen!«

Zu Dubrows relativer Überraschung quittierte die Simonowa die Nachricht von Harriets Verabredung zum Lunch mit großer Zufriedenheit.

»Das wird Mascha ärgern«, sagte sie nur. »Hast du nicht gemerkt, wie sie Verney gestern schöne Augen gemacht hat?«

Dubrow nickte. Mascha Repin hatte tatsächlich einige Anstrengungen unternommen, um Verneys Aufmerksamkeit auf sich zu lenken, aber das hatten alle anderen Frauen, die dort gewesen waren, ebenfalls getan.

Die Simonowa war nicht die Einzige, die sich mit Harriet über ihr Glück freute. Jeder in der Truppe gönnte es ihr. Und Harriet sah gut aus in ihrem blauen Rock und einer weißen Bluse.

Rom hatte recht gehabt. Harriet gefiel die Casa Branca tatsächlich sehr. Im Schatten des Feigenbaumes erwartete sie ein Mittagessen, während zu ihrem Entzücken der Fluss unten sich langsam belebte.

»Verraten Sie mir eins – waren Sie gerade eben eine Maus?«, fragte er. »Eine Maus mit einem eingerissenen Ohr?«

Sie blickte errötend auf. »Ja, das stimmt.«

Rom nickte. »Das habe ich mir doch gedacht. Dubrow war felsenfest davon überzeugt, es sei Marie-Claude gewesen, aber ich wusste, dass Sie es waren.«

Sie legte ihre Gabel weg. »Woher? Von mir war unter der Maske nichts mehr zu sehen. Woher wussten Sie trotzdem, dass ich es war?«

»Ich wusste es eben«, erwiderte Rom. Er ließ seine Worte ganz bewusst im Raum stehen … aber nicht lange. Er wollte sie auf keinen Fall mit irgendetwas ängstigen, wofür sie noch nicht bereit war.

Nun wurde es langsam Zeit, dass sie ihm ihre Bitte vortrug, denn er hatte nicht vergessen, dass diese Mahlzeit mit einem bestimmten Zweck verbunden war, und da er spürte, dass es ihr möglicherweise schwerfallen würde, einen Anfang zu finden, ergriff er die Initiative.

»Erzählen Sie es mir jetzt, Harriet. Erzählen Sie mir, warum Sie nach der Party auf Follina zurück geblieben sind. Worüber wollten Sie mit mir sprechen?«

Ihr Gesicht war plötzlich sehr ernst. Die Erwähnung seiner Vergangenheit erschien ihr nun noch unverschämter als am Tag zuvor. Er musste in jedem Land der Welt seine Kontakte haben, ganz bestimmt jedenfalls in England. Wenn er mit dem Ort, der einst sein Zuhause gewesen war, in Verbindung hätte bleiben wollen, wäre ihm das gewiss ein Leichtes gewesen. Um sich selbst Mut zu machen, beschwor sie noch einmal das Bild des rothaarigen kleinen Jungen im Labyrinth herauf, den das Unglück, das über sein Haus gekommen war, in solche Verzweiflung gestürzt hatte.

»Es geht um Stavely«, sagte sie mit leiser Stimme. »Stavely war der Grund, weshalb ich mit Ihnen reden wollte.«

»Stavely!«

Die Wirkung war enorm. Die Kameradschaftlichkeit, die Wärme, die zwischen ihnen geherrscht hatte, war in Sekundenschnelle verschwunden. Das dunkle exotische Gesicht wurde ausdruckslos, verschlossen. Aber für einen Rückzieher war es jetzt zu spät.

»Verzeihen Sie mir – aber Sie haben doch dort gelebt, oder? Als Kind?«

»Ja. Ich habe die ersten neunzehn Jahre meines Lebens dort verbracht.«

Sie nickte. »Ich wusste es doch. Als Sie aus dem Wäldchen kamen, wusste ich es.«

Er konnte sich keinen Reim auf das alles machen und verfolgte nachdenklich mit einem Finger das Muster des Tischtuchs. Von Stavely, wo Henry und Isobel seines Wissens nach in ungetrübtem Eheglück ihr Leben führten, konnte nichts kommen, das ihm nicht auf die eine oder andere Weise schmerzlich wäre.

»Ich weiß nicht, ob Sie davon gehört haben«, sagte Harriet, die sich zwingen musste fortzufahren, »aber die Dinge stehen sehr schlimm dort.«

»Nein, ich habe nichts davon gehört. In welcher Hinsicht?«

»Nun, das Haus ist ... heruntergekommen ... vernachlässigt; außer dem schrecklichen Mr Grunthorpe gibt es kaum einen Diener dort. Und der Garten – der Garten bricht einem fast das Herz. So wunderschöne Pflanzen, und alles überwuchert und ungepflegt.«

Er schob seinen Stuhl vom Tisch weg und erhob sich – mit solcher Heftigkeit, dass die einfache Geste etwas Gewalttätiges annahm – und entfernte sich ein paar Schritte, dorthin, wo der Feigenbaum seine Zweige über die Terrassenmauer wuchern ließ.

»Er hatte kein Recht dazu«, hörte sie ihn murmeln. »Nicht den Garten …« Und einen Augenblick lang lehnte er seinen Kopf gegen die glatte graue Borke, als sei er unendlich müde.

»Das war nicht nötig«, sagte er, nachdem er an den Tisch zurückgetreten war und sich hinter seinen Stuhl gestellt hatte. »Mein Vater hat ihm genug hinterlassen.«

»Ihr Vater?«

»Mein Vater war General Brandon. Ich bin sein Sohn aus zweiter Ehe.« Mit einer ungeduldigen Geste fuhr er fort: »Ich möchte nicht näher darauf eingehen; ich würde lediglich gern wissen, warum Sie hierhergekommen sind, um mir all das zu sagen. Warum *Sie,* Harriet?«

»Wegen Henry.«

Sie hatte den Blick gesenkt und den Kopf über den Tisch gebeugt, sodass sie nicht sah, wie seine Knöchel weiß hervortraten, während er die Stuhllehne umklammerte; auch das Erschrecken, das über sein Gesicht huschte, entging ihr völlig.

Henry! So deutlich, als stünde er hier vor ihm, sah Rom das selbstgefällige, bleiche Gesicht seines verhassten Stiefbruders. Henry, der ihn verraten hatte, der ihn hintergangen hatte …

»Ja, es war wegen Henry«, sagte Harriet. »Ich habe ihn bei einem Besuch auf Stavely kennengelernt, und ich mochte ihn so sehr. Ich glaube, ich habe ihn von Anfang an geliebt.« Ihre Stimme war unsagbar zärtlich. »Ich wollte ihm helfen.«

Rom konnte nicht sprechen. Sein Gesicht war, während er mit dem Schlag, den sie ihm versetzt hatte, fertig zu werden versuchte, fremd und grausam.

»Henry dachte, Sie könnten vielleicht hier sein.« Ihre Stimme war noch immer ganz verträumt bei der Erinnerung an ihn. »Wegen des Buches, das Sie Nannie dagelassen haben. Weil Sie früher pausenlos vom Amazonas gesprochen haben. Er sagte, wenn ich Sie fände, solle ich Sie bitten, doch heimzukommen. Er glaubte, Sie wären in der Lage, die Dinge auf Stavely wieder in Ordnung zu bringen. Seinetwegen bin ich überhaupt hierhergekommen«, endete Harriet. »Er hat mir den Mut dafür gegeben.«

Erst jetzt blickte sie auf. »Was ist denn geschehen?«, fragte sie mit stockender Stimme. »Was habe ich getan?«

Aber Rom hatte sich wieder unter Kontrolle. Sie hatte kaum zwei Minuten lang gesprochen, aber in dieser Zeit hatte er alles Gefühl, das sie in ihm geweckt hatte, aus seinem Herzen gerissen, jede Hoffnung darauf, dass seine Einsamkeit nun ein Ende hätte. Nur sein Zorn war geblieben – der Zorn, mit dem er seit dem Tod seiner Mutter auf jeden Verlust reagiert hatte.

»Lassen Sie mich das klarstellen, Harriet. Als Sie gestern Abend auf Follina geblieben sind, taten Sie das nur deshalb, um mir zu erzählen, was Sie mir gerade erzählt haben? Um sich für Henry Brandon einzusetzen?«

»Ja.« Vor Angst der Vernunft beraubt, die sie vielleicht beide gerettet hätte, wie betäubt vor Verwirrung, konnte sie nur antworten: »Ich wollte ihm helfen, ist das denn so schlimm? *Was habe ich getan?*«

»Nichts«, sagte er. »Sie haben nichts getan. Im Gegenteil, Sie haben Ihre Mission wunderbar erfüllt. Und jetzt gehen Sie bitte heim und erzählen Sie Ihrem Protegé, dass ich ihn lieber in der Hölle schmoren sehen will, bevor ich auch nur einen Finger krumm mache, um Stavely zu retten. Sagen Sie ihm das. Und jetzt wird Pedro Sie mit dem Wagen zurückbringen.« Und ohne ein Wort des Abschieds, ohne ein Händeschütteln war Rom Verney verschwunden.

Zwei Tage später wurde die allgewaltige Olga krank. Seit ihrer Ankunft war Dubrow unermüdlich durch den Speisesaal des Metropole patrouilliert und hatte jedem unter Androhung sofortiger Entlassung verboten, nicht abgekochtes Wasser zu trinken; er hatte Chinin verteilt, persönlich die Moskitonetze in den Schlafzimmern der Mädchen überprüft und alle Früchte konfisziert, die sie an den Obstkarren draußen auf der Straße gekauft hatten. Trotzdem hatten einige Mitglieder der Truppe über Magenschmerzen geklagt, und jetzt, drei Tage vor Ende der Spielzeit von *Schwanensee*, war Olga eindeutig zu krank, um tanzen zu können.

»Schon wieder siebzehn Schwäne«, sagte Grischa düster.

Aber viel ernster als die Unannehmlichkeit, die Choreographie für das Korps neu arrangieren zu müssen, war die Notwendigkeit, die Szene »Odette am Fenster« neu einzustudieren. Denn Olga war das Mädchen gewesen, das als Schwanenkönigin verkleidet mit ihrem weißen Tutu und der funkelnden Krone voller Angst vorm Fenster hin und her flattert, um dem Prinzen zu zeigen, dass man ihn überlistet hat – dass das Mädchen, das er gerade zu heiraten versprochen hatte, nicht die echte Odette war, sondern eine Betrügerin. Es ist nur eine kurze Szene, kaum drei Minuten insgesamt – und doch ist es selten, dass jemand das Theater verlässt, ohne sich an das Bild jener flehenden, vom Mondlicht beleuchteten Gestalt zu erinnern, der der Weg zu Glück und Liebe so grausam versperrt worden war.

»Kira ist ungefähr so groß wie du«, sagte Dubrow zur Simonowa, die auf der gelben Seidencouch in ihrem Ankleidezimmer lag und sich mit einem Fächer aus Straußenfedern Luft zufächelte.

»Unmöglich! Ich lasse mich doch nicht von einem Mädchen mit quadratischen Schenkeln vertreten!«

Dubrow seufzte. »Na gut, dann eben Lydia. Sie ist ein wenig größer als du, aber die Figur stimmt.«

Es entstand eine kurze Pause. Dann sagte die Ballerina: »Gib Harriet die Rolle.«

»Harriet?« Dubrow sah sie überrascht an. »Ich hatte nicht vor, ihr irgendetwas zusätzlich zu geben – sie ist erst so kurze Zeit dabei. Aber du hast recht, sie hat die gleiche Größe und auch die gleiche Figur wie du.«

»Sie wird wissen, was zu tun ist«, sagte die Simonowa.

»Ein bisschen zu gut vielleicht.«

»Ja.«

Harriet war mit einem so leeren, verlorenen Ausdruck von ihrem Rendezvous mit Verney heimgekehrt, dass Dubrow den gut aussehenden, großzügigen Mann am liebsten durchgeschüttelt hätte. Seit diesem Tag hatte sie, ohne ein Wort über die Geschehnisse zu verlieren, noch härter gearbeitet als zuvor. Mit ansehen zu müssen, wie sie wieder zu dem stillen, resignierten Mädchen wurde, das sie in Cambridge gewesen war, tat Dubrow in der Seele weh.

Als sie nun in das Büro des Impresarios gerufen wurde, war Harriet zutiefst beunruhigt. Hatte er schließlich doch herausgefunden, dass sie für Marie-Claude eingesprungen war?

»Sie sollen für Olga die Rolle des Schwans am Fenster übernehmen«, verkündete Dubrow und fügte dann mit fester Stimme hinzu: »Es ist nur eine ganz kleine Rolle, und Sie werden dafür natürlich keine zusätzlichen Vergünstigungen erhalten. Oder zusätzliche Bezahlung.«

»Oh!« Ihr mageres Gesicht leuchtete auf. Was auch geschehen mochte, sie hatte immer noch ihre Arbeit. »Aber warum ich – gewiss würde doch eine der anderen …?«

»Es war Madame Simonowas Vorschlag. Grischa wird Ihnen alles Notwendige nach dem Mittagessen zeigen. Dann werden wir einmal auf der Bühne proben, bevor die Vorstellung beginnt. Sie fangen heute Abend an.«

»Heute Abend! Ich kann nicht …«, begann sie zu protestieren, hielt dann aber sogleich inne. Denn sie konnte sehr wohl. Das war etwas, das sie wirklich *konnte.*

Harriet lernte ihre Schritte sehr schnell, und eine halbe Stunde später stand fest, dass sie zurechtkommen würde – tatsächlich gab es kein Mädchen im Korps, das mit dieser anspruchslosen Aufgabe nicht fertig geworden wäre.

Dennoch waren die Leute, die sie beobachteten, unzufrieden, jeder auf seine Art und Weise.

»Armes Kind! Es ist schlimm, wenn es einem so ergeht«, sagte die Simonowa. »Sie ist schrecklich, diese Liebe.« Und mit diesen Worten lehnte sie ihren Kopf mit ungewohnter Zärtlichkeit an Dubrows Schulter.

Marie-Claude war schlicht und ergreifend wütend, als sie Harriet ansprach, die sich in der Garderobe des Ensembles umzog.

»Es ist wirklich nicht nötig, sich so zu benehmen; es handelt sich doch lediglich um eine Probe, die ganze Szene spielt außerdem hinter Gazevorhängen, und es gibt noch nicht einmal mehr Geld dafür.«

»Wie benehme ich mich denn?«, fragte Harriet verwirrt.

»Das Leiden steht dir buchstäblich ins Gesicht geschrieben. Als stündest du wirklich draußen, verloren und erschrocken und voller Sehnsucht nach dem Glück, das dir verwehrt wurde, *et tout ça*. Das ist einfach nicht *nötig*«, schimpfte Marie-Claude.

»Du bist auf jeden Fall eine gute Schauspielerin, Harriet«, sagte Kirstin. »Dein Schmerz wirkt absolut echt.«

»Wirklich?« Harriet war überrascht. »Es ist nur so, dass ich weiß … wie es ist. Ich weiß, wie es ist, am Fenster zu stehen … draußen … und in ein hell erleuchtetes Zimmer zu schauen und niemanden erreichen zu können.«

»Du musst nur die Schritte beherrschen, alles andere ist überflüssig«, fuhr Marie-Claude sie an.

Und Marie-Claude sollte tatsächlich recht behalten, denn als Harriet an diesem Abend auf die Bühne kam, war sie nichts als eine ferne, im Halblicht verborgene Gestalt, die einen Augenblick später schon wieder verschwunden war – und der einzige Mann, der vielleicht gemerkt haben könnte, dass Harriet und nicht Olga vor dem Fenster zitterte und flehte, dieser Mann war hundert Meilen weit entfernt.

9

Rom hatte zunächst lediglich vorgehabt, ein paar Tage am Fluss zu verbringen, um die Erinnerung an jenen unglückseligen Lunch mit Harriet abzuschütteln. Er hatte das Boot mit den üblichen Geschenken – Angelhaken, Perlen und Medikamente – beladen und als Begleitung nur den schweigsamen, treuen Furo mitgenommen. So war er den Rio Negro hinaufgefahren, um zu einer Insel zu gelangen, wo die Baumorchideen in schier unglaublicher Fülle wuchsen und die schneeweißen Silberreiher ihre Nester bauten.

Dann hatte irgendetwas ihn veranlasst – er hatte nicht die geringste Ahnung, was es gewesen sein könnte –, stattdessen den Ombidos River hinaufzufahren. Schon lange kursierten Gerüchte über die ungeheure Misshandlung der Einheimischen durch die Männer, die die Ombidos-Gummigesellschaft betrieben. Und der Bericht, den de Silva ihm geschickt hatte, war eine beunruhigende Lektüre gewesen; aber Rom hatte zu viele Weltverbesserer und Journalisten erlebt, die bloß Kapital aus der schlechten Behandlung der Eingeborenen durch die Gummibarone schlugen. Außerdem wurde diese Firma ausschließlich von Brasilianern geführt. Rom mochte Ausbeuter gnadenlos bekämpfen, solange es sich um Europäer handelte, aber er mischte sich nicht in die Angelegenheiten seiner Gastgeber ein.

Am Ende des zweiten Tages jedoch tuckerte die Daisy May mit gleichmäßiger Geschwindigkeit von sieben Knoten den Ombidos hinauf. In der Nacht hatten sie, unter überhängenden Bäumen verborgen, in einer kleinen Bucht geankert. Am nächsten Morgen setzte Rom sich einen zerbeulten Sombrero auf, warf sich ein Gewehr über die Schulter und verschwand mit Taschen voller Kinkerlitzchen über einen Dschungelpfad in Richtung Dorf. Mit seinem Zweitagebart, seinem vom Motorenöl der Daisy May verschmierten Hemd konnte man ihn sehr wohl für einen armen weißen Händler halten, der gekommen war, um den Eingeborenen für eine Handvoll Perlen ihre geflochtenen Körbe oder die getrockneten Felle abzuluchsen.

Er war vierundzwanzig Stunden fort gewesen. Und danach hatte er nur noch gesprochen, um Furo Anweisungen zu geben, die sie so schnell wie möglich von diesem verfluchten Ort wegbrachten. Selbst jetzt, fünfzig Meilen weiter stromabwärts an einer Stelle, die so friedlich war, wie man es sich nur wünschen konnte, saß er noch immer wie betäubt da und konnte seine Gedanken nicht von dem Grauen abwenden, dessen Zeuge er geworden war.

»Es war also sehr schlimm?«, fragte Furo schließlich.

Rom atmete tief durch und wandte sich ihm zu.

»Ja.« Er nahm die Brandyflasche entgegen, die Furo ihm hingehalten hatte, und setzte sie an die Lippen, aber nichts konnte das, was er bei der Ombidos-Gesellschaft gesehen hatte, wegwischen. Er hatte geglaubt, das ganze Ausmaß der Grausamkeit, mit der die Männer die Einheimischen in ihrer irrsinnigen Gier nach Gummi behandelten, zu kennen ... unbarmherzige Peitschenhiebe, wenn die weißen Herren weniger *cahuchu* bekamen, als sie erwartet hatten; brutale Kerle mit Winchestern, die jeden gesunden Mann in einem Dorf zur Sklaverei zwangen ... Ihm selbst hatte einmal ein betrunkener Aufseher auf der

Madeira-Plantage eine der einheimischen Konkubinen der Männer angeboten, ein Mädchen von gerade neun Jahren …

Aber bevor er die Ombidos-Plantage sah, hatte er nicht gewusst, was Grausamkeit bedeutete. Und mit den Männern, die das getan hatten … all diese schrecklichen Dinge … hatte er gelacht und gescherzt. Keinen Einzigen von ihnen hatte er getötet, keinen Einzigen mit seinen bloßen Händen erwürgt, denn er musste zurückkehren und dafür sorgen, dass die Welt von diesen Gräueltaten erfuhr.

»Stimmt es, dass Berichte an den Minister in Rio gegangen sind, in denen die schlimme Lage in Ombidos erwähnt wird?«, erkundigte sich Furo, der seinen Herrn vertrauensvoll ansah.

»Ja, das stimmt. Antonio Alvarez, der Minister für Amazonien, müsste eigentlich informiert sein.«

»Und er kommt nach Manaus. Dann wird er doch nach Ombidos fahren und sich selbst ein Bild machen? Er wird die Dinge dort doch wieder in Ordnung bringen?«

Rom schüttelte den Kopf. »Er wird kommen, Furo. Er wird im Sportklub dinieren, mit dem Bürgermeister in Madame Anitas Bordell gehen und an der einen oder anderen Versammlung im Rathaus teilnehmen. Aber nach Ombidos wird er nicht fahren.«

Antonio Alvarez, ein Mann, der auf die sechzig zuging … Ein Gourmet, der mit einem französischen Koch reiste; ein Dandy, der ein ganzes Gefolge von Friseuren, Kammerdienern und Masseuren in seiner Villa in Rio untergebracht hatte … Nichts auf Gottes weiter Erde, dachte Rom, würde Alvarez dazu bringen, in dieses Rattenloch zu fahren. Es hieß, er sei früher einmal ganz anders gewesen – ein Idealist und Patriot –, aber das lag Jahrzehnte zurück. Irgendeine persönliche Tragödie hatte ihn angeblich zu dem Mann gemacht, der er jetzt war, dem Mann, den Rom kannte: verschlagen, mächtig, träge …

Dennoch konnten nur Alvarez und die Regierung, der er diente, mit diesem Morast, zu dem die Ombidos-Gummigesellschaft verkommen war, ein für alle Mal aufräumen. An der Gesellschaft waren keine ausländischen Aktionäre beteiligt: Unmöglich also, an das Gewissen Großbritanniens oder der Vereinigten Staaten zu appellieren.

»Soll ich die Hängematten jetzt vorbereiten, *Coronel*?«

Rom nickte. Aber noch lange, nachdem sein Diener eingeschlafen war, saß er am Ufer des von Mondlicht beschienenen Flusses und starrte ins Leere.

»Er wird doch hinfahren«, sagte er laut. »Er wird nach Ombidos fahren.«

Rom mochte den Sportklub von Manaus nicht und besuchte ihn so selten wie möglich. Die zu Beginn des Gummibooms im Kolonialstil erbaute Villa am Stadtrand vereinte in sich all die Dinge, die er in Europa am meisten verabscheute: Snobismus, reaktionäre Politik und eine anzügliche Einstellung gegenüber den Frauen, die von praktisch allen Veranstaltungen dort ausgeschlossen waren. Die schwere rote Plüscheinrichtung war hier in den Tropen ein absoluter Missgriff, das Essen mittelmäßig. Es gab sogar zwei alte Herren, Carstairs und Phillips, die direkt einem Witzblatt hätten entsprungen sein können; die beiden saßen stets an der Bar und lasen einander die Todesanzeigen aus der fünf Wochen alten *Times* vor.

Am Tag nach seiner Rückkehr von der Ombidos-Plantage fuhr Rom jedoch mit seinem Cadillac die Einfahrt hinauf, um mit Harry Parker das Diner zu besprechen, das in zwei Tagen zu Ehren von Alvarez im Sportklub stattfinden sollte. Er hatte sich nie der Illusion hingegeben, dieser Veranstaltung entgehen zu können; Alvarez, ein begeisterter Liebhaber von Frauen und gutem Essen, war ebenfalls ein Pflanzenliebhaber und hatte seinerzeit Follina besucht. Der Minister hatte ausdrücklich um seine Anwesenheit gebeten, und Rom hatte nicht die Absicht, ihn vor den Kopf zu stoßen. Er hatte jedoch gehofft, so wenig wie möglich in den Besuch hineingezogen zu werden. Jetzt hatte er seine Meinung geändert.

»Verney!«, sagte Harry Parker, der ihm entgegenkam, um ihn zu begrüßen. »Ich hatte gehört, Sie seien verreist, und ich gestehe, dass ich schon große Angst hatte, Sie könnten bis Samstag nicht zurück sein. Wir sind nämlich übereingekommen, dass irgendjemand zu Ehren des Ministers eine Rede halten sollte, nur eine kurze Ansprache vor den Toasts. Aber es muss natürlich auf Portugiesisch sein, und man hat sich einstimmig für Sie entschieden.«

»Ja, meinetwegen. Ich übernehme das.«

»Ach, das ist wirklich sehr liebenswürdig von Ihnen«, sagte Parker einigermaßen überrascht und ungeheuer erleichtert.

Gemeinsam gingen sie an den Tennisplätzen, am Swimmingpool und schließlich an dem neuen einstöckigen Holzhaus vorbei, das Parker auf dem Grundstück des Klubs hatte bauen lassen, um Besucher aufnehmen zu können, die es in den unaussprechlich scheußlichen Hotels der Goldenen Stadt nicht ausgehalten hatten. Rom interessierte sich denkbar wenig für Parkers Ansichten, aber er musste zugeben, dass der junge Mann – den man eigens aus England geholt hatte, um den Klub nach »britischen« Maßstäben zu führen – seine Sache gut machte.

»Ich möchte vor dem Diner kurz mit Alvarez unter vier Augen sprechen«, sagte Rom. »Richten Sie ihm bitte aus, dass ich mich vor meiner Rede auf den neuesten Stand bringen will, was seine Titel und Auszeichnungen betrifft. Können Sie das Raucherzimmer freihalten und uns dort einen Drink servieren?«

»Natürlich. Kein Problem. Ich kann Ihnen gar nicht sagen, wie dankbar ich dafür bin, dass Sie uns aus der Klemme helfen. Sie kennen den Burschen, nicht wahr?«

»Ja, er war vor einiger Zeit einmal draußen auf Follina. Er ist ein leidenschaftlicher Gärtner.«

»Ich habe da eine Kleinigkeit vorbereitet ... Sie wissen schon ... für hinterher«, meinte Parker. »Eine Überraschung. Der alte Herr hat ein Faible für Frauen, habe ich mir sagen lassen?«

»Ja.«

Aber wenn Parker gehofft hatte, Verney würde mehr über die »Überraschung« wissen wollen, so stand ihm eine Enttäuschung bevor. Seltsamer Bursche, dieser Rom Verney, dachte der Sekretär. Spielt mit den Frauen, hieß es, und diese Sängerin vor zwei Jahren war zweifellos das umwerfendste weibliche Wesen gewesen, das er je gesehen hatte. Andererseits schien sich Verney, wenn die Männer gewisse Geschichten erzählten oder ihre Eroberungen verglichen, immer in Luft aufzulösen.

»Kommen Sie, lassen Sie uns noch etwas trinken, bevor Sie nach Hause fahren«, schlug er vor.

In der Bar beugten sich Carstairs und Phillips über die leicht vergilbten Seiten der fünf Wochen alten *Times*. Carstairs las Phillips gerade die jüngste Ausbeute an Todesfällen vor.

»Arbuthnot tot!«, schrie er seinem Freund zu. »Erinnern Sie sich noch an ihn? Andy Arbuthnot. Dreiundsiebzig Jahre war er alt. Immer traurig, wenn jemand so jung stirbt.«

Phillips schüttelte sein spärlich behaartes Haupt. »Kann mich nicht erinnern an den Burschen. Aber sehen Sie mal diese Anzeige. Hier haben wir wirklich einen ganz jungen Mann. Brandon. Henry Brandon. Noch nie von ihm gehört. Erst achtunddreißig.«

»Jagdunfall, nehme ich an?«

»Kann nicht sein. Starb in Toulouse. Henry Brandon von Stavely Hall in Suffolk. In Toulouse wird doch nicht gejagt, oder?«

»Entschuldigen Sie bitte, aber dürfte ich kurz einen Blick in Ihre Zeitung werfen?«

Ein Ausdruck von Ungläubigkeit und Entrüstung verbreitete sich über das Gesicht des alten Herrn. Es hätte ihn weniger schockiert, wenn der Mann in sein Badezimmer gekommen wäre und darum gebeten hätte, einen Blick auf seine Frau werfen zu dürfen. Und dabei handelte es sich hier keinesfalls um einen Außenseiter. Der Mann war im Allgemeinen wohlgelitten: Verney, ein Mitglied des Klubs.

»Es ist die *Times,* wissen Sie«, sagte er, da er glaubte, Verney sei diese Tatsache nicht bewusst. »Sie ist gerade erst vom Schiff gekommen.«

»Ich weiß. Ich werde auch nicht lange brauchen. Sie haben einen Namen erwähnt, den ich zu kennen glaube.«

»Ah.« Nun, wenn der Bursche gerade einen persönlichen Verlust erlitten hatte, war die Sache natürlich nicht ganz so schlimm. Er reichte ihm die Zeitung und zeigte mit seinem rheumatischen Finger auf die Spalte mit den Todesmeldungen.

Während Rom den Eintrag studierte, herrschte völliges Schweigen.

Brandon: Am 3. Mai in Toulouse plötzlich verstorben. Henry Alexander St. John von Stavely Hall, Suffolk. Alter

38. Beerdigung privat. Es wird gebeten, von Blumenspenden abzusehen.

»Ein Freund von Ihnen?«, erkundigte sich Carstairs schließlich.

»Nein«, sagte Rom und gab die Zeitung zurück.

La Fille mal gardée ist ein hübsches, leichtes Ballett ohne die Tiefen von *Schwanensee* oder *Giselle*. Das Stück nimmt ein glückliches Ende: Das Dorfmädchen Lise bekommt ihren hübschen jungen Bauern; der törichte, reiche Verehrer zieht sich verwirrt zurück. Das Ganze ist garniert mit Erntefesten, Tänzen mit bunten Bändern und natürlich den Hühnern mit ihren *échappés.*

Aber im letzten Akt kommt es zu einer ungewöhnlich bewegenden Pantomime, die sich zu einem Klassiker entwickelt hat. Es ist die Szene, da die Heldin – von ihrer strengen Mutter im Haus eingesperrt – in ihrer Phantasie die Zukunft erlebt, die sie sich an der Seite ihres Liebsten erhofft.

Und gerade diese Passage probte die Simonowa, während Harriet – die eigentlich anderswo hätte sein müssen – in den Kulissen stand, unfähig, sich von dem, was sie sah, loszureißen. Fast eine Woche war vergangen, seit Verney sich in der Casa Branca voller Zorn von ihr getrennt hatte, und der Schmerz über seine Zurückweisung schien nie mehr ganz vergehen zu wollen. Aber jetzt, während sie der älteren Tänzerin zusah, vergaß sie sich selbst und ihren Kummer vollkommen … und sah, wie die hagere, adlergesichtige Frau sich in ein zitterndes junges Mädchen verwandelte … sah, wie sie voller Ehrfurcht ihr Hochzeitskleid anzog … sah sie ihren Erstgeborenen aus seinem Bettchen nehmen und ihn in ihren Armen wiegen …

Auf der Bühne befanden sich keinerlei Kulissen, und als

einzige Begleitung spielte die alte Irena Petrowna mit ihrer Zigarette im Mund auf einem Klavier. Die Simonowa trug ein zerschlissenes Übungskleid und ein scheußliches Haarband, aber es war alles da: die Schönheit des Ehelebens und seine wunderbare und feierliche Alltäglichkeit.

»Also wirklich! Was haben Sie denn hier zu suchen? Das ist keine Probe für das Korps!«

Die Ballerina war bei ihrem schwungvollen Abgang von der Bühne auf Harriet gestoßen.

»Es tut mir leid, Madame ... aber ich musste einfach zusehen«, sagte Harriet, während sie sich von ihrem Knicks erhob. »Sie waren ...« Sie schüttelte verwundert den Kopf. »Ich werde es nie vergessen. Niemals! Es wirkte so einfach ... Es ist nicht einmal richtig getanzt.«

»Und ob es getanzt ist«, sagte die Simonowa. »Dass Sie sich da nur ja nicht irren! Jeder Finger tanzt.« Einen Augenblick lang schaute sie in Harriets verzücktes Gesicht. »Vielleicht werde ich es Ihnen eines Tages beibringen, wer weiß?« Sie tätschelte Harriets Wange, riss ihre Begleiterin hinter sich her und war auch schon verschwunden – aber ihre Worte sangen in Harriets Kopf. Es hatte natürlich nichts zu bedeuten, das Ganze war nur Unfug; sie würde nie die Lise sein. Aber wenn ich doch nur ein einziges Mal in meinem Leben diese Pantomime tanzen könnte, dachte Harriet – und bewegte sich noch immer wie im Traum über die leere, stille Bühne.

Und so kam es, dass Rom, der sich auf die Suche nach ihr gemacht hatte, nun in den Kulissen stand und ihr zusah, so wie sie zuvor der Simonowa zugesehen hatte. Er hatte sich dieses Mädchen, das Henry gehört hatte, aus dem Kopf geschlagen: Jetzt würde er nichts weiter tun, als ihr die Nachricht von Henrys Tod möglichst schonend beizubringen und sie dann allein zu lassen.

Harriet summte leise vor sich hin und versuchte, sich zu erinnern ... Nachdem die Simonowa in der Kirche die Hand nach dem Ring ihres Liebsten ausgestreckt hatte – hatte sie sich da zum Gebet niedergekniet? Nein, gewiss hatte sie nach oben geschaut und ihren Kopf zum Brautkuss in den Nacken gelegt. Ja, natürlich hatte sie das getan. Sie hatte ihren Schleier zurückgeschoben, sich umgedreht, den Kopf in den Nacken gelegt ...

Also drehte auch Harriet sich um, legte den Kopf in den Nacken ... und sah Verney in der Dunkelheit stehen.

»Ich muss mit Ihnen sprechen, Harriet.« Seine Worte klangen schroff, und seine Miene war reserviert. »Wir können in das Zimmer der Gönnergemeinschaft gehen; dort wird sich im Augenblick wohl niemand aufhalten.«

Er führte sie durch eine mit Stoff bespannte Tür, einen Flur entlang ... eine Treppe hinauf und schließlich in einen reich vertäfelten Raum, der ganz von einem Tisch aus Satinholz beherrscht wurde.

»Setzen Sie sich.«

Sie setzte sich gehorsam nieder und sah sehr klein aus in einem der zwölf hochlehnigen, geschnitzten Stühle – wie eine eifrige Schülerin vor einem Prüfungsausschuss.

»Was ich zu sagen habe, wird Sie sicher sehr traurig machen«, begann er. »Aber ich hatte das Gefühl, Sie sollten davon erfahren, solange Sie noch hier draußen sind und eine Chance haben ... ein wenig zu vergessen. Henry ist tot, Harriet. Henry Brandon. Er starb eine Woche, nachdem Sie England verlassen haben.«

Ihr Reaktion war schlimmer als alles, was er befürchtet hatte. Die Farbe wich aus ihrem Gesicht, und sie sank in dem hohen Stuhl zusammen. Sie war zutiefst erschüttert.

»Nein ... o nein, er *kann* nicht tot sein! Der liebe Gott würde das nicht ...«

Sie hatte ihn also wirklich geliebt, diesen bleichen, hinterhältigen Betrüger, dachte Rom und bemerkte gleichzeitig mit einer Art distanzierter Überraschung das Ausmaß seiner eigenen Erbärmlichkeit.

»Ich fürchte, es ist die Wahrheit, Harriet. Ich habe nach England gekabelt, um sicherzugehen.«

»Aber er war vollkommen gesund, als ich mit ihm gesprochen habe … Er war im Labyrinth … Er hat in Ihrem Buch gelesen«, sagte sie außer sich vor Schmerz. »Er hat Sie so sehr bewundert.« Ihr Mund begann zu zittern, und sie biss sich in dem verzweifelten Versuch, nicht die Beherrschung zu verlieren, auf die Lippen. »Wie ist er gestorben?«, konnte sie noch hervorbringen. »Was ist passiert?«

Er hatte beschlossen, es ihr nur zu verraten, wenn sie ausdrücklich danach fragte. »Er hat sich erschossen.«

Ihr Kopf fuhr in die Höhe. »*Erschossen?* Aber das ist doch unmöglich! Wie kann ein kleines Kind sich erschießen? Hat man ihn im Waffenzimmer spielen lassen? Nicht einmal dieser schreckliche Mr Grunthorpe könnte ihn dort allein …«

»Einen Augenblick!« Rom holte tief Luft. »Harriet, ich spreche von Henry Brandon, dem Besitzer von Stavely – Isobels Ehemann. Einem Mann von achtunddreißig Jahren.«

»Einem Mann? Oh, ich nehme an, das ist sein Vater. Ich habe ihn nie kennengelernt. Mein Henry wird im Juni acht.« Als ihr plötzlich die Bedeutung dessen, was Rom gesagt hatte, klar wurde, ging eine Verwandlung in ihr vor. »Es ist also alles gut? Meinem Henry geht es gut?«

»Ja, ich bin sicher, dass es ihm gut geht. Wir werden trotzdem ein Kabel schicken, aber es gibt nicht den leisesten Grund, etwas anderes zu vermuten.« Er war stehen geblieben, da er eine gewisse Distanz von ihrer Trauer benötigt hatte. Jetzt zog er sich einen Stuhl heran, um sich neben sie zu setzen. »Ich wusste nicht, dass es dort ein Kind gab«, sagte er langsam. »Ich habe sorgfältig darauf geachtet, nichts zu erfahren, das irgendwie mit Stavely zu tun hatte. Als Sie von Ihrer Begegnung mit Henry sprachen ... davon, dass Sie ihn liebten ... dachte ich, Sie meinten meinen Bruder. Den Mann, der gerade gestorben ist.«

Sie schaute verblüfft zu ihm auf. »Aber den habe ich doch nie kennengelernt! Und wenn es so wäre, würde ich ganz gewiss nicht um Hilfe für einen Mann gebeten haben, der seine Familie im Stich gelassen hat. Das ginge mich nichts an ... Nun, es geht mich vermutlich auch so nichts an. Aber wenn Sie Henry gesehen hätten – meinen Henry –, er hatte alle seine Milchzähne verloren und machte sich Sorgen, weil er eine Brille tragen muss, und er hatte dieses Bild von Ihnen im Kopf. Ich glaube, der Gedanke an Sie hat ihn irgendwie aufrechterhalten.«

Sie schwieg nun, da ihr plötzlich bewusst geworden war, wie recht das Kind gehabt hatte. Rom könnte Stavely tatsächlich retten; er könnte alles und jeden retten, wenn er nur wollte.

»Ja, ich verstehe«, sagte er ein wenig kläglich. »Ich hätte nachdenken sollen – es war eigentlich ganz offensichtlich –, aber ich war zu wütend. Ich habe keinen Grund, meinen Halbbruder zu mögen.« Es entstand eine kurze Pause. Dann fuhr er fort: »Haben Sie Isobel Brandon kennengelernt?«

»Ich habe sie einen Moment lang durch eine offene Tür gesehen. Sie war sehr erregt und sehr schön.«

»Ja, ich kann mir denken, dass sie immer noch schön ist.« Er sah sich nach irgendetwas um, das ihm helfen könnte durchzustehen, was ihm nun bevorstand, fand

Harriets Hand und hielt sie fest – mit dem Gefühl, ein Recht darauf zu haben. »Ich glaube, es ist an der Zeit, dass ich Ihnen von meiner Jugend auf Stavely erzähle. Ich war früher einmal mit Isobel verlobt, müssen Sie wissen.«

Dann begann er zu sprechen, und während der nun folgenden Stunde hielt er mit nichts zurück.

Harriet erfuhr von seiner Kindheit, seiner Verehrung für seinen Vater, der Einsamkeit, die er nach dem Tod seiner Mutter empfand. Noch nicht einmal jetzt vermochte er, ohne Hass von seinem Bruder zu sprechen, aber die Zeit, die seit damals vergangen war, machte es ihm möglich, Isobel gegenüber fair zu sein. Er betonte ihre Jugend, die Qualen, die sie ausgestanden hatte, als ihr Großvater bankrott ging und sie plötzlich arm war.

»Damals sah ich nur ihren Verrat«, sagte er. »Jetzt weiß ich, dass sie sehr gelitten haben muss. Ich hatte zu viel erwartet von einem so jungen Menschen.«

»Nein.« Harriets Widerspruch war kaum hörbar.

»Ich stand plötzlich ohne einen Pfennig da, ohne Zukunft; sie wollte Sicherheit.«

Dann erzählte er Harriet von der Freundlichkeit Madeleine de la Tours, von seinen ersten Abenteuern auf dem Fluss. Aber der stärkste Eindruck, den Harriet aus diesem Gespräch mitnahm, war das Bild einer Frau, schön und von hoher Geburt, die er leidenschaftlich geliebt hatte – einer Frau, die seiner eigenen Welt angehörte –, und das Bild eines Anwesens, zu dem es ihn noch immer hinzog. Und sie begriff, dass sie mit ihrer Bitte, Isobels Kind zu helfen, gleichzeitig um Hilfe für Isobel selbst gebeten hatte. Isobel, deren erste – und gewiss auch letzte – Liebe er gewesen war.

10

Es tut mir leid«, stieß Henry mit leiser, krächzender Stimme hervor. Das Sprechen schmerzte ihn, sein Kopf hämmerte, und obwohl die Nonnen die Läden der hohen Fenster des Sanatoriums geschlossen hatten, stach ihm ein Sonnenstrahl, der durch einen Riss im Holz drang, wie ein Dolch in die Augen.

»Es tut mir so schrecklich leid, dass ich krank geworden bin«, sagte Henry zu seiner Mutter.

»Sei doch nicht albern, Henry«, erwiderte Isobel, die an seinem Bett saß. »Es ist nicht deine Schuld.«

Aber es fiel ihr schwer, ihre Ungeduld zu verbergen. Oh, warum habe ich den Jungen nur mitgenommen, dachte Isobel zum hundertsten Mal. Es war unerträglich, hier in Belem festzusitzen und noch immer tausend Meilen auf dem Amazonas vor sich zu haben. Henry hatte sich bei der Atlantiküberquerung gut gehalten, das musste sie zugeben. Er hatte sich trotz der sprachlichen Verständigungsprobleme mit der portugiesischen Mannschaft angefreundet und seine Mutter nicht übermäßig belästigt – was ein wahrer Segen war. Denn der einzige andere britische Passagier, ein ziemlich lächerlicher Insektenforscher, war nicht im Mindesten hilfreich gewesen, wenn es darum ging, das Kind irgendwie zu beschäftigen. Dr Finch-Dutton hatte sich nur allzu gern als ehemaliger Besucher Stavelys zu erkennen gegeben, aber als es dann darum ging, Henrys Fragen zu beantworten oder sich sonst irgendwie nützlich zu machen, fand seine Begeisterung rasch ein Ende. Und als sie sich schließlich der brasilianischen Küste näherten, ließ es sich beim besten Willen nicht mehr verbergen, dass Henry krank war.

Der Schiffsarzt der Vasco da Gama, der die tödlichen Fieberkrankheiten, die in diesem Teil der Welt wüteten, nur allzu gut kannte, hatte am Tag, bevor sie in Belem anlegten, mit unverhohlener Erleichterung endlich die typischen weißen Flecken in Henrys Mund entdeckt.

»Masern, Madame, ganz ohne Zweifel«, sagte er in hervorragendem Englisch. »Sie müssen unendlich erleichtert sein …«

»Ja, in der Tat. So können wir gleich nach Manaus weiterreisen. Dort habe ich Freunde –«

»Weiterreisen!« Der Arzt war schockiert. »Aber auf keinen Fall! Es kann gar keine Rede davon sein, dass Sie das Kind in dieser Hitze den Strapazen der Reise auf dem Fluss aussetzen. Er braucht sorgfältige Pflege. Ich hoffe, es wird keine Komplikationen geben, aber eine Beeinträchtigung der Augen oder der Brust kann man nie ganz ausschließen. Wir werden die Nonnen vom Herzen Jesu bitten, ihn aufzunehmen. Es sind exzellente Krankenschwestern, und ich glaube nicht, dass sie das Kind abweisen würden.«

Und die Nonnen hatten Henry mit seinen tränenden Augen und vierzig Grad Fieber tatsächlich nicht abgewiesen.

»Mir geht es wirklich gut.« Wieder erklang Henrys gequältes Krächzen aus dem hohen weißen Bett. »Du musst nicht bei mir bleiben.«

»Ich werde bleiben, bis Schwester Concepcion zurückkommt«, sagte Isobel. Aber gleichzeitig holte sie verstohlen ihre Uhr aus der Tasche und warf einen Blick darauf. Es gab nichts, was sie für Henry hätte tun können – seine

Pflege lag ganz in den Händen der Nonnen –, und dieser Umstand zog die Stunden an seinem Bett beträchtlich in die Länge.

Wie unansehnlich er ausschaute, der arme Bengel. Der Ausschlag hatte seinen Höhepunkt erreicht; sein vom Schweiß verdunkeltes Haar klebte ihm an der Kopfhaut. Die Nonnen hatten ihm die Brille abgenommen, und die triefenden grauen Augen waren stark geschwollen. Würde sein Anblick Rom nicht abstoßen? Außerdem war Henry das Kind eines Mannes, den zu verabscheuen er allen Grund hatte. Sie hatte ihren Auftritt vor Rom so oft geprobt – hilflos, ein wenig zerknirscht, an der Hand ihr schutzloses Kind.

Aber kein Kind, das so aussah wie Henry jetzt.

O Gott, so kurz vor dem Ziel aufgehalten zu werden war schier unerträglich! Hätte sie Rom vielleicht doch eine Nachricht schicken sollen? Sie hätte Dr Finch-Dutton darum bitten können, der, so schien es ihr, weitergereist war, ohne sich besonders um das Schicksal seiner hier gestrandeten Landsmännin zu kümmern. Nein ... Ihr Instinkt sagte ihr, dass sie Rom überraschen musste. Wenn er im Voraus von ihrem Erscheinen wüsste, würde er sich vielleicht weigern, sie zu empfangen; sie hatte sein Gesicht an jenem letzten Tag auf Stavely nicht vergessen. Es war eine kluge Entscheidung gewesen, den Grund für ihre Reise geheim zu halten, selbst vor dem Kind.

Henry drehte seinen schmerzenden Kopf auf dem Kissen hin und her. Er konnte die Ungeduld seiner Mutter genauso deutlich spüren, als liefe sie im Zimmer auf und ab oder als knabberte sie an ihren Fingernägeln. Es war schrecklich, dass er seine Mutter, die ihn zu einem richtigen Abenteuer mitgenommen hatte, so im Stich ließ. Aber es ging ja nicht nur darum, dass er ihr die Reise verdorben hatte. Obwohl sie nichts davon erwähnt hatte, wusste Henry, warum seine Mutter so ungeduldig war – sie wollte schnellstens weiterkommen, um den geheimen Jungen zu finden. Er hatte von Anfang an gewusst, dass er es war, nach dem sie suchten. Auf dem Wäschekorb hatte sein Name gestanden, und er war tatsächlich am Amazonas, so wie Henry vermutet hatte. Plötzlich hatte es seiner Mutter nichts mehr ausgemacht, von ihm zu sprechen – im Gegenteil, sie hatte sogar selbst den Wunsch dazu verspürt –, und die Geschichten, die sie ihm erzählte, waren viel besser als die seiner alten Nannie.

Die ganze Zeit über, während sie sich auf die Reise vorbereitet hatten, war seine Mutter guter Laune gewesen, hatte viel geredet und gelacht und dabei so wunderschön ausgesehen in ihren schwarzen Kleidern. Selbst als diese Leute kamen und die Schilder aufstellten, auf denen stand, dass Stavely zu verkaufen war, schien ihr das nichts auszumachen. »Wir fahren einfach in Ferien«, hatte sie immer wiedcr gesagt, aber Henry wusste es besser.

Und jetzt hatte er alles verdorben. Ein Hustenkrampf packte ihn, qualvoll und trocken. Es war wirklich seltsam, dass einem alles gleichzeitig wehtun konnte: der Kopf, die Brust, der Hals, ja, sogar die hinteren Seiten der Beine …

Ob es etwas half, wenn er seiner Mutter erzählte, dass alles gut war? Dass der »geheime Junge« wahrscheinlich bereits gefunden war und wusste, wie sehr sie ihn brauchten? Harriet hatte versprochen, ihn zu suchen, und er vertraute Harriet. Bisher hatte er nichts gesagt, da er den Grund für ihre Reise nicht kennen durfte, aber jetzt schien ihm, dass alles andere besser war, als seine Mutter so besorgt zu sehen.

Er räusperte sich. »Es wird alles gut«, sagte er. »Wegen Harriet. Harriet hat ihn bestimmt schon gefunden.«

»Wen gefunden?«

»Den geheimen Jungen.« Obwohl sein Idol mittlerweile ein erwachsener Mann war und einen Namen hatte, hielt Henry immer noch an dem alten Ausdruck fest.

»Harriet?« Die scharfe Stimme seiner Mutter ließ Henry die Augen schließen. »Wer ist Harriet?«

»Sie war im Labyrinth.« Henry war jetzt sehr müde. »Mit den Teedamen. Nur dass sie keine Teedame war, sie war ein Mädchen.«

»Und was hat sie mit all dem zu tun?«

Henry befeuchtete sich seine rissigen Lippen. »Sie sagte, sie würde zum Amazonas reisen ... und ich habe gefragt, ob sie ihn suchen würde und ihm erzählen ... von Stavely. Und sie sagte, sie würde es tun.«

»Was für eine Art von Mädchen? Erwachsen?«

»Ja.« Unter seinen Augenlidern sah Henry Harriet, wie sie im Labyrinth vor ihm gestanden und ihn so liebevoll angesehen hatte. Er konnte sie in ihrer weißen Bluse und dem blauen Rock, mit ihrem herzlichen Lächeln immer noch vor sich sehen. »Sie war wunderhübsch«, sagte Henry.

Heißer Zorn bemächtigte sich Isobels. Sie erinnerte sich jetzt daran, flüchtig ein junges Mädchen gesehen zu haben, das zusammen mit den abscheulichen alten Jungfern und den herausgeputzten Matronen durch Stavely getrampelt war. Sie hatte einen Augenblick im Flur gestanden und in ihr Zimmer gespäht. Natürlich war sie nicht hübsch gewesen; ein völlig nichtssagendes Geschöpf, aber jung – achtzehn Jahre alt vielleicht.

Dieses unglückselige Kind. Was hatte es jetzt wieder angestellt? Henry hatte damals Roms Namen nicht gekannt und konnte ihr kaum viel erzählt haben, aber ein entschlossenes Mädchen, das sich nach einem Engländer von

Roms Wohlstand und Status erkundigte, würde ihn wohl mühelos finden und konnte sich den Weg in sein Haus erschleichen. Wenn sie Rom nun in trautem Beisammensein mit irgendeinem affektierten englischen Mädchen vorfand, was dann?

»Du hattest absolut kein Recht, das zu tun, Henry«, sagte Isobel. »Unsere Angelegenheiten einer Fremden gegenüber herauszuposaunen. Ich schäme mich für dich.«

Eine Träne stahl sich zwischen Henrys Augenlidern hervor und rollte seine Wange herunter. Er würde immer alles falsch machen – *immer*. Nun, wenigstens tränten einem die Augen bei Masern ohnehin andauernd. Niemand konnte beweisen, dass man weinte, dachte Henry und drehte sein Gesicht zur Wand.

11

Wie versprochen, kabelte Rom noch einmal an MacPherson, seinen Bevollmächtigten in London, um sich nach den Bewohnern von Stavely zu erkundigen. Die Antwort gab keinerlei Anlass zur Besorgnis. Mrs Brandon und ihr Sohn erfreuten sich wahrscheinlich bester Gesundheit und hielten sich derzeit irgendwo in Übersee auf. MacPherson hatte jedoch noch eine andere Information für ihn gehabt, die Rom nun Anlass zum Grübeln gab, während er, den Rücken seinem überfüllten Büro zugewandt, aus dem Fenster zum Fluss hinunterschaute. Dann verfasste er noch ein weiteres Kabel, bevor er sich auf den Weg zum Theater machte, um sich an den Darbietungen der Dubrow-Balletttruppe zu erfreuen.

Obwohl es üblich war, dass der Vorsitzende der Gönnergemeinschaft des Opernhauses ein fremdes Ensemble einmal auf Follina empfing, war es doch ganz unüblich, dass er auch Exkursionen zu den Tumura-Fällen organisierte, der »Hochzeit der Wasser«, sowie zu Inseln, auf denen scharlachfarbene Ibisse zu Hunderten nisteten. Niemand, angefangen von der Simonowa persönlich bis hin zu der einfältigsten kleinen Russin, ließ sich über die Beweggründe für diese Ausflüge täuschen – niemand außer Harriet selbst. Rom war ganz froh darüber, denn seine Hauptsorge war, seine Macht über sie nicht auszunutzen, sie nicht zu bedrängen oder zu hetzen, jung wie sie war.

Am Tag, bevor Alvarez in Manaus erwartet wurde, organisierte Rom einen Ausflug zu einem Urwaldsee, dessen Oberfläche von den riesigen Blättern und den päonienartigen Blüten der Königlichen Seerose bedeckt war; ein stiller, verwunschener Ort unter weit überhängenden Bäumen.

»Wunderbar!«, rief die Simonowa, die in der ersten und luxuriösesten der von Rom gemieteten Kutschen saß und es nicht für nötig erachtete auszusteigen, sondern mit einer herrischen Geste dafür sorgte, dass Dubrow und Grischa ebenfalls sitzen blieben.

»Ich wünschte, jemand würde sich auf ein Blatt stellen!«, verkündete Maximow. Er hatte der gutmütigen Kirstin ein Stativ und verschiedene Schachteln aufgeladen und richtete seine Kamera nun auf eins der tischgroßen Blätter mit dem nach oben gebogenen Rand.

Sein Wunsch stieß auf nur mäßige Begeisterung. Olga verzog die Lippen und murmelte einen Fluch, die anderen Russinnen zogen sich vorsichtig zurück – und Marie-Claude sah den *premier danseur* ungläubig an. Sie war bester Laune. Die Vasco da Gama, die am Morgen im Hafen eingelaufen war, hatte ihr einen überaus aufregenden Brief von Vincent gebracht. Er hatte den perfekten Platz für das Restaurant gefunden: eine alte *auberge* in den Ausläufern der Alpes Maritimes, deren Besitzer sich am Ende des Jahres zur Ruhe setzen wollten. Vincent hatte geschrieben, dass er nur eine ganz kleine Summe als Anzahlung benötigte, um sich das Vorkaufsrecht zu sichern, und diese Summe hoffte er in wenigen Monaten zusammenzubekommen, wenn er ein wenig Glück mit den Trinkgeldern hatte. Das Wissen, dass er das Geld nach ihrem Tortensprung am Samstag auf jeden Fall haben würde, ganz gleich, ob er mit den Trinkgeldern Glück hatte oder nicht, dieses Wissen hatte Marie-Claude ungemein glücklich gemacht – aber doch nicht so glücklich, dass sie bereit war, ihr hauchdünnes weißes Kleid zu riskieren, indem sie sich auf ein Blatt stellte.

Harriet wartete ab, ob eines der anderen Mädchen das Wagnis eingehen würde. Dann sagte sie: »Soll ich? Ich könnte es versuchen …«

Sie raffte ihren Rock zusammen und trat vorsichtig auf das Blatt, das ihr am nächsten war, und von dort auf ein größeres. Sie war kaum schwerer als ein Kind, und das Blatt hielt ihrem Gewicht stand. Unter lautem Applaus von Lubotzki und den Mädchen hob sie die Arme, nahm die klassische Pose des geflügelten Merkur ein und lächelte Maximow schüchtern zu, während dieser sich über seinen Bildsucher beugte. Und Rom, der neben der Kutsche stand, in der die Simonowa saß, stellte eine Frage, vor der er bisher zurückgeschreckt war, als könnte die Antwort zu schmerzlich sein.

»Hat sie eine Zukunft als Tänzerin?«, fragte er. »Eine ernsthafte Zukunft?«

Dubrow und die Simonowa tauschten einen Blick, aber es war Grischa, der antwortete.

»Als sie zu uns kam, dachten wir, es sei zu spät. Sie war viel zu dilettantisch. Wir glauben es zwar immer noch, sind uns aber nicht mehr ganz so sicher.«

»Ich verstehe«, sagte Rom.

»Tschort!«, rief die Simonowa. »Sie geht unter!«

Augenblicklich stand Rom neben Harriet. »Springen Sie!«, sagte er, und sie sprang lachend und ungerührt in seine Arme.

»Du hast dir dein Kleid verdorben«, schimpfte Marie-Claude, denn Harriet war fast bis zu den Knien nass.

»Tante Louisas Kleider kann man nicht verderben«, sagte Harriet. »Das ist ihr einziger Vorteil.«

»Es hätten Piranhas im Wasser sein können!«, schalt Lubotzki erschrocken.

»Wirklich?«, fragte Harriet Rom.

»Unwahrscheinlich.« Aber es war nicht ganz so unwahrscheinlich; bei dem See handelte es sich um ein stehendes und recht tiefes Gewässer. Sie hat beinahe zu wenig Angst, dachte er, fühlt sich an diesem Ort beinahe zu sicher.

Sie picknickten stilgerecht und fuhren entspannt und wohlgelaunt zu der Abendvorstellung zurück. Rom, der der Simonowa auf dem Hinweg pflichtschuldigst Gesellschaft geleistet hatte, legte den Rückweg mit Harriet und ihren Freundinnen zurück und ergötzte sich an den Erzählungen der unverwüstlichen Marie-Claude, die den anderen ihre Zukunft als Restaurantbesitzerin hinter einer großen schwarzen Kasse ausmalte.

Ihre Kutsche war die erste, die auf den Platz vor dem Hotel Metropole einbog.

»Oh, halt! Stehen bleiben! Bitte nicht weiterfahren!« Es war Harriets Stimme, aber kaum mehr erkennbar. Sie hatte sich auf ihren Sitz zusammengekauert, bedeckte ihr Gesicht mit den Händen und sank nun, beinahe außer sich vor Angst, langsam zu Boden.

»Was ist los? Was ist denn geschehen?« Rom war ratlos. Konnte dies das Mädchen sein, das gerade noch auf Seerosenblättern getanzt hatte?

»Dieser Mann da drüben … er darf mich nicht sehen! Oh, können wir nicht umdrehen? Bitte … *Bitte* …«

Rom blickte aus dem Kutschenfenster. Ein von der Hitze erröteter Mann in einem zerknitterten Leinenanzug saß in einer Droschke auf der anderen Straßenseite. Um ihn herum türmte sich sein Gepäck: ein Überseekoffer, eine Anzahl von Schmetterlingsnetzen und verschiedene Reisetaschen. Sein Gesichtsausdruck war verzweifelt, und er hatte offensichtlich eine heftige Auseinandersetzung mit dem Kutscher, der ihm mit beständigem Schulterzucken und weit ausholenden Armbewegungen bedeutete, dass er nichts von dem, was er sagte, verstand und sich im Übrigen auch nicht dafür interessierte.

Für Rom war es ein vertrautes Bild: Ein Mann, der gerade von einem Dampfer gekommen war, vor dem unerklärlichen Mangel an Hotels in der Goldenen Stadt kapituliert hatte und nun nicht wusste, wohin er in der Nacht sein Haupt betten konnte – aber was fand Harriet daran so entsetzlich?

»Das ist Edward«, sagte sie, während sie ein Schluchzen zu unterdrücken versuchte. »Er ist gekommen, um mich nach Hause zu holen – wahrscheinlich hat mein Vater ihn geschickt.«

»Ist er ein Verwandter?«

»Nein. Sie wollen zwar, dass ich ihn heirate, aber das hätte ich nie getan. Die Tatsache, dass er hier ist, bedeutet allerdings, dass sie wissen, wo ich bin – vielleicht ist mein Vater auch mitgekommen. O Gott, es kann doch nicht einfach alles vorbei sein, noch nicht!«

»Das reicht, Harriet.« Rom legte bewusst eine gewisse Härte in seine Stimme. »Er scheint allein zu sein, und Sie haben Freunde hier – er kann Sie kaum mit Gewalt nach Hause schleppen.«

»Wir helfen dir! Wir verstecken dich!«, rief Marie-Claude.

Rom ignorierte dieses noble Anerbieten, so wie er Harriets Entsetzen ignoriert hatte.

»Lassen Sie mich eines klarstellen, Harriet. Waren Sie mit ihm verlobt?«

»Nein!«

»Und er hat keinerlei juristische Macht über Sie?«

»Nein, aber …«

»Gut, dann haben wir nichts zu befürchten.« Er beugte sich vor und gab dem Fahrer neue Anweisungen. »Die Kutsche wird um die Ecke fahren und Sie zum Hintereingang des Hotels bringen. In der Zwischenzeit«, sagte Rom, während er die Kutschentür öffnete, »werde ich mich mit Ihrem Freund bekannt machen.«

»Guten Tag.« Rom stand jetzt neben Edward und sah ihn mit belustigter Freundlichkeit an. »Kann ich Ihnen irgendwie behilflich sein? Haben Sie Schwierigkeiten?«

»Oh, wahrhaftig! Ja! Das ist wirklich anständig von Ihnen. Hätte nicht erwartet, hier einen Landsmann zu finden«, sagte Edward. »Mein Name ist Finch-Dutton – Dr Finch-Dutton aus Cambridge. Ehrlich gesagt, ich stecke ein wenig in der Klemme. Ich bin gerade von der Vasco da Gama gekommen und habe den ganzen Nachmittag damit zugebracht, durch die Stadt zu kutschieren, um irgendein Hotelzimmer zu finden. Ich habe es im Hotel Metropole versucht, aber das ist bis zum Dach ausgebucht, genauso wie das Europa – nicht, dass ich dort auch nur einen Hund unterbringen würde. Aber dann hat mich dieser Schuft hier« – er funkelte den Kutscher, der eifrig damit beschäftigt war, Melonenkerne auf die Straße zu spucken, wütend an – »zu einem Haus gefahren, von dem er *behauptet* hat, es sei ein Hotel …« Aber an dieser Stelle brach Edward ab, denn er sah sich außerstande, von dem zu sprechen, was ihm widerfahren war, als er bei Madame Anita nach einem Zimmer gefragt hatte. »Und jetzt hat er die Absicht, mich mitsamt meinem Gepäck hier stehen zu lassen und mir eine absolut haarsträubende Summe zu berechnen, die zu zahlen ich nicht die geringste Absicht habe.«

Rom drehte sich um und stieß, an den Droschkenkutscher gerichtet, ein halbes Dutzend schneller Sätze hervor, die den Mann augenscheinlich unterwürfig machten. Dann wandte er sich wieder an Edward. »Vielleicht kann ich Ihnen helfen. Mein Name ist übrigens Verney. Ich bin gerade auf dem Weg zum Sportklub, wo eine Nachricht für mich hinterlegt wurde. Der Klub ist eine ganz gute Adresse, wird von einem Engländer geleitet – Harry Parker. Er nimmt gelegentlich auch Reisende dort auf, für ein paar Tage – Teilnehmer an Expeditionen oder ähnliche Personen. Ich kann Ihnen nichts versprechen, aber ich glaube schon, dass er Sie unterbringen könnte. Sie sind Zoologe, wie ich sehe«, meinte Rom weiter, während er dem Kutscher Anweisungen gab und über Edwards Sammelausrüstung und den großen Koffer kletterte.

»Ja, das stimmt, mein Spezialgebiet ist die Entomologie. Insbesondere die *Aphaniptera*. Flöhe«, erklärte Edward weiter. »Ich bin Fellow beim College von St. Philip.«

»Also werden Sie eine Weile bleiben?«

»Ja … Nun, nicht allzu lange, hoffe ich. Ich meine …«

Er sah den Mann, der ihm zu Hilfe gekommen war, an. Gut aussehend; ein bisschen fremdländisch, aber seiner Stimme und seiner Kleidung nach zu urteilen durch und durch Gentleman. Und der Taxifahrer war in seiner Gegenwart unleugbar unterwürfig geworden. Also sagte Edward, der sein Geheimnis während der langen Reise mannhaft für sich behalten hatte, nun: »Ich darf Ihnen anvertrauen, dass ich auch noch aus einem ganz anderen Grund hier bin – nicht nur, um Insekten zu sammeln. Ich suche nach einem Mädchen, das von zu Hause ausgerissen ist. Eine schreckliche Geschichte. Ihr Vater ist Professor für klassische Philologie, und ich … nun, war vor dieser Geschichte selbst an dem Mädchen interessiert. Jetzt natürlich nicht mehr«, fügte er hastig hinzu. »Wir glauben, dass sie mit einer Balletttruppe weggelaufen ist, die hier im Opernhaus auftritt. Sobald ich ein Zimmer gefunden habe und meine Sachen losgeworden bin, werde ich mich daranmachen, Erkundigungen einzuziehen.«

»Wie heißt sie?«

Edward zögerte, aber das Gesicht seines Retters, der jetzt aus dem Fenster der Kutsche auf die Straße schaute, zeigte lediglich höfliches und überaus beiläufiges Interesse.

»Harriet Morton. Aber das bleibt natürlich unter uns.«

»Nun, sie könnte tatsächlich hier sein«, meinte Rom träge. »Soviel ich weiß, sind allerdings alle Tänzerinnen der Truppe Russinnen. Aber trotzdem könnte ich Ihnen vielleicht helfen. Ich bin zufällig der Vorsitzende der Gönnergemeinschaft des Opernhauses, und der Direktor würde mir möglicherweise Informationen geben, die er einem Unbekannten vorenthalten würde. Die Mädchen werden sehr streng behütet, müssen Sie wissen.«

»Also wirklich, das wäre überaus freundlich von Ihnen! Es ist nur zu ihrem Besten – sie *muss* nach Hause gebracht und die ganze Sache so gut wie möglich vertuscht werden.«

Rom drehte sich um. »Vertuscht?«, fragte er überrascht. »Man würde doch eher erwarten, dass die Eltern sich damit brüsten, dass es ihrer Tochter gelungen ist, ein Engagement bei einer so berühmten Truppe zu bekommen.«

Bevor Edward diese unerwartete Bemerkung verdauen konnte, hatten sie auch schon den Klub erreicht. Harry Parker hieß sie willkommen, und Roms Fürsprache sicherte Edward eines der Zimmer im Gästehaus, einem Nebengebäude des Klubs.

»Ich werde Sie jetzt allein lassen, damit Sie sich häuslich einrichten können«, sagte Rom, »und ich werde sehen, was ich für Sie herausfinden kann. Das Wichtigste ist, dass Sie nicht am Bühneneingang herumhängen oder selbst ins Theater gehen. Monsieur Dubrow hat nämlich die Neigung, irgendwelchen Verehrern, die sich vorm Bühneneingang herumtreiben, die Polizei auf den Hals zu hetzen!«

Während er noch Edwards Dankesbekundungen abwehrte, kletterte er wieder in die Droschke und ließ sich zum Theater fahren.

»Nun«, sagte Dubrow, »wie ist die Lage?« Die Nachricht von Harriets Verfolger hatte sich wie ein Steppenfeuer im Theater verbreitet.

»Er ist tatsächlich hinter Harriet her und hat Anweisung, sie nach Hause zu bringen. Wie Sie vielleicht gehört haben, hatte er früher die Absicht, sich mit ihr zu verloben. Er hat aber keinerlei juristische Gewalt über sie und ist überdies ein ziemlicher Esel. Wenn wir ihn ruhig halten können, sehe ich keinen Grund, warum Harriet ihre Tournee nicht in Frieden zu Ende führen sollte ... Und dann werden wir weitersehen.«

Dubrow blickte ihn neugierig an. »Darf ich fragen, warum Sie sich so für Harriets Ballettkarriere einsetzen, wenn sie ...«

Er ließ den Satz unvollendet, aber Rom tat nicht so, als hätte er ihn missverstanden.

»Ich möchte, dass sie eine Wahl hat. Sie ist achtzehn, Dubrow, und ich will nicht, dass sie zu mir kommt, weil sie nirgendwo sonst hingehen könnte. Ich bin jedoch ganz sicher, dass wir die Sache regeln können – lediglich, wenn ihr Vater Anweisung gibt, sie zu repatriieren, könnten wir gewisse Schwierigkeiten haben, aber ich wüsste nicht, warum er das veranlassen sollte. Er scheint doch überaus erpicht darauf zu sein, einen Skandal zu vermeiden. Wenn er aber das Gesetz zu Hilfe ruft, wird ihm das kaum mehr möglich sein. Ich habe übrigens eine Idee, die vielleicht funktionieren könnte. Wenn Madame Simonowa uns helfen würde …?«

Nachdem er Dubrow seinen Plan geschildert hatte, brach dieser in schallendes Gelächter aus. »Nun, ein Versuch schadet nichts. Werden Sie mit Harriet sprechen? Sie ist sehr aufgeregt.«

»Ja, ich spreche mit Harriet.«

Sie war bereits für ihre Rolle in *La Fille mal gardée* gekleidet – ein weißes Dirndl mit spitzem Mieder, eine blaue Schürze und ein blaues Halstuch.

»Sie sehen bezaubernd aus. Dieses Blau ist der perfekte Hintergrund für Ihre Augen.«

Sie versuchte zu lächeln, aber ihr Gesicht verriet ihre jämmerliche Angst.

»Ist er … Weiß er, wo ich bin?«

»Noch nicht, aber er wird es bald erfahren, denn ich werde es ihm erzählen!«

»O nein! O bitte, bitte, nein!« Sie legte ihm flehentlich eine Hand auf den Arm. »Ich weiß, dass es nicht für alle Zeit so weitergehen kann … glücklich zu sein … aber doch wenigstens noch ein kleines Weilchen!«

»Harriet, Sie können sich nicht Tag und Nacht verstecken, solange es ihm beliebt, Ihnen auf den Fersen zu bleiben. Er scheint ein sehr beharrlicher und sturer junger Mann zu sein. Ich denke, es wäre viel besser, wenn wir sozusagen den Spieß umdrehen würden.«

»Aber wie? Ich verstehe Sie nicht. Wie sollen wir das machen?«

»Überlassen Sie mir das. Und fassen Sie Mut, mein törichter kleiner Schwan. Sie sind so kühn, planschen zwischen den Piranhas herum und lassen sich von einem solchen Esel einschüchtern!«

»Ich habe nicht vor ihm Angst, sondern vor meinem Vater. Ich bin noch minderjährig, wissen Sie, und wenn er ...«

»Aber er wird nicht; dafür werden wir schon sorgen. Sie werden zur festgesetzten Zeit nach England zurückkehren, und das mit hocherhobenem Haupt – wenn es das ist, was Sie wollen. Vielleicht bekommen Sie sogar den Segen Ihres Vaters für Ihre Karriere als Tänzerin.«

»Nein ... niemals! Sie wissen nicht, wie er ist.« Sie versuchte ein Lächeln. »Ich muss gehen. Schauen Sie sich die Vorstellung an? Nein, natürlich nicht, Sie haben ja die Premiere gesehen.«

»Ich werde trotzdem da sein und den Atem anhalten, während Sie zusammen mit allen anderen Mädchen Ihre Bänder schwingen.« Er hob eine Ecke ihres Halstuchs hoch. »Sie sollten Blau tragen«, sagte er. Und fügte trotz bester Vorsätze hinzu: »Sie *werden* Blau tragen«, bevor er sie wieder allein ließ.

Edward saß mit Harry Parker und einigen der Stammkunden in der Bar, als ein Diener mit einer Botschaft kam, die besagte, Mr Verney würde sich freuen, wenn Mr Finch-Dutton sich um acht Uhr in seiner Loge im Theater einfände.

»Oho«, sagte Harry Parker, »das ist wirklich eine Ehre. Verney lädt so gut wie nie jemanden in seine Loge ein.«

»Ja, aber ich habe keinen Frack dabei«, sagte Edward, während er nervös mit den Fingern an seinem schwarzen Binder zupfte.

»Wenn Sie mit Verney zusammen sind, könnten Sie genauso gut Knickerbocker tragen«, meinte Harry Parker.

»In seiner Gesellschaft können Sie überhaupt nichts falsch machen.«

Edward hatte das Opernhaus bereits bei seiner fruchtlosen Suche nach einem Hotel flüchtig gesehen, aber jetzt raubten ihm die ungemeine Pracht des Foyers, die glänzend gekleideten und reich mit Schmuck behangenen Besucher geradezu den Atem.

»Ah, da sind Sie ja!« Rom löste sich aus einer Gruppe von Freunden und ging auf ihn zu. »Wir haben nur ein paar Minuten Zeit. Sie kommen besser mit in meine Loge, wo wir ungestört reden können.« Und während sie sich auf den Weg machten, fuhr er schon fort: »Ihr Mädchen ist tatsächlich hier. Sie tritt unter dem Namen Natascha Alexandrowna auf, aber es kann keinen Zweifel daran geben, dass sie das Mädchen ist, nach dem Sie suchen; ich habe mich bei Dubrow erkundigt. Aber Sie müssen sehr vorsichtig sein: Ihr Erscheinen hier könnte sie in eine äußerst unangenehme Lage bringen.«

»Sie?«, fragte Edward ungläubig und stolperte über eine Marmorstufe.

»Natürlich sie. Die leiseste Andeutung, dass ein Mann hinter ihr her ist, könnte ihre Position in der Truppe ernsthaft gefährden. Verehrer sind den Mädchen streng verboten, und Madame Simonowa ist, was diesen Punkt angeht, außerordentlich kleinlich.«

»Aber ich bin nicht hinter ihr her! Ich versuche, sie zu retten!«, rief Edward.

»So sollten Sie das der Truppe oder irgendjemandem aus dem Publikum gegenüber besser nicht ausdrücken. Ich fürchte, Professor Morton unterliegt einem Missverständnis bezüglich –« Er brach ab. »Ah, da kommen die Sternows!« Mit diesen Worten führte er Edward zu seinen Freunden hinüber. »Gestatten Sie mir, Ihnen

Dr Finch-Dutton vorzustellen, der gerade aus England gekommen ist. Graf und Gräfin Sternow und Komtess Sophie.«

Als sie endlich Verneys Loge betraten, war Edward ganz schwindelig. Die Gräfin hatte ihn beiseitegenommen, um ihm zu gestehen, dass ihre sechzehnjährige Tochter völlig verrückt nach dem Ballett sei und dass es ihr nahezu das Herz gebrochen habe, dass sie wegen einer Unregelmäßigkeit ihrer Zehen nicht in die Dubrow-Truppe hatte eintreten können. Eine junge Engländerin, Mrs Bennett, hatte ihm zu seinem Glück gratuliert, diese unnahbaren und ganz ihrer Kunst verschriebenen Tänzerinnen auf der Bühne sehen zu dürfen. War es möglich, dass sich der Professor tatsächlich irrte, was den Status von Ballettmädchen in der feinen Gesellschaft betraf, fragte Edward sich, der natürlich nicht wusste, dass Roms Freunde jederzeit viel mehr für ihn getan hätten, als einem Fremden ein paar harmlose Lügen aufzutischen.

Aber jetzt trat der Dirigent ans Pult, die Hauslichter erloschen, und alle Gedanken fielen von Edward ab bis auf einen einzigen. Nach der langen, erschöpfenden Reise, dem Kummer und dem Zorn, den er ihretwegen verspürt hatte, würde er Harriet jetzt endlich wiedersehen.

Der Vorhang hob sich, und dahinter kam ein Bauernhof zum Vorschein mit einem Hühnerballett, dem Harriet nicht angehörte … Eine komische Dame, die in Wirklichkeit ein Mann war, schalt ihre Tochter, weil sie mit einem hübschen Bauern getanzt hatte … Das Ganze war ziemlich ausgelassen, und die Melodien klangen hübsch.

Jetzt kam eine Reihe Dorfmädchen auf die Bühne, um mit der Heldin zu tanzen. Hübsche Mädchen in weißen Kleidern, verschiedenfarbigen Schürzen und Halstüchern.

»Nun, was halten Sie von Ihrer Freundin?«, flüsterte Rom. »Dubrow ist sehr zufrieden mit ihr.«

Edward runzelte konzentriert die Stirn. Demnach musste Harriet auf der Bühne sein – bei so vielen Dorfmädchen hätte ihn alles andere auch gewundert. Er beugte sich vor, um die sich stets ändernden, miteinander verschwimmenden Muster, die die Mädchen mit ihren wirbelnden Röcken bildeten, genau zu studieren. Ganz am Ende auf der rechten Seite fand er ein dünnes Mädchen mit braunem Haar, aber es stand auch eins direkt vorne auf der Bühne, und ein drittes verschwand gerade hinter einem Heuwagen.

»Es fällt mir *doch* etwas schwer, herauszufinden, welche von ihnen sie ist. Ich habe keine Übung darin«, sagte er hilflos.

Rom warf ihm einen verächtlichen Blick zu und reichte ihm sein Opernglas. Aber das Glas machte die Dinge nur noch schlimmer. Man erwischte hier einen Kopf und da einen Arm, und dann war das Mädchen plötzlich wieder verschwunden. Edward verfolgte bald diese Tänzerin, bald jene, bevor er Rom das Glas schließlich mit einem trostlosen Kopfschütteln zurückgab.

»Sie ist das Mädchen mit dem dunkelroten Halstuch«, sagte Rom boshaft.

»O ja. Ja, natürlich! Jetzt sehe ich sie«, erwiderte Edward dankbar.

Und für den Rest des Abends hatte Rom die Befriedigung zu sehen, wie dieser Trottel, der sich angeblich für Harriet interessierte, hingebungsvoll jeden Schritt verfolgte, den Olga Narukow auf der Bühne tat.

Wie erwartet, bereitete es Rom keinerlei Schwierigkeiten, das Mittagessen zu arrangieren, mit dem Edward ein für alle Mal auf seinen Platz verwiesen werden sollte. In jeder Ballerina schwelt die Überzeugung, dass sie auch eine große Schauspielerin ist; Rom musste der Simonowa seinen Plan nur kurz umreißen, da fing sie auch schon an, über ihr Kostüm nachzudenken und ihren Untergebenen Anweisungen zu erteilen. Und als er am Mittag mit einer Kiste Châteauneuf-du-Pape als kleine Aufmerksamkeit ins Theater zurückkehrte, hatte sie die Verwandlung von einer glamourösen Ballerina in eine gestrenge *dueña* bereits vollzogen.

»Die Mädchen wissen, was sie zu tun haben«, sagte sie, »und alles ist bereit. Mein Kleid ist genau richtig, meinen Sie nicht auch?«

»Und ob ich das meine.«

Die Simonowa war bis zum Hals in Schwarz gehüllt; ein schwarzer Hut mit einem Schleier verbarg ihr Gesicht, und auf dem Stuhl neben ihr lag ein Sonnenschirm mit einem schwarzen Jetgriff. Einen Augenblick lang neigte er seinen Kopf über ihre Hand. »Ich bin Ihnen aufrichtig dankbar, Madame. Nicht jeder hätte sich für ein Mädchen aus dem Korps solche Mühe gemacht.«

Die Simonowa zuckte mit den Achseln. »Sie ist ein liebes Kind ... obwohl sie *nicht* Nataschas Ohren hat«, murmelte sie rätselhafterweise und segelte hinaus auf den Korridor, wo sie den Mädchen mit ohrenbetäubender Lautstärke ihre Anweisungen zurief.

Rom hatte kurz zuvor im Klub angerufen, um Edward vorzubereiten. »Diese Einladung ist eine große Ehre, das verstehen Sie doch, oder? Ja, ich wüsste nicht, dass es bisher überhaupt irgendjemandem gestattet war, mit Madame und den Mädchen zu Mittag zu speisen.« Dann machte er sich daran, Edward zu ermahnen, äußerste Sorgfalt in der Wahl seiner Worte walten zu lassen und nur ja nicht zu erwähnen, dass er im Sportklub wohnte, was gewiss als Zeichen einer gewissen Leichtlebigkeit gewertet werden würde.

»Ich persönlich«, beteuerte Rom, »erwähne den Damen meiner Bekanntschaft gegenüber niemals meine Verbindung mit dem Klub.« Eine Bemerkung, die ausnahmsweise einmal der Wahrheit entsprach.

So kam es, dass Edward um Viertel vor eins – in seinem neuen leichten Anzug – zum Theater aufbrach. Hundertmal hatte er sich seine erste Begegnung mit Harriet vorgestellt. Er hatte sie mutterseelenallein in einer Hütte vor sich gesehen, in einem skandalös kurzen Kleid in den Kulissen oder zusammen mit einem reichen Beschützer in einer Kutsche. Aber nicht im Traum hatte er sich vorgestellt, sie in einer Zweierreihe zusammen mit zwanzig anderen Mädchen den Opernplatz überqueren zu sehen mit einem Strohhut auf dem Kopf und einem langärmeligen Foulardkleid, im Schlepptau einer Ehrfurcht gebietenden Frau in Schwarz und eines wohlbeleibten Gentleman im Gehrock.

Edward ging auf die kleine Prozession zu und lüftete den Hut.

»Ah, Sie sind Dr Dunch-Fitton«, bemerkte die Simonowa. Während sie ihn nun mit ihren kohlschwarzen Augen von oben bis unten musterte, blieb der ganze Trupp hinter ihr stehen. »Mr Verney hat sich dafür verwendet, Sie mit uns zu Mittag speisen zu lassen, aber es kommt natürlich nicht infrage, dass meine Mädchen in Begleitung eines Mannes durch die Stadt laufen. Sie dürfen sich uns in zehn Minuten im Restaurant Guida anschließen. Selbstverständlich in geschlossener Gesellschaft.«

Der verdutzte Edward konnte den Mädchen, die Seite an Seite mit geöffneten Sonnenschirmchen und gesenktem Blick über den Platz gingen, nur sprachlos nachschauen.

Im Restaurant hatte man Verneys Anweisungen bis ins letzte Detail befolgt. Ein von den übrigen Gästen des Hauses vollkommen abgeschirmter Speisesaal war für sie vorbereitet worden; auf den weiß gedeckten Tischen prangten jungfräulich weiße Blumen, und ein Porträt von Carmen, die zu Füßen ihres Matadors ihr Leben aushaucht, war einer Madonna mit Kind gewichen.

Unter dem strengen Blick der Simonowa traten die Mädchen eins nach dem anderen ein. Edward, der mittlerweile, verwirrt und verschwitzt, ebenfalls eingetroffen war, erhielt die Erlaubnis, zur Linken der Simonowa Platz zu nehmen mit Harriet zu seiner Rechten. Ihm gegenüber saßen Marie-Claude und Kirstin; die übrigen Plätze belegten die jungen Russinnen.

Der erste Gang wurde serviert: Platten mit scharf gewürzten Garnelen in einer dampfenden aromatischen Soße. Edward, der großen Hunger hatte, beugte sich vor.

»Wir wollen das Tischgebet sprechen«, sagte die Simonowa.

Man erhob sich. Die folgenden zehn Minuten waren einem alten russischen Dankgebet gewidmet. Und die ungewöhnlichen Anhängsel, mit denen die Ballerina die feierlichen und einfachen Worte ausschmückte, erheiterten Lydia dermaßen, dass sie in ihr Taschentuch kichern musste. Eine Missetat, die Olga mit einem kräftigen Tritt im Keim erstickte. Dann nahmen alle wieder Platz, und Edward warf einen hoffnungsvollen Blick auf die Garnelen.

»Und jetzt du bitte, Harriet.«

Also erhob man sich abermals, und Harriet faltete die Hände. *»Oculi omnium in te respiciunt, Domine«*, begann sie – und so kam es, dass die ersten Worte, die Edward von dem liederlichen Mädchen zu hören bekam, jene waren, die jeder Mahlzeit am Hohen Tisch in St. Philip vorangingen.

Harriet hatte schreckliche Angst vor dieser Begegnung gehabt, aber die unglaubliche Weise, wie die ganze Truppe ihr zu Hilfe kam – und noch mehr Roms schneller Händedruck zu Beginn des Ganzen –, hatten ihr den Mut gegeben, ihre Rolle zu spielen, und als sie endlich alle saßen, drehte sie sich zu Edward um und sagte gefasst: »Ich hoffe, meinem Vater geht es gut?«

»Nein, Harriet, leider nicht. Ihr Verhalten hat ihn zutiefst bekümmert. Wie konnten Sie nur einfach ausreißen?«

»Ausreißen?« Die Simonowa, die Ohren hatte wie ein Luchs, nahm seine Worte auf und sah ihn mit gerunzelter Stirn an. »Natascha Alexandrowna ist nicht ausgerissen. Sie wurde berufen!«

»Wir alle sind berufen worden«, sagte Kirstin. Ihr sanftes, trauriges Gesicht und ihre freundlichen blauen Augen verfehlten ihren Eindruck auf Edward nicht. »Viele von uns haben gerungen, aber Gott war zu stark.«

»Es ist eine echte Berufung«, erklärte die Simonowa. »Nonnen und Tänzerinnen sind Schwestern. Wir geben alles auf: Freunde, Familie, Liebe …« Ihr Blick verirrte sich für einen kurzen Moment zu Dubrow. »Vor allem die Liebe!«

Edward, der für den Augenblick völlig aus dem Konzept geraten war, versuchte es noch einmal. »Ja, aber … ich meine, der arme Professor Morton …« stammelte er. »Die Sorgen … Und natürlich hatte ich selbst das Gefühl …«

»Ja gewiss, Ihre Gefühle; das ist sehr verständlich. Als Teresa von Ávila ihr Heim verließ, muss sie viele damit bekümmert haben. Ja, wenn eine reine junge Seele sich höheren Dingen weiht – dem Tanz, der Kirche –, fließen immer Tränen.«

Das Zwischengericht wurde serviert und frisches Mineralwasser in die Gläser eingeschenkt.

»Es gefällt Ihnen also hier?«, erkundigte sich Edward, der sich nun wieder einmal Harriet zuwandte, und es gab ihm einen Stich ins Herz, feststellen zu müssen, dass nach allem, was sie getan hatte, ihre Ohren immer noch genauso zwischen den weichen Strähnen ihres Haares hervorlugten wie damals in der Kapelle des King's College.

»In einer Hinsicht gefällt es mir«, sagte Harriet mit sorgfältig gewählten Worten. »Es ist ein großes Privileg, unter Madames Schutz zu stehen. Aber natürlich fehlt mir die Freiheit von Cambridge.« Sie spähte unter ihren Wimpern hervor, um festzustellen, ob sie zu weit gegangen war, aber auf Edwards Gesicht war noch keine Spur von Ungläubigkeit zu erkennen.

»Die Freiheit?«

»Nun, in Cambridge hat meine Tante Louisa mir manchmal gestattet, allein spazieren zu gehen, und ich durfte auch gelegentlich zum Tee zu meinen Freundinnen. Hier wäre so etwas undenkbar. Wir werden Tag und Nacht bewacht und behütet. Aber ich habe das Gefühl, diese Einschränkungen hinnehmen zu müssen, da ich weiß, dass sie nur zu meinem Besten sind.«

»Aber Harriet … ich meine, Sie kommen doch mit mir nach Hause, oder?«, fragte Edward, dessen langes Gesicht plötzlich noch länger schien. Schlagartig wurde ihm klar, dass ihm die ganze Sache entglitten war, dass sein Plan, sie – in Schande und als reuige Sünderin – nach Hause zurückzubringen, irgendwie fehlgeschlagen war.

Die Mahlzeit endete, wie sie begonnen hatte, mit einem

Tischgebet, und die Simonowa schickte sich an, Edward mit huldvollen Worten zu entlassen.

»So, Dr Dinch-Futton, morgen ist ein besonderer Ruhetag für die Mädchen, währenddessen wir uns auf den *Nussknacker* vorbereiten. Der Komponist Tschaikowsky ist uns heilig, und jedwede Frivolitäten wären undenkbar. Aber da Mr Verney uns Ihres guten Charakters versichert hat, dürfen Sie Harriet ausnahmsweise zwischen halb fünf und fünf eine halbe Stunde lang sehen – natürlich in Anwesenheit einer Anstandsdame.«

Und ehe Edward sich's versah, waren die Handschuhe angezogen, die Sonnenschirme geöffnet, und immer zwei zu zwei schritten die Mädchen über den Platz davon.

Sein Mittagessen mit der Balletttruppe ließ Edward in tiefer Verwirrung zurück. Er ging zur Post, um ein Kabel an die Mortons abzuschicken, und probierte mindestens fünf verschiedene Varianten aus, bevor er sich für folgenden Wortlaut entschied: *Harriet in Sicherheit, weitere Einzelheiten folgen.* Das würde die Mortons zumindest beruhigen und ihm Zeit geben nachzudenken. Denn natürlich musste er Harriet in das Haus ihres Vaters zurückbringen – nur wusste er nicht recht, wie er das bewerkstelligen sollte.

»Glauben Sie, ich sollte die ganze Sache dem britischen Konsul vortragen?«, hatte Edward Verney gefragt. Aber anscheinend befand sich der Konsul zurzeit in São Paulo, und Verney riet ihm ganz entschieden davon ab, die Angelegenheit selbst in die Hand zu nehmen. »Ganz ehrlich, wenn Sie versuchen würden, sie zu zwingen, mit Ihnen nach England zurückzukehren, würde man Ihnen unterstellen, dass Sie sie aus persönlichen Gründen entführen, und es ist durchaus möglich, dass Sie sich im Gefängnis wiederfinden würden. Warum konzentrieren Sie sich nicht lieber auf Ihre Arbeit, wo Sie schon einmal hier sind? Außerdem geht bis zur nächsten Woche sowieso kein Schiff mehr. Ich würde mich glücklich schätzen, Ihnen ein Transportmittel zur Verfügung stellen zu dürfen und Ihnen auch sonst in jeder Weise zu helfen.«

Edward war geneigt, seinen Rat anzunehmen. Er hatte mittlerweile hier in Manaus Insekten gesehen und auch erbeutet, von denen er in Cambridge nur hatte träumen können.

Seine Begegnung mit Harriet am nächsten Tag bestätigte nur den Eindruck, den er schon bei ihrem gemeinsamen Mittagessen gewonnen hatte: dass sie so streng bewacht wurde wie eine Novizin im Kloster. Harriet war höflich und freundlich gewesen, aber es lag auf der Hand, dass nichts weniger als brutale Gewalt sie dazu würde bewegen können, die Truppe zu verlassen, und im Augenblick sah er keine Rechtfertigung für ein solches Vorgehen und auch keine Erfolgsaussichten für den Fall, dass er es versuchen sollte.

Aufgrund dieser Überlegungen fühlte Edward sich frei, die Einladung von zwei deutschen Zoologen anzunehmen, die am vergangenen Abend ebenfalls im Nebengebäude des Klubs Quartier bezogen hatten; sie wollten eine Expedition in ein Tal oberhalb der Tumura-Fälle unternehmen. Auch wenn er den fabelhaften Insektenwurm *Peripatus,* das fehlende Glied zwischen Insekten und Würmern, nicht finden würde, war er doch gewiss, seine Sammlung auf eine Weise bereichern zu können, die den Leiter seiner Abteilung begeistern und den Aufwand der Reise lohnen würde.

»Sie sehen also«, sagte Rom, der am Morgen von Alvarez' Ankunft Harriet einen Besuch abstattete, »die Sache lässt sich ganz wunderbar an. Mit etwas Glück wird er bis Dienstag unterwegs sein.«

Harriet blickte zu ihm auf, und ihre Augen leuchteten vor Dankbarkeit. »Sie waren sehr freundlich zu mir. Ich kann immer noch nicht glauben, dass alles wieder gut werden soll … dass man mich einfach weitertanzen lässt. Aber wenigstens haben Sie mir gezeigt, wie ich meine Angst besiegen kann.«

»Es gibt noch vieles mehr, was ich Ihnen gerne zeigen würde«, sagte Rom leichthin. »Morgen und übermorgen habe ich geschäftlich alle Hände voll zu tun.« Nicht einmal Harriet gegenüber konnte er über Ombidos sprechen und von seiner Entschlossenheit, Alvarez zu zwingen, die Vorgänge dort zur Kenntnis zu nehmen. »Aber danach habe ich vor, Sie zu einem Ausflug mit der Firefly einzuladen. Diesmal nur Sie allein. Werden Sie kommen?«

»Ja. Ich freue mich schon darauf«, sagte Harriet.

12

Das Diner für Antonio Alvarez war das größte und ausgeklügeltste, das der Klub je arrangiert hatte. Harry Parker war überall zugleich, begutachtete die Dekorationen, den Aufbau des riesigen silbernen, von Rittern in voller Rüstung getragenen Tafelaufsatzes, die Platzierung der Musiker. Die Ankunft von Alvarez' Küchenchef – der Minister hatte darauf bestanden, ihn mitzubringen – war ein weniger großes Unglück als befürchtet. Monsieur Pierre, dessen Schnurrbart das beeindruckendste Exemplar seiner Art war, das je am Amazonas gesichtet wurde, hatte eine Kiste voller funkelnder Instrumente mitgebracht und die Küche in Besitz genommen; aber er gehörte zu den Menschen, die es schaffen, andere binnen weniger Minuten für sich einzunehmen. Und so kam es, dass das Personal, das anfangs feindselig und störrisch gewesen war, sich überschlug, um seine Wünsche zu erfüllen. Schon bald stand fest, dass das Menü dem Ruf seines Schöpfers in jeder Hinsicht gerecht werden würde.

Aber der unzweifelhafte Triumph, das *Chef d'Œuvre* des Abends – dessen war Parker sich sicher – würde der Auftritt des hübschesten Mädchens sein, das die Neue Welt seit einem Jahrzehnt zu Gesicht bekommen hatte. Er hatte persönlich die Anfertigung des Kuchens, aus dem sie herausspringen sollte, überwacht: Es handelte sich um eine riesengroße, dreistöckige, rosarot angemalte Sperrholztorte, deren Anblick einem das Wasser im Munde zusammenlaufen ließ. Verziert war dieses Meisterwerk mit bunten Schleifchen, nachgemachten Puderzuckerherzen und kleinen Amorfiguren – und diese ganze Pracht ruhte auf einem Wagen, dessen Mechanismus unter einer Überfülle an der Torte herunterbaumelnder Süßigkeiten verborgen war.

Wie er sich nun so in dem Festsaal des Klubs mit seinen Spiegeln, den vergoldeten Lampen und den mit rotem Damast bespannten Wänden umsah, überkam Parker das stolze Gefühl, eine schöne und würdige Tradition fortzusetzen. Weder das Maxim noch das Café de Paris hatte etwas Besseres zu bieten als Marie-Claude, die lediglich mit ihrem Haar bekleidet zur Musik von *Die schöne Helena* aus einer Torte hüpfte.

Rom, der im Raucherzimmer saß, war dagegen alles andere als zufrieden. Er hatte jetzt fast eine Stunde mit Alvarez verbracht, und der Minister war noch genauso charmant, kultiviert und leutselig wie am Anfang ihrer Unterredung. Der tadellos gekleidete Mann mit dem meisterlich pomadisierten Haar und Schnurrbart hatte seine Füße, die in schmalen handgefertigten Schuhen steckten, auf einen samtbezogenen Schemel gelegt und zeigte einiges Interesse für Roms gartenbauliche Innovationen, plauderte über Parteigenossen, gab bereitwillig Auskunft über den Zustand des brasilianischen Theaters – und sorgte dafür, dass die Unterhaltung nur ja nicht auf das Thema Ombidos kam.

»Wenn Sie doch selbst nur einmal dorthin fahren könnten, Sir – nur für einen Tag. Diese verruchte Gesellschaft *muss* aufgelöst und die Verantwortlichen müssen zur Rechenschaft gezogen werden!«

»Mein guter Mr Verney, wenn ich persönlich jedem Gerücht dieser Art nachgehen wollte, wäre ich vollkommen außerstande, meine eigentliche Arbeit zu tun.«

»Ombidos ist aber mit nichts anderem vergleichbar. Ich versichere Ihnen, dass der Bericht die Vorgänge dort in schwerwiegendem Maße verharmlost.«

»Nun, nun, wir werden sehen.« Alvarez wählte eine Zigarre aus, eine Angelegenheit, die seine ganze Konzentration in Anspruch nahm. »Ich werde am Morgen noch einmal einen Blick auf den Bericht werfen, und dann reden wir weiter. Jetzt erzählen Sie mir, stimmt es wirklich, dass Calgeras seine Anteile an den Minas Gerais verkauft? Angesichts der Entwicklung, die das Gummi zurzeit nimmt, erscheint mir dieser Schritt etwas merkwürdig, aber de Silva hat geschworen, es entspräche der Wahrheit ...«

Eine halbe Stunde vor dem geplanten Beginn des Diners erhielt Parker die Nachricht, dass der junge Wetherby mit einer schlimmen Malariaattacke zu Bett liege und leider nicht teilnehmen könne.

»Verflucht! Das heißt, wir sind nur noch fünfunddreißig – ich hasse ungerade Zahlen«, sagte er zu seinem Assistenten. »Wahrscheinlich wäre es das Beste, einfach sein Gedeck abräumen zu lassen – er sollte sowieso am Ende eines der Nebentische sitzen.« Einen Augenblick lang stand er stirnrunzelnd da, dann rief er: »Nein, warten Sie!«

Er eilte ins Gästehaus hinüber, wo Edward verzweifelt und zutiefst gelangweilt auf seinem Bett lag. Die Expedition, an der er teilgenommen hatte, war in Schwierigkeiten geraten; obwohl sie sich mit den Trägern über deren Lohn einig geworden waren, war es am Ende des ersten Tages zu einer Auseinandersetzung gekommen, und die Männer hatten sich aus dem Staub gemacht. Danach war den Wissenschaftlern nichts anderes übrig geblieben, als umzukehren.

»Hören Sie, Finch-Dutton«, sagte Parker jetzt. »Bei dem

Bankett heute Abend ist ein Platz frei geworden – einer der Gäste ist krank und kann nicht teilnehmen. Wollen Sie nicht dazukommen? Einen Frack könnte ich Ihnen leihen. Sie würden ein gutes Stück vom eigentlichen Geschehen entfernt sitzen, zwischen ein paar Brasilianern, sodass Sie nicht viel reden müssten. Sie sollten nur an den richtigen Stellen klatschen und zustimmend murmeln. Sie würden mir sogar einen Gefallen tun – ein verwaister Platz macht bei einer solchen Gelegenheit nie einen guten Eindruck.«

»Also wirklich, das finde ich sehr anständig von Ihnen«, sagte Edward. »Ich wollte gerade in die Stadt fahren und einen Happen essen …« Mit bereits erheblich besserer Laune als zuvor rollte er sich von seinem Bett herunter und folgte Harry Parker zu dessen Zimmer.

Im Teatro Amazonas, wo nach der Vorstellung der Vorhang zum letzten Mal gefallen war, saß eine ziemlich nachdenkliche Marie-Claude und entfernte ihr Make-up.

»'arriette, ich fände es schön, wenn du mit mir kommen würdest in den Klub. Ich glaube, es wäre besser, wenn ich eine Freundin dabeihätte, sodass die Herren gar nicht erst auf dumme Gedanken kommen.«

Harriet war überrascht, denn Marie-Claude hatte bisher immer den Eindruck erweckt, dass sie mit allem fertig würde, was irgendwelche Herren sich vielleicht ausdenken mochten.

»Natürlich komme ich mit dir, Marie-Claude. Ich kann mir ein Buch mitnehmen und warten, bis du fertig bist.«

Zehn Minuten später saßen sie in der Droschke, die Harry Parker für Marie-Claude geschickt hatte, und fuhren zum Sportklub.

»Alles ist bereit!«, sagte Parker, der ihnen entgegenkam, um sie zu begrüßen.

»Das ist meine Freundin, Miss Morton«, erklärte ihm Marie-Claude. »Ihr Vater ist Professor.«

Harry Parker, der das Mädchen wiedererkannte, das Verney auf Follina aus dem Garten geholt hatte, schüttelte ihr höflich die Hand. »Gut, gut! Sie sind gerade beim letzten Gang – Sie kommen genau richtig. Alles ist für Sie vorbereitet. Die Torte sieht wunderbar aus, muss ich sagen!«

»Und das Geld?«, fragte Marie-Claude scharf.

»Das Geld wartet bereits auf Sie wie versprochen«, erwiderte der Geschäftsführer des Klubs etwas förmlich.

Sie gingen durch den Lieferanteneingang und kamen in den Küchentrakt. Aus dem Bankettsaal hörte man lautes Gelächter und erhobene Stimmen, beides Geräusche, die Marie-Claude mit professioneller Gelassenheit verzeichnete. »Betrunken, aber nicht zu betrunken«, sagte sie an Parker gewandt. »Genau richtig, würde ich sagen! Wo kann ich mich umziehen?«

»In dem kleinen Raum weiter unten im Flur. Von da aus können wir Sie direkt in den Bankettsaal schieben. Dazu haben wir vier Männer in Livree abgestellt, und Monsieur Pierre, der Küchenchef des Ministers, wird Sie begleiten und kurz vor Ihrem Auftritt so tun, als wolle er sein Messer in die Torte stoßen. Damit müssten wir eigentlich eine gute Wirkung erzielen. Er ist ein Hüne von einem Mann mit beachtlichem Schnurrbart und weißer Kochmütze …« Er brach ab, denn Marie-Claude hatte einen leisen Schrei ausgestoßen und klammerte sich plötzlich an Harriets Arm. »Gütiger Himmel, Sie brauchen keine Angst zu haben, dass Sie dabei verletzt werden«, sagte er beruhigend. »Der Mann ist ein hervorragender Amateurzauberer – in Montpellier haben sich die Leute immer halb totgelacht bei seinen Auftritten, heißt es. Er hat uns gezeigt, wie man die Wunderkerzen bündeln muss, damit sie wie ein Feuerrad wirken; überhaupt war er uns eine große Hilfe.«

Sie gingen den Korridor entlang und konnten, als sie an einer offenen Tür vorbeikamen, einen Blick auf einen riesengroßen Mann mit scharf geschnittenen Gesichtszügen werfen, der gerade damit beschäftigt war, einem Untergebenen eine Strafpredigt zu halten.

»So, da wären wir«, meinte Harry Parker und riss eine andere Tür auf, wo die besagte Torte schon in ihrer ganzen Pracht auf sie wartete. »Wir haben einen Wandschirm hier aufgestellt und auch einen Spiegel – und da drüben hinter dem Vorhang ist ein Waschbecken. Niemand wird Sie stören. Soll ich Ihnen noch einen Stuhl holen, Miss Morton?«

»Das ist nicht nötig, vielen Dank.«

»Nun, dann wäre ja alles geregelt. In einer Viertelstunde etwa?«, fragte er Marie-Claude.

Harriet sah ihre Freundin verwundert an. Sie konnte doch unmöglich Lampenfieber haben? Aber sie war totenblass geworden und sagte kein Wort.

»Also, dann lass ich Sie jetzt allein. Sie brauchen nur an die Tür zu klopfen, wenn Sie fertig sind.« Mit einem letzten fragenden Blick auf Marie-Claude verschwand er.

Marie-Claude hatte sich hinter den Wandschirm zurückgezogen.

»'arriette, bitte komm her!« Die Stimme der sonst so selbstsicheren, fröhlichen Französin war kaum wiederzuerkennen.

Harriet spähte hinter den Schirm. Marie-Claude hatte keine Anstalten unternommen, sich umzuziehen, sondern stand einfach nur da und schaute auf den Umschlag mit dem Honorar in ihrer zitternden Hand. »Ich kann's nicht tun, 'arriette! Ich kann nicht auftreten. Es ist unmöglich!«

»Aber warum denn nicht, Marie-Claude? Was ist los? Das sind doch bloß ein paar alte Männer beim Abendessen; sie werden dir nichts tun.«

»Natürlich werden sie mir nichts tun!« Einen Augenblick funkelte in Marie-Claudes Augen wieder der alte Kampfgeist auf. Dann verfiel ihr Gesicht. »Dieser Mann in der Küche – der Küchenchef, der die Torte anschneiden soll –, er ist Vincents Cousin! Er ist das Oberhaupt der ganzen Familie und sehr, sehr streng. Er war überhaupt nicht dafür, dass Vincent sich mit mir verlobte, weil ich Tänzerin bin, aber Vincent hat ihn davon überzeugt, dass Ballett etwas Respektables sei. Wenn er mich sieht, ist alles aus. Er wird Vincent schreiben ...« Und an dieser Stelle brach die praktisch veranlagte und unverwüstliche Marie-Claude in mitleiderregende Tränen aus.

»Dann musst du eben sagen, dass du es nicht machen kannst«, stellte Harriet entschieden fest. »Sag, du wärst plötzlich krank geworden, und dann können wir still und leise verschwinden, bevor Monsieur Pierre dich sieht.«

»Dafür ist es zu spät. Ich sitze hier in der Falle«, schluchzte Marie-Claude. »Wenn er auch nur erführe, dass ich so etwas beabsichtigt habe ... Du hast ja keine Ahnung, wie er ist. Und außerdem habe ich schon das Geld von Mr Parker angenommen!« Sie blickte auf die Geldscheine in ihrer Hand – fast auf den Cent die Summe, die sie für die Anzahlung ihrer *auberge* brauchten –, und ihr kamen von Neuem die Tränen.

»Du musst das Geld liegen lassen und schnellstens von hier verschwinden«, sagte Harriet. »Ich bleibe und erkläre Mr Parker alles. Ich bin sicher, er wird dich nicht verraten.«

Jetzt hörte man aus dem Bankettsaal das Geräusch von Beifall, auf den Hochrufe folgten. Die Reden waren zu Ende.

Die Tatsache, dass sie ihr Publikum im Stich ließ, etwas, das Marie-Claude seit ihrem sechsten Lebensjahr als größte Schande erschienen war, trug noch zu ihrem Jammer bei, und die Tränen flossen jetzt noch reichlicher.

»Marie-Claude, wenn ich für dich einspringen könnte, würde ich es tun«, sagte Harriet, »aber …«

Marie-Claude hob den Kopf. Sie griff nach dem Umschlag mit dem Geld, den sie gerade auf den Tisch gelegt hatte. »Oh, 'arriette, wenn du das wirklich tun würdest! Du bist eine hervorragende Tänzerin, besser als ich, und das Licht wird ziemlich schwach sein. Auf diese Weise wären alle glücklich, und während Pierre da drin ist, könnte ich fliehen.« Sie sah Harriet an, wie sie in Tante Louisas schrecklichem Kleid vor ihr stand – und blickte dann hinüber zu den Netzstrümpfen, den Strumpfhaltern und den kleinen Rosetten, mit denen sie ihre Brüste hatte bedecken wollen. »Nein«, sagte sie, »du hast recht.« Sie legte das Geld wieder hin und schniefte heroisch. »Also los; dann lass uns gehen! Vielleicht wird es ja nicht so schlimm, wie ich befürchte.«

Harriet dachte nach. Die Herren mussten zufriedengestellt und Harry Parker beschwichtigt werden, sodass er Marie-Claudes Geheimnis bewahrte. Und Marie-Claude musste ungesehen aus dem Haus kommen.

»Geh hinter den Wandschirm, Marie-Claude. Bleib da, bis die Torte weg ist – und mach dich dann, während alle anderen im Bankettsaal sind, schnell aus dem Staub. Falls du erwischt wirst, erzähl Monsieur Pierre, du seist mitgekommen, um mich zu beschützen – um mich anzuflehen, es nicht zu tun –, aber ich hätte nicht hören wollen.« Sie warf ihrer Freundin ein schiefes Lächeln zu. »Sag, ich sei einfach zu verdorben …«

»Du willst es also tun?« Marie-Claude starrte ihre Freundin an. »Du willst tun, was ich hätte tun sollen?«

Eifrig griff sie nach den Strümpfen und Strumpfhaltern, um Harriet beim Umziehen zu helfen.

»Nein, das könnte ich nicht. Was ich aber könnte … es wird etwas anderes.«

»Sind Sie so weit?«, kam Harry Parkers Stimme von der anderen Seite der Tür.

»Nur noch einen Augenblick!«, rief Harriet. »Meine Freundin ist fast fertig.«

Sie zog ihr Kleid aus … ihre Schuhe … ihre Strümpfe. Tante Louisas Geiz hatte sich selbst in Harriets Unterwäsche niedergeschlagen. Ihr mit Lochstickerei verzierter Unterrock war viel zu kurz – er reichte ihr nur bis zu den Waden –, und sie trug ein schmales Mieder aus demselben weißen Material, das über den Brüsten zugeschnürt wurde.

»Willst du etwa so gehen?«, fragte Marie-Claude ungläubig und fügte, als sie Harriets Gesicht sah, hinzu: »Nein, das kann ich einfach nicht zulassen!«

»*Laisse-moi,* Marie-Claude«, sagte Harriet müde – und kletterte in die Torte.

Der Tisch war abgeräumt, der Portwein serviert. Bläulicher Zigarrenqualm waberte um die Kronleuchter.

»Gentlemen!«, rief Harry Parker mit selbstzufriedenem Lächeln. »Das Dessert!«

Es folgte ein Trompetentusch. Die riesigen Doppeltüren wurden aufgerissen, und vier Männer in dunkelroter Livree schoben eine gigantische, üppig dekorierte Torte in den Raum.

»O Gott!«, dachte Rom, der neben Alvarez an dem Tisch in der Mitte saß. »Dass dem nicht mal was anderes einfällt!«

Ein hochgewachsener Koch mit weißer Mütze trat ein, hinter ihm zwei Assistenten, die ein silbernes Tablett mit einem langen Messer trugen. Das sechsköpfige Orchester auf dem Podium stimmte eine Melodie aus *Die schöne Helena* an.

Und dann sprang ein Mädchen aus der Torte!

Nur, dass »springen« vielleicht nicht ganz das richtige Wort war ... Es entstand eine kaum merkliche Unruhe, und die Stimmen verstummten, ein Umstand, der Rom dazu bewog, sich von Alvarez abzuwenden und über den silbernen Tafelaufsatz zu spähen, der ihm die Sicht versperrte.

Und die Gestalt, die sich aus dem knisternden Seidenpapier gelöst hatte, rechtfertigte das Staunen der Gäste tatsächlich. Gekleidet wie ihre kleinen Schwestern auf dem Weg ins Bad, die Arme mit unverbesserlicher Sittsamkeit über der Brust gekreuzt, stand ein Mädchen mit angstgeweiteten, dunklen Augen vor ihnen.

Der Dirigent des Orchesters sah mit hochgezogenen Augenbrauen zu Parker hinüber, in dessen frettchenhaftem Gesicht es vor Verzweiflung zuckte, als er die Professorentochter erkannte. Kein Zweifel, ihm stand eine Katastrophe bevor.

Dann ließ sich von irgendwo hinter dem silbernen Tafelaufsatz ein Beifallklatschen vernehmen. Ein begeistertes, anfeuerndes Klatschen, aus dem ehrliche Freude auf das bevorstehende Spektakel sprach. Andere schlossen sich Verneys Beispiel an, und Alvarez, der sich beim ersten Anblick des Mädchens sein Monokel ins Auge geklemmt hatte, begann ebenfalls zu klatschen. Nun konnten die anderen sich nicht lumpen lassen; gut gelaunte Hochrufe erklangen, und Fäuste trommelten auf den Tisch.

Das war alles, was sie brauchte. Harriets panische Angst ebbte ab. Sie konnte in dem verqualmten, überheizten Raum keine Gesichter erkennen, spürte aber, dass der Applaus freundlich war, und kletterte jetzt auf den Rand der Torte, bevor sie leichtfüßig auf den Boden sprang – und zu tanzen begann.

Sie tanzte absolut natürlich und mit vollkommener Unschuld und strahlte ein ungewöhnliches Flair von Glück und Fröhlichkeit aus. Es war die Freude eines jungen Mädchens, dem man erlaubte, länger auf zu bleiben, um an einem Fest teilzunehmen, eine Freude, die Harriet mit ihrem Publikum teilte, und der Dirigent des Orchesters, der verstand, worauf sie hinauswollte, dämpfte seine Musiker ein wenig, sodass die ausgelassen schillernde Melodie ihren Charme und ihre Zartheit entfalten konnte.

»Wer ist das?«

Alvarez' leise gestellte Frage zeigte nichts mehr von dem Desinteresse, das seine bisherigen Äußerungen gekennzeichnet hatte. Das teilnahmslose, aufgeschwemmte Gesicht sah jünger aus, ja beinahe verletzlich, während er jede Bewegung des Mädchens verfolgte.

»Eine der Tänzerinnen aus Dubrows Ballett.« Roms eigene Miene gab, während er Harriets Darbietung zusah, nichts preis – und doch hatte ihr Tanz ihn ganz in seinen Bann geschlagen. Obwohl er auf den ersten Blick gesehen hatte, dass Harriet sich mit ihrer selbst gestellten Aufgabe furchtbar schwertat, hatte es ihn all seine Kraft gekostet, sich nicht auf sie zu stürzen und sie mit Gewalt aus dem Raum zu zerren. Aber jetzt, während sie tanzte, verfolgte er – genau wie all die anderen übersättigten, erfahrenen Männer – jede ihrer Bewegungen mit einem vergessenen Hunger nach Unschuld.

Es waren nur noch ein paar Takte bis zum Ende der Offenbachmelodie, und Harriet kam näher, um nach dem unter den Falten des Damasts verborgenen Schemel Ausschau zu halten. Der nächste Teil ihrer Darbietung war schwierig … Marie-Claude hatte ihn viele Male geübt; zwischen den Gästen war nur wenig Platz frei, aber sie musste es schaffen – sie durfte keine Angst haben.

Und dann hatte sie es geschafft! Sie war mit einem ebenso anmutigen wie schwungvollen Sprung auf dem Tisch gelandet!

Damit hatten die Männer nicht gerechnet. Sie hielten überrascht den Atem an und warfen dem betrunkenen Engländer missbilligende Blicke zu; der junge Mann, der an einem der Nebentische saß, hatte einen lauten Ausruf ausgestoßen und hätte die kleine Tänzerin, die nachdenklich und erleichtert dastand und mit ihrem nackten Zeh den Damast betastete, um ein Haar aus dem Konzept gebracht.

»Auf Tischen muss man unbedingt ein bisschen mehr *legato* sein«, hatte Marie-Claude gemeint. Außerdem war der Tisch schmal, und die zu rosafarbenen Flecken verschwommenen Gesichter der Herren waren beunruhigend nah. Harriet ließ die ersten sehnsuchtsvollen Takte der *Odalisque* verstreichen, bevor ihr klar wurde, was sie zu tun hatte. Da lächelte sie … hob ihre Arme langsam über den Kopf … und setzte zu einem überaus musikalischen Gähnen an … das sie mit schlanken, gespreizten Fingern zu verhüllen versuchte.

Und vor diesen Männern, die mittlerweile entsetzt gewesen wären, hätte sie ihren Unterrock auch nur um wenige Zentimeter hochgehoben, tanzte Harriet den unwiderstehlichen, langsamen und wunderbaren Anbruch des Schlafs, der das aufgeregte und inzwischen ermüdete Mädchen, das sie unten auf dem Boden gewesen war, überkam. Sie ließ ihren Kopf auf die Brust sinken … hob die gefalteten Hände, um ein Kissen für ihre Wange zu formen. Dann schien sie alle Kraft zusammenzunehmen, um ein paar schnelle Pirouetten zu vollführen, ganz, als könne sie es noch nicht ertragen, sich von dem wunderschönen Tag zu verabschieden … und taumelte abermals überwältigt von Müdigkeit.

Während sie nun im Stillen die Takte zählte, die sie ihrer Erlösung näherbrachten, bewegte Harriet sich auf die Mitte des Tisches zu, denn sie wusste, dass ihre letzte Pose, in der sie endlich in Schlaf sank, sie vor den Minister führen musste. Und während die Musik sich ihren letzten Takten entgegenbewegte, machte Harriet sich bereit, langsam, träumerisch und romantisch auf das Tischtuch vor ihm zu sinken.

Nur dass ihr der Tafelaufsatz im Weg stand!

Für einen winzigen Moment zeigte sich ein Stirnrunzeln zwischen Harriets Brauen. Da legte sich plötzlich eine Männerhand – stark, gebräunt und wohlgeformt – um den Sockel des massiven Silberschmucks und schob ihn mit außerordentlicher Kraft beiseite.

Jetzt war alles gut; sie hatte Platz genug – und drehte, noch während sie zu ihrer letzten Pose auf den Tisch niedersank, den Kopf, um den Mann, der ihr geholfen hatte, mit einem Lächeln zu belohnen.

Die Männer waren ihrer Darbietung die ganze Zeit über aufmerksam gefolgt, aber nichts hatte ihnen besser gefallen, nichts blieb ihnen lebhafter in Erinnerung als dieses plötzliche erschrockene Quieken – halb Maus, halb

Küken –, das ihr entfuhr, als sie das Gesicht ihres Wohltäters erkannte.

Dann warf sie die Arme in die Höhe, und auf dieses Signal hingingen die Lichter aus.

Als sie wieder aufleuchteten, war das Mädchen mitsamt der Torte verschwunden.

Nachdem alle Gäste sich verabschiedet hatten, atmete Harry Parker verblüfft, aber dankbar auf. Der Auftritt der dunkelhaarigen Professorentochter hatte anscheinend allgemeines Wohlwollen gefunden – und das trotz der Tatsache, dass sie, soweit er hatte sehen können, nichts von den Dingen getan hatte, an denen sich die Herren nach einem solchen Diner für gewöhnlich zu ergötzen pflegten. Es bestand jedoch kein Zweifel, dass das Lob, das er für seine Arrangements geerntet hatte, ehrlich gemeint war, und Alvarez hatte ihm, bevor er mit Verneys Wagen davonfuhr, aufrichtig zu der unterhaltsamen Einlage, die er, Parker, auf die Beine gestellt hatte, gratuliert. Harriet selbst war gerade lange genug geblieben, um ihm im Vorzimmer den Grund für ihren Rollentausch zu erklären und ihn zu bitten, Marie-Claudes Geheimnis für sich zu behalten, was Parker bereitwillig versprach. Monsieur Pierre würde am nächsten Morgen nach Rio zurückkehren und hatte nichts von Marie-Claude, die erfolgreich aus dem Klub entflohen war, zu Gesicht bekommen.

Aber der arme Edward taumelte auf dem Grundstück des Klubs in einem Zustand völliger Verzweiflung durch das Gebüsch. Unerfahren, lüstern und betrunken hatte er als Einziger nicht begriffen, was Harriets Darbietung von anderen Unterhaltungen dieser Art unterschied. Seiner Meinung nach hatte er gerade die niederschmetterndste Erfahrung seines Lebens gemacht. Harriet – die liebe, süße, gehorsame Harriet, die von Professor Morton dazu erzogen worden war, alles zu sein, was ein junges Mädchen sein sollte – war aus einer Torte gesprungen ... und hatte in Unterwäsche auf einem Tisch getanzt!

Wie hatten sie ihn in dieser Balletttruppe doch zum Narren gehalten – ihn und Verney, oder steckte der mit ihnen unter einer Decke?

Nach einer Weile forderten die Ereignisse des Abends ihren Tribut, und er musste sich übergeben. Dann taumelte er zum Gästehaus hinüber und legte sich auf sein Bett. Morgen würde er den Mortons telegraphieren, wie unendlich tief Harriet gesunken war. Sie mussten ihn mit den notwendigen Vollmachten ausstatten, die es ihm ermöglichten, sie so lange einzusperren, bis er sie aufs Schiff und zurück nach England bringen konnte.

13

Der Minister für Amazonien hatte Rom zu sich gebeten. Es war der Morgen nach dem Festessen. Rom hatte die Nacht in der Casa Branca zugebracht und nicht besonders gut geschlafen. Edward Finch-Duttons Teilnahme an dem Diner war ebenso unerwartet wie unglücklich gewesen, und das gerötete Gesicht und die trunkenen Kommentare von Harriets ehemaligem Verehrer, als er aus dem Raum getaumelt war, hatten keinen Zweifel daran gelassen, dass all seine Bemühungen, Harriets Familie mit ihrer Betätigung auszusöhnen, zunichtegemacht worden waren.

Aber Harriets Angelegenheiten mussten warten. Er war hierhergekommen, um Alvarez umzustimmen, und als er pünktlich auf die Minute im Justizpalast erschien, führte man ihn auch sogleich zum Raum des Ministers.

»Treten Sie ein, Verney.«

Alvarez saß tadellos gekleidet wie immer an einem großen Schreibtisch und sah einen Stapel Papiere durch, aber er stand sofort auf und schüttelte Rom die Hand.

»Ich wollte mit Ihnen über den Ombidos-Bericht reden«, sagte er. »Ich habe ihn noch einmal durchgelesen.«

»Ja.« Rom wappnete sich gegen eine Wiederholung der Ausflüchte vom Vortag.

»Und ich habe beschlossen, hinzufahren!«

Eine Mischung aus Überraschung und Erleichterung vertrieb die Schatten von Roms Gesicht.

»Sie werden selbst hinfahren?«, wiederholte er ungläubig. »Zur Ombidos-Plantage? Das ist ja wunderbar! Sie sind der einzige Mensch, der dort wieder für Ordnung sorgen kann.«

»Das bedeutet, dass sich meine Rückkehr nach Rio verzögert und ich mein Hauspersonal heimschicken muss. Ich möchte, dass Sie mich auf der Amethyst bis nach Santa Maria bringen; ich würde es so hinstellen, als unternähmen wir gemeinsam einen Angelausflug. Können Sie sich ein paar Tage freimachen?«

»Ja, natürlich.«

»De Silva wird mich dort mit einer Regierungsbarkasse und der notwendigen Eskorte erwarten. Wir werden nachts weiterfahren und sie überraschen. Offiziell wird es sich um einen reinen Höflichkeitsbesuch handeln, und wenn auch nur die Hälfte von dem, was Sie sagen, zutrifft, dann wird sich alles Übrige ergeben.«

»Möchten Sie, dass ich Sie bis dorthin begleite? Ich könnte ein Dutzend meiner eigenen Männer mitnehmen und Ihnen folgen.«

Alvarez schüttelte den Kopf. »Ich weiß, wie Sie zu dieser Sache stehen, aber das ist eine Aufgabe für meine eigenen Landsleute. Sie haben sich schon zur Genüge einen Ruf als Retter der Unterdrückten gemacht. Jetzt möchte ich selbst ein wenig von diesem Ruhm einheimsen!«

So leicht ließ sich Rom jedoch nicht hinters Licht führen. Alvarez stand eine gefährliche Reise bevor, und darüber hinaus musste er auch mit Feindseligkeiten seitens seiner Parteigenossen in Rio rechnen, denn diese überaus mächtigen Männer waren finanziell an der Gummigesellschaft beteiligt.

»Darf ich fragen, was Ihren Gesinnungswandel in dieser Sache bewirkt hat?«

»Ja, Sie dürfen. Ich werde es Ihnen erzählen.« Alvarez

setzte sich wieder hinter den gewaltigen Schreibtisch und bedeutete Rom, auf einem Stuhl ihm gegenüber Platz zu nehmen. »Es war das Mädchen gestern Abend – das Mädchen in der Torte.«

»*Was?*« Rom beugte sich vor, unfähig, seinen Ohren zu trauen.

»Ja, das Mädchen in der Torte«, wiederholte Alvarez. »Sie haben es ihr zu verdanken, dass ich an diesem höllischen Fluss meinen Kopf riskiere.« Er suchte in seinem Jackett und förderte eine Brieftasche zutage, aus der er eine verblichene Schwarz-Weiß-Fotografie herauszog, die er Rom über den Tisch reichte. »Sehen Sie die Ähnlichkeit?«

Das Bild zeigte ein junges Mädchen im Hochzeitskleid, mit einem Lilienstrauß in der Hand. Ein völlig gewöhnliches Foto, wäre da nicht – ungeachtet der steifen Pose und der Studiokulissen – dieser ganz besondere Ausdruck auf dem mageren Gesicht gewesen; ein Blick, der sowohl Mut als auch Eifer verriet und eine kaum bezwungene Ungeduld, das Abenteuer des Lebens endlich zu beginnen.

»Ja«, sagte Rom leise. »Besonders die Augen.« Dann fügte er hinzu: »Ihre Frau?«

Alvarez nickte. »Ihr Name war Lucia. Es war eine arrangierte Ehe; sie kam direkt aus der Klosterschule zu mir ... Zwischen unseren Familien bestand eine gewisse Verbindung. Aber vom ersten Augenblick an ... von der ersten Nacht an ... war mir klar, dass ich gefunden hatte, wonach die halbe Welt sucht.« Er nahm das Bild wieder an sich und ließ es einen Augenblick auf seiner Handfläche ruhen. »Sie war genauso wenig schön, wie dieses Mädchen gestern Abend schön war, aber sie war so intelligent, dass sie sich schön denken konnte. Intelligenz ... Sie reden nicht viel davon, all diese Dichter, aber wenn eine Frau intelligent und leidenschaftlich und *anständig* ist ...«

Rom hatte einen silbernen Drehbleistift vom Schreibtisch genommen und spielte versonnen damit. »Sprechen Sie bitte weiter, Sir, wenn es Ihnen nichts ausmacht.«

»Ich war damals noch sehr jung und idealistisch. Ich dachte, Brasilien könne die moralische Führung in der Neuen Welt übernehmen. Zusammen mit einigen anderen habe ich die Partei der Grünen Horizonte gegründet – Sie haben vielleicht davon gehört. Wir wollten den Einheimischen Lesen und Schreiben beibringen, wollten die schönsten Schulen und besten Krankenhäuser der Welt bauen ... nun ja, die üblichen Träume. Sie betrachteten mich als ihren Anführer, aber meine Leidenschaft und sogar meine Ideen – zumindest viele von ihnen – kamen von meiner Frau.«

»Ich wusste, dass man große Hoffnung auf Sie gesetzt hat.«

»Große Hoffnung«, wiederholte Alvarez. »Wir wollten das Gelbfieber endgültig ausrotten, hatten Bewässerungspläne für Ceará ... Man übertrug mir die Aufgabe, eine Untersuchung der Lebensverhältnisse der Bevölkerung in Pernambuco vorzunehmen, und Lucia begleitete mich bei den meisten meiner Reisen. Sie bestand darauf, und ich ließ es zu – selbstsüchtiger Mistkerl, der ich war –, denn es war mir unerträglich, mich von ihr zu trennen.«

»Was ist geschehen?«

Alvarez nahm ein mit seinem Monogramm versehenes Seidentaschentuch zur Hand und fuhr sich damit über die Stirn.

»Cholera. Sie grassierte in einem der Dörfer, die wir inspizierten. Sie wusste es, wollte mich aber dennoch begleiten. Mein Gott, was für eine Krankheit ... Nun ja, das brauche ich Ihnen wohl nicht zu beschreiben. Sie haben sicher selbst mehr als genug davon zu sehen bekommen.

Sie schwand buchstäblich dahin ... Nur ihre Augen ...« Er brach ab und schüttelte den Kopf. »Danach wurde mir alles gleichgültig.« Er zuckte mit den Schultern. »Ich dachte, ich hätte es vergessen; immerhin ist es mehr als dreißig Jahre her. Und dann, gestern Abend, war da dieses Mädchen mit Lucias Augen.«

»Sie hätte gewollt, dass Sie zur Ombidos-Plantage fahren?«, fragte Rom. »Ihre Frau?«

»Ja.« Alvarez schob das Foto sorgfältig zurück in seine Brieftasche. »Und wissen Sie, ich hatte das Gefühl, die andere hätte es ebenfalls gewollt – dieses Mädchen gestern Abend, das auf dem Tisch getanzt hat. Absurd, nicht wahr?« Er sah Rom scharf an und beugte sich vor, um den Drehbleistift, dessen Mine Rom gerade abgebrochen hatte, in Sicherheit zu bringen. »Also, können Sie die Amethyst sofort zum Auslaufen bereit machen? Ich würde gerne heute noch aufbrechen.«

Edwards erstes Kabel, in dem er mitgeteilt hatte, dass Harriet gefunden und wohlauf war, hatte seltsamerweise weit weniger Beifall gefunden als das zweite, das ein Funkeln in Louisas Augen zauberte – und in Hermione Belpers Augen, die es Louisa buchstäblich aus der Hand gerissen hatte –, einen Ausdruck, der unmöglich Befriedigung sein konnte, aber doch bemerkenswerte Ähnlichkeit damit hatte.

Mrs Belper war aus ihrer Villa herübergekommen, um ihre Freundin davon in Kenntnis zu setzen, dass Stavely Hall, das seit einem Monat zum Verkauf stand, einen unbekannten Käufer gefunden habe. Sie hatte ihr die Seite aus der *East Anglian Times* mit dem Bericht über dieses Ereignis und einem Foto von Stavelys Südfront mitgebracht. Aber die interessanten Spekulationen, zu denen diese Neuigkeit anregte, waren natürlich sofort vergessen, als das Dienstmädchen das Kabel brachte, das der arme Edward am Abend nach dem Diner im Klub abgeschickt hatte.

Harriet unaussprechlich tief gesunken Stop Muss Autorisierung für ihre Arretierung und sofortige Repatriierung erbitten Stop Bitte kabeln Sie dem Polizeipräfekten von Manaus Stop Edward.

»Gütiger Gott!«, sagte Louisa und legte sich eine Hand auf die Brust. »Aber das war schließlich zu erwarten. Was meint er wohl mit ›unaussprechlich tief gesunken‹, Hermione? Könnte es sich um einen Skandal handeln, den … den man einfach nicht vertuschen kann? Etwas Medizinisches?«

Der Schlüssel des Professors, der sich in diesem Augenblick im Schloss herumdrehte, machte dieser Richtung ihrer Spekulationen ein Ende. Professor Morton betrat den Salon, und Louisa reichte ihm ohne ein Wort der Vorwarnung das Kabel.

Er las es einmal, er las es ein zweites Mal. »Das hier ist keine Überraschung für mich«, sagte der Professor, mühsam beherrscht. »Es lag ja auf der Hand, dass das erste Kabel reiner Blödsinn war. Kein Mädchen würde seinem Vater trotzen und sich auf Gedeih und Verderb mit diesem Gesindel einlassen, es sei denn, es wäre ernsthaft krank – an Leib und Seele.« Seine Stimme zitterte vor Zorn. »Harriet hatte hier alles, was sie sich wünschen konnte: ein gutes Zuhause, rechtschaffene Gefährten, finanzielle Sicherheit. *Du* warst es«, stürzte er sich jetzt auf Louisa, »die mir gesagt hat, ich solle ihr ein Taschengeld geben. Ohne dieses Geld hätte sie das nicht geschafft.«

Louisa senkte den Kopf. »Ja, Bernard. Ich gebe es zu. Meine Großzügigkeit hat mich überwältigt – aber sieh, wie schwer ich dafür gestraft worden bin!«

Der Professor holte seine Uhr aus der Tasche. »Zu spät, um jetzt noch nach London zu fahren; ich werde den ersten Zug morgen früh nehmen. Das ist eine Sache fürs Außenministerium. Cedric Fitzackerly wird sicher wissen, was zu tun ist; er ist mittlerweile Unterstaatssekretär.«

»Das war doch dieser Student, mit dem du wirklich einmal zufrieden sein konntest, nicht wahr?«, fragte Louisa. »Der, der dir nicht widersprochen hat oder bei den Seminaren eingeschlafen ist?«

Sie hatte das zwar nicht ganz genau so ausgedrückt, wie der Professor es gern gesehen hätte, hatte aber im Wesentlichen recht. Im Gegensatz zu den faulen, auf Abenteuer bedachten Studenten, die zu unterrichten er das Missgeschick hatte, war Fitzackerly aufmerksam und höflich gewesen, hatte sich sogar am Ende jeder Vorlesung bei ihm bedankt und seine Abschlussarbeit den persönlichen Ansichten des Professors zu den Oden des Bacchylides gewidmet. Als der junge Mann ihn schließlich um ein Empfehlungsschreiben bat, war es ihm natürlich ein Vergnügen gewesen, etwas zu schreiben, das die Burschen in Whitehall würde aufhorchen lassen.

»Ich werde Fitzackerly jetzt telegraphieren und ihn von meinem Kommen in Kenntnis setzen. Es ist zu spät, die Dinge jetzt noch zu vertuschen – dazu sind sie zu weit gediehen. Die Behörden drüben müssen Edward jede Unterstützung geben. Noch besser wäre es, wenn Harriet bis zur Abfahrt des Schiffes in Arrest genommen würde, damit sie nicht …« Aber an dieser Stelle war es ihm einen Augenblick lang unmöglich fortzufahren. »Wir dürfen nicht vergessen, wie sehr wir in Edwards Schuld stehen. Die Heimreise in Begleitung eines Mädchens, wie sie eines geworden ist, bedeutet ein beträchtliches Opfer. Das heißt, falls er überhaupt die Absicht hat, sie selbst zurückzubringen.«

»Hast du denn die Absicht, sie hier wieder aufzunehmen, Bernard? Wäre es nicht besser, sie irgendeiner Institution zu übergeben, die sich mit ... Mädchen dieser Art auskennt?«

»Darüber werden wir entscheiden, wenn sie wieder zu Hause ist«, sagte der Professor.

Dann machte er sich auf den Weg zur Post, und Hermione Belper traf ebenfalls Anstalten zum Aufbruch. Eine Diskussion darüber, wer wohl Stavely gekauft haben mochte und was aus den Brandons werden würde, musste eindeutig warten, und da sie entschlossen war, die Erste zu sein, die die Nachricht von Harriets Verfehlungen in der Stadt verbreitete, eilte sie ebenfalls davon.

»Merde«, sagte Marie-Claude, ohne sich jedoch bei dem üblicherweise vor jeder Premiere ausgesprochenen Gruß großen Hoffnungen hinzugeben, dass das erwartete Glück sich auch einstellen würde. Die Premiere des *Nussknackers* stand kurz bevor, und die Atmosphäre hinter der Bühne war angespannt. Mascha Repin war nicht besonders beliebt. Ihr Ehrgeiz war einfach zu gewaltig, und sie hatte noch nicht gelernt, ihn unter dem Mäntelchen guter Manieren zu verbergen, und wenn Maximow die Simonowa vielleicht auch nicht besonders mochte, so wusste er bei ihr im Gegensatz zu der jungen Polin immer, woran er war. Die Spannung erfasste sogar das Korps.

Als Harriet nach ihrem Schneeflockenkostüm griff, kam Marie-Claude ihr zuvor und hielt es ihr hin, damit sie nur noch hineinschlüpfen musste.

»Marie-Claude, das sollst du doch nicht! Ich komme schon zurecht, wirklich.«

Während der beiden Tage, die seit dem Bankett vergangen waren, hatte Harriet ihre liebe Not mit Marie-Claudes Dankbarkeit.

»Aber du *musst* die Hälfte des Geldes nehmen«, hatte sie ausgerufen, als Harriet aus dem Sportklub zurückgekehrt war. »Eigentlich müsstest du alles nehmen, das weißt du.«

Harriet ließ sich jedoch nicht beirren. »Ich will das Geld nicht; es ist für das Restaurant.« Und als Marie-Claude sie weiter flehentlich ansah, fügte sie hinzu: »Ich brauche doch ein Stammlokal, in das ich mit meinem Heer von Bewunderern einfallen kann, wenn ich erst eine *Primaballerina assoluta* bin; das musst du doch begreifen!«

Ihr kleiner Scherz war total danebengegangen; weder Kirstin noch Marie-Claude konnten sich ein Lächeln abringen. Harriet war mittlerweile wirklich gut, und man begann über sie zu reden.

Im Zuschauerraum saß die Simonowa angespannt in Verneys dunkelrot ausgekleideter Loge. In ihrem jadegrünen Seidenkleid und ihrem Turban bot sie einen prachtvollen Anblick, und nur ihre Hände, die sich auf ihrem Schoß immer wieder zu Fäusten ballten, verrieten die Qualen, die sie litt.

Begleitet von dem erwartungsvollen Aufseufzen des Publikums, hob sich nun der Vorhang. Diese Menschen, die in ihrer Abendkleidung beinahe erstickten, die in einem Land ohne Jahreszeiten lebten, waren so dankbar für den großen Weihnachtsbaum, dessen Spitze beinahe das Gewölbe des Proszeniums erreichte. Die Kinder fanden sich zur Weihnachtsfeier beim Präsidenten Stahlbaum ein; die kleine Klara – gespielt von Tatjana, dem hübschesten der russischen Mädchen – nahm ihren Nussknacker in Empfang. Bisher war keine Spannung zu spüren – Mascha Repin, in der Rolle der Zuckerfee, erschien erst im zweiten Akt.

Als Nächstes die Verwandlungsszene. Der Christbaumschmuck fällt von den Zweigen, der Salon des Präsidenten verschwindet … und es beginnt zu schneien … Das gefiel ihnen, den Brasilianern, von denen viele diese seltsame Substanz noch nie zu Gesicht bekommen hatten, und sie dankten es mit stürmischem Beifall.

Die Schneeflöckchen betraten die Bühne, und die Simonowa beugte sich vor, um dem Korps mit aufmerksamem Blick zu folgen.

»Sie wird stark«, flüsterte sie. »Grischa hat recht.«

Dubrow brauchte nicht zu fragen, von wem sie sprach. Zwischen der alternden Ballerina und dem jüngsten Mitglied der Truppe hatte sich eine tiefe Freundschaft entwickelt. Harriet spielte sich niemals in den Vordergrund, aber sie konnte ihr lebhaftes Interesse an allem, was die Simonowa betraf, nicht verbergen. Erinnerungen und Erfahrungen an die Jüngeren weiterzugeben ist eine große Verlockung – wenn die jungen Menschen zuhören. Harriet hörte zu.

Jetzt im zweiten Akt umklammerten die Hände der Simonowa die Brüstung der Loge wie Krallen. Das Königreich der Süßigkeiten – dort saß Mascha mit ihrer gefürchteten Jugend, ihrem Lächeln, ihrem blonden Haar und der kleinen Krone auf ihrem Thron … stieg herab … sah wunderschön aus … vollführte ihren kleinen Tanz *en pointe* … und erhielt frenetischen Applaus.

Die turbulente Szene des Ensembles, die nun folgte, gab der Simonowa die Möglichkeit, sich wieder zu fassen.

Aber dann kam der Augenblick höchster Dramatik, in dem der Prinz die Zuckerfee zum großen Pas de deux führt.

O mein Gott, dachte Dubrow; sie ist ein Miststück, aber

sie kann tanzen – das Tempo, die Eleganz! Maximow unterstützte sie als Partner selbstlos und mit großem Können. Auch er lag im Kampf mit dem Feind, dem Dämon Jugend.

Jetzt kam ihr Solo – und wie es das Publikum mitriss: die klirrenden Glöckchen, die einschmeichelnde Musik, die hübsche Ballerina, die bisher von Schmerz und Zeit unberührt geblieben war.

Dann war Maximow wieder da, hob sie in die Höhe … Sie straffte sich, lächelte. Lächelte zu viel für Dubrows Geschmack, aber nicht für den des Publikums.

Und die Simonowa saß mit dieser unnatürlichen, gefassten Ruhe neben ihm, saß sehr gerade, suchte, suchte … nach Fehlern, nach menschlicher Schwäche.

Es gab keine Fehler, keine Schwäche.

Erst als sich die Tänzer zum letzten Tableau auf der Bühne einfanden, wurde Dubrow die Gefahr bewusst, in der er schwebte.

Noch während er aus der Loge taumelte, erstickt von seinem Hemdkragen, den Flur entlangrannte, hörte er, wie das Klatschen einsetzte – das Stampfen, die Bravorufe, die stürmischen Bitten um eine Zugabe.

Er hatte die schwere Tür, die in die Kulissen führte, erreicht und warf sich jetzt dagegen.

Sie ließ sich nicht öffnen.

Alle Türen zwischen dem Zuschauersaal und der Bühne mussten laut Gesetz für den Fall eines Brandes offen sein, aber diese Tür rührte sich nicht. Jemand hatte sie verschlossen.

Fluchend und schwitzend rannte der wohlbeleibte kleine Mann zurück, die Treppe hinauf ins nächste Stockwerk … Und immer noch hielten der Applaus und die Hochrufe unvermindert an.

Die obere Tür war nicht verschlossen, aber bevor er auf gleicher Höhe mit der Bühne war, musste er erst noch eine eiserne Wendeltreppe bezwingen.

Eine Anzahl von Leuten standen in den Kulissen, unter ihnen auch Harriet mit einem Handtuch über der Schulter; mit ängstlich verzogenem Gesicht sah sie zu, wie sich der Vorhang ein weiteres Mal hob.

»Wie viele?«, keuchte Dubrow.

»Achtzehn«, sagte Harriet unglücklich. »Grischa hat versucht, der Sache Einhalt zu gebieten, aber niemand hört auf ihn.«

Sie zeigte auf den Bühnenarbeiter, der die Kurbel drehte, die den Vorhang hob und Mascha – mit Blumen beladen wie ein Leichenwagen – die Möglichkeit gab, wieder und wieder begeistert vor ihrem Publikum zu knicksen.

»Das ist jetzt der neunzehnte«, sagte Harriet.

Neunzehn … vier mehr, als die Simonowa bekommen hatte. Und noch immer kein Ende abzusehen … zwanzig … einundzwanzig … zweiundzwanzig … bis endlich alles vorüber war und Mascha Repin mit einem triumphierenden Lächeln abtrat.

Dubrow hatte erwartet, dass die Simonowa toben und mit den Füßen stampfen und eine Szene machen würde, aber es kam noch schlimmer. Sie erschien in den Kulissen, um ihrer Rivalin zu gratulieren; sie bestand darauf, dass sie zusammen ein Glas Champagner tranken.

»Sie ist gut, Saschka«, sagte die Simonowa leise, als sie wieder in ihrem Hotelzimmer waren. »Sie ist jung, und sie ist gut, und das Publikum liebt sie.«

»Diese Idioten«, wütete Dubrow. »Sie ist ein balletttanzender Kleiderständer, nur Tricks und Flitter.«

»Nein, sie ist unerfahren, aber das Gefühl wird sich noch einstellen.«

Dubrow schwieg und dachte darüber nach, ob die Tür absichtlich abgeschlossen gewesen war, und wartete auf, nein *betete* um die Schimpftiraden, die Wutanfälle, das Gerede über den Rückzug von der Bühne und über Cremorra, alles Dinge, mit denen er umzugehen verstand.

Aber sie war ganz still, beinahe fügsam, und während der ganzen Spielzeit des *Nussknackers* änderte sich daran nichts. Aber er kannte sie und fürchtete, dass etwas in ihr Schaden genommen hatte, und zwar auf eine Weise, gegen die er machtlos war.

Und er hatte recht, denn drei Tage später bei der Premiere von *Giselle* verletzte die Simonowa sich den Rücken.

Es war eine unerklärliche Verletzung. Der Pas de deux im ersten Akt war ihr so vertraut wie das Atemholen, und Maximow, darin waren alle sich einig, traf keine Schuld. Und doch war es geschehen: Als er hinter sie trat, um sie hochzuheben, herumzuwirbeln und in einer Arabesque zu Boden zu setzen, sackte ihr Körper plötzlich in sich zusammen, sie stieß einen verzweifelten Schrei aus – und fiel der Länge nach auf den Boden, wo sie reglos liegen blieb.

Das Orchester verstummte mit den nächsten Takten; vom Publikum war ein betroffenes Zischen zu hören, und als Maximow sich entsetzt über die Ballerina beugte und Dubrow aus den Kulissen herbeigeeilt kam, senkte sich der Vorhang vor einer großen Tänzerin – und einer großen Karriere.

Eine Stunde später lag die Simonowa sehr weiß und sehr still in ihrem Bett im Metropole.

»Nun, Saschka, es ist vorbei«, flüsterte sie dem Mann zu, der sie seit zwanzig Jahren liebte. »Aber es war doch schön, solange es dauerte, nicht wahr?«

Im Publikum waren drei Ärzte gewesen, und obwohl ihre Diagnosen auseinandergingen, waren sie sich in einem Punkt, den sie auch in Gegenwart der verletzten Frau aussprachen, einig gewesen – dass sie nämlich nie wieder würde tanzen können.

»Es war sehr schön, *duschenka*. Es war das Schönste überhaupt«, sagte er, setzte sich auf die Bettkante und hielt ihre Hand, bis eine Dosis Chloral sie in Schlaf sinken ließ.

Aber Dubrow konnte nicht schlafen. Er dachte über die Zukunft nach. Es kam jetzt nicht mehr infrage, dass sie nach Caracas oder Lima weiterreisen würden. Sobald es ihr wieder gut genug ging, um zu reisen, musste er sie nach Europa zurückbringen – zu Leblanc in Paris, dem berühmtesten orthopädischen Chirurgen der Welt. Er würde dafür sorgen, dass alles Menschenmögliche für sie getan würde. Und dann war da noch die Frage, was sie mit dem Rest ihrer Zeit in Manaus anfangen sollten … Er konnte den *Nussknacker* unmöglich ganze zwei Wochen lang geben, ebenso wenig wie er es sich leisten konnte, das Theater zu schließen und alle Einnahmen zu verlieren. Also musste er Mascha Repin die Rolle der Giselle geben …

Cedric Fitzackerly, dem es nur darum ging, den ermüdenden alten Professor loszuwerden, schickte pflichtschuldigst ein Kabel nach Manaus und ersuchte die dortigen Behörden, Edward Finch-Dutton jede Unterstützung zu gewähren, die er brauchte, um Harriet Morton, eine minderjährige Ausreißerin, in ihr Heimatland zurückzubringen.

Das Telegramm mit dem Ehrfurcht gebietenden Absender des Außenministeriums landete auch pflichtgemäß auf dem Schreibtisch des Polizeipräfekten. Der junge Polizeihauptmann Carlos legte es sogleich in den Ablagekorb für Eingänge und hoffte, dass es sich in Luft auflösen würde.

Die Tatsache, dass man ihm die Verantwortung für das Polizeirevier übertragen hatte, war natürlich eine Ehre, aber eine, die dem gerade zwanzigjährigen Hauptmann beträchtlich zu schaffen machte. De Silva hatte drei Viertel der städtischen Militärpolizei mitgenommen und war jetzt fast eine Woche unterwegs; seitdem lebte der junge Carlos in ständiger Furcht vor einem Ereignis, dessen er nicht Herr werden konnte.

»Da ist er schon wieder«, sagte Sergeant Barra – ein Hüne von einem Caboclo mit gebrochener Nase. Hauptmann Carlos legte den Spiegel, in dem er die Fortschritte seines noch jungen Schnurrbartes begutachtet hatte, beiseite und seufzte.

»Wir müssen uns wohl mit ihm abgeben.«

Edward Finch-Dutton, der noch immer sein Schmetterlingsnetz umklammert hielt, wurde vorgelassen, so wie man ihn gestern und vorgestern und vorvorgestern vorgelassen hatte. Obwohl sein Portugiesisch nicht einmal ein Lehrbuchstadium erreicht hatte, das es ihm ermöglicht hätte, sich über eine Fliege in der Suppe zu beschweren, hatte er es geschafft, dem Hauptmann durch die endlose Wiederholung der Worte »Harriet Morton« und »England« sowie den Versuch, ein Morsegeräusch zu imitieren, verständlich zu machen, dass er wissen wolle, ob ein bestimmtes Kabel aus seinem Heimatland endlich eingetroffen sei.

»*Não*«, sagte Carlos und schüttelte den Kopf, wie er es am Vortag schon getan hatte. »*Nada.* Nichts. Nein.«

Das hatte bisher immer gereicht, um den Engländer

mit tieftrauriger Miene zum Abzug zu bewegen, aber heute funktionierte es nicht. Edward, noch immer gezeichnet von dem Schock der moralischen Verderbtheit Harriets und einem Anflug von Fieber, das er sich bei einem seiner Beutezüge in den Dschungel zugezogen hatte, verlor plötzlich die Beherrschung. Er hatte niemanden, an den er sich hätte wenden können; Verney war immer noch nicht zurückgekehrt, der Konsul hielt sich in São Paulo auf, und Harry Parker gegenüber hatte er seine Verbindung mit Harriet nicht zu erwähnen gewagt. Jetzt gingen die Pferde mit ihm durch, und er fing an zu schreien und mit den Fäusten auf den Tisch zu schlagen.

»Ich glaube Ihnen nicht. Sie lügen! Es muss angekommen sein! Sehen Sie nach, verdammt noch mal – gehen Sie diese Papiere da durch, und sehen Sie nach!«

Er zeigte auf die Unterlagen, die sich im Ablagekorb stapelten. Widerwillig zog der Hauptmann den Korb zu sich heran und blätterte einige der Umschläge durch.

»Weiter! Gehen Sie den ganzen Stapel durch. Lassen Sie mich selbst sehen.«

Als er den Stapel schon zur Hälfte durchgesehen hatte, ereilte Nemesis den armen Hauptmann Carlos.

»Da! Das Kabel in dem gelben Umschlag. Lesen Sie es vor!«

Der Hauptmann griff nach dem Stück Papier und starrte es an. »Englisch«, sagte er düster.

»Dann geben Sie es mir«, erwiderte Edward und streckte die Hand aus.

Das widerstrebte dem Hauptmann sehr. Andererseits lag es auf der Hand, dass dieser lästige Fremde zufriedengestellt werden musste, und zwar vor de Silvas Rückkehr. Er schloss einen Kompromiss.

»Hol Leo von den Zellen rauf«, sagte er zu dem Sergeant.

Leo, der mit klirrendem Schlüsselbund hereinspazierte und sich als Gefängniswärter erwies, war ein schwarzer Exboxer, der früher einmal für Pinkertons Detektei in New York gearbeitet hatte und Englisch nicht nur sprechen, sondern sogar lesen konnte.

»Es ist das, wonach Sie suchen, jawohl«, sagte er zu Hauptmann Carlos, nachdem er das Kabel sorgfältig durchgelesen hatte. »Vom britischen Außenministerium, kein Zweifel. Sie wollen das Mädchen wieder in England haben, und sie wollen, dass Sie diesem Gentleman dabei helfen, sie dorthin zu schaffen.«

»Da haben Sie es!«, rief Edward triumphierend. »Ich hab's Ihnen doch gesagt.« Dann wandte er sich an Leo. »Jetzt hören Sie mir genau zu. Sagen Sie denen, dass ich mindestens zwei Männer haben will, und zwar starke Männer. Ich will sie am Freitagabend kurz vor Ende der Vorführung vor dem Theater haben, und ich will, dass eine geschlossene Kutsche bereitsteht. Die Männer sollen das Mädchen, wenn es von der Bühne kommt, ergreifen, in die Kutsche verfrachten und zum Hafen bringen. Die Gregory läuft bei Morgengrauen aus – und ich werde ihr eine Kabine reservieren lassen. Sie muss in diese Kabine eingesperrt werden – ich habe bereits mit der Stewardess gesprochen, aber die will erst Ihre Bevollmächtigung sehen –, und ich werde sie persönlich herauslassen, sobald wir ein gutes Stück flussabwärts gefahren sind. Kapiert?«

Er lehnte sich zurück und war ausgesprochen zufrieden mit sich. Der Plan, ebenso meisterlich wie einfach, war ihm in den Sinn gekommen, sobald er die Gregory im Hafen entdeckt hatte – eine weiße Oase britischer Ruhe und Hygiene in dem Durcheinander des Hafens. Unerwarteterweise waren zwei Kabinen für die Rückfahrt frei geworden.

Leo sprach mit dem Hauptmann, und dieser nickte. Es hätte schlimmer kommen können – er hatte schon befürchtet, man würde von ihm erwarten, das Mädchen in seinem Gefängnis festzuhalten. Und immerhin würde der Engländer mit ihr weggehen. Edward Finch-Duttons langes Pferdegesicht nie wiedersehen zu müssen war für den Hauptmann im Augenblick die Erfüllung seiner heißesten Wünsche.

Er wandte sich erneut an Leo. »Frag ihn, woher wir wissen sollen, welches Mädchen wir nehmen müssen.«

»Ich komme natürlich mit Ihnen, um sie zu identifizieren«, sagte Edward.

14

Das Desaster, das der Unfall der Simonowa für die ganze Truppe bedeutete, kam den Beteiligten am Freitag, als sie mit Mascha Repin für die Abendvorstellung der *Giselle* probten, erst richtig zu Bewusstsein. Die junge Polin, die auf genau diese Chance gewartet hatte, dafür Ränke geschmiedet und intrigiert hatte, war nervös und hysterisch, beschimpfte den Dirigenten wegen seiner Tempi, beklagte sich über Maximows Hebungen und warf der Garderobenfrau ihr Kostüm an den Kopf. Die Wutanfälle der Simonowa waren genauso schlimm gewesen, hatten aber in gewisser Weise immer der Sorge um die gesamte Vorstellung gegolten. Mascha hatte nur um sich selbst Angst.

Für Harriet war die Verletzung der Simonowa ein persönlicher Schlag gewesen. Bis ans Ende ihrer Tage würde sie sich an den Augenblick erinnern, in dem die stolze Frau mit einem Aufschrei zu Boden gefallen war. Diese Tragödie hatte sie die Gefahr, in der sie selbst schwebte, vollkommen vergessen lassen. Sie hatte Edward bei dem Bankett nicht gesehen, und wenn sie überhaupt einen Gedanken an ihn verschwendet hatte, so glaubte sie, dass er sich nach wie vor auf seiner Expedition befand. An Rom dagegen dachte sie unaufhörlich. Er hatte gesagt, er würde zwei Tage fort sein, aber jetzt war es schon fast eine Woche, und in der Stadt schwirrten Gerüchte über gewalttätige Auseinandersetzungen flussaufwärts, in die er angeblich verwickelt war. Da sie wusste, was sie empfinden würde, falls ihm etwas zustoßen sollte, war es ihr unmöglich, sich länger über ihre eigenen Gefühle hinwegzutäuschen, und sie konnte nur froh über die unaufhörlichen Proben sein, die ihre Tage ausfüllten.

Ganz anders Marie-Claude.

Zwei Stunden vor Beginn der Abendvorstellung tat sie die Absicht kund, einen Schaufensterbummel zu unternehmen.

Keine ihrer Freundinnen wollte sie begleiten. Kirstin hatte sich der Schar von Mädchen zugesellt, die Maximow trösteten – dem man mindestens zwanzig Mal pro Stunde sagen musste, dass ihn keine Schuld am Unfall der Simonowa traf –, und Harriet wollte schnell noch auf einen Sprung im Metropole vorbeischauen, um festzustellen, ob der neue Arzt, der für diesen Nachmittag erwartet wurde, ihnen irgendwelche Hoffnungen machen konnte.

Der Schein der späten Nachmittagssonne vergoldete die Stadt. Marie-Claude schlenderte vergnügt über die Rua Quintana, überquerte einen belebten Platz und kaufte sich dann an einem Kiosk am Rand eines kleinen Parks mit Blick über den Hafen eine Flasche Limonade.

Sie suchte sich gerade eine Bank, auf der sie Platz nehmen und ihre Limonade trinken konnte, als sie die schlaksige Gestalt von Dr Finch-Dutton die Treppe des Polizeireviers herunterkommen sah. Er trug einen kleinen Holzkasten bei sich und war offenkundig in Reisekleidung.

Also war er doch nicht im Dschungel, wie Harriet gedacht hatte. Seltsam … Warum hatte er sich nicht bei ihr gemeldet? Und was konnte er von der Polizei wollen?

Marie-Claude sah ihn sich genau an. Er war durch ein anderes Tor in den Park gekommen, nahm nun auf einem Stuhl neben dem Musikpavillon Platz und holte etwas aus der Holzkiste, das er mit größter Konzentration betrachtete.

»Bonjour, Monsieur.«

Edward hob den Kopf, errötete und sprang auf. Er hatte jeden Verkehr mit der Balletttruppe gemieden und glaubte außerdem nicht, dass er noch irgendjemandem dort trauen konnte. Aber der Anblick von Marie-Claude, deren Gesicht von den Strahlen der untergehenden Sonne vergoldet wurde, brachte ihn vollkommen durcheinander. Er zog den Hut, hielt ihr die Glasflasche hin, die er betrachtet hatte, und sagte einfach nur: »Sehen Sie mal!«

Marie-Claude sah, stieß ein leises Kreischen aus und machte einen Schritt rückwärts. In der Flasche lag ein großer, toter rotbrauner Wurm mit einer Unzahl schlaff herabhängender Beine und zwei stumpfartigen Fühlern.

»Das ist der *Peripatus*!«, sagte Edward verzückt und starrte zum hundertsten Mal dieses Wunder an, das ihm zuteilgeworden war. »Ich habe ihn heute Morgen gefunden. Sie können sich gar nicht vorstellen, was das dem Leiter meiner Abteilung bedeuten wird. Es ist von größter Wichtigkeit, verstehen Sie – das fehlende Glied in der Kette zwischen den Gliederfüßlern und den Ringelwürmern.«

Daraufhin stürzte er sich kopfüber in einen Bericht über die Bedeutung der kleinen Kreatur, während Marie-Claudes Kiefer sich bei dem Versuch, ein Gähnen zu unterdrücken, immer mehr verkrampfte.

Aber es gab kein Halten mehr für Edward, der sich als einen Auserwählten betrachtete, als einen Mann, dem eine große Gnade gewährt worden war. Denn er hatte eigentlich gar nicht die Absicht gehabt, noch einmal in den Urwald zu gehen; er hatte fix und fertig gepackt und sich im Klub verabschiedet, als er sich eine halbe Stunde, ehe das Taxi kommen sollte, entschloss, doch noch ein allerletztes Mal auf Käferjagd zu gehen.

Und da, an einer feuchten Stelle im vermoderten Laub unter einer Gruppe von Kapokbäumen – da hatte er ihn gefunden!

»Dass das ausgerechnet an meinem letzten Tag passiert!«, sagte Edward jetzt und hielt die Flasche noch einmal ins Licht. »Einfach so!«

»An Ihrem letzten Tag?«, fragte Marie-Claude sofort.

»Meinem letzten Tag ... im Dschungel, wollte ich sagen«, erwiderte Edward und strich sich mit seiner freien Hand über die Stirn. Das verflixte Fieber raubte ihm den Verstand. Es war überaus wichtig, sein Vorhaben niemandem zu verraten. Und um sicherzugehen, dass Hauptmann Carlos seine Arbeit gründlich gemacht hatte, fragte er: »Sie tanzen doch heute Abend in der *Giselle*, nicht wahr? Sie alle? Auch Harriet?«

»Ja.« Marie-Claude seufzte.

»Kein sehr langes Ballett, glaube ich?«, erkundigte Edward sich beiläufig. »Der Vorhang fällt gegen halb elf, wenn ich mich nicht irre?«

»Das stimmt.« Mittlerweile hatte Marie-Claude eindeutig Verdacht geschöpft. »Haben Sie vor zu kommen?«

»Nein ... nein. Ich fürchte, ich bin zu beschäftigt.« Er blickte noch einmal auf die Flasche, und wie immer, wenn er diesen wunderbaren Wurm betrachtete, siegte sein Jubel über seine Vorsicht. »Sie waren immer Harriets Freundin, das weiß ich«, sagte er. »Also hoffe ich, Sie verstehen, dass ich trotz allem, was sie getan hat –«

»Getan?«, warf Marie-Claude hastig ein. »Was hat sie denn getan?«

Edward, solchermaßen bestärkt in seiner Einschätzung von Marie-Claudes Tugendhaftigkeit, sagte heiser: »Ich möchte nicht darüber reden … Es war im Sportklub … letzte Woche …«

Marie-Claude hielt den Atem an. Er war also bei dem Bankett gewesen, dieser selbstgefällige Trottel. Im Vergleich zu ihm war Monsieur Pierre ein regelrechter Freigeist.

»Aber Sie sind doch nicht wütend auf Harriet?«, bedrängte sie ihn und trat trotz des abscheulichen Geschöpfes in seiner Flasche einen Schritt näher, um ihm flehentlich ins Gesicht zu schauen.

»Nein. Ich *war* wütend, das gebe ich zu; aber jetzt ist meine Wut verraucht. Und Sie sollen wissen, dass ich nicht zulassen werde, dass ihr irgendein Leid geschieht. Sie wird bei mir in Sicherheit sein.«

»Bei Ihnen?«, hakte Marie-Claude nach, der nicht entgangen war, dass Edward unwillkürlich zur Gregory hinübergeschaut hatte, die unter ihnen im Hafen vor Anker lag. »Aber ich denke, Sie brechen bald auf? Und Harriet bleibt bei der Truppe. Wie soll sie da bei Ihnen in Sicherheit sein?«

Zu spät erkannte Edward seinen Fehler. »Ich meinte das ganz allgemein. Wenn sie wieder in Cambridge ist, werde ich sie besuchen, das war alles, was ich sagen wollte. Ich würde sie in der Gesellschaft nicht schneiden.«

Und um sich nicht noch weiter zu verraten, legte er den *Peripatus* schnell wieder in seinen Mahagonikasten, verabschiedete sich und ging – wegen des Fiebers ein wenig unsicher – durch den Park davon.

Marie-Claude musste zunächst einmal ihre aufkeimende Panik bezwingen. Was sie gehört hatte, konnte nur eine Erklärung haben: Edward, schockiert von Harriets Auftritt im Klub, hatte beschlossen, sie mit Gewalt zurück nach England zu schaffen. Wenn er sein Vorhaben allein durchführen wollte, hatte er keine Chance, aber wenn er mit der Unterstützung der Polizei rechnen konnte …

O mein Gott, dachte Marie-Claude, die sich die Schuld an allem gab; was soll ich tun? Und es war nur noch eine Stunde, bis der Vorhang sich heben würde …

Unter sich im Hafen sah sie die ameisenkleinen Passagiere über die Gangway der Gregory laufen. Das Schiff sollte morgen in aller Frühe auslaufen, das wusste jeder. Dann trat sie einen Schritt vor und schaute mit zusammengekniffenen Augen übers Wasser. Alle Segel gesetzt, lief die Amethyst in den Hafen ein.

Marie-Claude raffte ihre Röcke und begann zu laufen.

Rom stand an Deck und beschirmte seine Augen mit der Hand, damit die Strahlen der untergehenden Sonne ihn nicht blendeten. Er trug ein schmutziges kakifarbenes Hemd und darüber einen Patronengürtel; ein Stofffetzen verbarg eine Streifwunde an seiner Hand. Er hatte keine Zeit gehabt, sich um seine eigenen Angelegenheiten zu kümmern, denn er musste die Männer, die bei der Ombidos-Plantage verwundet worden waren, ins Krankenhaus bringen. Und doch war der Ausdruck seiner Augen, während er die in goldenen Schein gehüllte Stadt betrachtete, überaus friedlich. Er hatte es geschafft. Alvarez und de Silva sammelten immer noch Beweise und nahmen Aussagen auf – aber die Ombidos-Gummigesellschaft gehörte der Vergangenheit an.

Er war natürlich nicht auf der Amethyst zurück geblieben, während die anderen zur Plantage weiterfuhren. Das war nie seine Absicht gewesen. Nach seiner Einschätzung der Männer, die für dieses Rattenloch die Verantwortung trugen, war ihm eines klar gewesen: Diese Lumpen würden sich nicht damit aufhalten, sich mit irgendjemandem herumzustreiten, der sie bei ihrem kleinen Sport überraschte; sie würden versuchen, sich den Weg freizuschießen und in den Dschungel zu entkommen. Rom selbst hatte noch eine Rechnung mit einem der Männer zu begleichen, den er auf keinen Fall entkommen lassen wollte. Der Mann hatte keine Chance gehabt, und Rom sehnte sich jetzt nur noch nach einem langen, kühlen Bad, einer Mahlzeit, Follina … und seinem Bett.

Die Segel wurden eingeholt. Die Amethyst glitt langsam ins Hafenbecken. Eine Bahre nach der anderen wurde über die Gangway und zu den auf dem Kai wartenden Krankenwagen getragen.

»Jesus Maria! Ich wusste gar nicht, dass ich schon tot bin«, sagte der letzte der Verwundeten – ein hübscher und etwas vorlauter Leutnant mit einer Fleischwunde am Bein. »Es hat wohl keinen Sinn, einen Engel um einen Kuss zu bitten?«

Rom drehte sich um. Außer Atem, aufgeregt und mit einem deutlichen Flehen in den großen Augen kam Marie-Claude auf ihn zugelaufen.

»Bitte, Monsieur … Ich muss mit Ihnen sprechen. O schnell, *bitte* …«

Der erste Akt war gut über die Bühne gegangen. Mascha hatte sich als Giselle recht ordentlich gehalten – als das unglückliche, in den hochwohlgeborenen Albrecht verliebte Dorfmädchen, das den Verstand verliert und sich umbringt, nachdem es erfährt, wer sein Liebster ist und dass er bereits einer Prinzessin das Eheversprechen gegeben hat. Nur Graf Sternow und eine Handvoll anderer wirklicher Kenner hatten das Pathos und die Tiefe vermisst, die die Simonowa der Rolle verliehen hatte.

Verneys Loge in der Beletage stand leer.

Und jetzt kam der zweite Akt – der letzte. Keine Schwäne waren es diesmal und auch keine Schneeflocken, sondern Wilis, die im Gefolge ihrer Königin das mondhelle Wäldchen betraten … und Giselle, die sich aus ihrem Grab erhebt, willkommen heißen … um ihr mitzuteilen, dass auch sie jetzt eine Wili ist und sich an jedem Mann rächen muss, der ihr vor Augen kommt.

Albrecht erscheint, ganz in schwarzen Samt gehüllt und mit Lilien in der Hand; er ist in tiefer Trauer. Die Wilis umzingeln ihn. Er soll tanzen, bis er den Tod findet. Nein! Fleht Giselle … nicht Albrecht! Verschont ihn!

Genau an dieser Stelle tauchte Hauptmann Carlos am Bühneneingang auf, zeigte seinen Polizeiausweis vor und wurde eingelassen. Der hünenhafte Sergeant Barra, der für die eigentliche Entführung abgestellt war, und Leo, der schwarze Gefängniswärter, der ihnen als Assistent und Dolmetscher zur Hand gehen sollte, begleiteten ihn.

Und direkt hinter den dreien kam Edward Finch-Dutton, der sich wie ein Judas fühlte. Seine Aufgabe war es, auf Harriet zu zeigen; er selbst brauchte gar nicht in Erscheinung zu treten. Da er sich als mitfühlenden Menschen kannte, fürchtete er, eine sich wehrende und zu Tode erschrockene Harriet könnte seine Entschlossenheit vielleicht schwächen. Deshalb hatte er es so eingerichtet, dass Carlos und seine Männer sie ohne seine Mithilfe in die Kutsche verfrachteten und zum Hafen brachten. Sie sollten auch dafür sorgen, dass sie in ihrer Kabine eingeschlossen wurde, wo die Stewardess in dem Bewusstsein, dass hier das Gesetz seinen Lauf nahm, ihr ein mildes Schlafmittel verabreichen würde. Wenn er dann am nächsten Tag erschiene, um die Tür von Harriets Kabine zu öffnen, würde sie ihn wohl eher als Retter denn als Übeltäter betrachten.

Trotz alledem schlug ihm das Herz bis zum Halse, als er den drei Polizisten in die Kulissen folgte.

Die Musik und die Hitze trafen ihn wie ein Schlag. Die Mädchen bildeten gerade eine V-Formation, wobei die eine Seite des V ihm beunruhigend nahe kam. Das war etwas ganz anderes als in Verneys Loge, wo er nur eine Reihe gesichtsloser Mädchen gesehen hatte. Jetzt konnte er die einzelnen Tänzerinnen recht gut auseinanderhalten. Nun ja, ziemlich gut …

»Welche?«, flüsterte Leo. »Der Hauptmann will wissen, welches Mädchen wir nehmen sollen.«

Edward kniff stirnrunzelnd die Augen zusammen. Die Wilis trieben es jetzt ziemlich bunt und sprangen auf der Bühne hin und her, während in der Mitte Giselle und ihr Albert einen ziemlich wilden Pas de deux tanzten. Da plötzlich erhellte sich seine Miene. Im Korps gab es mehrere zierliche, braunäugige Mädchen, aber das hier war eindeutig Harriet, die sich glücklicherweise ganz in seiner Nähe befand.

»Die da«, sagte er und zeigte mit dem Finger auf sie. »Die Vierte vom Ende.«

Leo kratzte sich am Kopf. »Sind Sie sicher? Für mich sehen sie alle gleich aus.«

Edward nickte. In diesem Augenblick wäre auch nur das leiseste Zögern verhängnisvoll gewesen. »Sie ist die dünne da, mit dem dunklen Haar.«

»Heiliger Himmel, dieses verflixte Zeug steigt mir in die Nase«, beklagte sich Leo. »Brauchen die denn wirklich so viel von diesem elenden Nebel?«

Der Nebel war tatsächlich ziemlich dicht. Statt nur um die Beine der Tänzerinnen herumzuwabern, verschlang er sie bis zur Taille. Jetzt rollte er sogar den Rampenlichtern entgegen, und der Dirigent begann zu husten. Und immer noch kroch er über die Bühne, während der alte Fernando frohlockend vor sich hin kicherte und noch einen weiteren Eimer heißes Wasser auf die Kristalle in dem Kasten vor sich goss. Er hatte den Vorsitzenden der Gönnergemeinschaft des Opernhauses sofort erkannt, trotz des Stoppelbartes, der dessen Kinn zierte, und der alten Kleider, die er trug, und Verneys Anweisungen hatten den alten Mann ausgesprochen glücklich gemacht. Selbst ohne den Geldschein, den Verney ihm in die Tasche geschoben hatte, und ohne das hastig gemurmelte Versprechen einer zusätzlichen Belohnung nach der Vorstellung hätte Fernando mit Freuden jede Menge Nebel produziert. Sie ließen ihn hier nie lange genug an irgendetwas heran: weder an das Donnerblech noch an die Kokosnüsse, mit denen er die Pferdehufe imitierte ... Und jetzt hatte er den *Befehl* bekommen, immer mehr Nebel zu machen, Nebel und nochmals Nebel ...!

Eine Wili prallte mit ihrer Nachbarin zusammen und stieß einen leisen Aufschrei aus, als sie dafür mit einer Ohrfeige belohnt wurde. Nebel hin oder her, mit Olga Narukow prallte man einfach nicht zusammen. Maximow, der nach Maschas Arm tastete, bekam stattdessen das ausgestreckte Bein der Wilis-Königin zu fassen und brachte sie damit zu Fall. Eine der Wilis war schon zuvor über Giselles Grabstein gestolpert und zu Boden gegangen.

Der Nebel war mittlerweile bis zu den ersten Parkettreihen gedrungen, und eine Dame mit prächtigem Diadem auf der Stirn hastete eilig davon, ein Taschentuch auf den Mund gepresst. Überall wurden jetzt erstaunte Rufe und Gekicher laut.

»Bewahren Sie einen kühlen Kopf, Doktor«, sagte Leo. »Sie muss hier entlangkommen, wenn sie diejenige ist, die Sie uns gezeigt haben. Kein Grund zur Panik.«

»Ich bin nicht in Panik«, erwiderte Edward, während er mit tränenden Augen in die Düsternis spähte.

Mascha Repin trat nach ihrem Solo von der Bühne ab und stieß einen Schwall polnischer Flüche aus. Das alles war das Werk der Simonowa – eine Verschwörung, um ihr ihren Triumph zu nehmen –, aber sie würde sich nicht geschlagen geben, der Vorhang würde *oben bleiben*, und als sie ihr Stichwort hörte, stürmte sie wieder auf die Bühne und suchte vergebens nach Maximow.

Zwei Bühnenarbeiter kamen und zerrten den wie ein Wahnsinniger lachenden Fernando weg, aber es war zu spät, denn er hatte gerade noch einen Eimer Wasser über die Kristalle ausgekippt, und der Nebel waberte ungehindert weiter. Der Akt näherte sich seinem Ende; schon bald würden die Uhren den Tagesanbruch verkünden und die Wilis sich in den Wald verflüchtigen …

»Jetzt!«, flüsterte Leo. »Der Hauptmann sagt, wir sollen jetzt zugreifen, solange sie noch allein ist. Das ist sie doch, da drüben, bei diesem Felsen?«

»O ja, das ist sie ganz eindeutig.« Edward sprach mit voller Überzeugung, denn er kannte diese Pose nur allzu gut – den dunklen Kopf gesenkt, einen Fuß gegen das andere Bein gestützt.

»Verdammt!« Sergeant Barra fluchte leise vor sich hin. In dieser Sekunde war das Mädchen noch da gewesen, direkt neben dem Sperrholzfelsen; in der nächsten schien sie sich in Luft aufgelöst zu haben.

»Wir haben sie verloren«, sagte Leo. »Sie muss bei der Gruppe sein, die gerade in unsere Richtung kommt. Fangt sie ab, wenn sie durch diese Bäume kommen.«

Edward ließ seine Blicke verzweifelt über die durcheinanderwirbelnden Mädchen gleiten, die gerade von der Bühne tanzten. Schwitzend, verwirrt und mit brennenden

Augen blieben sie in den Kulissen stehen. Eine beugte sich über eine verletzte Kameradin, eine andere tastete nach ihrem verlorenen Kranz … Das war nicht Harriet … und die da drüben auch nicht …

Dann öffnete jemand eine Tür, und ein Schwall frischer Luft zerstreute die Nebelwolken … Mit einer Woge der Erleichterung stellte Edward fest, dass ihn nur wenige Meter von Harriet trennten.

»Da!«, zischte er. »Da drüben, schnell! Sie hat einen Fuß auf den Stuhl gestellt.« Harriets vertrautes Gesicht, schmal und ernst, ihre nachdenkliche Pose, während sie sich den Schuh zuband, brachten ihn fast um seine Fassung. »Tun Sie ihr nicht weh«, bat er – und wandte sich ab, wie Judas es auch getan hatte, während Sergeant Barra den Umhang, in dem er Harriet einfangen wollte, öffnete und entschlossen auf sie zuschritt.

Danach ging alles sehr schnell. Sie wehrte sich, aber ihre Schreie gingen in dem allgemeinen Lärm und der Verwirrung unter, und niemand sah, wie zwei Männer sie hinaustrugen. Edward, der hinter ihnen hereilte, erhaschte nur einen Blick auf eine gefesselte weiße Gestalt, die in die Kutsche gedrängt wurde – dann gab der Fahrer seinen Pferden die Peitsche, und die Sache war vorüber.

»Wohin bringen Sie mich?«, fragte Harriet. Sie saß zurückgelehnt im Wagen, noch immer mit ihrem weißen Tutu bekleidet, den Myrtenkranz zerdrückt auf dem Schoß. Von dem Entsetzen und der Angst, die man bei einem Mädchen hätte erwarten können, das gerade überfallen und in die Dunkelheit gezerrt worden war, ließ sie sich nichts anmerken. Obwohl ihr Gesichtsausdruck in der Finsternis nicht deutlich zu sehen war, schien sie eher eine Art verträumten Frieden auszustrahlen.

»Nach Follina natürlich«, erwiderte Rom, der gerade stirnrunzelnd eine neuerliche Wasserlache musterte, durch die er die große schwarze Kutsche manövrieren musste. »Ich muss schon sagen, Sie haben sich ziemlich seltsam verhalten. Warum haben Sie sich nicht gewehrt? Warum haben Sie nicht geschrien?«

»Ich wusste doch, dass Sie es waren. Sobald Sie Ihre Hand auf meinen Mund legten, wusste ich es.«

»Sie konnten das erkennen, obwohl es dunkel war und ich von hinten kam?«

»Ja«, erwiderte Harriet.

Den Sumpf hatten sie mittlerweile hinter sich. Mit der Straße, die in der nassen Jahreszeit unpassierbar war, konnte man auch jetzt keinen Staat machen, aber er wollte Harriet so schnell wie möglich aus Manaus wegbringen. Der Himmel mochte wissen, wie Edward reagieren würde, wenn er seinen Irrtum erst einmal entdeckt hatte.

»Es macht mir nichts aus, entführt zu werden«, meinte Harriet nun. »Das dürfen Sie nicht denken. Ich frage mich nur, warum? Ich meine, ich wäre auch so mitgekommen.«

»Die Umstände haben mich dazu gezwungen. Edward hatte eine weit weniger erfreuliche Entführung arrangiert. Ein nicht sehr attraktiver Polizist sollte Sie ergreifen und aufs Schiff verfrachten. Genau in diesem Augenblick wären Sie eine Gefangene auf der Gregory, die in Kürze auslaufen wird.«

»Oh!« Diese Nachricht hätte sie eigentlich erschrecken müssen, aber es war schwierig, vor irgendetwas Angst zu haben, wenn sie neben Rom saß. »Ich dachte, wir hätten ihn davon überzeugt, dass ich ein makelloses Leben führe?«

»Hatten wir auch. Bis Sie aus dieser abscheulichen Torte herausgesprungen sind. Er war bei dem Bankett zugegen, und Sie können sich vorstellen, welche Schlüsse er daraus gezogen hat.«

»Ich habe ihn gar nicht gesehen.« Sie warf einen kurzen Blick auf Roms in der Dunkelheit verborgenes Profil. »Die Sache mit der Torte tut mir leid. Ich hatte einen Grund dafür, nur dass –«

»Ich kenne den Grund; Marie-Claude hat mir alles erzählt. Ihretwegen war es mir übrigens auch nur möglich, Sie rechtzeitig fortzuschaffen. Sie hat Edward im Park getroffen und erraten, was er vorhatte. Ich wollte eigentlich erst zur Polizei gehen und sie zurückpfeifen, aber dann fand ich, es sei doch grausam, Edward noch länger hier festzuhalten: Das Klima ist wirklich Gift für ihn!«

»Ja, aber wenn er herausfindet, dass die Polizei gar niemanden erwischt hat …«

»Aber das hat sie doch! Ich weiß nicht genau, wen, aber ich kann es mir in etwa denken. Sie müssen wissen, dass Edward sich ein wenig schwertut, eine Tänzerin von der anderen zu unterscheiden – und der Nebel hat die Sache natürlich nicht leichter gemacht. Nachdem ich Sie von dem Felsen weggeholt hatte, musste er natürlich ein anderes Mädchen mit Ihnen verwechseln. Aber keine Angst – es ist nur eine Woche nach Belem –, wer immer sie auch sein mag, es wird nicht weiter schwierig sein, sie zurückzuholen, bevor sie den Atlantik überquert, und für ihre Unannehmlichkeiten zu entschädigen. Ich habe ein Büro in Belem und werde alles Notwendige veranlassen. Es besteht kein Grund zur Sorge, Harriet.«

»Also, ein ganz klein wenig mache ich mir doch Sorgen«, gab Harriet zu. »Und der arme Monsieur Dubrow, der jetzt gleich zwei Wilis zu wenig hat. Aber am meisten sorge ich mich um Ihre Hand. Wenn jemand Sie absichtlich verletzt hat, dürfte ich ihn dann vielleicht umbringen?«

»Das ist bereits geschehen, meine Liebe. Außerdem ist es nur ein Kratzer. Marie-Claude hat mir von Madame Simonowas Verletzung erzählt«, sagte er, fest entschlossen, jedes persönliche Gespräch zu unterbinden. »Wenn ich recht verstehe, handelt es sich um eine ernste Sache?«

»Sehr ernst. Die Ärzte scheinen nicht herausfinden zu können, was eigentlich los ist. Sie versuchen alles, aber nichts hilft.«

»Das Metropole ist bestimmt so ziemlich der letzte Platz, an dem man sich von einer Verletzung erholen kann. Ich werde Dubrow für die Dauer ihres Aufenthaltes hier die Casa Branca anbieten – falls Madame Simonowa kräftig genug für einen Umzug ist. Carmen und Pedro würden sich dort um sie kümmern.«

Da war noch etwas, das Rom ihr während ihrer Fahrt über den gefährlichen Dschungelweg erzählte. Dass er nämlich beschlossen habe, nach Stavely zurückzukehren – und dass er auf diese Weise die Verantwortung für Henry übernehmen würde, wie sie es gewünscht hatte.

»Ich glaube, ich hätte das ohnehin getan, nachdem mein Bruder jetzt tot ist. Dieses Haus und das Land haben meinem Vater alles bedeutet. Er war einer der besten Männer, die es je gegeben hat, und die Vorstellung, Stavely könnte vollkommen verfallen, würde ich nicht ertragen. Gott weiß, dass ich Follina liebe, aber der Amazonas ist wohl kaum der richtige Ort für Kinder.«

»Nein. Ich glaube nicht, dass Henrys Gesundheitszustand besonders heikel ist, aber …«

Rom lächelte, denn es war nicht Henry, an den er gedacht hatte. Aber im Augenblick wollte er nicht mehr zu diesem Thema sagen. Wenn MacPherson die Bestätigung schickte, dass Stavely sich endgültig in seinem Besitz befand, würde er mit ihr über die Zukunft reden, aber nicht jetzt – nicht mit einem müden Kind, das gerade erst einer großen Gefahr entkommen war.

Also will er jetzt, da Isobel frei ist, zurück nach Stavely, dachte Harriet. Genau das habe ich erwartet, und ich bin froh darüber. Ich *muss* froh sein. Wegen Henry bin ich überhaupt hierhergekommen und durfte Rom kennenlernen, und ich darf einfach kein Theater machen, wenn es so kommt, weil ich es ja will. Ich *muss* es so wollen. Nur lass mich keinen Augenblick von der Zeit verschwenden, die mir noch mit ihm bleibt. Das ist alles, worum ich dich bitte, lieber Gott – dass du mir den Mut gibst, keine Minute zu verschwenden, keine Sekunde dieser Zeit …

Eine Stunde später fuhren sie über die Schottereinfahrt auf Follina zu. Trotz der späten Stunde war eines der Fenster noch immer erleuchtet; Lorenzo eilte die Stufen hinunter, und die anderen Diener, in deren dunklen Augen deutlich die Erleichterung über die sichere Rückkehr ihres Herrn stand, scharten sich um sie.

Ich bin bisher nur ein einziges Mal in meinem Leben hier gewesen, sagte Harriet sich. Es ist nicht mein Zuhause. Aber das Gefühl des Heimkommens, der wunderbaren Vertrautheit all dessen, was sie hier sah, war einfach überwältigend. Der Nasenbär, der um ihre Beine strich, Lorenzos Lächeln, das seine Goldzähne entblößte …

Obwohl Rom eine ganze Woche fort gewesen war, standen in seinen Zimmern überall Blumen, die Möbel waren auf Hochglanz poliert, die Kronleuchter spendeten strahlendes Licht …

»Sie müssen halb verhungert sein. Ich habe Lorenzo gebeten, in einer halben Stunde das Abendessen zu servieren – ich muss mich erst umziehen. Und jetzt hören Sie mir genau zu, Harriet.« Rom war sehr müde, und das Stirnrunzeln, mit dem er nach den richtigen Worten suchte, war ziemlich einschüchternd. »Wenn Sie sich vor Edward verstecken wollen, ist Follina zumindest für den Augenblick Ihre einzige Chance. Mein Land wird bewacht, und Ihnen kann hier nichts Böses geschehen. Wenn Edward aufgibt und nach England zurückkehrt, dann liegen die Dinge natürlich anders – und sobald de Silva von der Ombidos-Plantage zurückgekehrt ist, haben wir auch keinen Unsinn mehr von der Polizei zu befürchten. Die Gesetze bezüglich Auslieferung und Repatriierung sind viel komplexer, als der arme Carlos ahnt. Aber für den Augenblick wäre es katastrophal für Sie, wenn Sie Follina verlassen würden.«

»Ja. Das verstehe ich.«

»Allerdings, angesichts dessen, was bei Ihrem letzten Aufenthalt hier geschehen ist … Ich möchte Ihnen versichern, dass alles, was ich Ihnen anbiete, ein sicheres Versteck ist, ohne jeden Hintergedanken. Sie sind sehr jung und –« Er brach ab, zu müde, um sich zu einer langen Rede über ihre Jugend aufzuschwingen.

»Ich erwarte nichts von Ihnen, Harriet. Ich werde dafür sorgen, dass man Ihnen ein Gästezimmer auf der anderen Seite des Hauses gibt; dort werden Sie völlig ungestört sein.«

»Vielen Dank. Sie sind sehr freundlich.«

Rom betrachtete sie eingehend, wie sie da in ihrer Lieblingspose vor ihm stand: mit gefalteten Händen, die Füße in der dritten Position. Er hatte den Eindruck, dass weder in ihrem Gesicht noch in ihrer Stimme etwas von der Erleichterung und Dankbarkeit durchschimmerte, die er erwartet hatte – die ihm, wie er fand, wahrhaftig zustanden.

Dann verabschiedete er sich, um endlich zu duschen und

sich umzuziehen, und die in Rio ausgebildete Kammerzofe geleitete Harriet zu ihren Räumen, wo sie sich Gesicht und Hände wusch und sich kämmte.

Lorenzo hatte im Salon gedeckt, den Tisch neben dem Fenster. Um Harriet nicht in Verlegenheit zu stürzen, hatte Rom sich zwanglos gekleidet mit einem weißen Hemd ohne Krawatte und dunklen Hosen.

»Ich konnte leider nichts anderes anziehen«, sagte Harriet entschuldigend. »Ich werde wohl irgendetwas unternehmen müssen, um an meine Kleider heranzukommen.«

Er lächelte. »Ich wüsste nicht, was Ihnen besser stehen könnte als das, was Sie im Augenblick tragen. Die meisten Kleider, die eine Frau kauft, sollen genau diese Wirkung erzielen – ätherisch … ein wenig geheimnisvoll … und ungeheuer romantisch.«

Einige Zeit später, nachdem sie sich schüchtern nach seinen Erlebnissen in der vergangenen Woche erkundigt hatte, erzählte er ihr ein wenig von der Ombidos-Plantage, jetzt, da die schrecklichen Ereignisse der Vergangenheit angehörten, und er erzählte ihr auch von Alvarez' Mut, nachdem er sich erst einmal zu dem Entschluss durchgerungen hatte, dort hinzufahren.

Und er erinnerte sich an die Stimme des Ministers, als dieser von Lucia sprach, der Frau, die Harriets Augen gehabt hatte … die Alvarez angesehen haben musste, wie Harriet jetzt ihn ansah, voller Vertrauen und Glück.

Aber warum nur, dachte Rom ein wenig irritiert, denn er hatte das Gefühl, dass Harriet irgendwie nicht besonders entgegenkommend war, warum sieht sie mich so an? Sie muss über meinen Ruf Bescheid wissen … darüber, was die Leute denken würden.

»Es ist schon spät«, sagte er abrupt. »Sie müssen sehr müde sein – lassen Sie sich nicht von mir aufhalten.«

»Könnten wir vielleicht erst noch auf die Terrasse gehen?«, bat sie. »Nur für einen kurzen Augenblick?«

Er nickte, zog ihren Stuhl ein Stück vom Tisch weg und führte sie durch die Terrassentür ins Freie.

Der schwere Duft des Jasmins überwältigte sie schier, und Rom verspürte, während er seinen Blick über den mondbeschienenen Fluss gleiten ließ, einen Stich, ein tiefes und unbezwingbares Gefühl des Verlustes, der Verschwendung. Wenn alles sich so entwickelte, wie er hoffte, würde er sie heiraten; sie würden zusammen sein, und alles würde gut werden. Aber diese ganz besondere Nacht, in der sie hier draußen auf der Terrasse standen, beide nur knapp einer Gefahr entronnen, eingehüllt in den Duft des Jasmins, diese Nacht würde nie wiederkehren.

»Kommen Sie!«, sagte er mit rauer Stimme. »Wir müssen hineingehen.«

Sie folgte ihm schweigend. Als sie wieder im Salon waren, fragte er: »Haben Sie in Ihrem Zimmer alles, was Sie brauchen?«

»Ja. Vielen Dank. Es ist alles sehr komfortabel.«

»Nun, dann sage ich Ihnen jetzt gute Nacht.«

Sie wandte sich nicht sofort zum Gehen, sondern stand mit gesenktem Kopf, den Blick auf eine Schale mit Lilien geheftet, einfach nur da. »Es ist wohl wirklich sehr schwierig, in diesem Haus ruiniert zu werden«, sagte sie schließlich leicht verdrossen.

Er musste sich verhört haben. »Wie bitte?«

Sie wiederholte ihre Worte nicht, sondern hob lediglich den Blick, um ihm forschend ins Gesicht zu sehen. Dann nickte sie – sie hatte gefunden, was sie gesucht hatte – und ging hinüber zu der Stelle, wo der Klingelzug hing, und zog daran.

Die Klingel erscholl so laut wie in jener anderen Nacht, die unglaublicherweise keine vier Wochen zurücklag.

»*Coronel?*« Lorenzo, der noch immer damit beschäftigt war, sich wieder in sein Jackett zu zwängen, sah seinen Herrn fragend an.

»*Ich* habe geklingelt.« Die Autorität in ihrer Stimme überraschte Rom und erschien ihm als ein gutes Omen für die Zukunft, die er geplant hatte. »Ich habe beschlossen, in der blauen Suite zu schlafen«, sagte Harriet. »Bitte sorgen Sie dafür, dass sie vorbereitet wird. Und seien Sie außerdem so freundlich, Maliki und Rainu zu mir zu bitten. Ich möchte ein Bad nehmen.«

15

In den folgenden Tagen gewann Harriet auf merkwürdige Weise an Schönheit. Ihre Haut glühte, und ihr Haar – Rom hätte es schwören können – wurde voller und schwerer, und wie die meisten Liebenden erfreute er sich an diesen Veränderungen und beharrte gleichzeitig darauf, dass sie ihm genau so am liebsten sei, wie sie war.

Er hatte der Balletttruppe die Nachricht zukommen lassen, dass sie in Sicherheit war, und Marie-Claude, ein durch und durch praktisch veranlagtes Mädchen, hatte Harriets Kleider zusammengepackt und in Verneys Büro gebracht, damit Miguel sie nach Follina schicken konnte. Das half Harriet jedoch nur wenig, denn Rom gab auf der Stelle Anweisung, sie verbrennen zu lassen.

»Das ist nicht persönlich gemeint, verstehst du. Nur eine Meinungsverschiedenheit zwischen mir und deiner Tante Louisa. Später kaufen wir dir neue Kleider. Der blaue Rock und die weiße Bluse sind in Ordnung – und dein Unterrock auch; den darfst du behalten.« Grinsend blickte er auf sie hinunter. »Wer weiß schließlich, wann du wieder den Drang verspürst, auf Tischen zu tanzen!«

Nachdem sie eine Woche auf Follina verbracht hatten, fuhr Rom nach Manaus, wo er als Erstes das Polizeirevier aufsuchte. Er hatte keinerlei Befürchtungen, was Harriets Sicherheit betraf; er hatte nicht nur die Wachen an seinen Toren verdoppelt, sondern auch seinen Angestellten gegenüber durchblicken lassen, dass Harriet in seiner Abwesenheit niemals allein gelassen werden durfte.

Was Polizeihauptmann Carlos ihm jedoch zu sagen hatte, als er sich nach der lästigen jungen Engländerin erkundigte, war absolut beruhigend. Ja, sie hatten das Mädchen auf die Gregory gebracht und in ihre Kabine eingeschlossen. Dr Finch-Dutton war eine Stunde später an Bord gegangen – und seither waren weder das Mädchen noch der Doktor wieder gesehen worden.

Roms nächster Besuch galt seinem Büro am Hafen, wo er Miguel anwies, nach Belem zu kabeln und den Aufseher darum zu bitten, einen Mann zur Gregory zu schicken, um das Mädchen, das in Begleitung von Dr Finch-Dutton reiste, in ein Hotel zu bringen und mit dem nächsten Schiff nach Manaus zurückzuschicken.

»Er soll dafür sorgen, dass sie für die Rückreise alles hat, was sie sich wünscht – er soll keine Kosten scheuen.« Dann fügte er grinsend hinzu, als sei ihm plötzlich ein neuer Gedanke gekommen. »Nein … sagen Sie ihm besser, er soll *zwei* Männer hinschicken!«

Als dies erledigt war, machte er sich auf den Weg ins Hotel Metropole. Die Mitglieder der Balletttruppe machten einen niedergeschlagenen und teilnahmslosen Eindruck, denn der Unfall der Simonowa hatte sie alle getroffen. Mascha Repin schloss sich – felsenfest davon überzeugt, dass die ganze Welt gegen sie war – zwischen den Vorstellungen in ihrem Zimmer ein; Maximow brauchte nach wie vor pausenlos jemanden, der ihm versicherte, dass er keine Schuld an der Verletzung der Ballerina trage; und die Besucherzahlen sanken. Die ermüdeten Tänzer und Tänzerinnen dachten mittlerweile mit zunehmender Sehnsucht an Europa und zu Hause.

Aber Marie-Claude, die in der Lobby saß und einen Roman las, als Rom das Hotel betrat, war außer sich vor Freude, als sie hörte, worum dieser sie bat.

»Aber ja, Monsieur, das tue ich mit größtem Vergnügen! Ich kenne ihre Maße genau, und Sie werden bestimmt nicht enttäuscht sein.«

»Braves Mädchen«, sagte Rom und drückte ihr ein Bündel Banknoten in die Hand. »Ich würde mich freuen, wenn eines der Kleider blau wäre – die gleiche Farbe wie das Halstuch, das sie in der *Fille* getragen hat.«

Marie-Claude nickte. »Ich werde mein Bestes tun. Madame Pauline hat neue Sachen aus Paris bekommen – da versuche ich es als Erstes.«

»Und ich würde mich freuen, wenn Sie auch ein Kleid für sich selbst kaufen würden, sozusagen, um Sie für Ihre Mühe zu entschädigen. Etwas nicht *allzu* Passendes für eine Restaurantbesitzerin!«

Marie-Claude schüttelte den Kopf. »Nein, Monsieur, das ist nicht nötig. Harriet ist meine Freundin, und ich gehe schrecklich gern einkaufen. Ich möchte nichts für mich haben.«

»Trotzdem würden Sie mir eine große Freude machen, wenn Sie mein Angebot annähmen. Und Sie werden doch nicht so grausam sein, Vincent um das Vergnügen zu bringen, Sie in einem wunderschönen Kleid zu sehen«, fügte Rom hinzu, bevor er die Treppe hinaufging, um an die Tür der Simonowa zu klopfen.

Als er ihr Zimmer betrat, fand er sich plötzlich in einer Atmosphäre düsterer Trübseligkeit und Hoffnungslosigkeit wieder. Die Läden waren zu drei Viertel geschlossen; in den Vasen verwelkten Blumen mit schweren Blüten, die wohlmeinende Bewunderer ihr geschickt hatten; auf einem Tisch lag ein makabres Arrangement elektrischer Batterien und Rückenpolster, und die Luft im Zimmer war von dem widerwärtigen Geruch von Chloroform erfüllt.

Rom hatte der Ballerina einige französische Romane mitgebracht, einen Korb voll Früchte, einen einzelnen Zweig der Königinnenorchidee, die Harriet bei Morgendämmerung taufrisch gepflückt hatte, aber als er an das Bett der großen Tänzerin trat, war ihm sofort klar, dass sie weder guten Büchern noch den anderen Tröstungen des Krankenzimmers zugänglich war.

Immerhin reagierte die Simonowa trotz ihrer Schmerzen und ihrer Verzweiflung noch immer auf die Anwesenheit eines gut aussehenden Mannes.

»So! Sie haben uns das einzige Mädchen gestohlen, aus dem vielleicht eine wirkliche Tänzerin geworden wäre. Ich hoffe, Sie schämen sich!«

Er lächelte und schüttelte den Kopf. »Nein, Madame, ich schäme mich nicht.«

»Nun, das ist auch ganz richtig so«, sagte sie und verfiel wieder in Apathie. »Sie sehen ja, wo das endet.«

Rom wandte sich an Dubrow, der wie immer von seinem Stuhl aus Wache hielt. »Ich bin hergekommen, um Ihnen die Casa Branca anzubieten, aber ich könnte mir vorstellen, dass ein Umzug für Madame schwierig wäre?«

»Unmöglich«, kam die schwache Stimme der Simonowa vom Bett. »Ich kann mich ja nicht einmal allein umdrehen. Es wird schon schlimm genug sein, mich aufs Schiff tragen zu lassen.«

»Und die Ärzte stehen nach wie vor vor einem Rätsel?«

Dubrow zuckte die Achseln. »Der eine meint, es sei eine Blutung in der Wirbelsäule, der andere sagt, es sei eine Kompression der Zwischenwirbel … Gestern ist ein junger Deutscher vom Krankenhaus hier gewesen und meinte, sie hätte sich die Lumbalnerven angerissen … Wir haben jetzt nur noch einen Gedanken, nämlich möglichst schnell zu Leblanc in Paris zu kommen; vielleicht kann er ja operieren.«

Rom runzelte die Stirn. Eine Rückenoperation an einer Frau in einem solchen Zustand schien ihm ein direkter Weg in die Katastrophe zu sein, vor allem, wenn nicht einmal eine richtige Diagnose vorlag. Aber er verbarg seine Beunruhigung und verbrachte die nächste Viertelstunde damit, die Simonowa zu unterhalten und ihr zu schmeicheln – er sprach von ihren Triumphen und flirtete mit ihr, bis sie wieder ein wenig Farbe in den hohlen Wangen hatte.

»Bringen Sie das Kind zu mir, damit ich ihr Lebewohl sagen kann«, sagte sie, als er sich verabschiedete.

Draußen im Korridor sprach Rom noch mit Dubrow. »Es erscheint mir doch sehr seltsam, dass die Ärzte den Grund für ihre Verletzung nicht finden können. Viele von ihnen sind Narren, aber doch nicht alle. Dr Stolz aus dem Krankenhaus hat einen hervorragenden Ruf. Sie waren dabei, als Madame sich diese Verletzung zugezogen hat. Können Sie mir sagen, was genau geschehen ist?«

Dubrow beschrieb ihm den Unfall, aber Roms Verwirrung wurde dadurch eher größer.

»Da ist irgendetwas, das ich nicht verstehe«, sagte er. »Etwas, das nicht passt ... Aber wie dem auch sei, versprechen Sie mir, dass Sie es mich wissen lassen, wenn ich Ihnen in irgendeiner Hinsicht behilflich sein kann. Ich weiß, dass ich tief in Ihrer Schuld stehe, nachdem ich Ihnen gleich zwei Ihrer Wilis geraubt habe.«

Dubrow schüttelte den Kopf. »Das ist jetzt nicht mehr von Bedeutung. Wir schlagen nur noch die Zeit tot. Aber vielleicht könnten Sie ja ein Wort mit den Leuten von der Reederei reden? Wir versuchen, einige unserer Reservierungen umzubuchen, damit wir am 14. mit der Lafayette zurückfahren können, und die Leute sind nicht übermäßig entgegenkommend.«

»Ich werde mich sofort darum kümmern. Der Kapitän der Lafayette ist ein guter Freund von mir – da sollte es eigentlich keine Schwierigkeiten geben. Und Ende nächster Woche müsste eigentlich auch Olga wieder bei Ihnen sein.« Er sah Dubrow fragend an. »Es war doch Olga Narukow, die Finch-Dutton mitgenommen hat, oder?«

»Ja«, sagte Dubrow. »Es war Olga«, und zum ersten Mal seit dem Unfall der Simonowa lachte er.

Rom hatte seinen Hut vom Haken genommen und wollte sich gerade zum Gehen wenden, als Dubrow sagte: »Und Harriet? Ich habe auch für sie eine Passage gebucht.« Er schwieg und dachte an das Mädchen, das er bei Madame Lavarre gesehen und trotz aller Widerstände hatte haben wollen, da er von Anfang an ihre Hingabe und Intelligenz gespürt hatte. »Sie bleibt bei Ihnen?«

»Ja«, antwortete Rom. »Was ich einmal habe, halte ich fest. Ich habe keine Skrupel mehr.«

Auf Follina durchströmte Harriets Glück das Haus, die Gärten und das Dorf wie in kleinen, sich kräuselnden Wellen … Rom hatte keinen Augenblick gezögert, keine Sekunde an seinem Herzen gezweifelt. Freundin, Seelengefährtin und leidenschaftliche Geliebte – sie war alles für ihn. Ebenso wenig zweifelte er an ihrer Liebe. Aus jedem Wort, das sie sprach, aus jedem Atemzug, den sie tat, strömte ihm ihre Liebe entgegen. Und doch konnte er sie nicht dazu bewegen, über die Zukunft zu reden. Wann immer er auf die Zeit zu sprechen kam, da sie Follina verlassen würden, zeigte sie sich sichtbar erschrocken.

Drei Tage nach seinem Besuch in Manaus erhielt er von

MacPherson in London die erwartete Bestätigung. Die Formalitäten waren erledigt, und Stavely gehörte ihm. Ein Brief an Professor Morton, in dem er ihn um die Erlaubnis bat, seine Tochter zu heiraten, lag schon auf Roms Schreibtisch bereit.

An diesem Morgen nahm er sie zu einem Ausflug auf der Firefly mit. Er lehrte sie den Umgang mit dem kleinen Boot, und sie lernte schnell. Sie trug den alten blauen Rock und die weiße Bluse, da sie ihre neuen Kleider den Kaprizen der Firefly nicht anvertrauen wollte. Auf ihrer Wange prangte ein Schmutzfleck, aber Rom hatte sich dagegen entschieden, ihn zu entfernen; es war ein sehr kleidsamer Schmutzfleck, und er war ihm ausgesprochen teuer.

Er setzte sich neben sie und legte seine Hand auf ihre, während sie die Ruderpinne bediente.

»Harriet, ich weiß, du liebst Follina und das Leben hier, und mir geht es weiß Gott genauso. Ich werde alles tun, um meinen Besitz hier zu erhalten – aber es ist Zeit, über den nächsten Schritt nachzudenken. Wenn ich Stavely wieder auf die Beine bringen will, kann ich nicht mehr lange damit warten.«

Als er spürte, wie sie sich innerlich verkrampfte, legte er einen Arm um ihre Schultern. »Vielleicht fällt der Abschied weniger schwer, wenn du weißt, dass sich die guten Zeiten in Manaus mit Riesenschritten ihrem Ende nähern. Mein eigenes Vermögen ist in Sicherheit – ich habe diese Entwicklungen schon seit einiger Zeit kommen sehen und mein finanzielles Engagement nach Europa verlagert. Diesem Land stehen schlimme Zeiten bevor, und wir werden nur wenig tun können, um zu helfen.«

Er schwieg und sah vor seinem inneren Auge Ziegen in den Parks der Goldenen Stadt grasen, das Opernhaus geschlossen, das Gummi, das »schwarze Gold«, unbeachtet an den Kais gelagert, weil die Welt es aus den neuen Plantagen im Osten für die Hälfte des Preises bezog.

»Ja, ich weiß, Rom. Ich verstehe, dass du … dass man heimkehren muss. Und ich verspreche, keine Szene zu machen, wenn es soweit ist – wie könnte ich auch, nachdem ich es doch war, die dich gebeten hat, Stavely zu retten. Henry braucht dich, wirklich, und Stavely ist wunderschön und … Mrs Brandon wird so dankbar sein, wenn du ihr hilfst, Henry zu erziehen. Ich glaube, dass ein Kind mit dir als Vorbild …« Aber sie konnte nicht weitersprechen. Das alles überwältigte sie plötzlich – der Gedanke an diese Frau, die er so leidenschaftlich geliebt hatte und die ihn jetzt als Retter ihres Heims willkommen heißen würde –, und die Tränen, die sie nicht mehr zurückhalten konnte, flossen ihr über die Wangen.

Er nahm ihr die Ruderpinne aus der Hand und zog sie mit seinem freien Arm an sich. »Was ist los, Harriet? Wovor hast du Angst? Erzähl es mir, mein Herz, denn ich schwöre, was immer es auch sein mag …«

»Nichts … ehrlich, Rom, nichts. Ich habe alles, was ich mir nur wünschen könnte. Wahrscheinlich bin ich der glücklichste Mensch auf der Welt. Nur bitte, *bitte,* lass uns nicht mehr darüber reden … was vor uns liegt. Könnten wir nicht einfach jeden Tag voll und ganz ausleben? Ich *verspreche,* keine Szenen zu machen, wenn die Zeit kommt fortzugehen. Ich *verspreche* es.«

Er beließ es dabei. »Natürlich«, sagte er fröhlich und überließ ihr abermals die Ruderpinne. »Es besteht nicht die leiseste Notwendigkeit, jetzt darüber nachzudenken. Rudere ans gegenüberliegende Ufer dieser kleinen Insel dort – ich kenne da einen wunderbaren Platz, wo wir picknicken können. Übrigens, was da gerade ins Wasser geklatscht ist, war eine Schildkröte. Vielleicht finden wir ein paar Eier und können eine Orgie veranstalten ...«

Aber in dieser Nacht lag er, nachdem sie in seinen Armen eingeschlafen war, noch lange wach im Bett und versuchte den Grund für ihre Furcht herauszufinden. Hatte sie Angst, sie könnte ein so großes Haus wie Stavely nicht führen? Sie musste doch wissen, dass er ihr in jeder Hinsicht helfen würde und dass sie erstklassiges Personal haben würde. Hatte es vielleicht etwas mit Isobel zu tun? Sie schien ihren Namen jedenfalls nur mit äußerster Mühe aussprechen zu können. Er hatte die Absicht gehabt, Isobel »Paradise Farm« anzubieten – es schien keine andere Möglichkeit zu geben, ein Auge auf Henry zu halten, und dass er das tat, war eindeutig Harriets größter Wunsch. Glaubte sie, Isobel würde sich als die ältere in ihre Angelegenheiten einmischen? Aber sie musste doch wissen, dass er das nie zulassen würde. Oder war es ihre Liebe zu Follina, die ihr den Gedanken, nach England zurückzukehren, so schrecklich scheinen ließ?

Nein, all diese Dinge reichten nicht aus, um Harriet in solchen Aufruhr zu versetzen. Es musste etwas sehr viel tiefer Liegendes sein. Und während er im Dunkeln wach dalag, sah er plötzlich wieder das Bild von Harriet vor sich, wie sie auf dem Seerosenblatt balancierte – und er musste an die Antwort denken, die die Simonowa ihm auf die Frage gegeben hatte, die zu stellen ihm so schwergefallen war.

»Als sie zu uns kam, dachten wir, es sei zu spät ... Aber heute sind wir uns da nicht mehr so sicher ...«

Und vor drei Tagen hatte er es im Krankenzimmer der Simonowa noch einmal gehört: »Sie haben uns das einzige Mädchen gestohlen, aus dem vielleicht eine wirkliche Tänzerin hätte werden können.«

War es das? Dass sie, so sehr sie ihn auch liebte, den Gedanken nicht ertragen konnte, das Tanzen aufgeben zu müssen?

Jetzt war es an Rom, Angst zu haben. Er schaute Harriet an, und als hätte sie seinen Blick gespürt, schmiegte sie sich, ohne die Augen zu öffnen, mit einem verschlafenen Seufzer tiefster Zufriedenheit enger an ihn.

»Nein«, dachte Rom und versuchte die Gespenster, die ihn ängstigten, aus seinen Gedanken zu verbannen. »Ich glaube es nicht.«

Am nächsten Tag brach er schon früh auf, um eine Sendung Redwood zu inspizieren, die in São Gabriel ausgeladen werden sollte. Er kehrte früher als erwartet zurück und stahl sich leise in sein Wohnzimmer.

Aus dem Grammophontrichter ertönten die Klänge eines Brahms-Impromptus. Harriet stand mit dem Rücken zu ihm, die Fingerspitzen auf die Lehnen eines Stuhls gelegt.

Er hatte sie oft tanzen sehen ... für die verzückten Bewohner seines Dorfes, für Maliki und Rainu und einmal, ihm für alle Zeiten unvergesslich, nachts in seinem Zimmer, nachdem sie sich geliebt hatten; sie war wie ein Derwisch durchs Zimmer gewirbelt und hatte ihre Ekstase in Bewegung umgesetzt.

Aber jetzt arbeitete sie. Schonungslos und konzentriert übte sie ihre *pliés* ... Knie beugen ... strecken ... beugen ... von ihm abgewandt, unterwarf sie sich der eisernen Disziplin des klassischen Trainings.

Er blieb noch eine Weile mit gespannter Miene in der Tür stehen. Ihm schien, er hätte es leichter ertragen können, sie von einem anderen Mann gefesselt zu sehen, als diese unpersönliche Hingabe zu erleben, dieses vollkommene Aufgehen in dem Wunsch, jede einzelne Bewegung zur Vollkommenheit zu bringen. Schweigend drehte er sich um und ging in sein Arbeitszimmer.

Als Harriet an diesem Morgen erwacht war, hatte sie sich große Vorwürfe gemacht, dass sie sich von ihrem Glück hatte überwältigen, hatte schwächen lassen. Sie musste ihre Muskeln geschmeidig halten, ihren Körper wieder in Form bringen, denn sie durfte auf keinen Fall eine Last für Rom sein. Sie musste später wieder Arbeit als Tänzerin finden können. Und so trainierte sie, murmelte leise Instruktionen vor sich hin und sah ihn weder kommen noch gehen, während Rom in seinem Arbeitszimmer stand und den Brief, den er an Professor Morton geschrieben hatte, anstarrte … und dann langsam in Fetzen riss.

16

Dieser Frau dürfte man wirklich kein Kind anvertrauen«, schimpfte die füllige, mütterliche Schwester Concepcion. »Es ist einfach unerträglich, wie sie vor seinen Augen auf und ab läuft wie ein Tier im Käfig. Jedes Mal, wenn sie eine Stunde bei ihm war, geht seine Temperatur in die Höhe.«

Sie setzte ihre Tasse ab und sah sich in dem kahlen, weiß getünchten Refektorium um, in dem die Nonnen sich eine kurze Pause gönnten. Es war Mittag, aber in dem von Bäumen überschatteten Innenhof des Konvents bekam man kaum etwas von dem Lärm und dem Treiben des Hafens von Belem mit. Dort hatte gerade die Gregory angelegt. Das Schiff war aus Manaus gekommen und sollte, bevor es zu seiner Atlantiküberquerung aufbrach, Fracht aufnehmen.

»Armer kleiner Wurm!« Schwester Margharitas hinter dicken Brillengläsern verborgene Augen blitzten zornig auf. Sie ging Schwester Concepcion in der Krankenstube zur Hand, war in ihrem weltlichen Leben Lehrerin gewesen und sprach ein wenig Englisch. Sie hatte sich eine hervorragende Meinung von Henry gebildet. Nicht einmal im schlimmsten Fieber hatte das Kind es den Frauen gegenüber, die es pflegten, an Höflichkeit mangeln lassen. »Er braucht mindestens eine Woche Ruhe, um sich zu erholen, und vierzehn Tage wären auch nicht zu viel, aber sie hat heute Morgen wieder angefangen, auf mich einzureden, er sei jetzt gesund genug, um die Reise fortzusetzen. Wenn die Bernadetto heute Abend ausläuft, mache ich drei Kreuze. Das nächste Schiff geht erst in einer Woche, sodass sie sich dann vielleicht endlich beruhigt.«

»Die nicht«, sagte Schwester Concepcion. »Diese Frau ist von irgendeinem Teufel besessen.«

»Oder einem Mann«, meinte Schwester Annunciata. Sie war vor ihrem Eintritt ins Kloster eine ausgesprochene Schönheit gewesen, aber wenn dieser Umstand es ihr auch leichter machte als den anderen, Mrs Brandon zu verstehen, so beurteilte sie sie doch nicht weniger hart. Henry war schwer krank gewesen. Kaum war sein Ausschlag ein wenig zurückgegangen, hatte er sich eine Bronchitis zugezogen, und ein paar Tage lang hatten sie sogar eine Lungenentzündung als Folge der Masern befürchtet. Solange das Leben des Kindes in ernster Gefahr schwebte, hatte Mrs Brandon auch ehrliche Sorge gezeigt, aber jetzt brach ihre rastlose Ungeduld wieder voll durch.

»Na, wenigstens ist sie heute Morgen ausgegangen«, sagte Schwester Concepcion nun. »Auf diese Weise bekommt das Kind zumindest etwas Schlaf.«

In eben diesem Augenblick saß Isobel in einem eleganten Hafencafé und aß ein Eis. Sie trug ein modisches Kleid aus schwarzem Musselin und hatte sich das Haar unter einem breitrandigen Hut hochgesteckt, sodass sie große Aufmerksamkeit erregte, aber die bewundernden Blicke der Passanten ließen sie genauso kalt wie die freundlichen Grüße der Frauen, die an Nachbartischen ihre Limonade tranken, oder das Gelächter der Kinder, die in der Nähe der Schiffe spielten. Sie hatte für nichts anderes Augen als für den schwarzen und scharlachroten Schornstein der Bernadetto, die gerade die ersten Passagiere für die Reise nach Manaus aufnahm und deren Anblick sie mit ihrer

Gefangenschaft an diesem elenden Ort versöhnte. Es war ein langsames Schiff, das neun Tage für die Reise brauchte und bei jeder kleinsten Ortschaft anlegte, aber immerhin würde es sie schließlich nach Manaus bringen.

Seit Henry Harriet erwähnt hatte, war Isobels Wunsch, endlich aufzubrechen, zu einer Art Besessenheit geworden. Sie sagte sich wieder und wieder, dass ihre Angst vollkommen absurd war; Henry hatte ja nicht einmal Roms Namen gewusst, als er sich im Labyrinth mit Harriet unterhielt – und doch konnte sie sich nicht von dem Bild eines jungen Mädchens befreien, das einen großen Platz in Manaus überquert und die imposante Treppenflucht zu dem Herrenhaus erklimmt, das Follina sein musste … Zwei gepuderte Lakaien ließen sie ein … und schlossen dann die Tür hinter ihr. Schlossen sie … aber öffneten sie nicht wieder, um sie hinauszulassen. Es war ein absurdes Bild, aber es ließ Isobel keine Ruhe.

Sowenig Isobel sich auch ihrer Umgebung bewusst war, fiel ihr trotzdem ein hochgewachsener Mann in einem zerknitterten Leinenanzug auf, der gerade über die Gangway der Gregory an Land kam und seine Schritte jetzt ein wenig benommen auf sie zulenkte. Aber gewiss doch – ja, das war der ungefällige Engländer, der mit ihr gereist und jetzt wahrscheinlich auf dem Heimweg war.

»Dr Finch-Dutton?«

Edward drehte sich um, blieb stehen, zog den Hut. Die Situation schien ihm unendlich peinlich zu sein, was bei dem außergewöhnlichen Anblick, den er bot, kaum verwunderlich war. Seine Finger waren über und über mit Heftpflaster beklebt, und auf seiner Stirn prangte ein weiteres, größeres Pflaster. Zwei tiefe Kratzer verliefen von der Oberkante seines Kragens bis zu seinem Kinn.

»Gütiger Himmel, Dr Finch-Dutton – was um alles in

der Welt ist Ihnen zugestoßen? Sind Sie im Dschungel gewesen?«

»Ja, ich schätze schon. In gewisser Hinsicht. Ja, so könnte man es ausdrücken«, antwortete Edward niedergeschlagen.

»Was für ein Tier ist es gewesen?«, erkundigte sich Isobel, die die Verletzungen des jungen Mannes ausgesprochen verwirrend fand. Die Kratzer, die für einen Jaguar nicht tief genug gingen, konnten nur von etwas stammen, das lange, scharfe Krallen hatte.

»Das ist eine gute Frage«, sagte Edward. »Ja, Mrs Brandon, das ist wirklich eine gute Frage.«

Auf ihr leichtes Kopfnicken hin nahm er auf dem Stuhl neben ihr Platz, und Isobel, die spürte, dass er zu fassungslos war, um selbst eine Bestellung aufzugeben, orderte einen *cafezinho*. »Ich kann Ihnen nicht sagen, was ich durchgemacht habe«, fuhr Edward fort. »Sie würden es auch nicht glauben. Ja wirklich, ich kann es selbst kaum glauben. Aber diese Verletzungen hat mir ein menschliches Wesen zugefügt. Ein weibliches Wesen. In dürren Worten ... ein Mädchen.«

»Unmöglich!«

»Das denken Sie vielleicht. Aber ich versichere Ihnen, ich sage die Wahrheit.«

»Gütiger Himmel!« Isobel, die ein Lachen unterdrücken musste, sah ihn mit gespielter Besorgnis an. »Würde es Ihnen helfen, wenn Sie mir davon erzählen?«

»Ja«, sagte Edward und nickte dankbar. »Ich glaube schon. Um die Wahrheit zu sagen, ich bin mit meiner Weisheit am Ende und habe keine Ahnung, was ich jetzt machen soll. Ich kann nicht ständig wie ein Jo-Jo den Amazonas auf- und abwärts flitzen. Wahrscheinlich sollte ich sie nach Manaus zurückbringen, aber ich weiß ja nicht einmal, ob es das ist, was sie will. Gerade sind ein paar Männer aus Verneys Büro an Bord gekommen, um sie auf die Bernadetto zu bringen, aber sie hat ihnen vors Schienbein getreten und sich in ihre Kabine eingeschlossen. Sie –«

»*Verney?*«, fragte Isobel mit pochendem Herzen. »Wer ist … dieser Verney?«

»Auch eine gute Frage«, erwiderte Edward verdrossen. »Ich weiß es nicht. Ich dachte, er sei ein Freund, aber jetzt glaube ich, er hat die ganze Zeit ein doppeltes Spiel getrieben. Ich meine auch, ihn in dem ganzen Nebel auf der Bühne kurz gesehen zu haben … Nur dass ich dann glaubte, mich geirrt zu haben, weil der Bursche nicht rasiert war. Ausgesprochen gepflegter Mann, dieser Verney, verstehen Sie. Aber jetzt frage ich mich doch – vielleicht hat er sie entführt. Ist mir sozusagen zuvorgekommen.«

»Wen entführt?«

»Dieses Mädchen, zu dessen Rettung ich nach Brasilien gekommen bin. Anständiges Mädchen, gut erzogen, nur da draußen leider vor die Hunde gegangen. Verney erzählte mir, sie sei in guten Händen, aber jetzt frage ich mich wirklich, ob er nicht derjenige gewesen ist, der sie dazu bewogen hat, aus der Torte zu springen.«

»Aus einer Torte?«

»Ja, unglaublich, nicht wahr? Also dachte ich, ich müsse sie mit Gewalt nach Hause zurückbringen – zu ihrem eigenen Besten natürlich. Außerdem war es das, was ihr Vater wünschte. Aber leider haben diese Idioten das falsche Mädchen erwischt. Na ja, ich habe sie ihnen selbst gezeigt, aber ich hätte schwören können, dass sie es war!«

»Also haben Sie jetzt das falsche Mädchen?«

»Ja. Nur wurde mir das erst klar, als wir schon gut hundert Meilen flussabwärts gefahren waren. Die Stewardess hatte ihr eine Schlaftablette verabreicht; sie hat unglaublich getobt. Und natürlich hat sie die ganze Zeit Russisch gesprochen, aber wir dachten, das sei nur eine Finte. Und dann habe ich schließlich die Kabinentür geöffnet …« Edward verfiel in Schweigen bei der Erinnerung an den Augenblick der Hochstimmung oben an Deck, bevor er hinuntergegangen war, um Harriet zu vergeben. »Und dann hat sie sich regelrecht auf mich gestürzt. Wie eine Tigerin ist sie auf mich losgegangen – hat gebissen, gekratzt, um sich getreten. Ich konnte mich überhaupt nicht wehren. Aber das ist längst nicht alles – *meine* Verletzungen sind überhaupt nichts; aber was sie *ihm* angetan hat …«

Er schluckte. Es schien ihm immer noch nicht möglich zu sein, den Namen der Kreatur auszusprechen, ohne von seinen Gefühlen übermannt zu werden.

»Wem?«

»Dem *Peripatus*«, stieß Edward hervor. »Ich hatte ihn in einer Reisekiste bei mir – etwas so Wertvolles kann man unmöglich in einer Kabine herumliegen lassen. Und sie hat mir den Kasten aus der Hand gerissen und ihn zu Boden geworfen, und dann, als die Flasche herausrollte, hat sie …« Abermals musste er um Beherrschung ringen. »Sie hat *daraufgetreten*. Absichtlich. Hat ihn mit dem Absatz in den Boden gestampft. Das Exemplar ist vollkommen zerstört.«

»Was um alles in der Welt ist ein *Peripatus*?«

Edward sagte es ihr. »Ich kann Ihnen gar nicht sagen, was für ein Schlag das ist. Ich hätte nicht gedacht, dass irgendjemand so etwas … absichtlich … tun könnte.«

»Nun, das Tier war tot, oder? Also hat es nicht gelitten?«

»*Ich* habe gelitten«, erwiderte Edward. »Ich glaube nicht, dass ich jemals darüber hinwegkommen werde. Und was soll ich jetzt mit ihr anfangen? Sie spricht kein Wort Englisch und tritt nach jedem, der ihr in die Nähe kommt; sie ist geradezu tobsüchtig.« Verneys Männer hatten sich halb totgelacht, dass sie nicht mit ihnen gehen wollte, aber was, zum Teufel, sollte er jetzt machen?

»Und was ist mit dem Mädchen, zu dessen Rettung Sie hierher geeilt sind?«, wollte Isobel jetzt wissen.

Edward zuckte müde mit den Schultern. »Was soll ich machen? Sie hat sich in Schande gebracht. Das heißt natürlich nicht, dass Harriet dem *Peripatus* jemals etwas Derartiges angetan hätte. Sie mag zwar aus Torten springen ...«

»*Harriet!* Ist das ihr Name?«

Edward nickte. Es hatte keinen Sinn mehr, Harriet zu schützen, dazu waren die Dinge zu weit gediehen. »Ihr Name ist Harriet Morton. Ihr Vater ist Professor an meinem eigenen College, St. Philip, und sie war früher ein durch und durch anständiges Mädchen. Zumindest dachte ich das. Sie war übrigens erst vor drei Monaten auf Stavely.«

»Erzählen Sie mir von ihr. *Alles*«, sagte Isobel und zwang sich, ihm bittend in die Augen zu sehen.

So kam es, dass Edward ihr die Geschichte seines Werbens um Harriet und der anschließenden Verfolgung nach Brasilien erzählte, von dem Kummer, den Harriet ihm und ihrem Vater bereitet hatte, und von der Rolle, die Verney in dem Ganzen gespielt hatte. Isobel hörte zu, warf hier und da eine Frage ein und merkte sich alles, was sie hörte, denn Wissen war Macht, und Macht war etwas, das sie im Augenblick dringend brauchte.

»Und Sie glauben, sie ist immer noch in Manaus?«

»Ich bin mir sicher. Und ich möchte wetten, dass sie bei Verney ist. Je mehr ich darüber nachdenke, um so sicherer bin ich mir, dass er tatsächlich derjenige war, den ich hinter diesem Felsen gesehen habe. Denken Sie an meine Worte, er will sie für sich!«

Isobel war aufgestanden, zog jetzt ihre Handschuhe an und griff nach ihrem Sonnenschirm, den sie an den Stuhlrücken gehängt hatte. Von diesem Narren würde sie nichts mehr erfahren, und es blieb ihr nur noch sehr wenig Zeit zum Handeln. Erst als Isobel sich von ihm verabschiedete, kam Edward der Gedanke, nach Henry zu fragen. »Wie geht es dem kleinen Kerl? Hat er sich mittlerweile erholt?«

»Henry geht es schon viel besser. Danke der Nachfrage«, sagte Isobel entschlossen und machte sich schleunigst auf den Weg in das Reedereibüro; sie überließ es Edward, ihr Eis zu bezahlen.

Eine Stunde später war sie wieder im Kloster.

»Ich habe mich entschlossen«, informierte sie Schwester Concepcion und Schwester Margharita, »unsere Reise nach Manaus heute Abend fortzusetzen. Ich habe noch eine Kabine auf der Bernadetto bekommen – eine schöne, luftige Kabine«, log sie. Und als die beiden Frauen sie ungläubig ansahen, fuhr sie entschlossen fort: »Die frische Luft wird ihm guttun; er kann auf einem Liegestuhl an Deck liegen und Rinderbrühe trinken. Wir in England verhätscheln unsere Kinder nicht so, wie Sie hierzulande das tun. Und Henry *möchte* weiterreisen, nicht wahr, Henry?«

»Ja«, ertönte Henrys heiseres Krächzen mit unglaublicher Galanterie aus dem Bett. Er wollte tatsächlich weiterreisen; er sehnte sich nämlich nach Alligatoren und Boa Constrictors. Das Einzige, das Henry wirklich fürchtete, war seine Mutter. Nur würde das Ganze vielleicht ein wenig schwierig werden. Ihm drehte sich ja schon alles, wenn er sich auch nur aufsetzte.

»Das ist einfach ungeheuerlich!«, wütete Schwester

Concepcion bei ihrer Rückkehr ins Refektorium. »Das Kind durfte bisher nicht einmal das Bett verlassen! Ich werde Dr Gonzales rufen.«

Aber nicht einmal Dr Gonzales konnte Isobel umstimmen. Also wurde Henry angezogen, sein Koffer gepackt – und kurze Zeit später saß er auf dem Bett und wartete auf die Kutsche, die ihn mit seiner Mutter zum Hafen bringen sollte. Seine Beine, dünner denn je, baumelten von dem hohen weißen Bett herab, und immer wieder schüttelte ein quälender Husten seine kleine Gestalt – aber er saß kerzengerade auf dem Bett, und wenn seine Mutter von Zeit zu Zeit fragte: »Es geht dir doch besser jetzt, nicht wahr, Henry?«, antwortete er, so überzeugend er nur konnte: »Ja, vielen Dank.« Und manchmal bekam er zur Belohnung ein Lächeln von ihr.

Die Kutsche fuhr vor. Schwester Concepcion riss die Tür auf, ihr Gesicht von Sorgenfalten zerfurcht, und küsste Henry, der sich auf eine Art an sie klammerte, die Isobel doch ein wenig übertrieben erschien. Schwester Annunciata griff nach Henrys Koffer.

»Vielen Dank«, sagte Isobel zu den Nonnen und hielt ihnen die Hand hin. »Sie waren sehr freundlich, und ich bin Ihnen dankbar. Wenn ich wieder in England bin, werde ich Ihrem Orden eine Spende machen.«

Schwester Margharita murmelte eine passende Erwiderung, und Henry ließ sich von der Bettkante gleiten und stand auf. Von seiner Krankheit schlimmer geschwächt, als ihm selbst bewusst war, taumelte er, das Zimmer drehte sich um ihn, und er wäre hingefallen, hätte Schwester Concepcion ihn nicht in ihren mütterlichen Armen aufgefangen und zur Kutsche getragen.

Isobel, die vorangegangen war, hatte nichts davon bemerkt.

Wer glaubt, dass Nonnen sanfte Seelen mit leisen Stimmen sind, die niemandem etwas Böses nachsagen, wäre überrascht gewesen, hätte er die Unterhaltung von Schwester Concepcion und ihren beiden Helferinnen im Kloster des Heiligen Herzens nach der Abendmahlzeit gehört. Aber zu dieser Zeit waren Isobel und ihr Sohn bereits auf der Bernadetto unterwegs in die Goldene Stadt.

17

Harriet stand in dem außerordentlich schmeichelhaften blauen Kleid, das Marie-Claude gekauft hatte, auf der Terrasse und wartete darauf, dass Furo die schwarze Kutsche vorfuhr, um sie nach Manaus zu bringen. Die Balletttruppe sollte am folgenden Tag aufbrechen und am Freitagabend an Bord der Lafayette gehen, die bei Morgendämmerung auslaufen sollte. Harriet wollte sich noch von Madame Simonowa verabschieden und eine letzte Nacht bei ihren Freundinnen im Metropole verbringen.

Rom stand neben ihr und machte sich aus einem Grund, den er nicht verstehen konnte, große Sorgen. *Sie hält meinen Schatten gefangen,* dachte er; das war der Ausdruck, den die Einheimischen für jemanden gebrauchten, der Macht über sie hatte. Es hatte eine Zeit gegeben, da glaubte er, dieses Land sei die »unvergleichliche Labsal«. Jetzt war es dieses stille, wenig aufsehenerregende Mädchen, dessen Verlust ihn zerstören würde.

Aber warum sollte er sie verlieren? Abgesehen von ihren allmorgendlichen einsamen Übungsstunden an ihrer provisorischen Barre, hätte er schwören können, dass sie vollauf zufrieden war.

»Ich wünschte, ich könnte mit dir fahren«, sagte er von Neuem. »Ich lasse dich nicht gern allein fahren.«

Er hatte die Absicht gehabt, Harriet selbst nach Manaus zu bringen, um sein Versprechen der Simonowa gegenüber einzuhalten, aber Alvarez – dessen Arbeit bei den

Ombidos-Leuten inzwischen getan war – wollte auf dem Heimweg in São Gabriel vorbeischauen, und Rom fühlte sich diesem Mann gegenüber zutiefst zu Dank verpflichtet. Außerdem schwebte Harriet ja auch nicht mehr in Gefahr. Edward war an Deck der Gregory gesehen worden, als sie in Belem auslief, und es war ganz unwahrscheinlich, dass ein Mann, der sich dermaßen lächerlich gemacht hatte, noch einmal an den Ort seiner Niederlage zurückkehren würde. Außerdem war de Silva mittlerweile wieder in Manaus und durchaus in der Lage, den Mätzchen seiner Männer einen Dämpfer aufzusetzen.

Warum also dieses Unbehagen?

»Du hast mir viel zu viel Geld mitgegeben«, protestierte Harriet. »Selbst wenn ich für absolut jeden in der Truppe ein Geschenk kaufe, könnte ich es nicht ausgeben.«

»Das Geld ist auch nicht dazu da, absolut jedem ein Geschenk zu kaufen«, erwiderte er streng. »Es ist für dich.«

In diesem Augenblick tauchten seine Angestellten wieder auf. Er hatte sie schon zweimal verscheucht und ihnen erklärt, dass Harriet nur nach Manaus fahren und morgen wieder zurück sein werde, aber da waren sie wieder, der alte José, Andrelinho mit seinem behinderten kleinen Jungen, Manuelo mit seiner Frau und seinem Baby ... Und diese alte Hexe, Manuelos Schwiegermutter, die ihre Boa aus Anakondahaut heute über Harriets braunem Halstuch trug ...

Von den Missionaren hatten sie das Winken gelernt – in die Länge gezogene Abschiedsszenen gehörten zu deren Vermächtnis –, aber heute wurde es Rom entschieden zu viel, und Maliki und Rainu schnieften. Und jetzt trat auch noch Lorenzo, ein Mann, der lesen und schreiben konnte und es eigentlich hätte besser wissen müssen, mit einem Geschenk an Harriet heran, einem Geschenk, das Rom zu ein paar leisen, wütenden Worten in Lorenzos Dialekt veranlasste.

»Ist etwas nicht in Ordnung?«, erkundigte sich Harriet bekümmert und betrachtete das winzige, fein geschnitzte Holzkanu mit Paddeln in der Größe von Streichholzsplittern und einem kunstvollen Muster aus Blau und Scharlachrot auf dem Bug. »Soll ich es nicht annehmen?«

Rom schüttelte den Kopf. »Nein, nein, nimm es ruhig.« Aber als Harriet sich bei Lorenzo bedankte, fühlte er sich noch elender als zuvor. Mit diesem Geschenk wollte man für gewöhnlich die Sicherheit eines Freundes gewährleisten, der einen weiten Weg übers Wasser zurückzulegen hatte – und Harriet fuhr nicht einmal auf der Amethyst mit, wie Lorenzo nur allzu gut wusste. Was, zum Teufel, war nur in ihn gefahren?

Der Wagen kam. Furo stieg aus und öffnete den Schlag für Harriet, die sich noch einmal an Rom wandte. »Würdest du bitte so freundlich sein, dich zu erinnern, dass ich dich von ganzem Herzen liebe?«, sagte sie leise, in beinahe sachlichem Ton. »Würdest du bitte so freundlich sein, dich daran zu erinnern?«

Er beugte sich über sie, nicht um ihren Mund zu küssen, sondern ihre Finger, die er mit einer seltsam förmlichen Geste an seine Lippen führte.

»Ja«, sagte er. »Ich werde so freundlich sein. Mich zu erinnern. Sollte ich es je vergessen, Harriet, stünde mir Schlimmes bevor.«

Der Wagen war schon lange außer Sicht und Rom ins Haus zurückgekehrt, aber seine Bediensteten standen noch immer auf der Treppe und winkten, winkten …

Im Theater war es dunkel und still, über den Sitzen lagen bereits Schonbezüge. Es würde einen ganzen Monat dauern, bis ein neues Ensemble seinen Weg nach Manaus fand – ein Kosakenchor aus Georgien.

Würden sie die Letzten sein? Fragte Harriet sich, während sie über die verlassene Bühne ging. Hatte Rom recht und würde dieses wunderbare, phantastische Theater schon bald den Mäusen gehören? Würden Fledermäuse von den Kronleuchtern herabhängen und Motten sich an den seidenen Wandbehängen laben? Aber selbst dann – wenn Mrs Lehmanns Kutschpferde ihren letzten Champagner getrunken hatten und das prachtvoll gekleidete Publikum nie wieder über den großen Mosaikplatz eilen würde – war es doch ein herrlicher und lohnender Traum gewesen, einst an diesem Ort ein Theater zu erbauen …

Unten in der Garderobe fand sie einen einsamen Bühnenarbeiter, der sie zuerst mit großem Respekt begrüßte, da er die kleine Tänzerin in ihren schäbigen Kleidern in dem eleganten Mädchen nicht wiedererkannte – als sie jedoch lächelte, bat er sie, sich auf eine der letzten Kisten zu setzen, damit er sie schließen konnte, einen Gefallen, um den er sie auch drei Monate zuvor im Century Theatre gebeten hatte, als das Abenteuer begann.

Dann ging sie wieder zum Bühneneingang, wo Furo auf sie wartete, und ließ sich ins Metropole fahren, um als Erstes Madame Simonowa Lebewohl zu sagen.

In den vierzehn Tagen seit ihrer Trennung hatte die Magerkeit der Ballerina erschreckende Ausmaße angenommen. Jetzt lag sie wie tot auf ihrem Kissen. Ausnahmsweise war Dubrow einmal nicht anwesend, da er die Verladung der Kulissen überwachen musste.

»So«, sagte die Tänzerin, als Harriet näher kam und einen Knicks machte. »Du bist also glücklich. Das kann man sehen.«

»Ja, Madame. Unendlich glücklich. Aber ich wünschte nur, dass Sie …«

»Ach, hör schon auf, hör schon auf«, unterbrach die Simonowa sie gereizt. »Sollen die Leute doch Mascha Repin umjubeln. Was mich betrifft, werde ich dankbar sein, wenn ich überhaupt jemals wieder laufen kann.«

»Aber das werden Sie, bestimmt! Professor Leblanc ist der größte Spezialist auf der Welt.«

»Ach, die Spezialisten, was wissen die schon? Ich glaube an gar nichts mehr.« Sie drehte ihren Kopf ruhelos auf dem Kissen hin und her und betrachtete Harriet mit einem durchbohrenden Blick. »Sie wird nicht halten, diese Liebe, die du jetzt erlebst, das weißt du doch?«

»Ja, das weiß ich. Das heißt, für mich wird sie schon halten, aber nicht für ihn. Er geht zurück nach England, dorthin, wo er geboren wurde, und da ist eine Frau, die …«

»Jaja. So ist es immer. Tänzerinnen, Sängerinnen … Wir sind gut fürs Vergnügen, aber die anderen sind es, die die *châtelaines* der großen Güter werden. Also musst du zusehen, dass du ein paar Juwelen bekommst, und du musst arbeiten und wieder arbeiten. Denk dran, was Grischa dir immer über deine Schultern gesagt hat – vor allem die linke.«

»Ja, Madame, das tue ich, und ich werde niemals Ihre Odette vergessen – oder Ihre Giselle … In Ihrer Truppe tanzen zu dürfen, wenn auch nur für eine so kurze Zeit, war das größte Privileg, das ich mir vorstellen kann.«

»Du bist ein braves Mädchen. Jetzt muss ich mich für die Reise ausruhen, aber vorher …« Sie schien zu irgendeinem Entschluss zu kommen, tiefe Furchen traten auf die erschöpfte Stirn. »Ja, ich werde es tun. Geh zu dem blauen Koffer da hinten.«

Harriet ging um die Bahre herum, die bereitstand, um Madame zum Schiff zu tragen, und fand den Koffer.

»Öffne ihn. Obenauf liegt ein Paar Ballettschuhe – mein letztes Paar. Das Paar, das ich bei meinem Unfall getragen habe. Bring es mir her.«

Harriet tat wie geheißen, und die Simonowa umfasste die Schuhe mit ihren knochigen Händen und strich mit ihren langen, schlanken Fingern über die rosafarbene Seide. »Sieh nur«, sagte sie zärtlich, »sie sind kaum getragen; mein Sturz kam so bald. Ich sollte sie vielleicht einem Museum überlassen – die letzten Schuhe der Galina Simonowa –, aber wer geht schon ins Museum? Nimm sie. Sie gehören dir.«

Harriet, die mittlerweile unverhohlen weinte, schüttelte den Kopf. »Nein, Madame, das kann ich nicht! Es muss doch irgendjemanden geben, der … wichtiger ist.«

»Ja, vielleicht Mascha Repin«, höhnte die Ballerina. »Oder deine schöne Freundin, die nichts als Restaurants im Kopf hat. Nimm sie. Nimm sie schnell. Und jetzt geh!«

Es wurde sehr spät, bis die drei Freundinnen in dieser Nacht einschliefen. Marie-Claude hatte ihnen viel zu erzählen, denn Vincent hatte sich inzwischen seine *auberge* gesichert, und sie wollten im Dezember heiraten. »Und das alles habe ich nur dir zu verdanken, 'arriette. Deinetwegen konnte Vincent die Anzahlung machen, und ich werde dir nie, nie vergessen, was du für mich getan hast.«

Und als sie so in ihren Betten lagen und sich schläfrig voneinander erzählten, wartete auch Kirstin damit auf, dass sie die Tanzschuhe vielleicht schon bald an den Nagel hängen würde. Es gab da einen jungen Mann in einem Dorf an der Ostsee, nicht allzu weit entfernt von der Stadt, in der sie geboren war – einen Freund aus Kindertagen, der sich schon seit langer Zeit wünschte, mehr für sie sein zu dürfen. Seinem Vater gehörte eine Flotte von Fischdampfern, die Leif erben würde, und er hatte noch nie in seinem Leben ein Ballettstück gesehen, was in Kirstins Augen sehr für ihn sprach. »Ich weiß nicht«, sagte sie jetzt. »Vielleicht wird ja nichts draus, aber ich glaube, ich werde heimfahren und versuchen, es herauszufinden. Es ist so schön dort – die roten Holzhäuser und das Wasser ...«

»Siehst du, also bist du diejenige, aus der eine große Tänzerin werden muss, 'arriette«, sagte Marie-Claude, »damit wir unsere Kinder zu deinen Vorstellungen ins Theater bringen und ihnen erzählen können, dass wir mit dieser göttlichen *Primaballerina assoluta* in Manaus einst ein scheußliches Hotelzimmer voller Kakerlaken geteilt haben.« Als sie Harriets Gesichtsausdruck sah, seufzte sie. »Aber du willst natürlich diesen Mann, und du willst ihn für immer – was kein Wunder ist«, sagte sie mit einer kleinen Kopfbewegung in Richtung des hellgrünen Musselinkleides, das auf dem Stuhl lag: jenes Kleid, das sie auf Verneys Beharren hin für sich selbst gekauft hatte, als sie Harriets Garderobe aussuchte.

»Vielleicht liebt diese Urenkelin eines Earls, die er in England aufsuchen will, ihn gar nicht mehr«, meinte Kirstin. »Vielleicht hat sie mittlerweile jemand anders kennengelernt.«

»Und wenn er sich dann von seinem gebrochenen Herzen erholt hat, kann er dich in einer Villa in einem passenden Bezirk unterbringen und dir eine eigene Kutsche kaufen. In Paris wäre das irgendwo in der Nähe des Bois ... oder in St. Cloud vielleicht, aber in London, tja, das weiß ich nicht so genau ...«

»St. John's Wood würde ich sagen«, meinte Harriet bei der Erinnerung an die Romane, die sie in der öffentlichen

Bibliothek verschlungen hatte, während sie eigentlich ihre Hausaufgaben hätte machen müssen. »Eine Villa mit vielen Türmchen und mit einer Glyzinie im Garten.« Bei dem Gedanken, dass sie vielleicht eine Zukunft als Mätresse haben mochte, die zweimal die Woche in einem violetten Nachmittagskleid Roms Besuch erwartete, strahlten ihre Augen. Aber natürlich war das lächerlich. Isobel hatte bestimmt keinen anderen kennengelernt, und ein Mann, der mit einer so schönen Frau wie Isobel verheiratet war, würde sich kaum die Mühe machen, nach London zu fahren, um seine Mätresse in St. John's Wood zu besuchen. Doch der Tagtraum hatte ihr gutgetan, und nach einer Weile schlief sie ein.

Am Morgen geschah etwas Unerwartetes. Grischa und einige der Russinnen, die vor dem Frühstück in den Hafen gegangen waren, um die Bernadetto abzupassen, kehrten mit der Nachricht zurück, dass Olga nicht an Bord gewesen sei und dass die Mannschaft keine Ahnung habe, wo sie sich zurzeit aufhalte.

»Das ist ausgesprochen seltsam«, sagte Grischa, als er im Speisesaal des Metropole auf den Rest der Truppe stieß. Er wandte sich an Harriet. »Monsieur Verney hat doch ein paar Männer zur Gregory geschickt, um sie in Empfang zu nehmen, oder irre ich mich da?«

»Nein, Sie irren sich nicht«, sagte Harriet. »Ich bin mir da ganz sicher.«

Grischa zuckte die Achseln. »Wahrscheinlich hat sie beschlossen, in Belem auf uns zu warten«, meinte er nun und wies Tatjana an, Olgas Sachen zusammenzupacken und dafür zu sorgen, dass sie ebenfalls an Bord gebracht würden.

Der Rest des Tages ging in einem Wirbel letzter Koffer, die noch zu packen waren, letzter Einkäufe, Versprechen und Pläne unter. Harriet kaufte Abschiedsgeschenke für ihre Freunde ein: ein nur scheinbar züchtiges Nachthemd für Marie-Claude und eine Bluse für Kirstin. Außerdem erstand sie eine Schallplatte mit »Des Sommers letzte Rose« für die einheimischen Angestellten, und für Rom fand sie in einem verstaubten Laden voller Landkarten und Öldrucke ein Buch mit Abbildungen des Gobelins »Die Dame und das Einhorn« – ein wunderbarer Glücksfall, denn über der goldhaarigen Jungfrau und ihrem gehorsamen Tier waren die Worte *Mon seul désir* eingestickt – genau die Worte, die Rom ihr in ihrer vorletzten Nacht ins Ohr geflüstert hatte, als sie in seinen Armen lag.

Als sie schließlich mit ihren Einkäufen zurückkehrte, waren die Vorbereitungen für den Transport der Simonowa bereits in vollem Gange. Das Krankenhaus hatte zwei Sanitäter geschickt, die sie auf die Bahre heben und in eine spezielle Kutsche tragen sollten; gerade eben war eine Krankenschwester angekommen, die nun in der Küche ihre Instrumente sterilisierte, bevor sie der Ballerina die schmerzstillende Injektion gab, die es ihr möglich machen würde, das unvermeidliche Holpern auf dem Weg zum Hafen zu ertragen.

Unter diesen Umständen hätte Harriet normalerweise gar nicht erst den Versuch gemacht, Dubrow aufzuspüren, von dem sie sich bisher noch nicht verabschiedet hatte, aber als sie durch den Flur ging, trat ihr der mittlerweile ziemlich zermürbte Inspizient in den Weg. »Wenn Sie beim Chef hereinschauen, könnten Sie ihm das bitte geben? Es wurde gerade im Theater abgeliefert; wurde vom Büro in London nachgeschickt und sieht aus, als könnte es wichtig sein«, sagte er und reichte Harriet einen Brief mit einer russischen Briefmarke und einem gewaltigen, verschlungenen Siegel.

Dubrow war nicht in seinem Zimmer, aber auf Harriets leises Klopfen hin steckte er seinen Kopf sofort aus der Tür der Simonowa.

»Ich wollte Ihnen diesen Brief überbringen, Monsieur; er ist gerade erst angekommen. Und ich würde mich gern von Ihnen verabschieden – und mich bei Ihnen bedanken.«

Er hob die Hand, um ihr die Wange zu tätscheln. »Sie brauchen mir nicht zu danken. Sie haben hart gearbeitet und hätten es vielleicht …« Er hielt inne, und plötzlich trat ein konzentrierter Blick in seine blauen Augen. Er nahm Harriet den Brief aus der Hand und erbrach mit ungewohnter Hast das Siegel. »Warten Sie!«, rief er Harriet über die Schulter hinweg zu und trat mit dem schweren, geprägten Briefbogen ans Fenster.

»Was ist denn los?«, kam Madame Simonowas gereizte Stimme vom Bett.

Dubrow war jedoch nicht in der Lage zu antworten. Er musste sich erst mehrmals mit seinem Taschentuch die Augen abtupfen, bevor er seiner Stimme trauen konnte. Dann sagte er: »Der Brief kommt aus St. Petersburg. Vom Marijnski.« Er schluckte und fuhr sich noch einmal über seine feucht gewordenen Augen … »Vom Direktor, von dem Mann, der dich entlassen hat.«

»Und?«

»Er bittet … er lädt dich ein … anlässlich einer Gala für die Dreihundertjahrfeier der Romanows zu tanzen! Die Giselle zu tanzen – vor dem Zaren!« Dubrow versuchte jetzt gar nicht mehr, seine Tränen zurückzuhalten, die ihm nun ungehindert über die Wangen liefen. »Was für eine Ehre! Was für eine unglaubliche Ehre! Jetzt, am Ende deiner Karriere! Wir werden ihn immer aufbewahren, diesen Brief. Wir werden ihn in einem goldenen Rahmen an die Wand hängen, und wenn wir in Cremorra in unseren Lehnstühlen sitzen …«

»*Lehnstühle? Cremorra?*« Die Stimme der Simonowa war schrill und durchdringend. »Was redest du da? Gib mir den Brief!« Und Harriet, die taktvoll den Rückzug antreten wollte, befahl sie: »Du bleibst!«

Der Brief, der Dubrow die Tränen in die Augen getrieben hatte, der ihn gleichzeitig mit Stolz erfüllt und erschüttert hatte, weil er zu einem so unglücklichen Zeitpunkt gekommen war, dieser Brief hatte eine ganz andere Wirkung auf die Simonowa.

»Lass mich sehen«, murmelte sie geschäftsmäßig. »Fünfzehnter März … neun Monate …«

»Ach, *duscha,* welche Ehre! Was für eine Auszeichnung, dass sie dich haben wollten!« Dubrow war immer noch ganz außer sich, so sehr hatte ihn dieses Schreiben überwältigt. »Wir werden niemals vergessen, dass sie dich eingeladen haben … dass du hättest tanzen können …«

»Wie meinst du das, *hättest können*? Warum bist du immer so pessimistisch? Nur weil ich mir meinen Rücken ein wenig verrenkt habe – das ist mir schon hundertmal passiert … Also, lass mich sehen, wir fahren nach Paris, ja, aber nicht zu diesem idiotischen Spezialisten, sondern um Kleider zu kaufen! Es wird sicher einen Empfang im Winterpalast geben und auch mehrere Bälle. Von Paris direkt weiter nach Petersburg, um mit Gerdt zu arbeiten. Keine Vorstellungen, nur Arbeit, Arbeit, Arbeit!«

»Galina, ich bitte dich, sei vernünftig.« Dubrow war entsetzt über diese Wendung der Ereignisse. »Du bist schwer verletzt. Die Ärzte …«

»Die Ärzte? Glaubst du, ich schere mich um *Ärzte*?« Diese Frau, die seit ihrem Sturz nicht einmal mehr den Kopf von ihrem Kissen gehoben hatte, stützte sich jetzt auf die Ellbogen und richtete sich – unglaublicherweise – auf! »Schick mir sofort Grischa her und dann die Masseuse. *Tschort!* Ich bin so schwach wie ein neugeborenes Kätzchen, was ja auch kein Wunder ist, nachdem ich zwei Wochen hier herumgelegen habe. Nach Gerdt werde ich mit Cecchetti an meinem *port de bras* arbeiten, und wenn er bei Diaghilew ist, muss er ihn auf der Stelle verlassen und zu mir kommen.« Sie warf die Decke zurück und hob ihre langen, bleichen Beine aus dem Bett. »Ahhh, wie freue ich mich darauf, Mascha Repins Gesicht zu sehen, wenn sie das erfährt!«

»Dein Rücken!«, rief Dubrow verzweifelt und stürzte zum Bett hinüber, denn sie zog sich an den Armlehnen des Stuhls in die Höhe und *stand tatsächlich auf*!

»Ich möchte jetzt wirklich nicht mehr über meinen Rücken reden«, sagte die Simonowa würdevoll. Sie musste sich zwar immer noch am Stuhl festhalten, zeigte jedoch nicht die leisesten Anzeichen ernst zu nehmender Schmerzen. »Um Himmels willen, hör auf, so ein Theater zu machen, Sascha, und nimm endlich diese blödsinnige Bahre weg. Wie, zum Teufel, soll ich mich bewegen, solange dieses Ding hier im Weg steht? Und jetzt hör mir zu! Du musst auf der Stelle ein Kabel ans Marijnski schicken, um mitzuteilen, dass wir die Einladung annehmen. Und dann komm bitte sofort wieder her, denn ich habe eine neue Idee für die Todesszene. Du weißt schon, wo ich die *Bourrée* tanze und so tue, als würde ich Blumen pflücken? Nun, ich glaube, es wäre besser, wenn –« Sie brach ab, und ihre kohlschwarzen Augen konzentrierten sich jetzt auf Harriet. »Ha!«, rief sie. »Diese Schuhe, die ich dir gestern gegeben habe – die kann man noch lange tragen, und ich habe sie wunderbar eingelaufen. Bitte, geh sie holen. Sofort!«

Es war schon eine ganze Weile dunkel, als Harriet leise durch die Jakaranda-Allee aufs Haus zuging.

Der Abschied von ihren Freunden war ihr schwergefallen, aber jetzt war sie wieder zu Hause; sie fand sich sehr tapfer, dass sie es geschafft hatte, fast zwei ganze Tage ohne Rom auszukommen, doch nun brauchte sie nicht länger tapfer zu sein. Als sie die Brücke über den *igarapé* überquerte, erfüllte sie nicht nur eine tiefe Freude angesichts des baldigen Wiedersehens mit Rom, sondern zum ersten Mal auch eine gewisse Zuversicht, was die Zukunft betraf. Rom hatte keinen Zweifel daran gelassen, dass er ihre Rückkehr zur Truppe nicht wünschte, und es war auch nicht mehr die Rede von Stavely gewesen. Wahrscheinlich blieben ihr noch viele Wochen mit ihm, vielleicht sogar Monate – und möglicherweise die Rückreise nach England. Man sagte doch bestimmt nicht auf solche Art und Weise *»mon seul désir«* zu einem Menschen, von dem man sich in Kürze zu trennen gedachte.

Außerdem hatte sie zwei zusätzliche Stunden mit ihm herausgeschunden. Dubrow hatte darauf bestanden, dass die Truppe früh an Bord ging, damit die Simonowa sich nicht noch weiter echauffierte, und Harriet hatte, nachdem sie sich auf dem Schiff von den anderen verabschiedet hatte, zufällig die Raimondo-Brüder getroffen, die ihr angeboten hatten, sie mit ihrem pfeilschnellen Boot nach São Gabriel mitzunehmen. Sie kannte die Brüder und kannte auch die Geschwindigkeit der Santo Domingo. Für Furo, der sie um acht an der Casa Branca abholen wollte, hatte sie ein paar Worte auf einen Zettel gekritzelt. Sie bat einen kleinen engelsgesichtigen Jungen, die Nachricht zu überbringen, und ging an Bord.

Nun näherte sie sich der ersten Terrasse. Aus den unteren Fenstern des Hauses, und vor allem aus einem Fenster, das sie bisher noch nie erleuchtet gesehen hatte, fiel helles Licht. Leise, aber auch ein wenig hastig begann sie die Treppe hinaufzulaufen.

Etwas stand neben der Balustrade: eine kleine weiße Gestalt, die halb von einer mit Tabakpflanzen gefüllten Steinvase verborgen wurde. Keins von Roms zahmen Geschöpfen jedenfalls … Ein kleines Gespenst? Ein Geist?

Dann stieß das Gespenst einen quietschenden Freudenschrei aus und lief die Treppe hinunter in ihre Arme.

»*Henry!* Henry – ich kann es nicht *glauben*!«

»Aber ich bin es wirklich! Ich wusste, dass du kommen würdest, bevor ich ins Bett muss; ich wusste es einfach«, sagte Henry und schloss seine Arme fester um ihren Hals. »Ich habe mir so gewünscht, dich wiederzusehen!«

»Genau wie ich, Henry! Aber wie kommt es, dass du hier bist? Ich hatte ja keine Ahnung …« Sie waren ein kleines Stück zur Seite getreten, sodass das Licht der Terrassenlaterne jetzt auf sein Gesicht schien. »Ist mit dir alles in Ordnung, Henry?«, fragte sie erschrocken. »Warst du krank?«

»Ich hatte die Masern, aber jetzt bin ich wieder gesund. Wir sind heute Morgen hier angekommen, und ein netter Mann namens Miguel hat uns in einem kleinen Boot hergebracht, und ich habe einen Alligator gesehen, ganz nah, wirklich, und alles ist absolut wunderbar, Harriet, und das habe ich nur dir zu verdanken.«

»Warum mir, Henry?«

»Weil du ihn gefunden hast – den ›geheimen Jungen‹. Du hast ihm von uns erzählt und ihm gesagt, dass wir ihn brauchen. Er wusste alles über Stavely, und er wusste es von dir, hat er mir erzählt. Und Harriet, er hat es *gekauft* – er hat Stavely gekauft, wusstest du das?«

»Nein.«

»So was geht«, erklärte Henry. »Man kann Häuser kaufen, ohne selbst da zu sein. Man schickt ein Kabel, und es schlängelt sich aus einer langen Röhre am Grund des Meeres – und dann gibt die Bank den Leuten Geld, und man kauft ihre Häuser. Er hat es getan, gleich nachdem du ihm von uns erzählt hattest, und dir haben wir es zu verdanken, dass es niemand vor ihm kaufen konnte. Ich habe Mama *gesagt,* dass du ihn finden würdest; ich habe es ihr ja gesagt!«

»Dann ist sie also auch hier, deine Mutter?«, fragte Harriet, obwohl sie die Torheit dieser Frage augenblicklich erkannte. Wo sollte sie sonst sein? Jetzt kam der erste Schmerz – aber noch war er nicht unerträglich ... er stellte sich allmählich ein.

»Ja! Und sie ist so glücklich! Sie war mir den ganzen Tag über noch nicht ein einziges Mal böse – na ja, nur als ich Onkel Rom die vielen Fragen gestellt habe, aber er sagte, er fände mich erfrischend.« Henry hielt inne und strahlte sie an. »Er ist unheimlich *nett,* nicht wahr, mein Onkel Rom? Er hat mir ein paar vergiftete Pfeile gezeigt, die er von einem Bediensteten bekommen hat, und der Nasenbär hat eine Nuss aus meiner Hand gefressen.« Etwas in ihrer Miene ließ ihn aufmerken, und er fragte ängstlich: »Du magst ihn doch auch, nicht wahr, Harriet?«

»Ja, Henry, ich mag ihn sehr.«

»Denn er mag dich *unheimlich.* Er hat gesagt, wir hätten eine ... gemeinsame Freundin, und damit warst du gemeint. Und Harriet, er hat mir von all den Dingen erzählt, die er auf Stavely tun will. Er will ein Baumhaus bauen, und er möchte einen großen Hund kaufen und mir zeigen, wie ich ihn abrichten muss, und er wird den abscheulichen Mr Grunthorpe wegschicken und die alte Nanny wieder ins Haus zurückholen. Das hat er mir alles erzählt, während Mami sich ausruhte, und alles nur wegen dir, Harriet, sonst hätte vielleicht jemand anders Stavely gekauft; aber du hast ihn gefunden und alles in Ordnung gebracht.«

»Ich freue mich so, Henry.« Ja, da war er schon; der Schmerz machte sich zum Angriff bereit. Sie hatte ihn sich schon oft vorgestellt, aber es schien da einige Aspekte zu geben, die man doch nicht vorhersehen konnte, und die körperliche Seite der Angelegenheit wurde langsam lästig: die Übelkeit, das Zittern, das ihre Glieder befallen hatte – und um sich nicht zu verraten, trat sie aus dem Schein der Laterne heraus.

»Mami hat mir erlaubt, wach zu bleiben und dir das alles zu erzählen, solange ich dabei nicht Onkel Rom auf die Nerven gehe.« Henry hielt inne und dachte noch einmal erstaunt an die ungewohnte Sanftheit seiner Mutter, als sie ihn zu Bett gebracht hatte. »Sie sagte, ich dürfte auf dich warten und dir *alles* erzählen, denn du warst so nett zu uns.« Er trat näher an Harriet heran, denn ihn quälte noch immer eine unbestimmte Angst, die er mit dieser allerbesten Freundin teilen wollte. »Beim Gute-Nacht-Sagen hat Mami mir erzählt, dass sie damals, als sie noch jung war, meinen Vater heiraten musste, weil er so ein schreckliches Theater aufführte, als sie Nein sagte. Aber jetzt, da er tot ist, kann sie Onkel Rom heiraten. Nur, Harriet, wenn sie ihn heiratet, wird er mein Stiefvater, nicht wahr? Wie all diese schrecklichen Stiefeltern in den Märchen. Aber ich kann mir nicht vorstellen, dass Onkel Rom *schrecklich* sein könnte; was meinst du?«

Noch eine letzte große Anstrengung, und dann konnte sie sich gehen lassen … davonkriechen, zusammenbrechen, weinen …

»Möchtest du vielleicht meine Mami besuchen?«, fuhr er fort. »Sie ist gerade im Wohnzimmer. Vorhin hat sie

Onkel Rom umarmt und so weiter, aber ich schätze, jetzt sind sie fertig.« Er brach ab und legte seinen rostroten Schopf besorgt zur Seite. »Geht es dir gut, Harriet? Du kriegst doch nicht auch die Masern?«

»Nein, Henry. Mir … mir geht es bestens.«

»Dann gehe ich jetzt lieber wieder ins Bett, sonst wird Mami am Ende doch noch böse.« Er streckte die Arme aus, und sie küsste ihn ein letztes Mal. »Wir sehen uns morgen früh. Du bist meine beste Freundin auf der ganzen Welt, Harriet.«

»Und du bist mein bester Freund.«

Oben an der Terrasse drehte er sich noch einmal um. »Weißt du, wo ich schlafe, Harriet? In einer *Hängematte*! Onkel Rom hat es mir erlaubt – ehrlich!«, sagte Henry und hüpfte zum Haus hinüber.

Er war fort, aber sie brach nicht zusammen, und auch das Zittern hatte aufgehört. Denn es konnte unmöglich stimmen, was Henry gesagt hatte – es konnte nicht so plötzlich vorbei sein, so vollständig, ohne die Rückreise nach England, die sie noch in Roms Gesellschaft zurücklegen durfte. Henry würde niemals lügen, aber er musste sich geirrt haben. Er war so intelligent, dass man leicht vergaß, dass er nur ein Kind war.

Geräuschlos erklomm sie die letzten Stufen und ging zu den Fenstern des Salons hinüber. Die Vorhänge waren offen, und Licht strömte auf die Terrasse heraus.

In dem Zimmer befanden sich zwei Gestalten, die sie nicht wahrnahmen … nichts um sich her wahrnahmen.

Rom stand mit dem Rücken zu ihr, den dunklen Kopf gesenkt, einen Arm auf ein Bücherregal gestützt. Isobel sah ihn an; sie war fast so groß wie er, und einen Augenblick schien es Harriet, als schaue sie ihr direkt ins Gesicht, aber natürlich konnte sie sie in der Dunkelheit nicht gesehen haben – das war absurd. Sie hatte das wunderschöne rote Haar gelöst, das offen über ihr schwarzes Kleid herabströmte, und als sie sich gegen Rom lehnte und lächelnd eine Hand auf seinen Arm legte, da wurde Harriet die Zusammengehörigkeit dieser beiden so deutlich bewusst, als hätte Isobel gerufen: »Wir gehören einander, dieser Mann und ich! Wir leben in derselben Welt!«

Dann machte sie, vielleicht als Reaktion auf etwas, das Rom gesagt hatte, einen Schritt nach vorn, stolperte ein wenig ... drohte hinzufallen – und als er einen schnellen Schritt auf sie zu machte, legten sich ihre Arme um ihn, und ihr Kopf lag plötzlich auf seiner Schulter. Und jetzt, im sicheren Schutz seiner Arme, war ihr Gesicht verklärt von Stolz und Glück und Liebe.

Harriet drehte sich um, ging davon – diese anmutigste aller Tänzerinnen bewegte sich wie eine uralte Frau – und verschwand in der Dunkelheit.

»Nein! Nein! Nein!«, schrie Grischa und schlug Harriet mit seinem Rohrstock gegen das Schienbein. »Du bist ein *durak* – ein Dummkopf! Warum beugst du deine Knie wie ein Karrengaul? Die Linie muss weich sein, *weich* ...« Er demonstrierte ihr, was er meinte, und schnipste der alten Klavierspielerin mit den Fingern zu – und in dem leer geräumten Palmensalon der Lafayette nahm Harriet ihre *assemblés* wieder auf.

Sie arbeitete jetzt schon seit zwei Stunden und hatte vorher am regulären Training teilgenommen, und Grischa, der früher so nett gewesen war, hatte sie tyrannisiert und angeschrien und in die Mangel genommen, so wie bisher an jedem einzelnen Tag ihrer Überfahrt über den ruhigen Atlantik. Denn Harriet war nicht mehr nur ein Mädchen aus dem Korps – die Simonowa nahm sie nach Russland mit; sie sollte eine richtige Tänzerin werden, und für ein Mädchen, das auf solche Weise auserwählt worden war, konnte es keine Gnade und keine Ruhe geben.

Und Harriet hätte auch keine Ruhe gewollt. Jeder Muskel tat ihr weh, der Schweiß lief ihr über den Rücken, aber trotzdem fürchtete sie den Augenblick, wenn Grischa sie entließ. Ihr wäre es lieber, vor Erschöpfung zusammenzubrechen und auf diese Weise das Vergessen zu finden, das der Schlaf ihr nicht bringen wollte. In ihren Träumen zwängte sie sich durch Brombeergestrüpp, klammerte sich an Steinmauern fest und suchte vergeblich nach Rom.

»Sechzehn *battements* – dann zwölf *ronds de jambe*«, sagte Grischa bissig, als die Simonowa hereinrauschte, um zu sehen, welche Fortschritte ihre zukünftige Schülerin machte. Es war eine brillante Idee gewesen, Harriet mitzunehmen. Denn Cremorra war von Madame Simonowas Reiseroute endgültig gestrichen worden. Ein Triumph im Marijnski und dann Rückkehr nach Paris, um dort eine Schule zu eröffnen und so, wie sie früher die größte Ballerina der Welt gewesen war, die größte Tanzlehrerin zu werden – das war der Plan, den sie jetzt verfolgte. Und wer eignete sich besser als Vorzeigeschülerin als diese arbeitswütige kleine Engländerin?

»Du kannst jetzt gehen«, sagte Grischa. »Sei um zwei wieder da.« Nach diesen Worten stahl Harriet sich zu ihrem Lieblingsversteck zwischen einem Rettungsboot und der Reling an Deck.

Wenigstens hatte sie das Schiff noch bekommen, sagte sie sich zum hundertsten Mal. Als sie von Follina fortgelaufen war, noch immer betäubt vor Schreck, hatte sie die Raimondo-Brüder in der Bucht von São Gabriel entdeckt, wo sie im Licht von Fackeln geangelt hatten.

Für den Rest von Roms Geld hatten die beiden sie zur Lafayette gebracht, bevor diese ablegte. Nur deswegen hatte sie jetzt diese Chance. Die meisten Menschen hatten keine Möglichkeit, ihren Kummer in Kunst umzusetzen. Etwas in dieser Art hatte Dubrow ihr erklärt, um ihr dann zu eröffnen, er wolle sie mit nach Russland nehmen. Er war insgesamt ziemlich zuversichtlich gewesen; die Russinnen reisten mit einem Gruppenticket, und Olga war auch in Belem nicht aufgetaucht. Niemand würde nach Namen fragen, solange die Zahl stimmte – und so hatte der freundliche Mann, der entsetzt war über Harriets Zustand, den einzigen Trost für sie gefunden, den sie annehmen konnte.

»'arriette, du musst essen!«, schalt Marie-Claude, die sich wie immer auf die Suche nach ihr gemacht hatte, um sie in den Speisesaal hinunterzubringen. Um zwei Uhr war sie dann wieder bei Grischa, dankbar für die schmerzenden Glieder und den Muskelkater, den andere, die nichts vom Ballett verstanden, törichterweise für eine Qual hielten.

So dampfte das Schiff also gen Osten, und Harriet arbeitete und gelobte sich, dass er irgendwann kommen würde, der Tag, an dem sie im eisernen Gefüge einer makellosen Technik jenen, die ihr zusahen, den Kummer und die Herrlichkeit einer unsterblichen Liebe offenbaren würde.

Vier Wochen nachdem sie Brasilien verlassen hatten, lief die Lafayette pünktlich auf die Stunde in Cherbourg ein. Harriet hatte in letzter Zeit kaum einen Gedanken an Cambridge oder an ihr Zuhause verschwendet, und so kam es, dass sie nichtsahnend zusammen mit ihren Freundinnen vom Schiff ging und dem Zoll sowie dem dahinter stehenden Zug nach Paris entgegeneilte.

Unten, am Ende der Gangway, warteten – schwarz gekleidet, drohend und flankiert von zwei Gendarmen mit Gummiknüppeln – ihr Vater und ihre Tante.

18

Harriet war jetzt seit fast einem Monat in ihrer Dachkammer eingesperrt. Man hatte ihr ihre Kleider weggenommen; auf ihren kurzen Ausflügen von der Mansarde zum Bad und zurück wurde sie von Tante Louisa begleitet oder von einer der Damen des Teekränzchens, die Miss Morton ablösten, wenn diese Einkäufe zu erledigen hatte oder einfach einmal eine kurze Pause brauchte. Ein Arzt hatte Harriet untersucht und die schlimmsten Befürchtungen der Mortons bestätigt. Dr Smithson, der eine Entscheidung über die weitere Behandlung des unglücklichen Mädchens noch hinauszögerte, hatte ihnen geraten, sie in einem verdunkelten Zimmer unterzubringen und ihr lediglich fleischlose Kost zu geben, um einer Überreizung vorzubeugen – ein Rat, dem Louisa mit Feuereifer folgte; sie gab ihrer Nichte hauptsächlich Griesbrei und Zwieback aus im Backofen getrockneten altbackenen Brotresten.

Dieses Vorgehen hatte einen überaus vernünftigen Sinn: Harriets Willen zu brechen, ihr die Ungeheuerlichkeit ihres Benehmens klarzumachen und sie dazu zu zwingen, das endlich zuzugeben.

»Und dann?«, fragte Louisa, während ein Tag nach dem anderen verstrich und Harriet immer noch Schweigen bewahrte. »Was soll dann mit ihr geschehen?« Sie hatte das Drama der Gefangennahme ihrer Nichte sehr genossen, aber nun belastete sie die tägliche Pflicht, Harriet zu bewachen, und die Gerüchte in der Stadt – die Auffassung, die Mortons seien bei der Bestrafung des Mädchens eindeutig zu weit gegangen – waren alles andere als erfreulich.

»Wir werden sehen«, hatte Professor Morton erwidert. Besessen von dem Gedanken, seine Tochter müsse zu Kreuze kriechen und weinend um Gnade flehen, konnte er nicht weiter denken als bis zu Harriets vollkommener Unterwerfung.

Bei der Entscheidung, wie mit Harriet weiter verfahren werden sollte, befanden die Mortons sich in gewisser Weise im Nachteil, denn sie wussten nichts von ihrem Leben in Manaus, da Edward Finch-Dutton, auf den sie sich in dieser Hinsicht verlassen hatten, anscheinend von der Bildfläche verschwunden war. Es war auch nicht Harriets ehemaliger Verehrer gewesen, der sie davon in Kenntnis gesetzt hatte, dass sie in Cherbourg ankommen würde, sondern ein anonymer Verbündeter, der so freundlich gewesen war, von Manaus aus ein Kabel an Professor Mortons College zu schicken.

Und Harriet weigerte sich zu sprechen. Das Einzige, wofür sie sich entschuldigte, war, dass sie sie durch ihr Davonlaufen geängstigt hatte, und für sonst gar nichts.

»Ich war sehr glücklich dort«, hatte sie zu Anfang gesagt. »Ich habe nichts getan, dessen ich mich schäme. Es war die schönste Zeit meines Lebens, und ich könnte mich genauso gut dafür entschuldigen zu atmen.«

Und unglaublicherweise hatten die Wochen der Gefangenschaft, des Hungers und der entsetzlichen Monotonie – denn sie hatten ihr auch ihre Bücher weggenommen – ihre Entschlossenheit nicht geschwächt.

»Der Name deines Verführers!«, schrie Professor Morton seine Tochter bei den seltenen Gelegenheiten an, da er sie in ihrer Dachstube aufsuchte. »Falls nur ein Einziger es war!«

Aber sie hatte den Kopf geschüttelt, und während ein elender Tag dem anderen folgte, war sie weder zusammengebrochen noch hatte sie ihre Verfehlungen zugegeben.

Sie sorgte dafür, dass sie nicht den Verstand verlor, indem sie sich erinnerte. Und damit war kein willkürliches Schwelgen in vergangenem Glück gemeint, sondern eine disziplinierte, geordnete Wanderung durch die Zimmer von Follina, durch dessen Gärten, entlang des Flussufers. Wenn sie hungrig in ihrem kalten, düsteren Zimmer erwachte, erhob sie sich in Gedanken von dem unter einem duftigen Moskitonetz verborgenen Bett, wo Rom noch immer in tiefem Schlaf lag, spürte die Weichheit des Teppichs mit seinem lebhaft bunten Muster unter ihren Füßen, trat ans Fenster, um die Vorhänge zurückzuziehen, und benannte mit derselben rigorosen Präzision, mit der sie einst ihre Übungen an der Barre gemacht hatte, die Pflanzen, die auf der Terrasse unter ihr wuchsen.

Solange ihr das möglich war, konnte niemand ihr etwas anhaben, und da sie wusste, dass sie sich ihre Gesundheit erhalten musste, wenn sie diese Erinnerung bewahren wollte, um sie für alle Zeiten zu einem Teil von sich zu machen, aß sie jeden essbaren Krümel, den man ihr brachte, und hielt ihre Muskeln geschmeidig, indem sie die Übungen machte, die sie so gut kannte.

Und so verstrichen die Tage, und die Mortons konnten nichts tun, um sie in die Knie zu zwingen, obwohl die erschrockenen Augen in ihrem Gesicht immer größer zu werden schienen. Dann, in der fünften Woche ihrer Gefangenschaft, erwachte sie eines Tages wie gewöhnlich und ging wie gewöhnlich durch Roms Zimmer, zog die Vorhänge auf, drehte sich zu dem Perserteppich um und wollte gerade wieder zum Bett zurücklaufen, wo er auf sie wartete … und stellte fest, dass sie sich nicht mehr an das Muster des Teppichs erinnern konnte. Verzweifelt und mit klopfendem Herzen setzte sie sich im Bett auf. Sie musste sich erinnern, sie *musste*! Wenn sie eine Sache vergessen konnte, konnte sie auch alles vergessen – sie konnte sogar Rom vergessen, und dann gäbe es nichts mehr auf der Welt, wofür es sich zu leben lohnte.

Aber das Muster kam ihr einfach nicht mehr in den Sinn. In ihrem erschöpften Gehirn verschwammen Formen und Farben zu einem undurchdringlichen Nebel, und was sie auch tat, sie konnte das Muster nicht mehr zusammensetzen.

An diesem Tag war es Hermione Belper, die den Auftrag hatte, das Tablett mit dem Mittagsgeschirr aus Harriets Zimmer zu holen, und als sie wieder herunterkam, hatte sie für Louisa, die gerade von ihren Einkäufen zurückkehrte, eine gute Neuigkeit.

»Sie hat angefangen, hemmungslos zu weinen, Louisa – und sie hat das Essen nicht angerührt. Es sieht so aus, als hätten wir ihren Geist endlich gebrochen. Wie dankbar du doch sein musst!«

Und die Mortons waren tatsächlich dankbar. Aber wenn Harriet nun auch teilnahmslos auf dem Kissen lag und von ihrem früheren Trotz nichts mehr zu spüren war, wollte sie doch immer noch nicht von ihrer Zeit in Manaus sprechen, und sie wurde jetzt so dünn, dass man sich kaum noch vorstellen konnte, wie es jemals wieder möglich sein würde, sie in der Öffentlichkeit »vorzuzeigen«. Außerdem wurden die Dinge nun für die Mortons auch in deutlich zunehmendem Maße unangenehm. Es war kein Problem, gegen die Verleumdungskampagne einer Frau wie Madame Lavarre anzugehen, aber als der Propst von St. Anne lieber auf die andere Straßenseite ging, als mit dem Professor sprechen zu müssen, fühlten die Mortons sich doch in wachsendem Maße genötigt, nach einem Ausweg aus ihrem Dilemma zu suchen.

In dieser Situation – genau zwei Wochen vor Beginn des Herbstsemesters – war der Professor bei seiner Heimkehr noch erzürnter als gewöhnlich.

»Weißt du, wen ich heute getroffen habe? Edward Finch-Dutton! Er schlich an der Mauer im Springbrunnenhof entlang und versuchte, mir aus dem Weg zu gehen, da bin ich mir sicher.«

»Gütiger Himmel! Aber warum hat er sich nicht bei uns gemeldet?«

»Ich habe keine Ahnung. Anscheinend hat er versucht, Harriet nach Hause zu bringen, und irgendetwas ging schief. Er hatte ein blaues Auge und ein dickes Pflaster auf der Nase; ich kann daraus nur den Schluss ziehen, dass er sich dem Alkohol ergeben hat. Aber eins kann ich dir sagen, Louisa. Ich habe ihn gefragt, was ihn bewogen hat, dieses zweite Kabel zu schicken, und er meinte, der Grund dafür sei gewesen, dass Harriet aus einer Torte gesprungen sei. In Unterwäsche!« Und als Louisa ihn sprachlos und ungläubig anstarrte, fuhr er fort: »Genau das hat er gesagt. *In Unterwäsche.* Dann murmelte er irgendeinen Unsinn von wegen, sie hätte sich vielleicht nichts Böses dabei gedacht, und machte sich aus dem Staub. Ich sage dir, der Bursche war betrunken; er wird seine Stelle aufgeben müssen, da besteht für mich kein Zweifel.«

Aber diese Neuigkeit hatte Louisa ihr Stichwort geliefert. »Bernard, glaubst du nicht, wir sollten langsam der Tatsache ins Auge sehen, dass Harriet ernsthaft krank ist? Ich habe das ja schon die ganze Zeit vermutet, aber diese Geschichte bringt das Fass wirklich zum Überlaufen. Wäre es nicht an der Zeit, dass wir eine gute Anstalt für sie suchen, wo man ihr helfen kann? Die Heime für Geisteskranke sind heutzutage überaus liberal: gesundes Essen, frische Luft, Flechtarbeiten … Dr Smithson kennt einen Spezialisten in London, der eine Studie über Fälle wie den ihren gemacht hat. Wenn dieser Mr Fortescue bestätigen würde, dass Harriet nicht bei Verstand ist, würde Smithson die Diagnose unterstützen, und ihrer Aufnahme in ein passendes Haus stünde nichts mehr im Wege.« Und als der Professor immer noch zu zögern schien, setzte sie hinzu: »Ich denke nur an Harriet. Sie braucht professionelle Hilfe und Fürsorge, wenn sie geheilt werden soll. Ihr das zu verweigern, wäre sehr selbstsüchtig, nicht wahr?«

Das war ein Gesichtspunkt, dem der Professor sich kaum verschließen konnte. Man wandte sich also unverzüglich an Dr Smithson, der Kontakt zu seinem berühmten Kollegen in der Harley Street aufnahm. Mr Fortescue fand sich bereit, so bald wie möglich nach Cambridge zu kommen, um Harriet zu untersuchen.

Nachdem Louisa solchermaßen ihren Kopf durchgesetzt hatte, war sie wirklich ganz reizend zu Harriet und schickte ihr sogar Marmelade mit ihrem Grießbrei nach oben und Butter mit ihrem Zwieback, aber für Harriet – die unweigerlich den Schatten anheimfiel – kamen diese Aufmerksamkeiten zu spät.

Das Schicksal hatte Isobel auf bemerkenswerte Weise in die Hände gespielt. Die Raimondo-Brüder, die Harriet zurück nach Manaus gebracht hatten, damit sie noch rechtzeitig an Bord der Lafayette gehen konnte, nahmen die lächerlich große Summe, die sie ihnen gegeben hatte, holten sich zwei Mädchen aus Madame Anitas Bordell und machten sich unverzüglich auf den Weg in ihre Heimatstadt Iquitos in Peru. Der engelsgleiche Bengel, dem Harriet das Schreiben für Furo anvertraut hatte, war nur rein äußerlich ein Engel gewesen; auf dem Weg zur Casa Branca wurde er in eine Schlägerei verwickelt, verlor den Brief und lief nach Hause. Auf diese Weise war Furo, der mit wachsender Besorgnis auf Harriet gewartet hatte, erst in den frühen Morgenstunden nach Follina zurückgekehrt, und als Rom endlich in Manaus angekommen war, um festzustellen, was aus ihr geworden war, hatte die Lafayette bereits abgelegt.

So blieb nur Henry als Zeuge von Harriets Rückkehr nach Follina übrig, und er selbst war es, der Isobel ihr Stichwort lieferte.

»Onkel Rom wird auch schrecklich traurig sein«, sagte Henry, der blinzelnd gegen die Tränen kämpfte, seit seine Mutter ihm erzählt hatte, dass Harriet beschlossen habe fortzugehen, um eine berühmte Tänzerin zu werden, und nicht zurückkommen werde. »Er hat Harriet gern; er hat sie sehr gern.«

»Ja, das tut er«, meinte Isobel. »Also fürchte ich, dass er wirklich furchtbar traurig sein wird. Was ihn besonders traurig machen wird, ist, dass sie dir Lebewohl gesagt hat und ihm nicht. Das wird bestimmt seine Gefühle verletzen, meinst du nicht auch? Also wäre es vielleicht sehr nett, wenn du es ihm nicht erzählen würdest, Henry. Wenn du es einfach für dich behalten könntest? Du bist doch jetzt alt genug für Geheimnisse, oder?«

Isobel, die wusste, wie sehr das Kind sich wünschte, ihr zu gefallen, war sicher, dass es sein Wort halten würde – und falls doch etwas schiefgehen sollte, konnte sie natürlich immer noch behaupten, sie habe Rom lediglich vor Schmerz bewahren wollen. Danach brauchte sie nur noch das Kabel an Professor Morton zu schicken – denn Isobel hatte nicht die Absicht zuzulassen, dass Harriet eines Tages als berühmte Ballerina wieder in Roms Leben auftauchte. Damit war der Fall für sie erledigt, und sie konnte die Rolle der Trösterin übernehmen.

»Du musst um ihretwillen glücklich sein, Liebling«, sagte sie zu Rom. »Ich habe in Belem Dr Finch-Dutton getroffen, und er erzählte mir, das sei alles gewesen, was Harriet je im Leben wollte. Nur tanzen … immer tanzen.«

»Wir werden nicht mehr von Harriet sprechen«, war seine einzige Antwort.

Und doch akzeptierte er ohne eine einzige Frage Isobels Version dessen, was geschehen war. Graf Sternow, an dessen Freundschaft es keinen Zweifel gab, war kurz nach der wundersamen Heilung der Simonowa im Metropole gewesen und hatte ihr Angebot, Harriet mit nach Russland zu nehmen, selbst gehört. Sowohl er als auch der Direktor des Hotels hatten der triumphalen Abreise der Ballerina beigewohnt, die an der Seite der jungen Engländerin in die Kutsche gestiegen war, während Miguel mit eigenen Augen gesehen hatte, wie Harriet mit den anderen Mitgliedern der Truppe an Bord ging.

All das entsprach schlicht und einfach nur dem, was Rom sowohl befürchtet als auch erwartet hatte. Überwältigt von diesem plötzlichen und wunderbaren Angebot, war Harriet fortgegangen, und vielleicht war es eine kluge Entscheidung von ihr gewesen, den Bruch sauber und ohne Botschaften oder Abschiedsworte hinter sich zu bringen.

Er stellte keine weiteren Nachforschungen an und bemühte sich, das Ausmaß seines Kummers für sich zu behalten, ebenso wie den Schmerz, den sie ihm damit zugefügt hatte, dass sie ihm nicht genug traute, um ehrlich über ihre Wünsche zu sprechen. So kam es, dass er mit eiserner Disziplin seine Pläne vorantrieb: Er verlegte seine Besitztümer nach Europa, traf Vorkehrungen für seine Bediensteten und gab MacPherson allerlei Anweisungen bezüglich Stavelys. Er hatte sich vorgenommen, das Haus seines Vaters zu restaurieren, und das würde er auch tun, aber die Bürde seines Schmerzes schien, während die grauen Wochen dahingingen, nur noch schwerer zu werden.

Isobel jedoch gab die Hoffnung nicht auf. Es war natürlich absurd, dass sie auf »Paradise Farm« leben sollte, selbst mit der großzügigen finanziellen Zuwendung, die Rom ihr versprochen hatte, während er allein im Schloss residierte. Schon der Vorschlag war eine Beleidigung. Ihr Platz war an Roms Seite, als seine Frau, und jetzt, da dieses abscheuliche Mädchen ihr nicht mehr im Weg stand, würde er das zweifellos bald einsehen. Also zog sie sich fünfmal am Tag um, flirtete, stolperte »unabsichtlich« in seine Arme und wäre sehr überrascht gewesen, hätte sie gewusst, wie selten Rom ihre Gegenwart überhaupt bemerkte.

Harriet war schon einen ganzen Monat fort, als Rom in der Stunde vor Sonnenuntergang durch die hohen Bäume auf das Dorf der Einheimischen, wo er mit dem alten José etwas zu besprechen hatte, zuwanderte. Genauso war das Licht durch das Blätterwerk gefallen, als er sich zum ersten Mal auf die Suche nach Harriet gemacht und sie mit Manuelos Baby im Arm bei seinen Angestellten gefunden hatte. Schon damals war ihm klar geworden, dass sie die Frau war, von der er eines Tages Kinder haben wollte, sie und keine andere – und plötzlich überwältigte ihn die Verzweiflung dermaßen, dass er stehen blieb und sich schwankend an einem Baumstamm festhielt.

Und an dieser Stelle trat ein Deus ex machina auf den Plan.

Er erschien in höchst unerwarteter Gestalt: nämlich in der eines mageren und übel riechenden Huhnes. Der

Vogel, ganz erfüllt von dem *sang-froid* jener Wesen, die als Haustiere aufwachsen, erfreute sich gerade seines gewohnten Abendspaziergangs vom Dorf in den Wald, blieb plötzlich stehen, musterte die unvertraute Gestalt, die ihm den Weg versperrte, stieß ein missvergnügtes Kreischen aus – und trat flatternd den Rückzug an …

Zurück blieb ein kleines, zerzaustes Etwas … eine einzelne Hühnerfeder, weiß wie Schwanenflaum, die Rom vom Boden aufhob und überraschend lange in der Hand hielt.

Dann drehte er sich abrupt um und ging zurück zum Haus.

Henry, der sich gerade von der Brücke aus mit den Seekühen unterhielt, war der Erste, der ihn zu Gesicht bekam. Onkel Rom sah anders aus – so wie am Tag ihrer Ankunft hier und nicht so grimmig und in sich gekehrt, wie es seither der Fall gewesen war –, und ermutigt von dieser Verwandlung seines Helden, strahlte Henry und sagte: »Hallo!«

»Hallo, Henry!« Rom schämte sich plötzlich dafür, dass er dieses liebenswerte Kind in den vergangenen Wochen so vernachlässigt hatte, und hielt ihm die Hand hin. »Ich wollte gerade zu deiner Mutter. Morgen fahre ich zurück nach Europa; ich werde auch für euch eine Passage buchen, auf einem schönen Dampfer, aber ich selbst muss sofort aufbrechen.«

Henry nickte. »Du willst Harriet suchen, nicht wahr?«, sagte er mit dem scharfen Blick jener, die lieben.

»Das stimmt«, erwiderte Rom zutiefst überrascht.

»Ich bin ja so froh!« Das kleine Gesicht war vor Erleichterung wie verwandelt. »Ich habe mir solche schrecklichen Sorgen um sie gemacht, weil ich *wusste*, dass sie nicht tanzen durfte, falls sie wirklich die Masern hatte!

Ich habe auch einmal eine Tanzstunde gehabt, und es war einfach schrecklich: Man wirbelt in furchtbar glatten Schuhen durchs Zimmer, rund und rund, und wenn man dazu noch die Masern hätte, würde man fallen und Bronchitis kriegen und –«

»Einen Augenblick mal, Henry. Wann hast du geglaubt, Harriet hätte die Masern? Doch nicht in eurem Labyrinth auf Stavely?«

»Nein, das war, als sie hierher kam, um –«

Er brach ab, biss sich auf die Unterlippe und ließ unglücklich den Kopf hängen. Er hatte ein Geheimnis verraten.

»Wann war das?« Rom hatte es geschafft, seine Frage ruhig, ja beinahe beiläufig zu stellen, aber das Kind schüttelte den Kopf und warf unwillkürlich einen erschrockenen Blick zu der Terrasse hinüber, wo Isobel sich ausruhte.

Jetzt hatten sie eine Laube mit einer Steinbank erreicht, und Rom lud den kleinen Jungen ein, sich zu ihm zu setzen. »Henry, erinnerst du dich an die Aufschrift auf dem Kamin in der Halle von Stavely? Die Worte, die da ins Holz geschnitzt sind?«

»Ja, natürlich erinnere ich mich. Da steht: *Schäme dich nicht, die Wahrheit zu sagen.* Aber wenn man ein Geheimnis wahren kann, muss man sich dessen auch nicht schämen«, sagte Henry seufzend.

»Ja, das ist richtig. Sehr richtig sogar.« Rom versuchte nicht, den Ernst des Problems herunterzuspielen. »Nur wenn jemand in Gefahr ist – oder krank –, dann ist das Bewahren eines Geheimnisses nicht so wichtig wie die Wahrheit.«

Henry dachte schweigend darüber nach und fasste schließlich einen Entschluss. »Weißt du, Mami meinte, es würde deine Gefühle verletzen, wenn du wüsstest, dass

Harriet zurückgekommen ist und sich nicht von dir verabschiedet hat. Ich wusste nur nicht, dass sie weggehen wollte, denn sie hatte einen ganzen Korb voller Geschenke dabei, die alle in so ein interessantes Papier eingewickelt waren. Und sie war so *nett* zu mir, als ich ihr von meiner Angst erzählte, du könntest mein Stiefvater werden.« Er hielt inne und errötete, aber das Gesicht seines Onkels war so durch und durch freundlich, dass Henry wusste, er hatte ihn nicht beleidigt. In aller Eile erzählte er dem Onkel nun auch noch den Rest seiner Unterhaltung mit Harriet. »Sie behauptete, sie hätte keine Masern, aber als ich ihr einen Gutenachtkuss gab, haben ihre Augen schrecklich geträntt, und sie hat gezittert – die Flecken kommen nämlich erst später, weißt du.« Plötzlich wurde sein Gesicht wieder spitz und ängstlich. »Und ich bin *sicher,* dass sie auf keinen Fall tanzen sollte, wenn sie sich so schlecht fühlt. Wenn sie diese Sache bekäme, die man nach einer Bronchitis kriegen kann, könnte sie womöglich sterben, und ich möchte nicht, dass Harriet stirbt.«

»Das wird sie auch nicht, Henry. Das verspreche ich dir! Und ich bin dir zutiefst dankbar«, fügte Rom hinzu, während er sich nun langsam von der Bank, auf der sie gesessen hatten, erhob. »Ja, wirklich, ich stehe tief in deiner Schuld. Und ich glaube, es ist nicht nötig, dass wir unser Gespräch deiner Mutter gegenüber erwähnen. Es kommt oft vor, dass zwei Männer sich über solche Dinge unter vier Augen unterhalten. Ich werde morgen sehr früh aufbrechen, aber wir werden uns in England wiedersehen und uns prächtig miteinander amüsieren.« Dann schüttelte er Henry mit befriedigender Förmlichkeit die Hand und ging mit langen Schritten davon.

Allein gelassen ging Henry wieder zurück zu den Seekühen. Der Spruch auf dem Kaminsims hatte, so überlegte er, ganz recht. Man sollte keine Scheu haben, die Wahrheit zu sagen; es tat ja in Wirklichkeit so gut! Er fühlte sich jetzt viel besser. Er fühlte sich sogar absolut wunderbar!

Eine halbe Stunde bevor Mr Fortescue aus London erwartet wurde, ging Tante Louisa nach oben in Harriets Zimmer, um ein sauberes Handtuch aufzuhängen und Harriets Nachthemd gegen ein hochgeschlossenes Hemd aus gebleichtem Kattun einzutauschen.

»Meine Güte, sie ist aber *wirklich* dünn geworden!«, sagte Mrs Belper, die Louisa an diesem wichtigen Tag zu Hilfe geeilt war. Sie hatte sich zuvor eine Woche bei ihrer Schwester aufgehalten und war nun erschrocken über die Veränderung, die Harriet durchgemacht hatte.

»Sie ist so dünn, weil sie nichts essen will!«, fuhr Louisa ihre Freundin an. »Ich hoffe, du glaubst nicht, wir ließen sie hungern.«

Mr Fortescue wurde um halb drei erwartet, und anlässlich dieser besonderen Gelegenheit hatte Louisa Kaffee und sogar einen Teller Kekse ins Wohnzimmer gestellt.

»Ich wünschte nur, Bernard könnte hier sein«, sagte sie. »Aber er würde niemals eine Vorlesung ausfallen lassen.«

»Vielleicht ist es nur gut so, Louisa; es könnte doch etwas schmerzlich für ihn sein. Immerhin – wenn die Diagnose so ausfällt, wie wir erwarten, wird es ja buchstäblich die Feststellung sein, dass seine Tochter …«

Ein schrilles Läuten der Hausglocke ließ beide Damen auffahren und in den Flur hinauseilen.

Mr Fortescue war genauso gut gekleidet, wie sie erwartet hatten, und der funkelnde Rolls-Royce mit dem Chauffeur, der draußen wartete, war ein Beweis dafür, dass dieser Spezialist aus der Harley Street wirklich erste Klasse war, obwohl er noch überraschend jung war.

»Ich komme wegen Harriet Morton«, teilte er mit, während er dem Dienstmädchen Hut und Handschuhe übergab.

»Ja. Wir haben Sie schon erwartet«, sagte Louisa, die die Freundlichkeit in Person war. »Es ist wirklich sehr liebenswürdig von Ihnen, dass Sie den ganzen weiten Weg von London in Kauf genommen haben. Wir haben uns natürlich größte Sorgen gemacht – mein armer Bruder war ganz außer sich –, aber wir haben wirklich das Gefühl, dass irgendeine Art von Anstalt die einzige Lösung ist. Obwohl wir uns natürlich ganz auf Ihr Urteil verlassen werden, wenn Sie sie erst einmal untersucht haben.«

Mr Fortescue schien nicht der Mann zu sein, der viele Worte machte.

»Vielleicht bringen Sie mich jetzt zu ihr?«, war alles, was er sagte, und Louisa überschüttete ihn mit Erklärungen – die traurigen Umstände, die unerklärliche Verdorbenheit ihrer Nichte und den Weg, den sie auf Anraten Dr Smithsons gezwungenermaßen eingeschlagen hätten. Mittlerweile hatten sie das obere Stockwerk erreicht, wo Louisa nach dem Schlüsselbund griff, das an ihrem Gürtel hing.

»Sie schließen sie ein?«

»O ja, Mr Fortescue. Ja, natürlich! Wir sind nicht bereit, die Verantwortung dafür zu übernehmen, ein Mädchen ihres Schlages unbewacht herumlaufen zu lassen.«

Sie steckte den Schlüssel ins Schloss – und spürte, wie die sehnige braune Hand des Spezialisten sich fest über der ihren schloss.

»Bitte, geben Sie mir den Schlüssel. Und seien Sie so freundlich, unten auf mich zu warten. Ich untersuche Patienten dieser Art grundsätzlich allein.«

»Aber das ist doch sicher nicht üblich?« Louisa war entschieden nervös geworden. »Es muss doch wohl immer jemand zugegen sein, wenn –«

»Wollen Sie mir sagen, wie ich meine Arbeit zu machen habe, Mrs Morton?« Die Stimme war seidenweich und überaus höflich, aber das Funkeln in seinen Augen ließ Louisa erschrocken die Treppe hinunterhuschen.

Er wartete, bis sie außer Sicht war, und drehte dann den Schlüssel um.

Das Zimmer war kahl, kalt und peinlich sauber. In dem schmalen Bett lag Harriet auf dem Rücken und drehte bei seinem Eintritt nicht einmal den Kopf um.

Rom ging zu ihr hinüber.

Er hatte sich diese Begegnung tausendmal ausgemalt: das Glück, die Liebe, die zwischen ihnen auflodern würde, die Freude, mit der sie gemeinsam über ihr Missverständnis lachen würden. Daran war jetzt kein Gedanke. Ein roter Nebel schob sich vor seine Augen, Zorn wallte in ihm auf, und eine nie gekannte Mordlust erfüllte ihn – diese Frau, die er da gerade gesehen hatte, zu packen und ihren Kopf gegen die Wand zu schlagen, seine Finger langsam und wollüstig um die Kehle des Mannes zu legen, der Harriet das angetan hatte.

Harriet öffnete die Augen. Einen Moment sah sie die Gestalt, die sich über sie beugte, nur mit leerem Blick an. Dann legte sich über das Gesicht der jungen Frau, von der er geglaubt hatte, ihre Karriere sei ihr wichtiger als seine Liebe, ein Ausdruck, den er, solange er lebte, niemals vergessen würde.

Und dann erklang ein verzweifeltes, gequältes Wimmern, und sie wandte den Kopf ab.

»Nein«, sagte Rom leise. »Es ist kein Traum. Ich bin hier, Harriet!« In dem Bewusstsein, dass sie am Rande des Abgrunds stand, dass er, wenn er sie zurückrief, sehr, sehr behutsam vorgehen musste, legte er ihr nur ganz vorsichtig eine Hand aufs Haar. »Du hast mich ja ganz schön an der Nase herumgeführt! Ich war schon in St. Petersburg! Die Simonowa ist außer sich, das kann ich dir sagen.«

Sie konnte noch immer nicht sprechen. Nur ihre Augen baten um die Kraft, diesem Wunder trauen zu dürfen.

»Und dieses Nachthemd! Absolut abscheulich«, fügte Rom nun gut gelaunt hinzu. »Deine Tante Louisa hat wirklich Talent für so etwas!«

Diese Worte brachen den Bann. Er war Wirklichkeit, er war hier. Sie setzte sich auf und warf sich in seine Arme – und neben den sich überschlagenden Worten von Liebe und Qual und Sehnsucht fing Rom zu seiner Überraschung den Namen eines wohlbekannten Londoner Vororts auf.

»Du möchtest in St. John's Wood leben?«, fragte er entgeistert. Später kam es ihm in den Sinn, dass dieser vornehme Bezirk Professor Morton wahrscheinlich das Leben gerettet hatte, denn die Leidenschaft, mit der Harriet nun darum flehte, eben dort als Mätresse untergebracht zu werden, faszinierte ihn derart, dass er sogar seinen mörderischen Zorn vergaß.

»Das ist wirklich eine hinreißende Aussicht«, sagte er. »Ich habe jedoch nicht die Absicht, dich in einer Villa in St. John's Wood unterzubringen. Ich werde dich auf Stavely unterbringen, wo du meine Geliebte sein wirst, meine Gefährtin und außerdem – ab morgen Nachmittag – meine Frau.«

»Nein.« Harriet hatte ihr Wunder für diesen Tag bereits gehabt. Mehr brauchte sie nicht, und so entfernte sie ihr Gesicht einen wagemutigen Zentimeter von dem seinen und setzte ihn davon in Kenntnis, dass er Isobel heiraten würde.

»Harriet, sprich mir bitte nicht mehr von Isobel. Ich hatte nie die leiseste Absicht, sie zu heiraten, und wenn du nicht so halsstarrig und so blind gewesen wärst, hättest du das sofort erkannt. Ich finde sie nicht einmal mehr sympathisch – allein die Art, wie sie Henry behandelt, hat mich auf der Stelle abgestoßen. Ja, während des Monats, den ich mit ihr zugebracht habe, habe ich sogar ein gewisses Mitleid für meinen Bruder entwickelt. Und jetzt hör mir zu, ich brauche unbedingt die nötigen Dokumente, und ich muss deinen Vater aufsuchen, aber ich komme bald zurück …«

Nein. Es war ihr unerträglich, sich von ihm zu trennen. Ihre Augen weiteten sich vor Angst. »Wenn du gehst, werden sie irgendeine Möglichkeit finden, uns auseinanderzureißen. Sie werden mich wieder einsperren und dir erzählen, ich sei verrückt und –«

»Na gut, dann gehen wir zusammen«, sagte er mit unbekümmerter Sachlichkeit. »Du kannst im Wagen warten. Zieh dich an.«

»Das kann ich nicht. Sie haben mir meine Kleider weggenommen.«

Rom biss die Zähne zusammen, um sich gegen eine neuerliche Attacke heißer Wut zu wappnen. »Macht nichts.« Er zog eine Decke vom Bett, schlang sie um ihre Schultern und hob sie hoch. »Arme Harriet, immer entführe ich dich in den unpassendsten Kleidern.«

»Gütiger Himmel, Mr Fortescue!« Louisa wartete neben Mrs Belper, die hinter ihr auf der Lauer lag, im Flur. »Was hat das zu bedeuten?«

»Das bedeutet, dass ich Ihre Patientin sofort mitnehme«, sagte Rom. »Ich habe eine bösartige Anämie diagnostiziert, eine Lungentuberkulose und einen Gehirntumor im Anfangsstadium. Es ist möglich, dass wir sie mit einer sofortigen Behandlung in meiner Klinik retten können, aber wir dürfen keinen Augenblick verlieren.«

»Aber das ist unmöglich ... Ich muss mich mit meinem Bruder beraten. Das ist ganz und gar nicht, was wir erwartet haben ...« Louisa wusste nicht mehr weiter. »Und das Honorar Ihrer Klinik würde völlig über unsere Verhältnisse gehen.«

Rom holte tief Luft. »Wenn Sie demnächst eine Leiche im Haus haben wollen, Miss Morton, und einen Gerichtsprozess am Hals, dann ist das Ihre Sache. Sie haben mich hinzugezogen; ich habe meine Diagnose gestellt. Und jetzt holen Sie mir bitte sofort die Geburtsurkunde der Patientin: Die Verwaltung meiner Klinik benötigt sie für die Aufnahme.«

»Ich habe dir ja gesagt, dass sie zu dünn ist«, blökte Mrs Belper.

Vollkommen verwirrt machte Louisa Anstalten, zum Telefon hinüberzugehen, nur um sogleich feststellen zu müssen, dass der außergewöhnliche Arzt, der Harriet immer noch auf seinen Armen trug, sich vor dem Apparat aufbaute.

»Ihre Geburtsurkunde«, sagte er unnachgiebig. »Sofort.«

Der Rolls-Royce war davongefahren, und die Damen saßen gerade im Wohnzimmer, wo sie erfolglos versuchten, sich wieder zu fassen, als es noch einmal an der Tür klingelte.

»Guten Tag«, sagte der korpulente, grauhaarige Herr, der vor ihnen stand. »Sie erwarten mich. Mein Name ist Fortescue ...«

Professor Morton hielt seine Vorlesung; mit wehenden Rockschößen ging er auf dem Podium auf und ab und brachte es fertig, seine Stimme gleichzeitig reizbar und dröhnend klingen zu lassen. Da wurde die Tür aufgerissen. Man konnte sehen, wie ein aufgeregter Collegediener versuchte, mit einem Mann in einem außergewöhnlich gut geschnittenen grauen Anzug fertig zu werden, der ihn aber ohne Anstrengung beiseiteschob, ihm die Tür vor der Nase zumachte und mit völlig entspannter Miene auf das Podium zuschritt.

»Professor Morton?«

»Ich bin Professor Morton, jawohl. Aber wie können Sie es wagen, unangekündigt hier aufzutauchen und mich in meiner Vorlesung zu unterbrechen. Das ist ja unglaublich!«

»Nun, Sie sollten es lieber glauben«, sagte der Eindringling gelassen, und die Studenten setzten sich erwartungsvoll auf ihren Stühlen auf. »Ich bin hergekommen, um Sie davon in Kenntnis zu setzen, dass ich Ihre Tochter ein für alle Mal aus Ihrem Haus entfernt habe, und um Sie aufzufordern, dieses Dokument zu unterzeichnen.« Er legte ein Blatt Papier mit einem roten Siegel auf das Lesepult. »Wie Sie sehen, handelt es sich um Ihre Zustimmung zu meiner Eheschließung mit Harriet.«

Der Professor lief dunkelrot an. »Wie können Sie es *wagen*! Wie können Sie es wagen, hierherzukommen und mir irgendwelche Papiere vor die Nase zu halten! Und wie können Sie es wagen, meine Tochter zu entführen!«

»Ich glaube, je weniger ich zu dieser Angelegenheit sage, um so besser. Ich habe Harriet halb verhungert und wie eine Gefangene in ihrem Zimmer eingesperrt gefunden – weil sie versucht hat, ihr eigenes Leben zu führen. Wenn Sie wollen, dass ich Ihren Studenten erzähle, in welchem Zustand ich sie gefunden habe, würde ich Ihrem Wunsch nur allzu gern nachkommen.«

»Wie ich meine Tochter behandle, geht Sie nichts an. Harriet ist krank an Leib und Seele …« Aber er machte doch einen unwillkürlichen Schritt nach hinten, als ihm plötzlich bewusst wurde, dass der Fremde es möglicherweise nicht bei bloßen Drohungen bewenden lassen würde. »Wer sind Sie außerdem?«, rief er und fügte, nachdem er sich wieder einigermaßen gefangen hatte, hinzu: »Ich lasse mich nicht erpressen. Harriet ist noch minderjährig …«

»Professor Morton, nur der Tatsache, dass Sie Harriets Vater sind, haben Sie es zu verdanken, dass ich Sie nicht auf der Stelle erwürgt habe. Niemand sonst, der sie behandelt hat, wie Sie es getan haben, wäre mit dem Leben davongekommen. Ich ziehe es vor zu glauben, dass Sie ein fehlgeleiteter, selbstherrlicher und starrsinniger alter Mann sind und nicht einfach ein grausamer Sadist. Aber wenn Sie dieses Dokument nicht unverzüglich unterzeichnen, werde ich Sie in den Hof schleppen und Sie in den Springbrunnen werfen.«

Die erwartungsvollen Gesichter der Studenten zeigten nun schiere, aufrichtige Wonne.

»Das würden Sie nicht wagen!«, brüllte der Professor zurück.

»Lassen Sie es doch darauf ankommen«, sagte Rom. »Ich glaube, Sie unterschreiben jetzt besser. Schließlich ist es keine Tragödie, wenn Sie Ihre Tochter als Herrin von Stavely wiederfinden.«

»Hm? Was?« Der Professor spähte auf das Dokument herab und registrierte die Tatsache, dass Harriets Verehrer niemand anderer war als Romain Paul Verney Brandon von Stavely Hall, Suffolk. »Gütiger Himmel!«

Wenn der Professor ihm auch jetzt noch getrotzt hätte, wenn seine Entschlossenheit noch immer nicht ins Wanken geraten wäre, hätte Rom vielleicht einen widerwilligen Respekt für diesen abscheulichen Mann empfinden können. Aber auf Professor Mortons Gesicht breitete sich nun ein Ausdruck von unterwürfigem Erstaunen und Ehrfurcht aus – und er schraubte seinen Füllfederhalter auf und setzte seinen Namen unter das Schriftstück.

Epilog

»Beeilung, Mädchen!«, rief Hermione Belper. »Der Bus muss jeden Augenblick hier sein.«

Die »Mädchen« ließen sich jedoch nicht so leicht zur Eile treiben. Es war nicht mehr so wie in alten Zeiten, als die Damen des Teekränzchens jederzeit nach der Pfeife ihrer Präsidentin getanzt hatten. Jetzt, zehn Jahre nach ihrem letzten Besuch auf Stavely, forderten die Veränderungen der Zeit ihren Tribut. Bubiköpfe, eine Vorliebe für Jazzmusik und alle möglichen radikalen Ideen hatten auch ihre Gesellschaftsschicht durchdrungen.

Aber im Augenblick war es nicht die Tatsache, dass die Damen ihr den Gehorsam verweigerten, die Mrs Belper erzürnte; es war vielmehr das herablassende und überlegene Benehmen von Louisa Morton, die es abgelehnt hatte, sich ihnen anzuschließen.

»Meine Liebe, ich betrachte Stavely als mein zweites Zuhause«, hatte sie hochnäsig gesagt. »*Ich* habe es wirklich nicht nötig, mit einem Ausflugsomnibus dorthin zu fahren.«

Die Bemerkung entsprach natürlich nicht im Mindesten der Wahrheit. Harriet war zwar höflich und freundlich zu ihrer Tante, ebenso wie zu ihrem Vater, aber Romain Brandon – der neben einer Reihe Auszeichnungen Gott sei Dank nur eine Armverletzung aus dem Krieg davongetragen hatte – schien immer zufällig außer Haus oder unabkömmlich zu sein, wenn die Mortons zu Besuch kamen.

»Das wird kein gewöhnlicher Ausflug heute, Cynthia«, erklärte Mrs Belper ihrer Patentochter, die gerade zu Besuch bei ihr war. »Ich habe dir ja erzählt, dass ich Mrs Brandon seit ihrer Kindheit kenne. Ein Mitglied der Familie wird uns durch die Räume führen, und anschließend werden wir dort unseren Tee nehmen!«

Als der Bus durch die hohen Tore fuhr, staunten die Damen über die Veränderung, die Stavely durchgemacht hatte. Das Herrenhaus war während des Krieges als Militärhospital genutzt worden, aber jetzt, drei Jahre nach dem Waffenstillstand, waren alle Spuren der Belegung durch die Armee verschwunden. Ihr Weg zum Vordereingang des Hauses führte die Besucherinnen durch eines der unbestrittenen Meisterwerke der Schöpfung: einen liebevoll gepflegten englischen Garten an einem schönen Junitag.

Und tatsächlich, da wartete auch schon ein Mitglied der Familie darauf, sie herumzuführen! Nicht Harriet Brandon, die in Kürze ihr drittes Kind erwartete, sondern ein großer, gut aussehender junger Mann mit rostrotem Haar – der Neffe des Besitzers, der auf Stavely aufgewachsen war und bei Volljährigkeit »Paradise Farm« sowie ein beträchtliches Stück Land erben sollte.

»Das ist Henry Brandon, Cynthia!«, zischte Mrs Belper und gab ihrer Patentochter einen leichten Stoß. »Halte dich dicht neben ihm und stell ihm Fragen. So etwas gefällt den Herren.«

Henry war seine Ängste wie auch seine dicken Brillengläser losgeworden, und seine Gutmütigkeit war geradezu sprichwörtlich. Trotzdem war sein Abscheu gegenüber den »Teedamen«, die Harriets Kindheit überschattet hatten, beinahe genauso groß wie der seines Onkels. Die Tatsache, dass er sich freiwillig erboten hatte, sie auf Stavely herumzuführen, war eine Art Dankopfer – denn am Vortag hatte er eine schon länger schwelende Meinungsverschiedenheit mit dem Mann, der ihm mehr als ein Vater geworden war, endlich für sich entschieden. Rom hatte noch entschlossener gekämpft als der alte General, denn Henry war ein glänzender Student. Es schien ihm der reinste Wahnsinn zu sein, dass sein Neffe ein Stipendium für Oxford ablehnen wollte; aber am Ende hatte er doch nachgegeben.

»Na schön, dann kehr nach Brasilien zurück, wenn es denn sein muss. Auf Follina werden sie dich weiß Gott mit offenen Armen willkommen heißen. Ich glaube nicht, dass die guten Zeiten noch einmal zurückkehren werden, aber vielleicht wollen die Leute dort das ja auch gar nicht – die Welt hat sich sehr verändert, und ich bin sicher, dass es immer noch viel zu tun gibt. Alvarez' Bericht wirft einige interessante Fragen auf, was die Mineralien betrifft. Und Harriet wird natürlich erwarten, dass du dafür sorgst, dass das Opernhaus rechtzeitig zu Nataschas Debüt seine Tore öffnet!«

Wenn auch sein Anerbieten, die Damen herumzuführen, der Dankbarkeit entsprungen war, so war die Tour keineswegs eine Qual für Henry, denn er wurde nie müde, die Schönheit Stavelys zu preisen; es beglückte ihn stets aufs Neue, den Unterschied zwischen dem kalten, vernachlässigten Haus seiner frühen Kindheit und dem liebevoll gepflegten Heim, zu dem es geworden war, zu bestaunen.

»Meine Güte, wer ist denn diese Dame?«, fragte Cynthia, die den Anweisungen ihrer Patentante getreulich Folge leistete. »Sie sieht wirklich ausgesprochen ungewöhnlich aus!«

Sie hatten mittlerweile die Gemäldegalerie im obersten Stockwerk erreicht, und zwar den Teil, der für die jüngeren Porträts der Familie und deren Freunde reserviert war.

»Das ist Galina Simonowa – die Ballerina. Das Bild wurde 1913 nach ihrem Triumph im Marijnski-Theater gemalt. Den Diamantenstern, den sie trägt, hat sie vom Zaren persönlich bekommen.«

Das nächste Bild zeigte eine herrisch wirkende rothaarige Frau in einem weißen Kleid auf den Stufen eines mit Fahnen geschmückten Herrenhauses, zu beiden Seiten flankiert von einem Elefanten *en grande tenue.*

»›Lady Isobel de Larne‹«, las Cynthia mit geziertem Kichern. »Sie hat genau dieselbe Haarfarbe wie Sie, Mr Brandon. Ist sie eine Verwandte von Ihnen?«

»Meine Mutter«, gab Henry zu, während er mit liebevoller Amüsiertheit das extravagante Porträt von Isobel betrachtete, die jetzt mit ihrem Ehemann, einem Diplomaten, in großem Stil in Udaipur residierte.

Vor einem riesigen Bild mit dem Titel: »Die Familie Brandon in ihrem Haus« blieben die Damen beträchtliche Zeit stehen. Es war vor drei Jahren während der letzten Monate des Krieges gemalt worden und zeigte Rom Brandon noch immer in der Uniform eines Colonels; sein Arm hing in einer Schlinge, und seinem Gesicht war genau dieselbe Langeweile angesichts dieser zeitraubenden Prozedur abzulesen, die auf dem Porträt seines Vaters auf der gegenüberliegenden Wand zu erkennen war. Neben ihm, ganz dicht bei ihrem Ehemann, stand Harriet, eine schmale Hand auf das rehbraune Haar ihrer Tochter Natascha gelegt, und man konnte deutlich sehen, welche Mühe es sie kostete, sie lange genug festzuhalten, um dem Maler Gelegenheit zu geben, sein Werk zu vollenden. Henry selbst stand neben Harriet, und auf einem niedrigen Hocker – immer noch im Vollbesitz seiner Babylöckchen und augenscheinlich in einen anstrengenden Kampf mit dem weißen Hündchen auf seinem Schoß verstrickt –

saß Paul Alexander, Stavelys Erbe, dessen Geburt Henry mit unverhohlener Erleichterung begrüßt hatte. Denn Henry hatte in seiner Entschlossenheit, an den Amazonas zurückzukehren, niemals geschwankt, aber ohne Paul hätte er sich verpflichtet gefühlt, seine Schuld Rom gegenüber zu begleichen, indem er sich auf die Übernahme Stavelys vorbereitete.

Der letzte Teil der Galerie war fotografischen Aufnahmen vorbehalten, und Henry führte die Damen nun mit einem gewissen Eifer dorthin, denn er war ein begeisterter Fotograf, und viele der Bilder stammten von ihm.

Vor allem die Taufbilder von Paul Alexander in den Armen seiner französischen Taufpatin, von der Henry mehr Fotos gemacht hatte, als unbedingt nötig gewesen wären, versetzten die Damen in Entzücken. Da hing auch ein Foto von Madame Simonowa mit einer französischen Gräfin, die die Simonowa École de danse eröffnete, und schließlich ein jüngeres Foto der achtjährigen Natascha als Schmetterling bei der Tanzdarbietung zum Abschluss des Semesters bei Madame Lavarre.

Und zu guter Letzt kam noch ein Bild, vor dem Cynthia stehen blieb und fragte: »Ach herrje! Was um alles in der Welt ist das?«

»Eine Ziege«, erwiderte Henry. »Eine ganz besondere Ziege. Sie hat unzählige Preise gewonnen.«

Aber das Bild zeigte nicht nur die Ziege. Den Hals des Tieres hielt ein Mann in bäuerlicher Kleidung fest. Am Rand stand eine Bäuerin mit Halstuch und einem Korb, der voll mit riesengroßen Stangenbohnen zu sein schien.

»Seltsam!«, sagte Mrs Belper, während sie das Foto betrachtete. »Das Gesicht kommt mir bekannt vor.« Dann rief sie aus: »Gütiger Himmel – er *ist* es! Das ist der junge Mann, den Louisa für Harriet haben wollte!«

Henry schaute grinsend zu dem Bild empor, das er selbst im vergangenen Sommer aufgenommen und »Dr und Mrs Finch-Dutton in Cremorra« genannt hatte. Die Geschichte von Edward und Olga war für die Familie immer wieder eine Quelle der Heiterkeit. Die ersten Monate waren für den armen Edward sehr hart gewesen, denn er hatte seine junge Braut in einer Wohnung am Stadtrand verbergen und auch versuchen müssen, seine Verletzungen so gut wie möglich zu vertuschen, während er sich ins College und wieder heraus schlich. Auch die Kriegsjahre waren nicht leicht gewesen, denn da Edward nun des Königs Rock trug, hatte Olga zu seiner Mutter nach Goring-on-Thames ziehen müssen. Ob dieser Umstand das Leben der Mutter verkürzt hatte, ließ sich schwer sagen, jedenfalls war sie kurz nach Edwards Entlassung aus dem Heer einer Herzattacke erlegen und hatte ihm eine beträchtliche Summe Geldes hinterlassen. Nun lebten die Finch-Duttons friedlich in dem Holzhaus, das Dubrow ihnen nur allzu gern verkauft hatte, und züchteten preisgekrönte Ziegen, preisgekrönte Gemüsesorten und Kinder – und falls Edward heutzutage gebissen wurde, dann mit ziemlicher Sicherheit von einer Ziege.

Die Führung war beendet. Die Damen bedankten sich bei Henry – und da ihnen noch eine halbe Stunde bis zum Tee im Salon blieb, folgten sie ihrer Präsidentin hinaus in den Garten. Sie schwatzten, lobten die prächtige Anlage, nickten den vielen grüßenden Gärtnern huldvoll zu und gingen durch den Ziergarten, über den langen Weg und kamen schließlich in den tiefer gelegenen Teil des Gartens, wo sie vor all den Jahren ihr Picknick veranstaltet hatten.

Mrs Belper bildete die Vorhut und blieb plötzlich, als sie um eine Ecke bog, stocksteif stehen. Sollte sie ihren Augen trauen? Sie musste ihren Augen trauen!

Rom Brandon persönlich kam da aus dem Rhododendronwäldchen, das an den Rasen grenzte, und hinter ihm tauchte nun auch seine Frau auf. Jetzt gingen sie, ohne von Mrs Belpers Anwesenheit etwas zu ahnen, gemeinsam durch das weiche Gras – und noch während sie sich fragte, ob sie sie grüßen sollte oder nicht, traten sie in den Schatten einer uralten Blutbuche, wandten sich einander zu – und küssten sich.

Es war ein ganz außergewöhnlicher Kuss. Selbst hinter verschlossenen Türen und nachts, wo solche Dinge sich manchmal ereigneten, wäre er äußerst beunruhigend gewesen – aber hier draußen im Freien, an einem sonnigen Nachmittag war er unaussprechlich schockierend. Dieser Mann mit seinem silberdurchwirkten Haar und seinem Ehrenamt als finanzieller Berater des Kabinetts hielt seine Frau umschlungen, als könne er nicht von ihr lassen. Und Harriet … Was sollte man von einer Frau sagen, die sich ihrem dreißigsten Geburtstag näherte, ganz offensichtlich schwanger war und die sich auf die Zehenspitzen stellte, um die Arme auszustrecken und den Kopf ihres Mannes zu sich herunterzuziehen?

Mrs Belper starrte die beiden fassungslos an. Dann riss sie sich zusammen. Das Schauspiel war empörend, ein Anblick, den man anderen ersparen musste. Also wandte sie sich ab, ging denselben Weg, den sie gekommen war, wieder zurück und scheuchte die ihr entgegenstrebenden Damen entschlossen auf das Haus zu, wo es langsam Zeit für ihren Tee wurde.

Eva Ibbotson

Eva Ibbotson, 1925 als Maria Charlotte Michelle Wiesner in Wien geboren, 2010 in Newcastle upon Tyne, England gestorben, floh 1933 vor den Nazis aus Österreich. Nach der Trennung ihrer Eltern – ihre Mutter war die Schriftstellerin Anna Gmeyner, ihr Vater der Physiologe Berthold P. Wiesner – wuchs sie in einem Kinderheim auf. Nach Kriegsende studierte sie zunächst Physiologie, später Erziehungswissenschaften und arbeitete dann als Lehrerin. Sie heiratete ihren Kollegen Alan Ibbotson und bekam vier Kinder mit ihm – als das jüngste in die Schule kam, schrieb sie ihr erstes Kinderbuch. In *Das Geheimnis von Bahnsteig 13* erfand sie ein geheimes Gleis im Londoner Bahnhof King's Cross, das J. K. Rowling zu Gleis neundreiviertel inspirierte. Viele von Ibbotsons Romanen, darunter auch mehrere für Erwachsene, waren Bestseller.